KB155119

Scarlet
스칼렛
www.bbulmedia.com

이 짐승에게
먹이를 주지
마세요

이 짐승에게
먹이를 주지
마세요

장민하
장편 소설

목차

0.

The law of the beast

201X년 2월, 뉴욕.

"슬슬 됐나."

남자의 중얼거림이 담배 연기와 함께 허공 속으로 스며든다. 꽤 오래 기다린 말투였지만, 남자가 이곳에 머문 시간은 기껏해야 담배에 불을 붙이는 시간 정도였다.

치익.

호화로운 소파에 눌린 담배꽁초가 그을리는 소리와 함께 나뒹굴고 단정히 빗어 넘긴 머리카락과 칼처럼 다듬어진 슈트 차림으로 그림처럼 앉아 있던 남자가 몸을 일으켰다. 긴 다리가 움직이는 동안 느긋한 걸음 소리가 푹신한 카펫에 묻혀 들었다.

「아, 아앗⋯⋯.」

「좋아, 자기. 조금만 더⋯⋯.」

그리고 이어지는 야릇한 소음.

오늘 아침까지도 남자가 눈을 떴던 방에선 기막힌 참상이 벌어지고 있었다. 문을 열자마자 한데 얽힌 채 헐떡이는 남녀의 모습을 봤음에도 남자는 눈살 한 번 찌푸리지 않았다.

"저, 정하 씨!"

한창 달아올라 신음하던 여자가 소스라치며 비명을 지르자 남자의 입가에 미소가 떠오른다. 아무렇지 않게 화장대에서 붉은 벨벳에 싸인 케이스를 꺼내 드는 남자를 보며 허둥지둥 시트를 감던 여자가 다시 비명을 질렀다.

"자, 잠깐만 정하 씨 그건⋯⋯!"

"⋯⋯."

"정하 씨? 내 얘기 좀 들어 봐, 그러니까⋯⋯ 그러니까 지금 이건⋯⋯."

"지금 이건?"

남자의 평온한 대꾸에 여자의 입술이 딱 달라붙었다.

"더 설명할 게 남았어?"

"⋯⋯."

"오해? 아니면 실수?"

차분하게 이어지는 질문에 여자의 표정이 점차 공허해졌다. 평소처럼 꿀이라도 발라 놓은 듯 다정한 말투와 부드러운 목소리인데 풍기는 분위기는 기묘하다. 이런 상황에서 느껴야 할 놀라움 혹은 분노, 허탈함조차 없는 무심함. 남자의 얼굴에선 섬뜩하리만큼 아무것도 느껴지지 않았다.

멍하니 굳은 여자를 둔 채 남자는 태연히 돌아섰다. 이어 안부 인사라도 하는 듯한 말이 튀어나왔다.

"네 뱃속에 있었다는 그 애 말인데. 진짜 내 아이 맞아?"

휴대폰을 꺼내 든 정하가 창가에 섰다. 눈앞엔 진한 햇살로 뒤덮인 맨해튼의 익숙한 풍경이 펼쳐졌다. 뉴욕으로 건너온 지도 어느덧 7년째였다.

「아파트는 정리되는 대로 서류만 보내시면 되고 물건들은 그냥 내다 버려요. 지금 바로 사무실로 갈 예정이니까 변호사한테는 10분 안으로 연락 달라고 하세요.」

여자는 모 재벌가의 둘째 딸이라고 했다. 기업인들의 사교 모임에서 누군가의 소개로 잠깐 눈인사를 했고, 과도하게 시선을 보내오는 것만을 기억했을 뿐이다. 그러나 다음 날 한 호텔의 침대에서 눈을 떴을 때, 여자는 제 옆에 누워 있었다.

'정하 씨가 많이 취한 거 같아서…….'

제법 깜찍한 수였다. 절로 웃음이 나올 만큼.

여자는 뻔뻔하게도 그의 아이를 가졌다며 찾아왔다. 그 소식에 여자의 집안은 물론, 그의 부모님과 형조차 그녀를 책임질 것을 요구했다.

아무렇지 않게 그 요구를 받아들이고 약혼도 해 줬다. 뒤로는 그날 머물렀던 호텔방에서 마지막으로 입술에 댄 와인 잔에 약물이 있었다는 자료를 모아 둔 채.

「책상 네 번째 서랍에 있습니다. 바로 변호사 측에다 팩스로 보내 놓으세요.」

여자는 그를 손에 넣은 것으로 행복해했고, 그의 가족들은 그가 미국 땅에 영원히 안주할지도 모른다는 기대로 행복해했다. 이미 여자의 산부인과 기록을 손에 넣은 그의 앞에서 아이를 유산했다며 올먹이는

9

여자를 떠올리며 정하는 마지막으로 조소를 올렸다.

모든 것이 허술했고, 끔찍하게 재미없었다.

「가는 거야?」

방금 전까지 안방 침대에 누워 있던 금발 벽안의 남자가 가운을 여미며 다가섰다. 픽 웃어 준 정하는 느긋하게 휴대폰을 집어넣었다.

「그 땅에다 뭘 뒀길래 이 좋은 곳에서 굳이 거기로 돌아가겠다는 거냐?」

「찾을 게 있어. 수고했다.」

「수고는 무슨. 나야 짜릿하게 즐긴 거뿐인데. 남의 여자랑 놀아나는 거만큼 재미있는 게 어디 있다고.」

놀리는 기색이 역력한 말투에도 별 대꾸 없이 시계만 바라보던 정하가 그대로 돌아섰다.

「어라, 그냥 가? 뭐 다른 건 없어? 그보다 쟤 아주 넋이 나갔던데, 그냥 둬도 돼?」

뉴욕 생활을 하며 사업상의 친구로 지내 온 남자였다. 그가 자신과 친구라는 사실을 여자도 알고는 있었다. 남자는 재미있는 사건에 끼어든 것만으로 충분히 즐거워 보였다. 정하는 짧게 웃음을 터뜨렸다.

「그렇지, 깜빡할 뻔했어.」

「뭘……!」

퍽!

동시에 정하의 주먹이 남자의 얼굴을 정통으로 후려쳤다. 쿵, 소리와 함께 넘어진 남자가 얼굴을 싸쥐고 신음을 흘렸다.

「아오…… 뭐하자는 거야!」

「미안, 갑자기 기분이 나빠져서.」

가볍게 주먹을 흔들어 보인 정하가 웃음을 터뜨렸다. 그러고는 안주 머니에서 아까 전의 케이스를 꺼냈다. 이어 여자의 허영심을 채워 줬던 세련된 커팅의 다이아몬드 반지가 남자에게로 날아갔다.

「치료비에 보태.」

「이 미친…….」

간신히 입을 연 남자가 제 옷자락에 떨어진 반지를 집어 들며 헛웃음을 지었다.

친구라는 이름으로 불린 지도 3년째지만, 민정하는 가까우면 가까울수록 알 수가 없는 사람이었다. 누구보다 신사적이고 누구보다 우아한 남자면서 누구보다 잔인하고 야만적이다. 그는 어떤 것이든 제 수중에 있는 한 타인이 건드리는 걸 용납하지 않았다. 지금의 일도 저 여자에 대한 소유욕이라기보단 자신의 영역을 침범한 수컷에 대한 불쾌감일 뿐.

그 자신마저도 자신만을 위해 존재했다. 무엇보다 순수하고 이기적인 짐승의 심리 그 자체로 세상을 지배하지만, 지극히 사회적인 짐승.

그 언밸런스한 단어의 조합이 이토록 잘 어울리는 사람이 세상에 또 있을까.

「그래, 아무튼 잘 지내라. 다 잘 풀리고, 가급적이면 미국에는 다신 오지 말고.」

남자는 유유히 나서는 정하의 뒷모습에다 대고 중얼거렸다.

「뭘 찾는지 모르겠다만, 그게 사람만 아니길 빈다.」

그 당사자는 아주 죽을 맛일 테니까.

차마 입 밖에도 꺼내지 못할 말을 되뇌던 남자가 마지막으로 픽 웃었다. 이쯤해서 인연이 끊어지게 된 게 차라리 다행인지 모른다, 생각하며.

†

201X년 4월, 서울.

-탁.

광고 전단지로 지저분한 전봇대 위에 말끔한 종이 한 장이 더 붙었다.

"하아…… 정말 내가 잘하고 있는 건가?"

푸르스름하게 하늘이 밝아 오는 시각. 오가는 사람으로 북적이는 출근길의 전철역 앞에서 선은 길게 한숨을 내쉬었다.

「초, 중, 고등학생. 피아노 방문 레슨합니다. S예고, K대학 피아노과, Y대학 교육대학원 음악교육과 졸업. 시급은 협의 가능. 010-30XX-47XX. 최선을 다해 가르치겠습니다.」

초, 중이라는 글씨에 비해 고등학생이라는 글씨엔 힘이 없고, 협의 가능이라는 글씨에선 왠지 모를 비루함이 느껴지는 건 기분 탓일까.

"그래도 학벌은 제대로 SKY잖아."

는 개뿔.

"아우! 내가 못살아. 이럴 땐 좀 심각해지라고! 하지 마, 이러지 말자, 최선!"

이 모양 이 꼴로, 새벽 일찍 나와 전단지나 붙여야 하는 주제에 뭐 이리 낙천적이냐고!

출근하는 척 집을 나와 전단지를 붙이기 시작한 지도 어언 일주일째에 접어들었다. 레슨 자리는 제법 구했지만, 당장 메워야 할 카드값을

생각하니 눈물이 앞을 가린다. 거기다 주머니에 남은 현금은 달랑 2만
원. 미쳤지. 내가 왜 일을 때려치운 거야!

잠시간 저 멀리 떠오르는 태양을 바라보며 시큰거리는 눈을 깜빡이
던 선이 고개를 저었다. 지금은 이런 생각이나 하고 있을 때가 아니다.
빨리 남은 전단지를 붙이고 남는 시간은 아르바이트 자리라도 알아봐
야 하니까.

서둘러 가방을 열고 전단지를 집어넣는데 누군가가 그녀의 등을 세
게 밀어젖혔다.

"어!"

순간 반쯤 가방으로 들어가던 전단지가 와르르 쏟아졌다. 사과 한
마디 없이 사라져 버린 누군가를 탓하기엔 지금은 복사지 한 장도 아
쉬울 뿐이다. 뭉텅이로 쌓인 종이를 주워 드는 와중에 불어온 바람에
손이 닿지 않는 곳의 몇 장이 데굴데굴 굴러가기 시작했다. 그러다 저
만치 서 있던 남자의 다리에 척하니 들러붙었다.

"저기 그것 좀……!"

ㅡ툭.

그러나 뭔가 말을 꺼내기도 전에 그녀의 눈앞에서 깔끔하고 세련된
스타일의 남자 구두가 그 종이를 밟았다.

"악! 그걸 밟으면 어떡해요!"

기함하며 달려온 선이 남자의 앞에 쭈그려 앉아 전단지를 집었다.
그런데 이상하리만치 꿈쩍도 하지 않아 손에 힘을 준 순간, 남자의 목
소리가 이어졌다.

"뭐 하는 거냐?"

설마하니 저를 향한 말인가 했다. 느긋한 저음의 목소리가 분명 반

말을 했는데…….

아니, 그럴 리가 없지. 그래. 이 시간에, 이곳에 아는 남자가 있을 리가 없잖아. 무엇보다 없어야 하니 이 시간에 나선 거라고.

하지만 이 불길한 느낌은 뭘까?

천천히 고개를 들어 올린 그녀의 눈앞에 그려지는 남자의 모습은 아무리 봐도 그녀의 인생과는 상관이 없어 보였다. 한참을 훑고 올라가야 끝나는 길고 잘빠진 다리. 게다가 몇 백은 충분히 찍고도 남아 보이는 빌어먹게 고급스러워 보이는 소재의 슈트. 옷차림도 옷차림이지만, 저 몸이라면 포대자루를 걸쳐도 명품으로 보일 몸매다.

게다가 바쁜 출근길 따위와는 상관없이 딴 세상에 사는 존재처럼 묘한 위화감이 느껴지는 이 남자…….

'대체 누구야?'

저 아침 햇살 앞에서 위엄 돋는 모델 실루엣을 자랑하는 남자 따윈 모른단 말이다!

"오랜만이네."

그런데 그 목소리를 다시 들은 순간, 이상하게 가슴이 철렁 내려앉았다.

어느덧 익숙해진 햇살의 안쪽에서 드러나기 시작한 남자의 얼굴. 눈이 부시도록 하얗고 고운 피부와 깎아 놓은 듯 반듯한 이목구비는…….

"……정하."

저도 모르게 남자의 이름을 불러 버린 선이 흠칫하며 입을 다물었다.

이럴 수가. 이 남자가 여긴 대체 왜!

얼굴에서 핏기가 빠져나가는 게 느껴질 지경이다. 이상하게 두근거리는 심장. 떨리는 손끝이 낯설다. 어디서건 볼 일은 없었으면 했는데. 가능하다면 영원히.

"그러네요, 선배."

발자국이 선명한 종이를 집어 든 선이 떨어지지 않는 입술을 간신히 열며 대답하자 눈앞으로 기다랗고 섬세한 남자의 손이 다가왔다. 뭔가에 홀린 듯 그 손을 잡고 일어난 선이 고개를 꾸벅 숙였다.

침착하자. 호랑이한테 물려가도 정신만 차리면 사는 법이다!

"고맙습니다. 그, 그럼 전 이만……."

"여전하네."

슬그머니 손을 빼려는데 남자는 보란 듯 손을 움켜쥐며 말을 걸어왔다.

"여전히 바보고, 여전히 둔하고."

오직 그녀에게만 내뱉는 짓궂은 말투. 아무도 모르는 그의 본심.

굳은 얼굴로 바라보는 그녀의 앞에서 남자는 묘하게 익숙한 미소를 지어 보였다.

그녀의 나이도 어느덧 서른 살이었다. 열일곱, 그 시절 가졌던 풋내 나는 감정 따위, 잠깐의 설렘 따위, 이미 다 잊었다고 생각할 나이.

그런데 이 순간, 바로 어제 일처럼 뚜렷해진 기억이 머릿속을 잠식했다.

단 한 순간도 잊지 않고 기다렸던 것처럼.

"글쎄요. 그런 말이 오갈 만큼 가까운 사이였었나요?"

물 위에 닿은 눈송이처럼 그의 입가에서 미소가 사라진다. 그와 동시에 남자가 손에 힘을 주며 당겼다.

"헉!"

어찌할 새도 없이 몸이 앞으로 확 기울어 저도 모르게 눈을 감아 버렸다. 단단한 것에 부딪치고 다시 그것과 함께 털썩, 소리가 나도록 바닥으로 쓰러졌다.

잠깐. 잠깐만. 지금 이게 뭔 상황?

"괜찮아?"

"흐, 으악!"

눈을 뜨자마자 제 아래 깔린 남자의 얼굴을 발견한 선이 비명을 내질렀다. 굴러떨어지듯 물러나자 어딘가 아픈 듯 눈살을 찌푸린 그가 천천히 몸을 일으켜 앉았다.

"이, 미, 미친……! 지, 지금 이게 뭐 하는 짓이에요!"

"뒤에 차가 지나가잖아."

"그, 그러면 그렇다고 말을 할 것이지! 그렇게 갑자기……!"

더 커지기도 힘들 만큼 눈을 부릅뜨며 파들거리는 그녀의 앞에서 남자는 태연히 웃음을 터뜨렸다. 그리고 기막혀하는 그녀에게 말했다.

"역시 넌 재미있다니까."

잃어버린 장난감이라도 찾은 아이처럼, 해맑기 그지없는 얼굴로.

"근데 앞으로 더 재미있을 거 같아."

아무렇지 않게 대형 폭탄을 떨궜다.

"너 찾으러 왔다, 최선."

그것도 아주 그녀의 인생을 초토화시켜 버릴 엄청난 놈으로.

I.

검은 머리 짐승과의 조우

"피아노 한번 쳐 볼래?"

그녀가 피아노를 처음 본 건 6살 때, 두 언니를 따라 놀러 갔던 피아노 학원에서였다. 다른 아이들을 유심히 관찰하며 눈을 빛내던 그녀는 그래도 돼요? 라고 묻고는 쪼르르 달려가 피아노 의자에 앉았다.

그렇게 몇 번 건반을 눌러 보던 그녀는 갑자기 양손을 들어 무언가를 연주하기 시작했다. 흐뭇하게 바라보던 선생님의 표정은 1초도 되지 않아 놀라움으로 굳어갔다.

"어머니— 얘 좀 본격적으로 가르쳐 보세요!"

흥분한 선생님의 손을 잡고 집으로 돌아온 것이 시작이었다. 피아노를 처음 만져 본다는 아이의 손이 연주한 것은 방금까지 누군가가 수없이 반복 연주했던 모차르트의 소나타 16번(Mozart Piano Sonata No.16 in C major, K.545)의 첫 부분이었다.

그렇게 피아노와 함께 성장한 그녀는 17살이 되던 해, S대학으로의 영재 입학을 거부하고 대한민국 최고의 명문 예술고등학교에 진학하게

17

되었다. 온통 피아노뿐이었던 지난 시절을 후회하는 건 아니었지만, 고등학교 생활만큼은 조금 더 자유롭게 지내고 싶은 소망이 내린 결정이었다.

그러나 그녀의 삶이 크게 달라지는 일은 없었다.

여전히 피아노, 또 피아노.

그날도 그녀는 미술반 건물 근처의 소도구실에 숨어들어 낮잠을 즐기던 참이었다. 연이은 콩쿠르와 밤낮없이 이어지는 연습에 치여 한창 피곤한 시절이었다.

"네가 좋아."

난데없이 들려온 말에 그녀는 흠칫하며 눈을 떴다. 잠이 덜 깨 멍한 머리를 문지르며 잘못 들은 건가, 헛것이 들리나, 하고 생각한 순간,

"자꾸 네 생각만 나서 아무것도 안 돼. 어떻게 해야 할지 모르겠어."

또 말이 들려온다. 이번엔 정확히 문 바깥에서 들리는 것을 확인한 그녀는 기척을 죽이며 살그머니 출입문으로 다가섰다. 문틈으로 바깥을 내다보자 때마침 문을 등진 남자의 앞에서 한 여학생이 훌쩍이기 시작했다.

"아, 그랬구나. 어쩌지…… 정말 몰랐어. 좀 더 빨리 알았으면 좋았을 텐데…… 일단 중요한 때니까 잘 추스르고 유학생활 잘 했으면 좋겠다. 언젠가 또 볼 일 있겠지."

언뜻 듣기엔 꽤 다정하고 진심으로 미안해하는 말투였지만 조금만 주의 깊게 들으면 별 의미도 없고 감흥도 없는 말뿐.

냉정하네, 라는 생각과 함께 멍하니 지켜보던 선은 남자가 고개를 돌려 이쪽을 바라본 순간, 소스라치며 문에서 얼굴을 떼어 냈다.

낯이 익은 얼굴이었다. 2학년의 민정하.

"키스 한 번만. 나 그거면 잊을 수 있을 거 같아."

그런데 이건 뭔 소리?

"그래? 그거라도 도움이 된다면…… 뭐."

정말 하는 거야? 이 신성한 교내에서? 게다가 그 민정하가?

치미는 호기심을 참을 수 없어 다시 문틈으로 다가갔다. 어느새 등을 보이고 선 그가 여학생을 향해 몸을 숙이고 있었다. 작게 숨을 들이켜며 그 광경을 지켜보는 사이, 짧지만 꽤 진한 입맞춤을 나눈 여학생은 제 입을 가리며 후다닥 어딘가로 가 버렸다.

'대애— 박!'

이런 엄청난 일이 있나. 괜스레 벌렁거리는 가슴을 누르며 눈을 떼려는데,

"퉤."

작게 침을 뱉는 소리가 났다.

"……역겹게."

그리고 이어진 말에 귀를 의심했다. 거기에 놀랄 새도 없이 매캐한 냄새와 함께 피어오르는 연기. 설마, 저게 내가 상상하는 그 물건은 아니겠지. 그래, 아닐 거야. 그런데 저 끄트머리가 새빨갛게 타는 저것의 정체가 그것 말고 더 있었어?

—히끅.

게다가 느닷없이 딸꾹질은 왜 하는 거냐고!

잽싸게 입을 가리자마자 벌컥, 문이 열렸다.

"구경 잘했어?"

그리고 들려온 말이라니!

그야말로 한 마리의 달팽이가 되고 싶은 심정이었다. 남의 사생활이

나 엿보다 걸리다니 최악이잖아.

하지만 먼저 와 있던 건 나란 말이다!

"최선?"

게다가 이름까지 털렸어.

명찰을 원망하며 한껏 움츠렸던 어깨를 내리고 조마조마한 심정으로 눈을 들자 그가 엷게 미소를 올렸다. 그 표정이 묘하게 부드러워 선은 저도 모르게 어색하게 따라 웃어 버렸다.

'잘생기긴 했네.'

그러고 보니 이렇게 가까이서 본 것은 이번이 처음이었다. 유독 검게 가라앉은 눈동자와 기다란 눈매. 방금 전 제 눈으로 봤던 그의 만행조차 다 잊어버릴 만큼 차분한 태도 탓에 어른처럼 느껴지다가도 장난스럽게 웃음기를 머금은 입매를 보면 천진한 아이 같다. 그 미묘한 어긋남이 그의 뭐라 설명하기 힘든 그만의 독특한 분위기를 완성시키는 건지도 모른다.

게다가 왠지 모르게 그의 눈빛에서 언뜻 느껴지는 호감.

혹은, 반가움……?

아니, 착각인가.

난데없는 생각에 갸우뚱할 무렵, 무표정으로 돌아온 그가 길게 빨아들인 연기를 그녀의 얼굴에다 훅, 내뿜었다. 기겁하며 연기를 휘젓자, 픽하고 비웃던 그는 멋대로 그녀의 턱을 붙잡고선 들고 있던 담배를 물려 줬다.

"멍청하긴."

그러고는 굳어 버린 그녀의 앞에서 여유 있게 사탕 하나를 꺼내 물며 몸을 돌렸다.

이건 뭐야.

놀람도 잠시, 다시 콧속으로 밀려드는 냄새에 황급히 담배를 뱉은 선이 거세게 기침을 시작했다.

"퉤— 콜록, 콜록콜록⋯⋯."

이어 불씨를 짓밟으며 입술을 문질렀다.

"뭐야, 진짜!"

어이없고 황당해 기가 막혔다. 그녀가 익히 들어 온 소문 속의 민정하는 누구보다 우월한 모범생이자 학교의 아이돌이었는데⋯⋯ 대체 방금 뭘 본 거야? 아니 무슨 일이 있었던 건데?

"망할, 더럽게 물고 있던 걸."

거기다 갑자기 깨달은 사실에 목덜미까지 화끈해져 다시 입술을 문지르던 선이 걸음을 떼었다. 슬슬 연습실로 갈 시간이었다. 그러나 그녀는 두 걸음도 떼지 못하고 멈춰 서야 했다. 어느새 그녀의 발 앞에 길게 늘어진 그림자⋯⋯.

"누가 여기서 담배를 피우나?"

그리고 익숙한 듯 익숙해지고 싶지 않은 학생주임 선생님의 목소리를 확인한 그녀의 몸이 뻣뻣하게 경직되었다.

멍하니 책상 앞에 앉아 있던 선이 흠칫하며 고개를 저었다. 미쳤어. 이딴 거나 생각할 때야? 지금 나한테는 어차피 길 가다 스치는 인연따위보다 당장 다음 달 내야 할 카드값이 문제라고!

선은 침착하게 방금까지 정리한 영수증과 계산이 끝난 메모를 노려봤다. 절로 한숨이 새어 나온다. 주루룩 나열된 지출 건수와 당당하게 '0'이라고 적어 놓은 예상 수입을 보니 울고 싶다.

며칠 전, 그녀는 힘들게 임용을 패스하고 고등학교 교사가 된 지 고작 2년 만에 실업자가 되었다. 그러나 기막히고 억울한 건 저 자신의 사정일 뿐, 평생 자신을 뒷바라지하느라 고생해 온 부모님은 이 사실을 쉽게 납득하기 힘들 것이다.

아, 이럴 줄 알았으면 좀만 더 참을걸…….

"미치겠네."

힘없이 눈을 돌린 선은 방 한 켠에 놓인 피아노를 바라봤다. 작은 방과는 어울리지 않게 커다란 그랜드피아노는 20여 년이나 같은 자리를 굳건히 지켜 왔다.

피아노로 다가간 선은 뚜껑 위에 널린 언니 고은의 옷가지를 치워 냈다.

"자, 생각은 그만하고."

더 생각해 봤자 머리만 아플 뿐. 크게 한숨을 내쉰 선은 집중하듯 머릿속에 음형을 그렸다. 그리고 연주를 시작했다. 4도 옥타브의 스케일이 끝나고 곧바로 이어진 곡은 Chopin etude No.23 in A minor Op.25-11.

느릿한 피아노로 네 마디의 주제를 연주하고부터 바로 돌변해, 날카로운 고음부터 포르테로 음표를 쏟아 낸다. 6잇단음표의 향연을 Allegro con brio의 속도로 연주해 내야 하는 무시무시한 곡이다.

"우리 딸, 피아노 치니? 어머, 쇼팽 에튀드."

언제 들어온 건지 나 여사의 목소리가 불쑥 끼어들었다.

"이게 겨울바람이었나? 근데 너 음 많이 빠지더라. 마음에 번뇌가 많으니 그렇지. 집중해야 할 거 아니야."

연주가 끝나자마자 고상하게 내놓는 나 여사의 평가에 선은 작게 웃음을 터뜨렸다. 그리고 다시 건반에 손을 올려 연주를 시작했다.

Chopin Waltz No.7 In C Sharp Minor Op. 64-2.

애잔하고 아릿한 선율이 퍼져 나가자 황홀한 표정을 짓던 나 여사가 어머, 하고 감탄사를 올렸다. 아름답고 서정적인 서주와 대비되는 정열적인 속주. 짧지만 강한 메시지를 남기는 쇼팽의 왈츠 7번은 점잖은 언행과는 거리가 멀지만 취미 하나는 고상한 나 여사가 주로 요구하는 리퀘스트곡이기도 했다.

평범한 주부인 나 여사는 평범한 공무원인 경주와 결혼해 세 명의 딸을 낳았다. 그중 막내인 선은 나 여사가 낳은 인생 최대의 걸작이었고, 집안의 자랑이자 버거운 짐이었다.

꾸역꾸역 모인 돈은 그녀의 손끝에서 장렬히 산화했다. 풍족하진 않아도 무난했던 집안은 일취월장하는 피아노와 반비례하며 점차 기울어만 갔다. 그 가운데 희생해야 했던 부모님과 두 언니를 생각하면 차마 여기서 그만둔다고 할 수도 없었다.

어떻게든 성공해야 했고, 성공할 수 있었다.

하지만 고등학교 시절을 기점으로 그녀는 그 길에서 중도 탈락해 버렸다.

기막힌 사건과 함께.

"뭐가 이리 시끄럽지?"

또 한 곡의 연주를 마쳤을 때였다. 이상하게 바깥이 소란스럽다 생각한 순간 나 여사가 먼저 방을 나섰다. 그 뒤를 따라나선 그녀가 현관으로 다가서자 손바닥만 한 마당에 웅성웅성 모여 있는 가족들과 가운데 불쑥 튀어나온 머리 하나가 눈에 띈다.

주말에 웬 손님? 호기심도 잠시,

"전단지 보고 왔는데요."

들려오는 목소리라니!

기겁한 선이 후다닥 나 여사의 옆으로 고개를 내밀었다. 그러고는 경악하며 입을 벌렸다. 민정하, 저 인간이 여긴 또 어떻게 알고 온 거야!

"잠깐만, 이거 선이 글씨 아니야?"

"어? 레슨? 개인 레슨은 무슨 말이야?"

"선아, 어떻게 된 거니?"

동시에 저를 돌아보는 가족들의 모습 사이로 떡하니 그녀가 붙인 전단지를 들어 보이는 남자. 그가 들고 있는 전단지와 그녀를 번갈아 보는 가족들의 황당한 시선.

매우 불길하다.

"저기, 우리 선이가 피아노를 칠 줄 아는 건 맞는데…… 학교 선생이라 이런 거 하러 다닐 시간 없습니다. 뭔가 잘못 아셨겠죠."

차분히 대꾸하는 나 여사의 얼굴에도 슬슬 미심쩍은 기색이 끼기 시작했다.

"그래요? 이상하네요. 제가 알기론 시간이 많이 남는 줄로 아는데."

"아는 사이니?"

"뭐야, 무슨 사이? 응?"

"그렇지 않아요, 최 선생님?"

뭔 소리를 하려는 거야! 이 미친놈이?

황급히 손을 뻗은 그녀의 귓가에 남자의 목소리가 뚝 떨어졌다.

"아…… 이제 선생님은 아닌가?"

거대한 폭탄과 함께.

일요일 오후의 햇살은 빌어먹게도 화창했다.

너무 오래 살아 이젠 눈을 감고도 쉽게 그려 내는 골목길을 앞장서 걷는 동안 세련된 슈트 차림의 남자가 그녀의 뒤를 따랐다. 걸으면서도 이곳저곳을 흥미롭게 바라보곤 슬쩍 미소를 짓는다.

10년째 재개발이 된단 소문만 무성한 낡아 빠진 동네의 어디가 그렇게 신기한 걸까.

"선배, 혹시 전생에 독립운동했었어요?"

눈살을 찌푸리며 바라보고 있자, 천천히 곁으로 다가온 남자가 햇빛 속에서 그녀를 굽어봤다. 점점 움츠러드는 어깨, 수그러드는 고개는 그냥 햇빛이 눈이 부셔서다. 그런 거라고 믿자.

"무슨 소리야?"

"아니에요. 아무것도."

의외로 정상적인 대구에 얼른 고개를 저었다.

그렇다 해도 이건 너무하잖아. 불구대천의 원수도 아닌데 저런 남자 옆에서 잠옷으로나 입는 늘어난 티셔츠에 발음까지 묘하게 추레한 추리닝이 웬 말이냐고!

나 여사의 발광이 잦아들고 간신히 자초지종을 설명하고 난 선은 애타게 정하를 향해 구조 요청을 보냈다. 할 이야기가 있다는 말과 함께 밖에 나가길 청하는 정하의 반듯한 태도에 가족들은 추궁을 뒤로 미루기로 하며 흔쾌히 그녀를 내보내 줬다.

그런 친절에 고마워해야 할지 말아야 할지, 고민하며 집을 나서는데 어느새 다가온 나 여사가 그녀의 어깨를 붙들고 무지 진지하게 말했다.

'너 저놈 못 물어 오면 알아서 해!'

이 꼴을 좀 보고 말해, 엄마! 아무리 엄마 딸이라도 그렇지 그게 가능한 일 같냐고요.

게다가 저 인간은 먹으면 배탈 나! 장담해!

'난 전생에 이완용이었거나, 미우라 경장이었거나 지나가는 마쓰무라였을지도 몰라.'

"어디 갈래?"

"네?"

느닷없이 하는 말에 선은 어리둥절한 눈을 했다. 어느새 곁에 다가온 정하가 그녀의 어깨를 톡톡 건드렸다.

"배 안 고파?"

"식사 아직 안 하셨어요?"

"어, 너는?"

선이 고개를 가로저었다.

"그럼 밥이라도 같이 먹자."

그러고는 엷게 미소를 지어 올렸다. 묘하게 쑥스러운 웃음을 발견한 순간 심장이 덜컥한 선은 어리둥절한 얼굴로 눈만 깜빡였다. 뭐지? 저 남자가 저렇게 웃는 사람이었던가?

왠지 기억에 혼선이 오기 시작했다.

얼결에 따라 들어간 곳은 작은 이탈리안 레스토랑이었다. 반 이상 남겨 버린 버섯크림리조토를 슬며시 밀어 놓은 선이 우거지상을 지어 보였다. 느끼해 참을 수가 없다. 웨이터를 호출해 레몬 탄산수를 주문하자 마침 포크를 내려놓던 정하가 물었다.

"그만 먹을 거야?"

"네, 속이 안 좋아서……."

그 순간 남자의 얼굴이 미묘해졌다. 당장 머리 위로 말 칸이 그려지고 촌년, 이라는 대사가 떠올라도 부족함이 없는 표정이다. 왠지 울컥했다. 대체 왜, 별로 좋아하지도 않는 파스타집에 와서, 보는 것만으로도 속이 불편한 남자와 식사를 해야 하냐고!

"흑…… 등뼈 발라서 우거지 둘둘 말아 한입에 넣고 국물 드링킹이나 쭉 했으면…… 흐으……."

중얼거리며 구체적인 소망을 입에 올리자 남자의 입술이 슬며시 늘어진다. 그 모습을 흘깃 노려보다 불쑥 말했다.

"아무튼 선배가 억지로 끌고 왔으니까, 계산은 선배가 하는 거죠?"

"응."

너무 순순히 대답하니까 더 수상하다. 대답은 저렇게 해 놓고 또 어떤 식으로 뒤통수를 날릴지 어떻게 알아. 게다가 뒤통수 하니까 떠올라 버렸다.

"대체 저 학교 그만둔 이야긴 왜 하세요? 사람 곤란하게끔."

"곤란했어? 난 그냥 사실대로만 이야기한 건데."

"헐?"

"그보다 꺼내기 힘든 이야기였으면 차라리 지금이 잘된 거 아니야?"

"허헐?"

대체 뭔 개념을 갖춰야 저런 사상이 완성되는 건데!

해맑게 웃으며 대꾸하는 저 아름다운 낯짝에 남은 리조또를 어떻게 처박을지 고민하던 선이 문득 그의 손으로 눈을 돌렸다. 아까부터 뭔가를 쥐고 테이블을 톡톡 두드리는 게 신경 쓰인다 싶었는데, 이제 보니 지포라이터가 쥐여 있었다.

한 톤 가라앉은 메탈의 색감. 꽤 오랜 세월을 보낸 듯 연륜이 느껴지는 물건이었다. 얼마나 오래 가지고 있어야 저렇게 되는 걸까.

"지금도 담배 피우세요?"

"음? 아아……."

잠시 의아한 얼굴을 하던 정하는 금세 표정을 누그러뜨리며 웃었다.

"이틀에 한 개 정도?"

"그럴 거면 그냥 끊으시죠."

"싫어."

"왜 싫은데요?"

"남들이 끊으라고 하니까."

아줌마, 여기 변태 하나 추가요!

"아― 예. 그럼 계속 피우세요. 이 드러운 세상 오래 살아 뭐해요. 빨리 천국 가고 완전 좋겠네요."

"끊어야겠다."

"아, 쫌……!"

"그런데 한 번씩 필요할 때가 있거든. 오늘처럼. 너랑 마주 보고 있으니까 이상하게 긴장돼."

잘도 그러겠다.

"되도 않는 말은 그만 좀 하세요! 비싼 밥 먹고 뭐 하는 짓……!"

"끊으라고 해."

"왜요? 언제는 남들이 끊으라고 하니까 계속 피운다면서요!"

"그러니까. 네가 끊으라고 하면 끊는다고."

"……."

"그렇게 쳐다보지 마. 담배 생각나니까."

아, 진짜 이 남자. 왜 이러는 거야.

벙찐 얼굴로 바라보자 반응을 보듯 지켜보던 남자가 고개를 숙이며 키득거렸다. 어린애처럼 장난스러운 태도에 선은 눈에 잔뜩 힘을 주고 남자를 노려봤다. 원래도 미친놈이었지만, 못 본 새 한층 미쳐서 돌아온 이 남자를 어떡하면 좋냐고.

"마, 마음대로 하세요! 끊든지 말든지. 하여간 그때도 담배 냄새 때문에 얼마나 혼난 줄 아세요? 생전 만져 본 적도 없는 걸 왜 남의 입에다……."

버럭하며 따지려던 선이 입을 다물었다. 흥미롭다는 얼굴로 테이블에 팔을 괴고 바라보던 남자와 눈이 마주쳤다. 옅어진 미소와 가볍게 휘어진 눈매에서 느껴지는 묘한 기시감. 확연히 느껴지는 반가움이 마치 오랜 친구를 만난 것처럼 즐거워 보였다.

"왜? 계속해 봐. 난 기억이 잘 안 나서."

그러다 남자는 이내 짓궂은 표정을 지으며 묻는다. 거짓말이라는 걸 굳이 숨기려고도 하지 않는 저 뻔뻔함. 그러면서도 빌어먹게도 예쁜 미소 탓에 순간 방심하게 된다. 이러니 좋게 볼 수가 없지.

그대로 입을 다물어 버리자 쓸데없이 우아한 태도로 의자에 기대며 긴 다리를 꼬던 정하가 말을 이었다.

"용케 피아노는 계속하고 있었네?"

"아…… 뭐, 그렇죠."

"그러고 보니 너 공부도 무지 잘했던 거 같은데…… 왜 K음대로 갔어? 너 S대학 가기로 한 거 아니었던가?"

"어쩌다 보니 그렇게 됐어요."

"그런데 무슨 생각으로 선생님을 한 거야? 왜 그만뒀는데?"

두런두런 이어지는 질문엔 묘한 칭찬과 호기심이 섞여 있었다. 대답을 해 주면서도 혼란스러웠다. 아무렇지 않게 근황을 묻고, 대화를 이어 가는 과정이 낯선데, 그는 지극히 자연스러운 태도였다.

"저기 그런데…… 그게 왜 궁금하신 거예요?"

"궁금해하면 안 되는 건가?"

그야…… 전혀 이런 이야기를 나눌 사이는 아니었던 거 같지 말입니다.

그러나 딱 잘라 단정 짓기도 애매한 건 사실이다. 오래전의 일이니 기억이 왜곡되었을 가능성도 배제할 수 없으니 말이다. 생각해 보면 저 남자와 정상적인 주제로 이야기를 해 본 적도 없지 않은가. 더군다나 눈에 보이는 정하와 짧게 스치는 기억 속 정하의 모습에서 느껴지는 갭, 그 확연한 차이를 설명할 길이 없다.

"그러고 보니 친구들은 잘 지내시죠?"

"……그게 궁금해?"

아니, 이 순간 그녀는 봤다. 그녀가 기억하는 민정하의 얼굴을.

미묘하게 굳은 표정 속, 날카롭게 빠진 눈매가 그녀를 응시하자 순식간에 돌변한 분위기를 파악한 선은 당황하며 말을 이었다.

"아, 아니, 뭐…… 그렇다기보단 친하셨잖아요. 다들."

"그렇기야 했지. 한국에 온 지 얼마 안 돼서 한동안 얼굴은 못 봤지만."

"헐, 그랬어요?"

"2월에 왔어. 아, 작년 겨울에 잠깐 나와서 준영이랑 윤이 만나긴 했어. 여전하더라. 영신이는 동물병원 차린 모양이고."

"그, 그렇구나……."

"윤이 결혼했다."

그리고 갑작스럽게 덧붙인 말.

"다 먹었으면 그만 나가자."

이어 아무렇지 않게 말을 돌린 남자가 자리에서 일어섰다. 빠른 변화를 따라잡지 못해 얼떨떨한 얼굴로 바라보는 사이, 계산서를 집어 든 정하는 순식간에 입구 앞 카운터에 서 있었다.

갑자기 태도가 싸늘해진 것도 문제지만, 방금 윤의 이야기를 할 때의 표정도 좀 달랐던 거 같은데…… 마치 뭔가에 기분이 확 상한 것처럼 느껴진 건 기분 탓인가?

잠시 고개를 갸웃거리던 선은 후다닥 걸음을 떼었다.

그리고 그 순간 중요한 질문이 떠올랐다.

'그보다 저 인간 대체 왜 온 건데?!'

2.

고양이 발톱 에튀드

뜬금없이 나타났던 그는 또 아무렇지 않게 소식이 끊어졌다. 그런 정하의 행동이 황당하긴 했지만, 딱히 연락을 지속하고 싶은 마음도 없었던 그녀는 마음 한구석에 떠오르는 찜찜함을 지운 채 일상에 전념했다. 물론, 백조가 되었음을 안 가족들의 눈을 피해 열심히 레슨 자리를 알아보는 것만으로도 하루가 짧았다.

그렇게 며칠이 지나 늦은 밤, 잠이 들기 직전 걸려 온 전화에서 느닷없이 남자의 목소리가 들려왔다.

"여보세요?"

[어, 선아. 나야.]

"네? 누구세요?"

뜬금없는 질문에 선은 저도 모르게 되물었다. 뭐지? 누군데 반말이야.

한참 반응이 없던 남자가 짧게 한숨을 흘렸다.

[……너 내 번호 저장 안 했어?]

"저기, 전화를 잘못 걸으신 모양인데……."

[레슨 선생 필요하니까 내일 오후 5시쯤에 집으로 와. 실력도 확인하고 겸사겸사 저녁도 같이 먹으면 되겠네.]

"네? 누구신데 그렇게 남의 일정을 막무가내……! 아니, 잠깐, 혹시 정하 선……배?"

그제야 머릿속에 번쩍 떠오른 인물을 입에 올린 순간, 이 상황이 납득 가기 시작했다. 역시나 남자는 아무렇지 않게 시인했다.

[응. 어차피 별일 없는 거 아니까 시간 맞춰서 와.]

"헐, 지금 그게 무슨…… 아니 그보다, 이런 밤중에 왜 전화예요? 실례잖아요! 그리고 제 의사는 왜 묻지도 않는데요? 누가 선배 가르친 댔어요?"

[안 올 수가 없을 거야. 넌 나한테 빚진 게 있거든.]

"잠깐……!"

[자세한 건 톡으로 보낼게. 일단 바쁘니 끊자.]

이건 또 무슨 개풀 뜯어먹는 소린데!

툭 끊어진 전화기를 붙잡고 급히 심호흡을 하며 띵한 머릿속에 산소를 공급하던 선은 이어 도착한 메시지를 보고 고개를 갸웃거렸다. 한눈에 봐도 고급스러워 보이는 남자 시계 사진이었는데, 확연히 금이 간 유리알과 부서진 줄의 연결부가 눈에 띈다.

이게 대체 왜……?

의문도 잠시, 메시지가 이어졌다.

-그때 아침에 너 받아 주다가 희생당한 거다.

"이 인간이 진짜 어디서 약을 팔아!"

워낙 뻔뻔한 얼굴로 거짓말을 하는 남자니 믿을 수가 있나!

그럼에도 혹시나 하는 생각을 지우긴 힘들었다. 분명 그날 아침에 만났던 남자는 슈트를 멋들어지게 **빼입었고**, 그 손목에 시계가 있긴 있었던 거 같기도…… 불길한 느낌으로 사진을 바라보는데 연이어 메시지가 도착했다.

–나름 아끼는 거지만 물어내라는 말은 안 해. 대신에 나는 이 시계를 볼 때마다 생각하겠지.

–아, 이거 선이가 깼구나.

–물론 너 찜찜하라고 보내는 거야.

"뭐 이런 미친놈이 다 있어!"

버럭 소리를 지른 선이 자리를 박차고 일어난 순간, 놀리듯 또 메시지가 도착했다.

–참, 그리고 올 때 톰이란 고양이를 찾아와. 주소는 아래 링크 확인하고.

저도 모르게 윽, 하고 신음을 흘린 선이 다시금 **뻣뻣해지는** 뒷목을 부여잡았다.

전철로 한 시간여를 달리고, 또 버스를 갈아타며 도착한 곳은 고래 등 같은 주택이 득시글한 마을이었다. 보는 것만으로도 자연스럽게 어깨가 움츠러드는 길목을 걷다 목적지로 보이는 건물 앞에서 선은 길게 숨을 내쉬었다.

휴대폰 화면의 화살표가 가리키는 곳은 공원의 앞. 다시 분홍 꽃망울이 맺힌 벚꽃나무를 바라보고 건물로 눈을 돌렸다. 지도상으론 이 건물이 맞는데…….

"대체 뭐하는 병원이 이런 으리으리한 동네에 있어?"

게다가 간판도 없어. 병원이라기보다는 무슨 카페 같기도 하고.

의아한 생각을 미뤄 두고 문을 열었다.

"어서 오세요."

커다란 개 앞에 쭈그려 앉은 여자 두 명 중 한 사람이 재빨리 일어서며 그녀를 반겼다.

"어? 너 선이 아니냐?"

그리고 뜻밖의 인물이 있었다.

그녀의 눈이 휘둥그레졌다.

"어라? 신이 오빠? 헐, 진짜 수의사가 됐네? 우와, 신기해!"

하얀 가운 차림에 안경까지 써서인지 묘하게 싸늘해 보이는 인상의 남자는 조금 놀란 얼굴을 해 보이더니 이내 흥, 하고 콧방귀를 뀐다. 그 여전한 모습에 웃음이 났다. 고등학교 때도 예체능—심지어 피아노였다.—보다 이공계의 이미지가 강했던 터라 그 모습이 정말 잘 어울렸다.

"신기하긴 뭐가? 그보다 넌 여기 웬일이야? 어떻게 알고 왔어?"

"아, 고양이 찾으려요. 여기 혹시 톰이라고……."

"네가 정하 자식 물건을 왜 찾으러 와? 너 설마 정하 그놈이랑—"

"에이, 에이. 말도 안 돼. 절대 그런 거 아니에요. 그냥 사정이 있어서 어쩌다 보니. 아, 저기 뚱뚱한 애, 쟤가 톰이에요?"

그냥 봐도 알 수 있었다. 정말 돼지라고밖에 표현 못 할 까만 고양이 한 마리가 허연 배를 드러낸 채 소파 위에 퍼져 있다. 신기한 마음에 다가간 선이 조심스럽게 손을 내밀자 녀석은 힐끗 눈을 떠 보이며 고르륵거리더니 도로 눈을 감아 버렸다.

그사이 눈치 빠르게 생긴 간호사가 캐리어를 꺼내 왔다. 왠지 두근

두근한 심정으로 톰 녀석을 살포시 껴안아 캐리어에 넣었다. 다행히 꽤 얌전한 녀석이었다. 여전히 못마땅한 얼굴로 바라보는 영신에게 샐쭉 웃어 보인 선은 끙, 소리를 내며 캐리어를 들었다.

"저 그럼 오늘은 이만 가 볼게요. 참, 그리고 다음에……."

또 만날 일이 있으면 인사라도 하자고 할 참이었다. 문이 열리는 소리와 함께 누군가가 들어오며 그녀의 말은 자연스럽게 입안에 머물렀다.

"유민 씨."

"어? 강윤 씨. 일찍 오셨네요?"

처음에 그녀를 맞이하던 간호사가 반갑게 말을 걸었지만, 남자는 곧장 큰 개와 함께 있는 여자에게 다가가 그녀를 끌어안았다. 그리고 이어진 입맞춤이라니.

"어우, 닭살!"

누군가의 타박에 대번에 공감해 버렸다. 그러나 애정 표현을 서슴지 않던 남자가 고개를 돌리며 부드러운 미소를 보인 순간, 그녀는 저도 모르게 벌어지는 입을 다물 수가 없었다.

"강윤…… 선배?"

"병아리?"

이름을 불린 남자가 나직하게 내뱉었다. 조금 놀란 얼굴로.

"아니, 최선. 네가 여긴 어떻게……."

"아, 우와. 우와, 진짜 선배……네요."

오늘은 대체 무슨 날인 걸까. 이렇게 두 사람을 만나게 되다니.

"민정하, 아니 정하 선배한테 결혼하셨다는 소식은 들었어요. 축하해요."

"그래, 고마워."

흔쾌히 대꾸한 윤이 맑게 웃었다. 왠지 심장이 덜컥 내려앉았다.

저렇게 웃을 수 있는 사람이었구나. 처음 보는 표정에 그저 놀라울 뿐이었다. 저 사람에게 저런 미소를 짓게 만드는 사람은 대체 어떤 사람일까. 그 답도 한 번에 알 수 있었다.

윤의 품에 여전히 반쯤 안겨 있는 여자. 앳된 얼굴에 호기심을 담은 채 바라보는 저 사람이 바로…….

"와, 이분이구나. 미인이시다. 만나 봬서 정말 반가워요. 축하드려요."

그가 유일하게 사랑하는 사람이자 소중한 아내일 테니까.

터벅터벅 걷는 걸음이 점점 느려졌다. 톰의 무게가 버거운 것보다 제 몸을 지탱하는 과정이 의식하지 않으면 잘 되지 않는, 그런 기분이었다. 무릎을 구부리고, 뻗고. 발목에 힘을 줘 땅을 짚고. 그 일련의 과정을 생각하며 걷다 문득 멈춰 섰다.

"여긴가."

넓은 길을 사이에 두고 저만치 보이는 웅장한 아파트를 올려다봤다. 잔뜩 위축된 심장이 불안하게 뛴다.

끝도 없이 하늘을 향해 치솟은 건물. 언제나 떳떳하라고, 자신감을 가져야 사람대접을 받는다고 배워 왔는데, 돈과 힘으로 무장한 건물 앞에서는 어쩔 수 없이 초라해지고 만다.

왠지 모를 허탈함과 좌절, 유쾌하지 못한 감정이 엄습했지만 고개를 저어 몰아냈다. 어차피 나와는 관계없는 사람. 다른 세상, 함께할 수 없는 존재들이 사는 방식 따위에 휘둘리고 기죽을 이유는 없으니까.

하지만 끝내 떠올린 건 오래전의 씁쓸한 기억이었다.

8살에 처음 출전한 콩쿠르에서 쇼팽의 에튀드 혁명(Chopin etude no.12 in c minor op.10)을 연주해 수많은 사람들을 놀라게 만들었던 그녀는 이후, 유명한 피아니스트이자 S대학의 교수직을 맡고 있는 유 교수를 사사하며 수많은 콩쿠르를 섭렵해 왔다.

그러다 12살이 된 해 모스크바 국제 청소년 쇼팽 콩쿠르에서 당당히 1위를 하고 돌아온 그녀는 국내 오케스트라와 협연을 통해 정식으로 국내 무대에 데뷔. 누구보다 촉망받는 피아니스트로서 이름을 알려왔다.

그러나 그토록 화려한 길을 걸어온 그녀도 어느 순간부터 자신의 한계와 벽을 깨닫기 시작했다. 어느덧 그녀의 일상은 그것을 뛰어넘기 위한 노력으로 점철되고 있었다.

'천재는 99% 노력과 1%영감으로 만들어지는 거야. 꾸준히 노력하면 다 된다. 알아들었니?'

하지만 그 1%가 천재와 범인을 가르는 기준이라는 걸 알려 주는 이는 없었다. 그저 어느 순간, 그녀 스스로 '뭔가가 부족하다', '뭔가를 잃어버린 것 같다' 라는 생각을 했을 뿐.

그럼에도 돌이킬 수는 없었다. 그런 와중에도 점차 부풀어 가는 주변의 기대와 저 자신의 꿈이 있었으니까. 그만큼 자리를 내주며 작아져야 했던 즐거움이란 이름은 밀어 둔 지 오래였다.

그저 앞으로 달리는 수밖에. 그렇게 입을 다물고 감정을 숨기고. 앞만 바라보며 원하는 대로 떠밀리는 수밖에.

'아, 어서 와. 네가 그 선이구나?'

유 교수의 소개로 낯선 학원에 첫발을 딛었던 날. 그의 옛 제자라며 자신을 소개한 여자는 반가이 웃으며 그녀에게 뭔가를 내밀었다.

'이건 열쇠니까, 늦게 갈 때 문단속만 잘 해 주고.'

'네, 고맙습니다.'

고개를 꾸벅 숙여 보인 선은 자리를 잡기 위해 걸음을 옮겼다. 깔끔한 내부를 눈여겨보며 그랜드피아노가 있는 연습실을 찾던 선은 제 앞을 스쳐 가는 인영에 흠칫하며 멈춰 섰다.

'오빠!'

조그만 여자아이였다. 막 그녀가 향하려던 연습실로 쪼르르 뛰어드는 걸 본 것도 잠시, 덜 닫힌 문틈으로 웃음소리와 함께 피아노 소리가 들리기 시작했다.

처음 듣는 곡이었다. 깃털처럼 가볍고 듣는 이의 기분마저 들뜨게 만드는 경쾌한 연주. 그러나 절대 가볍지 않은 실력……. 홀린 듯이 문가로 다가선 순간, 정신마저 몽롱해지는 반짝반짝한 빛이 눈앞을 덮쳐 왔다. 음, 하나하나가 천진한 아이처럼 멋대로 까불거리면서도 어느 순간 제자리에 돌아와 맡은 역할을 해치운다. 반딧불처럼 여린 트레몰로. 가볍게 튀어 오르는 스타카토. 이어 노래하듯 퍼져 나가는 아르페지오…….

절로 웃음이 터져 나올 만큼 기분이 들뜨기 시작했다. 설렘 가득한 두근거림이 가슴속을 메웠다. 묘하게 다정하고 신비로운 곡과 무섭도록 **빠져들게** 만드는 연주 실력은 분명 그녀가 모르는 1%의 세계 속 사람의 솜씨였다. 그것을 깨닫자 가슴속까지 섬뜩한 질투심이 일었다.

대체 어떤 사람이 이런 연주를 하는 걸까. 어떻게 이런 연주가 가능한 걸까.

익숙한 교복 차림의 남자는 때마침 연주를 마치고는 옆자리에 앉은 아이에게 미소를 보이더니 좀 더 고개를 돌려 그녀를 바라봤다. 그리고 동시에 그녀의 얼굴이 굳었다.

'강윤……'

가슴을 짓누르는 듯한 통증에 흠칫한 선이 먼저 고개를 돌려 버렸다. 처음으로 가지고 싶다고 생각했었다. 그를, 그의 연주를.

"어땠어?"

문이 열리자마자 들려온 말에 선은 어처구니없다는 표정으로 눈을 치켜떴다. 이전처럼 딱 떨어지는 슈트 차림이 아닌, 부드러운 니트 티셔츠와 편안한 베이지색 면바지 차림의 남자는 특유의 오만한 미소를 띤 채 그녀를 내려다봤다. 막 감고 적당히 말린 듯 자연스럽게 헝클어져 이마를 가린 머리카락이 낯설다.

"뭐가요?"

"만났을 거 아냐?"

"……"

"윤이."

대답이 없는 그녀 대신 태연히 그 이름을 올린 정하가 싱긋 웃었다.

"그래서 어땠어?"

"오랜만이라 반가웠어요."

"그게 다야? 다른 건?"

"뭐가 궁금한 거예요? 이거나 받아요."

툭 하니 내뱉어 준 선이 던지듯 캐리어를 내밀었다. 그러고는 성큼성큼 집 안으로 들어섰다. 키득거리며 받아 낸 정하가 문을 닫고 뒤따랐다. 예상대로 휑하고, 부담스러울 만큼 고급스러운 마감재로 다른 세상 같은 집이었다. 새삼 놀랄 것도 없이.

적당히 둘러보던 선이 뒤를 돌아봤다. 때마침 정하는 캐리어를 바닥에 내려 두던 참이었다.

"아무튼 다시 말하지만 난 여기서 선배 가르칠 생각 같은 거 전혀 없어요. 그리고 그 시계, 뭔진 모르겠지만 제가 고쳐 드릴 테니까 다신……."

-캬아아아아옹! 햐악! 학!

갑작스러운 일에 그녀의 말이 뚝 끊어졌다.

캐리어를 뛰쳐나오자마자 제 곁에 있는 정하를 향해 하악질을 하던 톰이 유유히 자리를 벗어났다. 더 당황스러운 건 그런 톰의 태도에도 아무 일 없었다는 듯이 무심한 정하의 표정이었다.

이건 도저히 묻지 않을 수가 없잖아!

"선배 고양이 맞아요?"

"맞는데."

"그런데 뭐예요? 쟤는 왜 저러고 선배는 왜?"

"뭐가?"

전혀 이상할 거 없다는 듯, 도리어 그런 걸 묻는 게 이상하다는 듯한 얼굴로 되묻던 그가 이번엔 그녀의 손을 덥석 붙잡았다. 순간, 목구멍 안쪽으로 이상한 신음이 흘러나왔다.

"가자. 연습실은 저 안쪽에 있어."

이끌려 걷는 걸음이 묘하게 비틀렸다.

연습실은 그야말로 돈지랄의 결정체였다. 그녀의 집이 통째로 들어앉았다 해도 믿을 만한 크기의 연습실은 전체가 꼼꼼하게 방음 처리가 되어 있었다. 대체 얼마나 돈을 들여야 이런 게 가능한 건데!

"헉, 290!"

게다가 피아노를 발견한 순간, 선은 정하의 손을 뿌리쳤다는 것도 잊은 채 피아노 곁으로 뛰어들었다.

"그것도 두 대야, 미쳤어!"

나란히 놓인 두 대의 그랜드피아노에 피를 토하듯 비명을 내질렀다. 세상에. 한 대에 3억은 호가하는 '뵈젠도르퍼 임페리얼'이 고작 연습실에 처박혀 있다니!

"……이건 무슨 돈지랄이야?"

저도 모르게 본심을 내뱉은 순간, 웃음소리가 들려왔다. 그제야 뒤를 돌아본 선은 황급히 제 입을 틀어막았다. 틀린 말은 아니지만 본인 앞에서 너무 솔직했다. 아주 어색한 얼굴로 웃어 보인 선이 재빨리 피아노로 다가섰다.

"우, 우와! 진짜 건반 많다! 헐, 건반이 새까매!"

보기엔 평범한 그랜드피아노지만 일반적인 88건반보다 저음 영역으로 9개의 검은 건반이 추가된 97건반이 이 피아노의 특징이다. 그만큼 커다란 덩치도.

이상하게 설레며 가장 왼쪽의 건반을 눌러 봤다.

"……이런 소리구나."

음역이라는 느낌보다 울림이라는 말이 더 정확할 거 같다. 다시 원래의 최저음을 누르자 익숙한 음형이 떠오른다.

"라벨의 밤의 가스파르에서 스카르보 최저음이 원래는 G였대요. 지금은 A 누르는 걸로 바뀌었지만 전부터 어떤 느낌으로 연주하는지 궁금했는데……."

"쳐 봐."

"네?"

갑자기 가까워진 목소리에 흠칫하며 옆을 돌아봤다. 언제 온 건지 옆에 바짝 붙어 선 정하가 진지한 얼굴로 바라본다. 화들짝 놀라며 한 걸음 물러났다.

사람 간 떨어지게 만들 일 있나! 아니, 그보다 이 사람 제정신이야?

"저보고 그걸 치라고요?"

"흉내라도 내 봐."

"……."

"쳐 본 적 없어?"

"아니, 쳐 보기야 했죠. 그, 그래도 그렇지 요새 치는 곡은 따로 있고 연습도 쭉 안 했는데 그렇게 갑자기 치라고 하면…… 선배님도 음악하신 분이 무슨 그런 소리를 아무렇지도 않게 하세요?"

"악보는 있어."

"헐."

진짜로 악보까지 꺼내 보면대에 떡하니 올려놨다.

이거 농담이 아니다. 긴장 때문인지 손에 땀이 찬다. 엄청난 난곡 중에 하나로 웬만한 피아니스트들에게도 고난과 역경을 선물하는 판국에 최근엔 건드려 본 적도 없고, 심지어 저 민정하의 앞에서 쳐야 한다고 생각하니…… 갑자기 속이 울렁거린다.

이윽고 피아노 앞에 앉은 선은 습관처럼 청바지 뒷주머니에 꽂힌 손수건을 꺼냈다. 이런 경험도 꽤 오랜만이다. 손에 땀이 많은 그녀를 위해 나 여사는 꼬박꼬박 그녀의 옷마다 손수건을 넣어 두는 걸 잊지 않았고, 그 습관은 지금까지도 지속되고 있었다. 새삼 나 여사의 마음 씀씀이에 뭉클해진 선이 숨을 가라앉혔다.

어떤 상황이 되었건 지금은 피아노 앞이다.

둥—

음산하고 느릿한 저음에 이어 쿵 떨어지는 스카르보화음. 그리고 빠른 연타.

점차 고조되는 양손 교차 상승에 이은 트레몰로로 기괴한 느낌을 한껏 살리며 도입한 곡은 약간의 틈을 내비친 후, 아름다운 주제를 확 퍼뜨리곤 잔잔한 왼손 아르페지오로 여운을 남긴다.

기묘한 불협화음이 곡 전체를 지배하며 퍼져 나갔다.

그러나 피아노 역사상 손꼽히게 어려운 곡답게 그녀의 손끝에서도 불편한 음이 튀어나왔다. 결국 몇 장 넘기지 못하고 멈춰 버린 선이 한숨을 푹, 내쉬었다.

남자가 말했다.

"엉망이네."

……죽일까?

"가르치는 데는 지장 없거든요?"

흘깃 노려보며 내뱉는 말에 피식 웃음을 머금은 정하가 피아노에 손을 얹으며 몸을 숙였다. 한결 가까워진 미모가 부담스러워진 선이 슬그머니 상체를 뒤로 뺐다. 그러고 보니 아까부터 왜 자꾸 붙는 거야.

"글쎄, 그 실력이면……."

저도 모르게 긴장해서 마른침을 삼켰다. 느른하게 미소를 머금은 입술이 눈앞을 아른거린다.

"유치원생도 못 가르치겠는데? 열심히 연습이나 하지?"

"뭐라고요?"

울컥하며 소리를 지르자 금세 멀어진 남자가 키득거리며 웃음을 터뜨렸다. 장난치는 기색이 역력한 그 표정에 또 뭔가가 속에서 울컥거린다. 정말 무슨 초딩도 아니고 유치하게.

아, 그러고 보니 정말 그렇다.

잡힐 듯 말 듯, 딱 거리를 유지하며 약을 올리는 못된 비글 한 마리. 주변을 맴돌며 관심 좀 달라고 못된 짓만 골라 하는 막돼먹은 짐승. 그러면서도 빤히 저를 바라보는 저 눈빛.

어째서일까. 그 눈빛에 유민이란 여자를 바라보던 윤의 미소가, 이 순간만큼은 세상에 이것 하나뿐이라는 것처럼 그렇게 바라보던 윤의 표정이 겹쳐졌다.

물론, 이 남자가 그런 눈빛으로 저를 바라볼 리는 없다. 그런데 왜 이런 느낌일까. 또다시 가슴속에서 느껴지는 이상한 울림에 숨을 쉬는 것이 불편해진 선이 고개를 돌렸다. 그리고 다시 피아노를 바라봤다.

둥.

크게 울리는 심장 소리 대신, 크게 파장을 그리는 물결처럼 피아노 음이 공간을 메우기 시작했다.

Liszt Paganini etude No. 3 in G sharp Minot S. 141 La campanella

가벼운 터치로 주제를 연주하고 나면 어린 새의 지저귐 같은 트레몰로가 이어진다.

거침없는 도약. 파도처럼 부드럽게 흘러가는 스케일. 맑은 종소리처럼 하염없이 두드리면서도 어김없이 절제되고 깔끔하게 떨어지는 프레이징. 몰아치는 폭풍처럼 쏟아지고 잠시 느른하게 틈을 보이며 유혹하는 템포 루바토…….

4분여의 연주가 끝나자 목덜미까지 땀이 흥건했다. 가만히 손등으로 이마를 문질러 닦았다. 축축한 땀이 손등을 적셨다. 전속력으로 운동장을 뛰었을 때처럼 벌컥거리며 피를 토해 내는 심장. 가쁘게 차오르는 숨은 익숙하다.

쏟아지는 찬사 속에서 등골이 오싹하도록 짜릿함을 느끼는 순간.

이제, 다시는 오지 않을 날들이 언뜻 그녀의 뇌리를 스쳐 갔다.

묘하게 떨리는 무릎을 가누며 손끝으로 손수건을 붙잡아 쥔 선이 정하를 바라봤다. 이런 긴장감이 낯설다. 무심한 눈과 시선이 마주친 순간 선은 조금 당황하며 입을 열었다.

"서, 선배도 한번 쳐 보세요. 수준이 어느 정도인지는 알아야 레슨을 하더라도……."

"내가 배운다고 했었나? 그렇게 말한 적은 없는데."

"그건 또 뭔 소리예요! 분명히 선배가 레슨받겠다고 억지로 여기까지 불러 놓고선!"

저도 모르게 버럭 소리를 지르며 일어나자 왠지 미묘한 표정으로 빤히 바라보던 정하가 고개를 돌렸다. 때마침 열린 문틈으로 호기심을 비추던 톰 녀석이 좁은 틈을 유유히 비집고 들어왔다. 검은 털 뭉치에 두 사람의 시선이 향했다.

여기까지 저 녀석이 왜 오는 걸까, 하고 생각한 순간,

ㅡ캬악! 캭! 캬아아아아옹!

정하가 녀석을 집어 들었고, 톰은 고약한 비명과 함께 발광을 시작했다.

"선배! 그, 그냥 내려놔요. 지금 뭐하시는……!"

기겁하는 그녀의 눈앞에서 그의 섬세한 손에 빨간 줄이 좍좍 그어지고 있다. 그 상황에서 남자는 꿋꿋하게 녀석을 내밀었다.

그리고 한다는 소리가…….

"얘가 배울 거야."

뭐래, 이 미친놈이.

남자는 여전히 무덤덤한 얼굴로 녀석의 발 하나를 잡아 올렸다.

"봐, 발가락도 다섯 개야."

그만해, 미친놈아.

"조금 힘들지 모르겠지만."

조금이 아니잖아.

"고양이 춤 정돈 칠 수 있을지 모르잖아."

누가 이 사람 좀 어떻게 해 봐!

3.

미친놈 떼어 내는 법

"너 다이어트 중 아니었어?"

보기만 해도 아찔한 치킨의 자태를 감상하던 선이 걱정스럽게 묻자 냉장고에서 맥주를 꺼내 오던 진아가 불쑥 대꾸했다.

"다 필요 없어. 12시 넘으면 치맥은 0칼로리인 거 몰라?"

"그래, 뭐. 까짓것 오늘 먹고 내일 뛰면 되겠지. 원래 다이어트는 내일부터 하는 거야."

"시끄럿! 매운 양념은 살 안 찐다고!"

어디 치느님에게 그런 무식한 망발을! 흥분하는 진아의 앞에서 재빨리 맥주병을 들어 올린 선이 웃음을 터뜨렸다. 모처럼의 휴일을 맞이해 대학원 동기이자 유일한 친구인 진아의 원룸에서 하루 종일 뒹굴거린 날이었다.

"하아…… 요즘 왜 이렇게 재수가 없지? 삼재가 낀 건가? 굿이라도 할까?"

"또 뭔데? 고양이 가르치라는 놈보다 더 미친놈이 들러붙기라도 했어?"

"말도 마. 고양이 죽어 간다고 하도 심각하게 굴길래 급하게 뛰어갔다가 완전 낚였다고! 병원에서 비웃더라. 별일도 아닌 걸로 뭐 하는 거냐고. 진짜 무슨 그런 사람이 다 있지?"

"낚이는 니가 병신이지, 이년아. 남의 고양이 죽든 말든 뭔 상관이야?"

"그 미친놈은 진짜 죽이고도 남을 거 같으니까 하는 말이지!"

"캬아, 이건 삼재가 낀 게 아니고 오지랖이 꼈구나."

"우씨!"

낄낄거리며 맥주를 들이켜는 진아를 향해 튀김 조각을 던지던 선이 눈살을 찌푸렸다. 무슨 심보인지 며칠 전, 느닷없이 전화를 걸어온 정하는 톰이 아프다는 말로 기어이 그녀를 불러냈다.

'헤어볼이라고. 그루밍을 하다가 삼킨 털을 소화시킬 수 없으니 토해 내는 거야. 한마디로 입으로 뱉는 똥이지. 아침에 쾌변하듯이 아주 정상적인 고양이들이……'

그런데 법석을 떨며 도착한 영신의 병원에서 들은 말이라니!

거기다 깨끗하게 고쳐 돌려주겠다며 그의 집에서 들고 나왔던 시계가 또 말썽을 일으켰다. 당장이라도 고치기 위해 시간을 내 들렀던 백화점에서 그녀는 그야말로 충격과 공포가 뭔지를 실감했었다.

'이런 위버프리미엄 급 상품은 여기서는 수리가 불가능하신 제품이시고, 일단 독일 본사로 보내야 하는 거기 때문에 수리비가 많이 나올 수 있으십니다, 고객님.'

위버프리미엄은 뭐고 독일 본사는 또 뭔데?

기묘한 높임말이 전혀 신경 쓰이지도 않을 만큼 불길한 단어들의 향연에 선은 저도 모르게 침을 꿀꺽 삼켰다.

'그, 그래서 수리비가 얼만데요?'

'이전에도 비슷한 경우로 오신 분이 계셨는데요, 그분은 안의 부품을 많이 갈아야 해서 500만 원 정도 드셨구요, 아마 이 정도면 대략 300만 원 선부터 생각하셔야……'

'잠깐만요. 어, 얼마라고요?'

'300만이요, 고객님.'

다시금 딱 잘라 300만 원이라 대답하는 여자의 말에 눈앞이 노래졌다.

'말도 안 돼! 무슨 시계에다 금이랑 다이아몬드라도 처발랐어요? 무슨 수리비가 그렇게 비싸!'

기겁하는 그녀를 묘한 눈길로 바라보던 직원이 슬쩍 입가를 비틀었다. 처음의 지극히 친절하던 모습에서 점점 고압적인 태도로. 심지어 장물을 팔러 온 업자를 보듯 미심쩍게 바라보는 시선 앞에서 그녀가 할 수 있는 말은 하나뿐이었다.

'……이거 진품은 아니죠?'

그렇다고 해 줘요, 제발!

"풋…… 푸흐하하핫!"

"남은 심각한데 웃음이 나와? 하여간 진짜 무슨 이런 상 또라이 같은 놈이 다 있냐고! 뭐하는 인간인데 손목에다가 집 한 채를 두르고 다녀? 거기다 뻔히 다 알면서 설명도 안 해 주고 떡하니 준 것부터가 미친 짓 아니야? 곤란하게 만들려고 아주 작정했지. 이러다 내가 미치겠어. 진아야, 미친놈 떼어 내는 방법 뭐 그런 거 없을까? 좀 생각해 봐."

"글쎄다. 쉽게 떨어지면 그게 미친놈이간? 그리고 넌 너무 물렁해서 다 받아 주지."

"아니거든? 이번엔 독하게 한 소리 했어!"

"뭐라 그랬는데?"

"미친놈. 변태 새끼라고……."

"어이구야, 그래. 변태 미친놈한테 변태 미친놈이라 했으니 퍽이나 좋~은 욕이다."

"다신 나타나지 말라고 진지하게 말했단 말이야!"

"그래, 그래. 잘도 무서워서 안 나타나겠지. 자알- 했다."

도무지 진지하게 듣질 않잖아!

자연스럽게 치킨을 한입 베어 문 진아가 시큰둥하게 말했다.

"그리고 선이 넌 말이다. 병신을 상대하는 기본자세가 안 되어 있어. 병먹금이란 말 모르냐?"

"그건 또 뭔데?"

"병신에게 먹이 금지. 일명 이 짐승에게 먹이를 주지 마세요. 트롤러는 관심을 먹고 자라거든. 그런 관심병 종자들한테는 관심 딱 끊어 주는 게 특효약이란다. 그냥 딱 끊고 무시하면 얌전해지는 게 걔네들 종특이라고."

이건 또 어느 나라 말이야. 분명 우리말인데 난 왜 때문에 한마디도 알아들을 수가 없죠?

"하여간 난 너도 좀 이해가 안 가. 그렇게 싫고 미우면 아예 상종을 말아야지. 그걸 왜 일일이 반응해 주냐고. 온다고 만나 줘, 부른다고 나가. 거기다 그 시계도 정확하게 누가 고장 낸 건지도 모르는데 덥석 들고 오는 게 말이나 돼? 이건 둔한 건지 멍청한 건지."

날카롭게 핵심을 찌르는 말에 선은 뭐라 대꾸할 말을 찾지 못했다.

그러고 보니 나, 그랬던가?

분명 화가 많이 났고, 그 남자가 미운 것도 사실이었다. 다시는 보고 싶지 않을 만큼 싫은 것도 맞는데, 지금 당장도 머리로 인식하는 현실만큼 감정이 따라오지 않는 느낌이었다. 그리고 이런 현상은 아주 어릴 때부터 꾸준히 겪어 왔었다.

"전부터 느꼈다만, 넌 좀 특이해. 좋게 말하면 매사 둥글게 그러려니 넘어가는 성격인가 보다 하겠는데, 또 나쁘게 말하면 뭔가 공감을 잘 못 하겠어. 뭔 일을 겪어도 무덤덤한 게 속이 있는 건지 없는 건지. 화도 안 내고…… 아니, 내긴 내는데, 뭔가 남들이랑 약간 핀트가 다른 거 같아. 당장 너한테 심각한 일인데도 넌 꼭 남 일 구경하는 것처럼 반응을 하거든."

진지하게 짚어 내는 진아의 말에 선은 묵묵히 제 손가락을 만지작거리며 생각했다.

화가 나지 않는 건 아니었다. 하지만 어느 시점에서 감정은 잦아들고 만다. 그 이유 역시 알고는 있다.

중요하지 않으니까. 생각하지 않아도 괜찮은 일이니까.

그런 일에 진지하게 신경 쓰며 골치 아파하고 싶지 않았다. 정확히 표현하자면 가슴속 깊은 곳에서부터 뭔가가 깊게 관여하는 걸 막는 기분이었다.

"그냥 난…… 기대를 안 하는 거 같아."

기대를 하지 않으면, 실망도 적다. 그저 이 순간, 제 할 일에 최선을 다했다면 그것으로 족할 뿐. 줄 수 있는 건 줘 버리고 받을 건 기대하지 않는 것. 그녀에겐 이 방법이 상처를 피하는 최선의 방법이었던 거다.

"미련한 년."

"헤헤……."

"웃지 마, 이년아. 정들어."

설명을 듣고 난 진아는 매우 찜찜한 표정이었다. 내가 어쩌자고 저런 걸 주워서 친구로 삼았나. 투덜투덜 이어지는 말에 선은 더 참지 못하고 크게 웃음을 터뜨렸다. 오지랖이 태평양인 진아의 성격상 눈에 보이는 미련퉁이를 내버려 두긴 어려웠을 거다.

"그나저나 그 사람이 고등학교 때 그 사람이라는 거지? 그럼 뭐, 싫어하는 것도 이해는 한다만……. 그렇게 마냥 나쁘게만 볼 필요는 없지 않을까?"

"무슨 소리야, 그게?"

진아와는 같은 대학원에 재학하며 자연스럽게 친해졌고, 몇 년째 두터운 우정을 쌓아 오는 사이였다. 그녀의 암울했던 고교 시절의 이야기를 털어놓았을 때 진아는 그녀보다 더욱 분노하며 그녀의 과거를 안타까워했었다. 그런데 지금의 그녀는 생각지도 못한 의견을 내놓고 있었다.

"아니, 솔직히 겉보기엔 최고잖아. 고양이야 놀리려고 작정한 것 같긴 하다만 그 정도야 애교로 넘겨 줄 수준 아니냐? 거기다 잘생겼지, 돈 많지. 과거에야 어떤 일이 있었건 직접적으로 널 괴롭힌 존재도 아니고. 솔직히 아무리 아는 사이라도 그런 고가의 물건을 선뜻 건네준다는 거부터가 범상한 인물도 아닌……."

"그거."

"음?"

"그 점이 싫다고."

진아의 평가에 아주 잠깐, 말문이 막히는 기분이었지만 답은 생각보다 훨씬 간단했다.

"그렇게 눈에 띄는 사람이랑 엮이는 거 자체가 문제야."

지금껏 누구보다 특별한 인생을 살아왔지만 그건 저 자신이 감당할수 있는 일이었다. 하지만 타인에 의한 상황은 논외다. 덧붙여 자신이어찌할 수 없는 존재라면 어떨까.

"이제 그냥 평범하게, 아무 일 없이 무난하게 살고 싶어. 더는 휘둘리고 싶지 않다고. 그런데 그 사람이 곁에 있는 한 그럴 일은 절대 없어."

그의 눈길이 향하고, 그의 발걸음이 향한다는 것만으로 어떤 일을겪었던가.

다시 그 시절과 같은 일은 아니라도, 지금의 그녀가 바라는 평범한일상 따위 꿈도 꾸지 못할 일이 될 게 뻔하다.

"하긴…… 그 정도면 나라도 부담스럽긴 하겠다만."

납득한 듯 고개를 끄덕이던 진아가 자못 진지한 얼굴로 팔짱을 꼈다.

"그보다 그 미친놈은 정확히 어떤 인간이냐? 뭐하는 놈인지, 어떤놈인지 알아야 대책을 세우지. 일단 이름은 민정하고 연예인보다 잘생긴 데다 집은 왕창 부자. 같은 예고 출신의 선배…… 그 선배 결혼은했냐?"

"아니 아마…… 안 했겠……지?"

"하긴. 결혼하고 너한테 집착했다간 그 집 마누라가 널 열 번은 찾아왔을 테고. 그럼 나이는 1년 선배니까 지금 서른하나?"

"어, 아마도."

"무슨 일 하는데?"

"그게…… 자세히는 모르겠고 무슨 이상한 이름 회사 대표라고 했던 거 같은데……."

"고등학교 때 이후로 만난 적은 없고?"

"어, 그리고 보니 얼마 전에 한국에 들어왔다고 한 적은 있어."

"그럼 그때 이후로 계속 외국에 있었던 건가?"

"……."

왠지 제대로 답을 내놓기가 점점 힘들어졌다. 대체 뭐하는 인간이야? 대답을 내놓아야 할 제가 묻고 싶을 지경이었다.

"그럼 질문을 바꿔서, 그 사람 고등학교 땐 어땠어?"

"그냥, 잘나가는 모범생……이었지."

"그런데 정작 좋아했다던 네 앞에서만 또라이였다? 왜?"

그러게.

할 말이 없어진 선이 묵묵히 잔을 집어 들었다. 왠지 그 순간 민정하의 연주를 처음 들었을 때의 기억이 떠오르기 시작했다.

4월에 있었던 향상연주회 날이었다. 연주회장에서 제 순서를 기다리며 앉아 있던 그녀는 소란스러워진 분위기에 고개를 들었고, 때마침 다소곳이 피아노 앞에 앉은 강윤과 바이올린을 든 정하의 모습을 발견했다.

왠지 더 앉아 있고 싶지 않아 일어서려는 순간, 음울한 느낌의 바이올린 카덴차가 시작되었다. 그녀의 발걸음이 멈췄다.

움직임마저 우아한 남자가 준비했던 곡은 Ravel의 Tzigane.

그의 연주는 섬뜩하리만큼 아름답고, 소름이 돋을 만큼 깨끗한 어둠 그 자체였다.

파가니니의 카프리스를 연상케 하는 기교적 움직임. 짙고 검은 궤적을 그리는 듯 뚜렷한 음의 파동. 말조차 잊고 바라보는 사람들 사이에서 그녀도 움직일 수 없었다. 숨을 쉬는 것도 잊은 채 기괴함마저 불러일으키는 연주를 멍하니 듣고 있었다. 악마적인 기교로 영혼을 팔아치웠다는 오해를 받고 죽은 뒤에 고향의 무덤에조차 묻히지 못했다는 파가니니의 일화를 떠올리며.

─따라란······.

그 숨통을 틔워 놓은 건 윤의 피아노였다. 쏟아지는 빛처럼 화사한 스케일이 그가 흩뿌렸던 어둠을 몰아내고 놀리듯 가벼워진 바이올린 선율이 이어진다. 그녀는 그제야 막혀 있던 숨을 몰아쉬며 돌아섰다.

그야말로 민정다운 연주였다. 그 아득한 어둠이 정말로 그의 뿌리를 이루고 있는 것이라면······ 절대 가까이 해선 안 된다는 생각이 들었을 만큼.

그런 연주를 하는 남자라는 걸 지금까지 잊고 있었다. 그리고 의문이 떠올랐다.

왜 그는 연주자가 되지 않은 거지?

"하긴, 13년이나 지나서 새삼 찾아왔다는 거부터가 일단 정상은 아니지. 아무래도 이건 상식이 통하지 않는 미친개한테 제대로 물렸든가. 아님, 다른 사연이 있단 소린데."

남은 맥주를 들이켠 진아가 진지하게 말했다.

"한번 제대로 알아보는 게 어떠냐?"

"뭘?"

"그 남자 왜 그렇게까지 너한테 집착하는지, 그땐 왜 그렇게 또라이

같이 군 건지. 왜 갑자기 또 나타난 건지 기타 등등, 이상한 점 많잖아."

"그건 지금 나더러 섶을 지고 불구덩이로 들어가라는 소리랑 다를 바 없거든?"

"내가 보기엔 이미 넌 불구덩이에 발을 들였어. 먹이를 너무 줬다고."

"야!"

"그리고 알아봐서 나쁘진 않잖아. 그렇게 집요한 인간이라면 네 말 몇 마디에 떨어져 나갈 거 같지도 않은데 왜 그러는지 이유나 알고 당하는 게 덜 억울하지 않아?"

남의 일이라고 참 쉽게도 말한다. 그런데 제법 그럴듯하기도 하다. 물론 결론은 금세 나왔지만.

"아니, 절대 안 돼. 그 인간은 또라이 성분만 추려 가지고 집약해 놓은 거 같은 존재라고. 그 인간은 애초에 정상적인 말이 통하질 않아."

"설마. 외국인도 아닌데 말은 통하겠지."

"아―니. 외국인이면 억울하지나 않지! 그래, 초딩. 완전 초딩 그 자체란 말이야!"

"초딩이라…… 너 심리학이 왜 아동심리학과 여성심리학만 있는 줄 알아?"

"뜬금없이 뭔 소린데?"

"아니, 들어 봐. 이건 남성과 아동의 심리가 같아서 그렇대."

"……."

"그러니까 남자 새끼들은 다 커 봤자 초딩이라 이거지. 겉으로 미친놈 같은 놈이라도 속은 그냥 어린애일지 어떻게 알아?"

그제야 주춤한 선이 작게 한숨을 내쉬었다. 차마 진아 앞에선 말 못했던 그 날의 기억이 떠올랐다. 그녀가 동물병원을 뛰쳐나와 도망치듯 걷는 동안, 등 뒤를 따르던 발소리가.

굳이 그녀를 이 병원에 오게 만드는 저의가 뭔지, 그 속이 너무도 훤해 화를 냈다.

'내가 아직도 강윤 선배 좋아한다고 생각했어요?'

'그래서 깨끗하게 정리는 했고?'

그리고 돌아온 대꾸에 선은 진심으로 저 머리통을 해부하고 싶어졌다.

'선배, 대체 나한테 왜 그래요?'

충동적인 질문이었지만 내뱉고 나서야 알 것 같았다.

지금 두 사람 사이에서 이것보다 중요한 질문은 없었다는 걸.

'아쉽네. 딱 13년 전에 물어봤으면 좋았을 텐데.'

그리고 그 대답을 들은 순간, 이상한 생각이 떠올랐다. 설마, 하면서도. 에이, 설마, 그건 아니겠지, 하면서도 여지없이 떠오르는 어떤 생각이. 저 미친놈이 정말 미친 사람처럼 웃을 거 같은 질문이.

'선배, 설마 나…… 좋아해요?'

'응.'

그가 정말 웃었다.

'좋아해.'

'……'

'쭉 좋아했어.'

'……'

'앞으로도 좋아할 거고.'

담담하게 이어지는 말을 멍청하게 듣고 있었다. 정신을 차리자마자 도망치듯 돌아섰고, 끝내 뒤따라와 붙잡는 그와 실랑이를 벌이며 아무 소리나 내뱉어 댔었다. 그중에는 미친놈, 변태새끼라는 말도 포함되어 있었다.

'장담하는데 내가 선배를 좋아할 날은 평생 안 올 거야.'

이것은 그녀가 진심이라 믿는 제 마음이자, 그를 상처 입히기 위한 말이었다. 하지만 이런 말에 그가 상처받을 리 없다는 것쯤은 알고 있었다. 아는데…… 그 순간 자신을 바라보는 그의 표정에서 쓸쓸함을 읽었다.

미쳤지. 그럴 리가 없잖아. 저 사람이 누군데. 그 대단하고 잘난 민정하가 나한테 왜.

'선배 말대로 벌써 13년이나 지났잖아. 이제 난 그딴 장난질 하나에 휘둘리는 사람 아니라고요.'

다 알고 있는데도 한편으론 그가 자신으로 인해 흔들리길 기대하고 바라는 심리는 대체 뭐였을까.

'그러니까 여기서 이제 그만. 다신 내 앞에 나타나지 마세요.'

마지막으로 내뱉은 말에도 그저 물끄러미 바라보며 미소만 지었을 뿐, 그는 끝내 어떤 사과도 후회의 말도 늘어놓지 않았다. 물론, 이제 와 그런 말을 듣고 싶은 건 아니었다. 그에게서 어떤 태도를 바라는지 도 알 수가 없었다. 아니, 그가 무슨 생각을 하는 건지 생각하기에 앞서 저 자신의 생각조차 알 수가 없었다.

그 날 이후, 선은 철저히 그의 연락을 무시했다. 이번 달 수입이 들 어오면 어떻게든 시계를 고쳐 던져 줘야지, 생각하면서도 부족한 생활비에 허덕일 생각을 하니 한편으로 억울한 심경이었다.

애초에 그 남자만 아니었으면 아무 일도 없었는데. 그저 지금의 일에 충실하며 어떻게든 살았을 텐데. 그런 힘들었던 과거 따위, 모두 다 잊어버리고 살 수 있었는데…… 왜 이제야 나타나서!

새삼 화가 났다. 속이라도 시원하게 실컷 욕이나 퍼붓고 뺨이라도 후려쳐 줄걸.

"역시, 네 말이 맞아."

문득 도착한 메시지를 확인한 선이 허탈하게 웃음을 터뜨렸다.

"음? 갑자기 뭐?"

의아한 눈을 한 진아의 앞에서 선은 잠시 숨을 가다듬었다. 이런 말까지 하게 만드는 남자를 원망하며.

"내가 친구로서 처음이자 마지막으로 부탁할게. 이진아. 나 300만 원만 빌려 줘."

화면엔 메시지 하나가 떠 있었다.

-계산은 확실히 하고 끝내야지. 저녁때 사무실에 있을 거야.

✝

클럽 라비타로 들어선 정하는 직원의 안내에 따라 2층의 VIP룸을 향해 걸음을 옮겼다. 오픈 시간이 아닌데도 클럽의 내부는 대낮부터 술에 취한 사람들과 요란하게 터져 나오는 음악 소리로 정신이 없었다. 때마침 우르르 룸을 빠져나오던 사람들이 그를 향해 알은척을 해 댔다. 대부분 안면이 있는 연예인과 관련 업계의 종사자들이었다.

"웬일이냐. 네가 날 보자고 할 때가 있고?"

적당히 인사말을 나누다 숨을 돌리는 정하를 보며 준영이 조금 빈정거리는 어투로 물었다. 대꾸하는 대신 정하는 들고 있던 카드키를 휙 집어 던졌다.

"앗, 차거!"

홀더에 매달린 장식이 준영의 앞에 놓인 술잔을 건드렸다. 간신히 기우뚱한 술잔을 잡아챈 준영이 젖은 키홀더를 집어 들며 헛웃음을 터뜨렸다.

"야, 너 아무리 내가 원수 같아도 그렇지, 인마. 이런 식으로 나오면……."

"선물이 마음에 안 들어?"

"아, 선물이었어? 난 또 신종 암살 무기인가 했지."

"네 목을 조를 정도는 될 거야."

"농담하지 마라. 넌 농담도 진담으로 들려서 무섭다고."

준영이 투덜거리며 홀더를 닦아 내는 동안 정하는 유유히 맞은편 자리로 가 앉았다. 한바탕 파티가 끝나고 엉망이 되어 있는 테이블을 흘깃 바라본 정하가 짧게 내뱉었다.

"적당히 마셔."

"설마, 걱정하는 거야? 너 미국 가서 살더니 제대로 사람 됐다?"

요즘 때아닌 반항기에 접어든 준영이 결국 어머니의 눈 밖에 나 아파트와 카드를 압수당했다며 전화기를 붙들고 징징거린 게 며칠 전의 일이다. 그걸 기억한 정하가 오늘 떡하니 오피스텔 키를 집어 던졌다.

아무렴 라비타 호텔의 아들이고 클럽 라비타의 오너인 제가 잘 곳이 없을까.

"옆집은 아이돌 여자애들 숙소인데 마음에 안 들면……."

"요즘 갈 곳도 없어서 노숙하는 건 또 어떻게 알고. 고맙다. 역시 너밖에 없다."

진심을 가득 실어 대꾸한 준영이 후다닥 키를 집어넣으며 씩 웃었다.

"참, 그러고 보니 걔 생각나? 그 있잖아. 네가 손가락 부러뜨렸던 박정수……. 야, 정말 기억 안 나? 너 그때 완전 미친놈처럼 굴었잖아."

"몰라."

"아무튼, 걔 지금 난리잖아. 사업 말아먹고 여기저기 돈 빌리러 다니다가 나한테도 찾아온 거 너 생각나서 그냥 보냈는데…… 걔 얼마 전까진 잘나갔단 말이야. 이상하다고. 혹시 네가 뭔 짓 한 건 아니지?"

아, 이제 조금 생각날 것 같기도 하고. 나직하게 중얼거리던 정하가 테이블에서 컵 하나를 집어 들었다. 그사이 과일 하나를 입에 넣고 우적거리던 준영이 말을 이었다.

"시치미 떼기는. 그놈이 그때 망보던 놈 맞지? 아무튼 전에 말한 악기 수입업체는 지금쯤 세무조사 들어갔을 거야. 별건 없다 쳐도 장사하는 놈들은 일단 조사만 들어가면 털리게 되어 있거든. 당분간 위장 좀 무지하게 꼬일 거다."

"그래? 안타깝네."

"너 딴청 부리는 거 예술이다? 그리고 윤재희, 이 계집애는 무슨 간이 이렇게 크냐? 알고 보니까 부실한 회사 하나 인수해서 자기 형제한테 주식 변칙 증여해 놓은 게 있더라고. 탈루 증거만 찾아서 찔린 건데 아주 대박으로 걸렸지? 추징금 무지하게 나올 거 같던데…… 걔도 지금 현금 없거든. 이러다 만기 어음도 못 막으면 그냥 부도날 텐데 일이 너무 커지는 거 아닌가?"

"어쩌냐. 미안하게."

"넌 참, 맘에도 없는 소릴 잘도 한다니까. 망하라고 고사 지낸 거 내가 모를 줄 알고?"

투덜투덜 내뱉는 말에 피식 웃음을 머금은 정하가 느른하게 소파에 기대앉았다.

법보다 가까운 건 주먹이고 그 주먹을 움직이는 건 돈이다. 이것은 조폭들 사이에서 당당히 재산을 지켜 낸 준영의 어머니의 철칙이자, 송준영이라는 존재를 만들어 낸 뿌리였다. 이런 준영에게 일을 맡긴다는 건, 상대를 철저히 매장해 버리겠다는 의미와 다를 바가 없었고, 준영 역시 그 사실을 아주 잘 알고 있었다.

"하여간 너도 참 집요하다. 그게 벌써 몇 년 전 일인데 아직까지 그렇게 미친 짓이냐. 그런다고 알아주기나…… 아, 알았어. 그런 눈으로 보지 말고. 무섭다니까."

흘깃 바라보는 정하의 시선 앞에서 얼른 손을 내저은 준영이 킥킥 웃었다.

"진짜 너흰 제대로 악연이지. 아니, 더 솔직히 말하면 네 관심에 일방적으로 희생당했다고 해야 하나. 이제 와서 걔가 널 받아 줄 거 같진 않은데. 걔가 아무리 보살이라도……."

"Unlimited가 이제 완전히 내 손으로 넘어온 건 알고 있지?"

갑작스러운 말에 입을 다물며 멈칫한 준영이 정하를 바라봤다. 그 표정에 불안함이 깃들었다.

"으, 응? 어, 그래. 알고 있어."

"DJ노바가 히든으로 나오느니 마느니 말이 많더라. 가뜩이나 요즘 시끄러운데, 만약 Unlimited무대에 노바가 없으면 어떻게 될까? 주관 사인 시빗Civet은 물론이고 거기 대표인 민정하까지 아주 가루로 만들지 싶은데…… 내가 또 욕먹고는 못 사는 사람이잖아."

"……."

"뭐, 딱히 부담 가지라고 하는 말은 아니야."

싱긋 웃으며 하는 말에 준영은 술맛이 뚝 떨어진 얼굴로 고개를 내저었다.

"어우, 내 팔자야. 어쩌자고 이 심심한 날 만나는 친구라곤 너뿐이냐."

"네 인복이 그런 걸 누굴 탓해?"

"알았다. 찾아올게. 찾아온다고. 그놈의 노바인지 노비인지. 그 싸가지를 내가 그냥."

발끈한 준영이 자리를 털고 일어서자 정하는 낮게 웃음을 터뜨렸다. 뒤따라 일어서는 그를 향해 준영이 툴툴거리며 물어왔다.

"또 일하러 가냐?"

"그렇지, 뭐."

"어우, 난 너처럼은 못 살겠다. 하여간 체력도 좋아."

고개를 절레절레 저으며 키득거리는 준영을 뒤로한 채 돌아서던 정하가 문득 내뱉었다.

"선이는 날 미워하는 거 아니야."

"……."

"좋아한 적도 없지만."

"그거 진짜 최악이네."

어깨를 으쓱한 준영이 건성으로 대꾸했다. 피식 웃어 준 정하는 그대로 걸음을 옮겨 건물을 빠져나왔다. 어둑한 클럽의 건물을 빠져나오자마자 유난히 화창한 햇살이 그를 맞이했다. 이제 정오쯤 되었을까. 가만히 눈살을 찌푸린 사이 스르륵 다가온 차량이 그의 앞에서 멈춰섰다.

"대표님!"

운전석에서 내린 슈트 차림의 남자가 서둘러 그의 앞으로 다가왔다. 차분한 인상과 날렵한 안경, 예리한 눈매 탓인지 인텔리의 느낌이 물씬 풍기는 남자는 뉴욕에서부터 함께 일을 해 온 비서이자 파트너인 조운재였다.

"일찍 나오셨네요?"

"어차피 오래 있을 자리는 아니라서요."

"그렇습니까? 그럼 바로 약속 장소로 출발하겠습니다."

서서히 출발한 차량은 혼잡한 도심지로 스며들었다. 다음 일정은 소공동 T호텔에서의 오찬이었지만 정하는 어째선지 이동 도중 눈에 띄는 백화점 앞에서 차를 세웠다. 그리고 영문을 모르겠단 얼굴로 뒤따르는 운재와 함께 액세서리 매장으로 들어섰다.

도무지 무슨 생각을 하는지 알 수가 있어야지. 뜻 모를 정하의 행동에 아슬아슬해진 시간을 체크하던 운재가 몰래 한숨을 내쉬었다.

커플이나 여자들이 주로 드나드는 장소에 난데없이 들어선 훤칠한 키의 두 남자는 지나치게 눈에 띄는 데다 묘한 상상을 불러 일으키는 존재들이었다.

여기저기서 몰려드는 관심 어린 눈길에 운재는 불편한 듯 표정을 굳혔지만, 정하는 여유로운 표정으로 엷게 미소까지 지으며 매장 안을 활보했다. 어느새 꺼낸 휴대폰을 귀에 댄 채.

[왜 보낸 거냐?]

신호음이 끝나자마자 들려온 것은 질문이었다. 뽀얀 조명이 켜진 진열장 안, 찬란한 빛을 내고 있는 액세서리들에 시선을 두던 정하가 싱겁게 대답했다.

"너를 도려내 보려고. 알잖아. 나 철저한 거."

가능하다면 존재 자체를 세상에서 없애 버리고 싶었다.

그 아이의 눈이 향하고 마음이 향했던 곳을. 그것이 강윤, 너라도. 세상에서 유일하게 자신을 이해하는 존재였어도.

[벌써 10년도 넘은 세월인데 아직까지 유지될 거라 생각하는 게 더 우습지 않아?]

"농담이야. 널 보고 싶어 하는 거 같길래 마지막으로 한 번 보여 준 거야. 그래서 어때? 어떤 색이었어?"

[글쎄. 어떤 색이었을 거라 생각해?]

"물론, 아주 귀여운 병아리 색이었겠지."

[네 그런 면이 그 애 감정을 그렇게 만든 거야. 지나쳐, 넌. 그때도 네 행동 때문에 일이 그렇게 된 거잖아.]

한숨과 섞여 들려오는 윤의 목소리에 권태로움이 섞여 있다. 그제야 정하는 웃음을 터뜨렸다.

"글쎄다. 내가 무슨 짓을 했지?"

수화기 너머로 헛웃음을 짓는 윤의 얼굴이 선하다.

알고는 있다. 이런 자신의 태도가 어떤 결과로 이어진 건지.

"그래, 넌 계속 모른 척해. 우린 옆에서 누가 죽어 나가든 신경 안 쓰는 인간들이잖아."

이런 자신의 곁에서 가장 큰 상처를 받은 건 아이러니하게도 그가 가장 보호하고 싶었던 존재였다. 한국을 떠난 12년. 그 세월 동안 깨달은 건 적나라한 현실 앞에 떨어진 자신의 모습이었다. 그녀를 지킬 수 없었기에 무력했고, 그녀를 잊을 수 없었기에 나약했던.

그래서 그는 더 악착같이 한국으로 돌아왔다. 모든 걸 되돌리기 위해서. 아니, 그녀를 제자리에 돌려놓기 위해서.

"사람의 속내야 다 거기서 거기고, 남들 앞에서 어떻게 얼마나 표현해 내느냐에 따라 사회성을 평가하는 거지. 나는 필요에 의해서만 적극적이고, 너는 철저히 무관심이고. 그 안에 가진 생각은 똑같다는 거지."

[그렇다고 네가 했던 미친 짓을 다 옹호하는 건 아니야.]

"그래도 네가 날 친구로 생각하는 건 잘 알고 있다."

우린 세상에 단둘뿐인 동류니까.

타인의 감정을 색상으로 받아들이는 윤과 타인의 악의를 손쉽게 읽어 내는 자신. 알고 싶지 않은 타인의 속마음을 읽어 가며, 지긋지긋한 세상에서 간신히 숨만 쉬고 살아왔던 두 사람은 서로를 만나 처음으로 우정이란 이름하에 기대 휴식을 나눌 수 있게 되었다.

그런 우정을 위해 짧게 웃어 준 정하가 전화를 끊자마자 저만치서 머뭇거리던 여직원이 다가왔다. 정하는 분홍빛의 작은 다이아가 박혀 있는 목걸이를 가리키며 말했다.

"저걸로 하겠습니다. 선물할 거니까 깔끔하게 포장해 주세요."

왠지 직원의 표정에 실망감이 깃든다. 조심스럽게 진열장을 빠져나온 목걸이가 하늘색 케이스에 옮겨지는 과정을 바라보다 문득 휴대폰에 눈을 돌렸다. 그의 손가락이 바삐 움직였다.

-JL백화점 티파니 매장 괜찮네. 너도 제수씨 선물 하나 하지 그

러냐?

　-많이 피곤해 보인다. 들어가 자라.

되돌아온 윤의 문자를 바라보며 키득거리는 사이 포장을 마친 직원이 물었다.

"여자 친구 선물하시나 봐요?"

"아니요, 고양이 목줄 하려고요."

"네?"

"그 멍청이가 이제야 제대로 날 인식했거든요."

"……."

"잘 묶어 둬야 합니다."

피아노만 알던 맹하고 도도한 고양이를.

황당한 듯 굳어 버린 여자의 앞에서 정하는 태연히 작은 쇼핑백에 담긴 상자를 집어 들었다. 곧장 다가선 운재가 여자에게 카드를 내미는 사이 뒤돌아 나온 정하의 입술이 부드럽게 호선을 그렸다.

"그러니까 이제 그만 경계 좀 풀라고."

엘리베이터의 숫자가 천천히 오르는 것을 보며 운재는 몰래 한숨을 내쉬었다. 온통 외근으로 범벅이었던 오늘의 일정을 모두 마쳤음에도 퇴근 무렵이 되자 정하는 곧장 사무실로 차를 돌리게 했다. 또 무슨 일이 남은 걸까. 잠시, 잠깐도 쉬지 않는 상사와 함께 일을 하는 건 고역임에 틀림없다.

"SNS 건은 어떻게 됐습니까?"

"아무래도 지금 수습하기엔 늦은 것 같습니다. 8월에 열릴 Unlimited와 연관 짓는 사람이 대부분입니다."

"그럼 어쩔 수 없네요."

짧게 대답한 정하가 손을 내밀었다. 금세 뜻을 알아챈 운재는 가방에서 휴대폰을 꺼내 건넸다. 엘리베이터가 멈추고 앞서 내린 정하의 통화가 이어졌다.

"민정하입니다. 길게 설명은 않겠습니다. 자료는 이미 다 받으셨을 테니 지금쯤은 대략 분위기가 어떤지 파악하셨을 거고요."

차분하지만 꽤나 상대를 압박하는 말투에 운재는 저도 모르게 진저리를 쳤다. 저런 말투가 시작되면 꼼짝없이 피를 말리는 요구 조건이 떨어진다. 아니나 다를까.

"지금이 오후 다섯 시니까, 내일 아침까진 결과가 보이게끔 만들어 보세요. 물론 제가 말하는 결과는 관련 커뮤니티에서 우리 손이 아닌 순수 개인의 의견과 관련 소식이 올라오는 것을 뜻합니다."

운재는 저도 모르게 혀를 찼다. 입소문이 도는 속도를 인력으로 어떻게 관리한단 말인가.

그럼에도 당당히 그것을 요구하는 존재는 단순히 말도 안 되는 일을 시키는 사람은 아니었다. 적어도 본인은 그런 일이 '가능' 하게 만들 수 있는 사람이기에 내놓는 발언들이라는 걸, 5년이 넘게 함께 일을 해 온 그는 아주 잘 알고 있었다.

불시에 등장한 대표이사 덕분에 기획실의 분위기는 눈에 띄도록 얼어붙었다. 곧장 보이는 책상에서 닥치는 대로 서류를 집어 읽던 정하가 입을 열었다.

"김승혜 씨, 협력업체 리스트는?"

"네! 지, 지금 다 됐습니다."

서둘러 건네진 서류를 훑어보는 정하의 표정에선 일체의 감정을 찾아볼 수가 없었다. 말단 직원의 얼굴과 이름까지 정확히 외워 부르는 특유의 철저함도 사무실 안의 긴장감을 더하는 요인이었다.

그러나 서류는 몇 초도 되지 않아 직원의 손으로 되돌아갔다.

"제대로 살펴본 거 맞습니까?"

"네?"

"잠깐, 이리 줘 봐요!"

허겁지겁 달려든 정 과장이 리스트를 낚아채 확인하고는 기겁하며 고개를 숙였다.

"죄송합니다, 대표님. 빨리 수정해서 다시 올려 드리겠습니다."

"김승혜 씨는 벌써 이 문제로 두 번째입니다. 이제부터는 실수가 아닌 능력의 문제라는 거 염두에 두세요."

"죄송합니다. 더 열심히 하겠습니다."

그러나 쩔쩔매며 고개를 숙이는 직원의 태도에도 이렇다 저렇다 말이 없는 정하의 모습에 모두가 숨을 죽였다. 무슨 생각을 하는지 알 수가 없는 무심한 표정. 차분하지만 어딘지 날카로운 눈매가 자신을 향할 때마다 사무실 안의 사람들은 피가 바짝 마르는 느낌을 받곤 했다.

까다롭게 완벽을 추구하는 성격을 알기에 좀처럼 긴장을 풀지 못한 이들이 다음에 이어질 말을 기다리며 굳어 있는 동안 그는 마지막으로 아까의 직원을 향해 눈을 돌렸다.

"열심히 하는 건 당연한 일입니다. 게으름만큼 나쁜 습관은 없거든요. 하지만 그것보다 더 나쁜 건 해결할 능력도 없으면서 부지런한 사람입니다. 귀찮게 일만 벌리는 암적인 존재죠."

언뜻 들어서는 위로하는 것처럼 들리는 부드러운 목소리였다. 하지만 그 내용은 전혀 반대. 여직원의 얼굴이 새하얗게 바랬지만, 정하는 아무 일 없었다는 듯이 몸을 돌리고 마지막으로 지시를 내렸다.

"정진우 씨, 보고서 준비되는 대로 리스트 정리해서 내 방으로 오세요."

말을 마친 정하가 휙 하고 몸을 돌려 자리를 벗어나자 정진우 과장은 결국 주머니에서 손수건을 꺼내 들었다. 이미 땀으로 가득한 손바닥에서 손수건이 축축하게 젖어 갔다.

"어휴…… 이게 무슨 난리야. 확인 좀 잘 하지 그랬어."

그 말을 시작으로 여기저기에서 한마디씩 튀어나왔다.

"다른 파일을 불렀었나 봐요. 완성 파일을 출력해야 하는데 마음이 급해서 이전에 작업하던 걸 열었네. 어휴……. 여기 다시 뽑았으니까 승혜 씨가 정리해요."

"죄송해요."

가엾게도 눈물범벅이 된 얼굴로 훌쩍이던 직원이 서둘러 서류를 정리해 건네자 정 과장은 한숨을 푹 쉬며 대표실로 향했다. 스스로 불길로 뛰어드는 불나방을 보듯 측은한 시선이 그 뒤를 따랐다.

"이번엔 확실하게 조사하고 요구 조건도 다 확인시켰으니 괜찮겠죠?"

"그래도 우리 대표님이 어디 보통 사람인가요? 티끌만큼이라도 흠 있으면 가차 없이 잘라 버릴 텐데……. 이번엔 얼마나 살아남으려나."

"지난번엔 대표님이 일일이 그 업체들한테 체크하고 확인 전화 넣는 바람에 정 과장 아주 피가 바짝바짝 말랐지 아마?"

"하도 땀을 흘려 가지고 그날 몸무게가 2kg이나 줄었대잖아요."

"하긴, 세 시간이 넘도록 일일이 전화 돌려서 잘라 버리는 걸 다 듣고 있었으니 그 정도면 그냥 생고문이죠."

"자, 그럼 우린 기도나 합시다."

오늘도 땀을 한 바가지는 쏟고 있을 정 과장을 떠올리며 잠시 숙연해 있던 직원들이 각자 자리로 옮겨 갔다.

"그래도 뭐랄까, 철저하게 능력제로 평가하는 건 정말 괜찮지 않아요?"

"대표님 마인드가 글로벌하시잖아."

"승혜 씨도 익숙하면 괜찮아져. 그러니까 그만 울고."

"난 솔직히 우리 대표님 얼굴 보려고 입사했는데. 승혜 씨한텐 미안하지만 어우, 방금도 막 오싹오싹한 게 진짜 멋지더라고."

"종미 씨 변태구나?"

그리고 누군가의 말에 웃음소리가 이어졌다.

그 말대로 직원들의 대부분은 민정하라는 이름을 보고 입사를 결정한 사람들이었다. 쾰른대학에 재학할 적에 유수의 콩쿠르에서 상위권 입상을 한 것을 시작으로, 수차례의 리사이틀과 협연을 거뜬히 치러 내며 유럽권에서 충실히 인지도를 쌓아 오던 그는 이후, 독일 현지의 최고 등급 오케스트라에 입단, 24살이란 나이로 제1바이올린 파트의 부수석 자리까지 올라간 전설적인 유망주였다.

그런 민정하가 연주자로서의 길을 중단한 것도 놀라웠지만, 곧바로 공연 현장에 뛰어들 거라 예상한 사람은 아무도 없었다. 그 일에 뛰어난 재능을 보일 거란 것도.

유려한 화술과 화려한 인맥. 거기다 출중한 외모와 타고난 예술적 감각까지, 모든 것을 갖춘 남자의 성장세는 눈이 부셨다.

수많은 아티스트들과 작품들을 선보이고 얼마 안 있어 열정적이고 자극적인 EDM페스티벌의 메인급 디렉터로 참여하며 또 한 번 크게 이름을 알린 그가 느닷없이 귀국을 선택했을 때도 믿을 수 없다는 반응이 대다수였다.

귀국 후의 행보도 짜인 각본을 읽는 것처럼 자연스러웠다.

동고동락해 온 동료들과 새로이 뽑은 인재들, 그리고 돌아오기가 무섭게 인수한 메이저 공연기획사를 합쳐 Studio Civet을 설립한 그는 이후, 초대형 연예 매니지먼트사와의 MOU를 체결하고 이미 소수의 업체가 점령 중인 공연 시장에 본격적으로 뛰어들며 파장을 일으켰다.

그렇게 폭풍처럼 휘몰아치며 달려온 3개월. 젊은 혈기와 도전정신으로 꿈틀거려온 시빗의 사무실이 묘한 기류에 휩싸였다.

드르륵드르륵.

각종 서류와 전자기기, 혹은 홀더에 담긴 커피를 든 채 뛰다시피 걷던 사람들로 가득했던 복도에 난데없이 시장에서나 볼 수 있는 핸드카트, 일명 구르마가 등장했다.

몰려드는 시선들 앞에서도 여자의 걸음은 당당하고 거침이 없었다. 꼿꼿한 태도로 안내데스크 앞으로 다가 선 여자는 이어 매우 전투적인 눈빛으로 말했다.

"민정하 씨를 만나러 왔습니다."

입사한 지 갓 한 달 된 기획팀의 막내 지은은 일생일대의 고난 앞에 당도했다. 조심스럽게 대표실의 문을 붙들어 연 순간, 그대로 굳어 버린 그녀는 잠시 후, 아까보다 더욱 조심스럽게 문을 닫았다. 그러고는 한참 동안 멍하니 그 자리에 서 있었다. 지금 제 눈으로 무얼 본 건지 이해하고 정리하는 시간이 꽤나 길었다.

이내 정신을 차리고 돌아온 그녀의 손에 여전히 들려 있는 쟁반과 커피잔을 본 직원들이 우르르 몰려들었다.

"뭐야? 그냥 오면 어떡해?"

"죄송해요. 못 들어가겠어요."

"뭔 소리야? 그냥 커피만 가져다주면 된다니까?"

"그래, 딱 들어가서 '커피 왔습니다.' 하고 딱, 딱 놓고 얼굴 한 번씩만 슥, 슥 봐 주고. 대충 분위기가 어떤가 보고. 응? 그러고 나오면 되는 건데……."

"아니, 그게 문제가 아니라……."

심상치 않은 표정으로 손을 내젓는 지은에게 모두의 시선이 몰렸다. 그들의 관심사는 온통 스튜디오 시빗의 젊고 유능한 대표 민정하와 그를 찾아온 '사적인' 용무의 여자에게로 쏠려 있었다.

"안의 분위기가 정-말 이상해요."

"뭐가? 어떻게 이상한데?"

호기심 가득한 재촉에 지은은 혼란스러운 얼굴로 뭔가를 생각하다 입을 열었다. 자신이 보고 온 걸 새삼 믿기가 어려운 듯 고개까지 저으며.

"……대표님이 동전을 세고 있어요. 실실 웃으면서."

순간, 모든 직원들의 눈동자가 흔들렸다.

-차라락. 차라락.

동전으로 가득한 사무실 바닥에 쭈그리고 앉은 인영이 열심히 손을 움직였다. 차곡차곡 액수를 맞춰 쌓인 동전들이 늘어 갈수록 묘한 뿌듯함을 느끼며 미소를 짓던 선은 문득, 중요한 질문을 떠올렸다.

'내가 뭘 하고 있지?'

분명 계획은 이게 아니었는데.

게다가…… 이 자리에 함께 있었어야 할 사람조차 까맣게 잊고 있었다.

그 생각을 떠올린 순간, 이상한 기척을 느낀 선이 흠칫하며 고개를 돌렸다. 그리고 물었다.

"……그건 뭐하는 거예요?"

때마침 그의 무릎만 한 높이의 탑에 툭 하니 동전을 올리던 남자가 그녀를 보며 씩 웃는다. 그리고 해맑게 대꾸했다.

"다보탑?"

선은 말없이 그 자리에서 일어섰다.

뒷목이 뻐근하고 다리가 저려 오지만 상관없다.

그녀의 나이 서른.

태어나 처음으로 뭔가를 발로 차고 싶은 극렬한 충동에 휩싸였다.

ㅡ퍽!

당차게 정하의 사무실에 발을 들였을 때만 해도 보란 듯이 동전을 쏟아붓고 '어디 밤새도록 세어 봐라!' 라고 소리치고 통쾌하게 돌아서 줄 생각이었다.

백 원짜리가 1만 개. 오백 원짜리가 4천 개. 세는 데 지루할까 봐 종류도 섞었다. 마음 같아선 십 원짜리로 몽땅 가져와 그의 사무실 바닥을 황동도금해 주고 싶은데, 도무지 들고 올 수 있을 것 같지가 않아 참았다.

그러나 그의 책상 위에 비굴한 태도로 시계를 내려놓았을 때부터 타이밍은 미묘하게 어긋나기 시작했다. 게다가 그는 쏟아지는 동전을 보고도 눈썹 하나 까딱하지 않았다.

'잠깐 기다려. 액수 맞는지 확인 좀 하고.'

거기다 이어지는 말이라니!

당황할 새도 없이 정하는 아무렇지 않게 그녀의 앞에 쭈그려 앉아 여유롭게 동전을 집어 쌓기 시작했다. 모델처럼 잘빠진 슈트 차림의 남자가 옹색하게 동전을 줍고 앉아 있는 모습도 가관이었지만, 나무늘보와 버금가는 그 속도에 절로 울화통이 터질 지경이었다.

'그래 가지고 언제 끝나요!'

'제대로 세어야지.'

'아니, 그럴 게 아니라, 은행에 담아 가시라고요! 바쁜 사람 붙잡고 지금 뭐하자는 거예요?'

발끈하는 그녀를 힐끗 바라본 정하가 느긋하게 물었다.

'백 원이라도 부족하면 계속 불러 댈 텐데, 날 믿는 거야?'

'……'

'거기 오백 원짜리 좀 모아. 소파 밑에 들어갔을 수도 있으니까 잘 찾아보고.'

그리고 시간이 흘러 지금, 그가 만든 다보탑을 발로 까 버린 그녀는 흩날리는 동전들을 보며 민정하가 피라미드 회사의 간부나 사이비교의 교주가 아니라는 걸 진심으로 다행이라 생각했다.

"너 지금 137만 원을 발로 찼어."

"어우! 내가 미쳤지, 진짜! 마음대로 해요! 못 찾은 건 부족분 청구하든가!"

아무리 소리를 질러 봤자 저 미친 멘탈 앞에 무슨 소용이랴. 저 도발에 넘어가 되도 않는 복수를 계획한 저 자신마저 미워서 미칠 지경이다.

발을 구르며 화를 낸 선이 휙 하고 몸을 돌리자 어느새 다가선 정하가 그녀의 팔을 잡아 세웠다.

"미안."

그리고 갑작스럽게 튀어나온 말에 뿌리치려는 손길이 멈칫했다. 어리둥절한 눈길이 그의 얼굴을 향했다.

지금 설마 사과한 거야? 이 인간이?

"같이 있고 싶어서 그랬어."

거기다 이어지는 말이라니!

뒤통수라도 맞은 듯 머리가 얼얼하다. 왜 이래, 진짜! 어디서 쥐약이라도 먹고 왔나? 죽을 때가 된 거야?

"그……그렇다고 이런 미친 짓을 해요?"

"동전으로 가져온 건 너잖아. 난 그걸 잘 활용했을 뿐이고. 그런 거 보면 우리 꽤 잘 맞는 사이 같지 않아?"

"무슨 소리예요! 난 퍼부어 놓고 그냥 갈 생각이었단 말이에요! 선배가 말을 너무 청산유수같이 해서 사람 혼을 홀라당 빼 놔서 이 지경이 된 거지!"

"그러니까, 너도 결국은 날 신경 쓰고 있잖아."

"네! 아주 헛바늘 돋아난 것같이 신경 쓰여 죽겠네요!"

"거봐, 남 괴롭히는 것도 쉬운 일은 아니야."

그래서 지랄도 정성이었냐!

차마 내뱉지 못한 말을 목구멍에 걸어 두고 주먹을 불끈 쥐어 보이자 정하는 묘하게 즐거운 얼굴로 말했다.

"너 반항하니까 귀엽다."

아놔, 소오름.

저도 모르게 뒤로 후다닥 물러난 선이 몸을 부르르 떨었다. 사악, 핏기가 말라붙는 소리가 귀에 들릴 지경이다. 충격과 공포로 과부하된 머릿속에다 산소를 집어넣으며 잔뜩 경계심 어린 눈총을 보내던 선은 한참 만에야 간신히 입을 열었다.

"대체 왜 나타난 거예요?"

하지만 질문에 대한 답은 들려오지 않았다. 그러다 슬쩍 올려다본 그의 얼굴엔 익숙한 장난기며 짓궂은 웃음 따위는 온데간데없었다.

가슴이 서걱거리도록 씁쓸해진 미소에 이상한 죄책감이 밀려들었다. 왜 그렇게 거부당한 아이처럼, 길 잃은 강아지처럼 처량한 눈을 하고…… 내려다보는데?

젠장, 키는 왜 이리 커 가지고.

팔에 힘을 주며 그의 손을 뿌리친 선이 싸늘하게 말했다.

"혹시 사과하고 싶었어요? 내 용서가 필요한 일이 있어요?"

엷게 미소를 올린 그가 고개를 저었다. 그 모습에 헛웃음이 났다. 그나마 염치는 있다고 생각한 자신이 우스워서. 그리고 더 확실히 깨달았다. 그의 존재는 과거를 떠올리게 만들어 간신히 아물어 가는 상처를 헤집을 뿐, 함께 있어서 좋은 일 따윈 절대 없을 거라는 걸.

"있잖아요, 선배. 이 돈, 세상에 딱 하나 남은 내 친구가 빌려 준 거예요."

앞으로 나아갈 수 없는 관계는 최대한 빨리 끊어 내는 게 답일 거다.

"그 친구마저 없었으면 장기라도 팔았을지 몰라요. 나한테 선배는 그렇게라도 떼어 버리고 생각하고 싶지 않은 사람이었으니까. 그런데 이젠 차라리 고마워해 보려고요. 그런 소중함을 알게 해 줘서. 아, 친구란 정말 좋은 거구나. 날 이해해 주고 아껴 주는 사람을 만나는 게 정말 인생의 행복이구나. 선배가 아니었으면 이런 거…… 나 진짜 몰랐을 거 같거든요."

그의 표정에서 미묘한 순간을 잡아낸 것도 그때였다. 그렇게 열심히 바라보고 있지 않았다면 몰랐을 미미한 변화. 우스운 농담이라도 들은 듯, 웃는 얼굴이 지나치게 예뻐서 더 두드러졌던 날것의 감정.

"마음에도 없이 웃지 마세요. 그렇게 억지로 웃으려고 하니까 지치잖아요."

그 순간, 테이프를 거꾸로 돌린 것처럼 남자의 웃음이 잦아들었다.

"기억……해?"

"네?"

뭔가에 얻어맞은 얼굴로 묻던 정하가 그녀의 대답에 금세 표정을 가다듬었다. 그것조차도 이상했다. 마치, 예기치 못한 일에 당황하기라도 한 것처럼.

"선배, 방금……!"

저도 모르게 그의 얼굴을 가리키며 말을 꺼내려는 순간, 훌쩍 다가온 정하가 느닷없이 그녀의 허리를 감아 당기며 입을 맞췄다. 난데없는 일에 놀란 선이 기겁하며 손을 휘둘렀고, 어설프게 쥔 주먹이 정확히 그의 얼굴을 후려쳤다.

"아얏!"

하지만 비명을 지른 건 그녀였다. 우드득, 소리에 온몸의 힘이 빠져나가는 기분이었다. 거기다 더 놀라운 건 정하의 행동이었다.

"괜찮아?"

"뭐, 뭐 하는 거예요, 진짜!"

그녀 자신보다 더 놀란 얼굴로 그녀의 손을 잡아 살피는 남자를 홱 하니 뿌리친 선이 기겁하며 한 걸음 물러났다. 그제야 욱신거리는 손을 붙들고 씩씩거리는 동안, 정하는 제 얼굴을 쓰다듬으며 인상을 썼다. 미래에서 온 기계는 아닌 모양이다.

"갑자기 무슨 짓이에요? 할 말이 있으면 말을 하란 말이에요! 말을! 제발 지성인의 행보를 보이면 안 돼요? 짐승도 아닌데 왜 폭력이 오가야 하냐고요!"

그러나 이어진 대꾸는 엉뚱했다.

"피아노 치는 손이야. 소중히 생각해."

"네?"

"다음엔 발로 차."

'다음엔'이라는 말이 왜 들어갔는지는 더 생각할 필요가 없었다.

✝

갑자기 터져 나온 여자의 비명. 우지끈, 쿵. 부딪치는 소음. 그리고 남자의 나직한 신음이 이어지자 문밖에 서 있던 운재의 얼굴이 붉어졌다 창백해지기를 반복했다.

뭔가 사달이 나도 단단히 난 거 같은데 도무지 들어설 용기가 나지 않았다. 그렇게 문 앞에서 한참을 망설이고 있는데, 벌컥 문이 열리고 얼굴이 새빨개진 여자가 후다닥 대표실을 튀어나왔다. 흠칫하며 물러서자 똑같이 흠칫한 여자는 잠시 머뭇거리더니 쏜살같이 눈앞에서 사라졌다.

멍하니 그 뒷모습을 바라보다 간신히 정신을 차린 운재가 조심스럽게 대표실로 들어섰다.

"……대표님?"

그야말로 절경이었다. 바닥을 온통 뒤덮고 있는 동전들과 그 위에 주저앉은 채 정강이를 쓰다듬으며 키득거리는 남자라니.

"대체 무슨 짓을 한 겁니까?"

적당히 동전을 발로 밀던 운재가 물었다. 그제야 정하는 슬슬 붓기 시작한 얼굴을 만지작거렸다. 여전히 미소가 가득한 얼굴이 진심으로 즐거워 보여 저도 모르게 따라 웃던 운재가 문득, 눈살을 찌푸렸다.

"여자한테 함부로 구는 건 대표님이라도 용서 못 합니다."

화목한 가정에서 자라며 약자와 여성을 존중하는 올바른 가치관을 형성해 온 운재였다. 그런 운재의 미심쩍은 시선 앞에서 정하는 나직하게 웃음을 터뜨렸다.

"그러게요. 저도 이러고 싶지 않은데…… 왜 이렇게 되는지 모르겠습니다."

"……."

"제어가 안 돼요. 아무것도. 내가 아닌 거 같아요. 그 아이 앞에서는."

허탈한 웃음. 그리고 이어지는 한숨.

미국에서부터 함께 지내 온 운재가 맥없이 흐트러진 정하의 모습을 대면하는 건 오늘이 처음이었다. 놀란 표정을 짓던 운재가 얼른 말을 이었다.

"그럼, 빨리 따라가서 붙잡고 다시 이야기하시는 게……."

"아닙니다. 금방 또 보게 될 겁니다."

"네?"

어느새 정하는 여느 때처럼 침착하게 가라앉은 눈을 하고서 몸을 일으켰다.

"본의 아니게…… 쓸데없는 소리를 해 버렸거든요."

살짝 흐트러진 머리카락을 적당히 쓸어 넘긴 정하가 절뚝거리며 걸음을 옮겼다. 금세 차분해진 모습이었지만 여느 때와는 달리 조금 힘이 빠진 느낌이었다.

4.
나쁜놈 싫은놈 미친놈

"잠깐, 너 거기 딱 대기."

저만치서 정확히 그녀의 얼굴을 가리키는 남자의 말에 선은 한껏 움츠렸던 어깨를 내렸다. 하긴, 거북이도 아니고 이 얼굴이 목 아래로 접혀 들어갈 린 없지.

선은 애써 입가를 끌어 올리며 엄청 반가운 얼굴을 만들었다.

"……신이 오빠, 오랜만?"

오늘은 두 군데의 레슨이 있는 날이었다. 그중 하나는 한남동에 사는 부자 초등학생 아이의 레슨이었고, 다음 레슨 장소로 가기 전 점심을 해결하기 위해 근처의 대형 마트에 들른 참이었다. 그런데 거기서 영신과 딱 마주칠 줄이야.

"인마, 왜 보고도 그냥 지나가? 알은체도 안 하고."

"그야…… 뭐, 딱히 친한 사이도 아니고 조금 불편하기도……."

"뭐가 불편한데?"

"그냥 여러 가지로……."

"그래? 그보다 너 정하랑 어떻게 만난 거냐?"

바로 이 질문이 문제라고! 정확히 불편함을 쿡 찌른 질문에 선은 기겁하며 손을 내저었다.

"그, 그냥 지나가다 우연히 만나서 이래저래 그냥 좀……!"

"혹시 사귀는 거야?"

"아니라니까요!"

"아니면 말지, 정색하기는. 점심은 먹었어?"

"아니요. 그렇지 않아도 여기 점심 먹으려고 온 건데……."

"그래? 그럼 같이 밥이나 먹자."

"네?"

뜬금없는 제안에 놀랄 새도 없이 영신이 앞서 걸었다. 물끄러미 바라보고만 있자 두어 걸음 떼던 그가 힐끗 뒤를 돌아본다.

"뭐해? 따라와."

"전 그냥 여기 지하 푸드코트에서 먹을 생각인데……."

"밥 먹자고 해 놓고 돈 내라고 할 만큼 정신 나간 인간 아니니까 따라오라고."

"아."

그제야 픽 웃음을 터뜨린 선이 곁으로 따라붙었다. 그리고 그의 빈손을 바라보며 물었다.

"그런데 오빠는 여기 무슨 일이에요? 뭐 사러 오신 거 아니었어요?"

"윤이네 집이 근처라 고구마 녀석 데려다 주고 막 들른 참이야."

"고구마요?"

"아, 병원에 있던 그 리트리버 이름이 고구마야. 아무튼 우리 간호사들 간식이나 사다 줄까 하고 들른 건데, 갑자기 귀찮아졌으니

다음에."

"뭐야, 그럼 안 되죠. 좋으신 분들이던데……."

"원래 남자는 변덕이 좀 끓어 줘야 멋있어. 잘해 주기만 하면 지루하지."

잔뜩 가늘어진 눈으로 흘겨보자 영신은 묘하게 심술궂은 얼굴로 웃어 보였다. 자연스럽게 그의 뒤를 따르고 차에 오르자 다음 일정을 묻던 영신은 강남역 근처로 차를 몰아갔다. 이쪽이면 그의 병원과는 정반대 방향인데.

"바쁘지 않아요?"

"괜찮아. 안 괜찮아도 괜찮아야 하고."

대체 이건 또 무슨 소리야. 무덤덤한 얼굴로 하는 소리라 무지 심각해 보이는구만. 신호가 걸린 사이 힐끗 그녀에게로 눈을 돌린 영신이 미묘해진 선의 얼굴을 보곤 피식 웃는다.

"이 나이면 사적인 용무로 여자랑 식사하러 가는데 만사 제쳐야 할 나이 아니냐?"

"음…… 그럼 오빠는 아직 애인도 없다는 소리죠?"

"그 뉘앙스 별로다? 지금까지 모태솔로였다는 소리 같잖아. 나 그렇게 인기 없는 남자 아니야."

"아, 네."

대충 대답하고 고개를 돌리려는 순간, 태연한 목소리가 흘러나왔다.

"좋은 기회도 왔으니 좋은 이야기만 하자."

뜬금없는 말. 그러나 곧장 신호가 바뀌고 차가 출발하는 바람에 의문은 금세 날아갔다. 그리고 한 레스토랑에 들어가 식사를 마칠 때까지, 꽤 편안하고 즐거운 시간을 보냈다.

가치관도 비슷하고 말이 잘 통해선지 전혀 불편한 게 없어 도리어 뜻밖이었다. 평소엔 말투도 그렇고 풍기는 분위기도 뭔가 정상인에서 살짝 돌출한 느낌이라 역시 민정하의 친구답다는 느낌이었는데…….

―쿵.

저도 모르게 옆의 벽에다 머리를 박아 버린 선이 작게 신음을 흘렸다.

또 생각해 버렸어. 생각하지 않으려고 그렇게 노력했건만!

'다음엔 발로 차.'

말도 안 되는 경고와 함께 그의 부드러운 입술이 닿은 순간, 선은 눈을 감을 생각조차 하지 못하고 굳어 버렸다. 나른한 웃음소리에 이어 슬쩍 움직인 입술이 작게 속삭였다.

'눈 감고.'

이어 말캉한 혀가 가볍게 파고들어 입술의 안쪽을 건드릴 때는 심장까지 저릿한 감각에 몸이 녹는 줄만 알았다. 눈을 감은 채 휘청한 몸이 그의 팔에 고정된 후엔 좀 더 깊게 침입한 혀의 움직임까지 생생해졌다. 마치 폭신하고 촉촉한 케이크 조각을 입에 넣었을 때처럼 달콤해서…… 저도 모르게 호응한 것도 모자라 입술이 떨어지는 순간엔 아쉬운 티가 역력하게 한숨까지 쉬어 버렸다.

'한 번 더 할까?'

그걸 또 여우같이 알아채고 놀리는 꼴이라니!

그 말에 정신이 번쩍 나서 그를 걷어차 버린 건 좋았는데…… 후환이 두려워 도망칠 건 또 뭐냐고!

"성추행으로 고소를 해도 모자랄 판에!"

차라리 잘 즐겼다고 비웃어 주든가 왕복 싸대기를 철썩철썩 때려 주든가 하지, 네가 무슨 사춘기 소녀야? 키스도 못 해 본 모태솔로냐고!
서른 살이나 먹은 여자가 어쩜 이래!

　─쿵쿵.

이대로 벽 속에 파묻혀 버리고 싶은 심정으로 두어 번 머리를 찧은
순간 마침 계산을 마친 영신이 나오더니 흠칫했다.

"뭐해?"

"네? 여기 파, 파리가 있어서⋯⋯."

"⋯⋯뭔지는 모르겠다만, 머리로 잡는 거보단 직원을 부르는 게 **빠**
를 거 같은데."

"하하⋯⋯."

어설프게 웃으며 눈을 내리깔자 영신이 조금 심각해진 얼굴로 물었
다.

"어디 뭐, 불편하거나 아픈 건 아니지?"

"그럴 리가요! 완전 멀쩡하고 무지 건강해요!"

"하긴, 내가 사 준 밥 먹고 아프면 안 되지. 아무나한테 사 주는 거
아니다."

"흐흐, 아니에요, 진짜. 맛있게 잘 먹었어요. 재밌었고요."

결국 웃음을 터뜨리며 손을 내젓는 그녀의 눈매가 가볍게 휘었다.
그 광경을 물끄러미 바라보던 영신이 문득 고개를 돌리고 낮게 헛기침
을 했다.

"그래, 그럼 잘됐고. 이제 가 볼 거냐? 여기서 멀어? 태워다 줄까?"

"이 근처는 골목이 복잡해서 차 타고 들어가는 게 더 힘들 거예요.
그리고 또 반대쪽으로 더 들어가야 하니까 그냥 천천히 걸어갈게요.
만나서 즐거웠어요."

쾌활하게 대답한 선이 손을 내밀었다. 언제 만날지 모르는 사람이니 정중히 헤어지는 게 맞다고 생각하던 참이었다. 그런데 따뜻한 사람의 손 대신 단단한 무생물의 감촉이 느껴졌다. 그의 휴대폰이라는 걸 확인한 선이 눈만 끔뻑이자 영신이 태연히 말했다.

"번호 찍어."

"네? 제 번호요?"

"그럼 어떤 다른 번호가 필요하겠냐?"

"아…… 그, 그렇구나. 그런데 제 번호는 왜요?"

어쩐지 이상한 기분에 머뭇거리며 물었지만 답은 알고 있었다.

"남녀가 전화번호 교환하는 데 다른 의미가 또 있을까?"

그 말의 의미를 이해하는 것 역시 1초도 걸리지 않았다.

✝

이상하게 기분이 복잡했다. 집에 돌아온 선은 방에 들어가자마자 책상 서랍부터 뒤집어엎었다. 말끔하게 안에 쌓인 먼지를 털어 내고 물건들을 정리해 넣는 것으로 시작한 청소는 방 구석진 곳과 책장, 이어 창틀과 침대 매트리스를 털어 내는 것으로 마무리되었다.

개운해진 방 안을 둘러본 선은 책상의 남은 물건들을 대충 정리하다 악보집 하나를 집어 들었다.

베토벤 소나타 곡집 2번. 하얀 표지를 넘기고 손때가 묻어 누렇게 바랜 종이를 하나하나 넘기자 어지럽게 표시된 연필선과 메모가 보이기 시작했다. 고등학교 시절, 콩쿠르를 준비하며 연구했던 흔적이었다.

"이걸 왜 꺼내 놨지……."

새삼 아련한 감정이 솟구쳤다. 무엇 하나 기억하고 싶은 게 없다고 생각했던 고등학교 시절이었다. 그러나 이 순간 떠오르는 기억엔 씁쓸함과 함께 묘한 설렘도 뚜렷하게 공존하고 있었다.

'그럼 걔는 어때? 이번에 1학년 수석 입학한 애 있잖아. 선이었나? 이름부터가 이야, 예술이지. 전공도 성적도 상위 0.1%. 그 정도면 정하 너한테도 안 꿀리는 거 같은데?'

교정을 걷다 들려온 목소리에 저도 모르게 멈칫했었다. 제 키보다 조금 높게 자리 잡은 창문의 안쪽에서 새어 나온 말이었다.

'1학년이라도 해볼 만하지 않아? 굳이 윤이만 고집하지 않아도. 그보다 언제 기회 되면 둘이 나란히 붙여서 연주시켜 보고 싶다니까. 네가 보기엔 누가 더 잘 치는 거 같아?'

'글쎄요. 제 전공은 피아노가 아니라…….'

'자식. 너 평가 제법 예리하게 하는 거 다 아는데 무슨. 아무튼 걔는 유 교수님이 초등학교 때부터 손수 붙잡고 가르친 모양이더라고. 그래서 그런지, 확실히 달라. 걔 연주하는 거 보고 있으면 인생이 허무해질 지경이거든. 그 기교하며 감성하며…….'

멍하니 창문을 바라보는 사이 선생님의 목소리가 멀어졌다. 어느 틈엔가 창틀을 붙잡고 선 남자와 마주 보고 있었다. 목까지 꼭 채워 잠근 단정한 교복 차림의 꽃미남. 보란 듯이 오른손 손가락에 감긴 붕대가 눈에 들어온다.

'뭐, 그렇게까지 생각할 거 있나요.'

분명 뒷담화의 주인공과 눈이 마주쳤는데도 남자의 표정엔 미동조차 없었다. 도리어 그녀를 빤히 바라보던 그는 눈에 띄게 미소까지 지어 올렸다.

'좋은 소질에 좋은 환경까지 누렸어도 꼭 좋은 연주자가 된다는 법은 없으니까요.'

'뭐, 그렇지. 아직은 성장하는 단계기도 하고. 그래도 재능이랑 환경을 다 잡고 있다는 거 자체가 엄청난 메리트 아닐까?'

'글쎄요. 재능도 재능 나름이라⋯⋯.'

'뭐, 진짜 천재랑 영재의 차이라고 하는 말은 아니지?'

그 순간 정하가 나직하게 웃음을 터뜨렸다. 정말 즐거운 듯 굽어진 기다란 눈매와 하얗게 드러난 이를 보고 있으려니 지금까지 무슨 말을 듣고 있었는지조차 잊을 지경이었다.

하지만 바로 이어진 말은 현실을 되새겨 주려는 듯 냉혹했다.

'그것보단 만들어진 천재랑 타고난 천재의 차이겠죠.'

그 순간, 어떤 얼굴을 해 버린 걸까.

한결 진해진 웃음. 한 톤 낮아진 목소리가 귓가에 닿았다.

'빨리 본인이 깨달았으면 하는데.'

스르륵, 탁.

닫힌 창문을 한참 동안 바라봐야 했다. 가슴속 깊은 곳을 칼로 베어 버린 듯 쓰라린 감정에 일순 숨이 막힐 지경이었다. 다시 그 일을 떠올리는 지금도 그때의 당혹스러웠던 기분은 정확히 기억한다.

"나도 알고 있다고. 천재 아닌 거."

툭 하니 내뱉고 악보를 내려놓은 선이 한숨을 내쉬었다.

'피아노 치는 손이야. 소중히 생각해.'

그리고 이해할 수 없었던 말. 얼굴을 맞고 난 상황에서 어떻게 그런 말을 할 수가 있을까. 농담으로 치부하기엔 지나치게 진지한 표정으로 내뱉던 남자의 모습과 그 말에 굳어 버렸던 제 모습이 아직도 기억에 생생하다. 그 말에 제 심장이 크게 뛰어 올랐다는 걸 알았을 때의 허탈함. 더불어, 가슴 한 켠에 조용히 일었던 분노는 눈앞의 상대보다 저 자신을 향한 것이었다.

아주 오래전에 묻어 버렸다고 생각했던 감정이었는데.

아니, 뭘 묻어야 했지? 묻어 버릴 만큼 내가 그 사람을 좋아…….

"으악! 으악! 말도 안 돼! 그럴 리가 없어! 절대로!"

기겁하며 비명을 지른 선이 그대로 침대에 뛰어들었다. 아무 생각도 하기 싫어 미친 듯이 몸을 움직인 건데 너무 피곤해져서 되레 역효과가 났나 보다.

"쓸데없이 집도 조용해서 그래!"

괜스레 타박하던 선이 머리까지 이불을 덮어썼다. 아아, 다 잊고 싶다.

이 오래된 주택가로 이사를 오게 된 이유는 단지 조용해서였고, 방음장치가 없어도 피아노를 칠 수 있어서였다. 물론, 지나치게 이른 시간과 늦은 시간을 피하고 소리를 줄여 치는데도 항의하는 사람은 있었다. 없는 집에 커다란 피아노만 있다며 흉보는 소리도 들었고, 허영만 들어차 분수도 모르고 덤벼 댄다는 말도 들은 적이 있다.

하지만 나 여사는 언제나 당당했다.

'지금 이 동네서 생으로 피아노 연주 들었던 거 영광으로나 생각하셔! 나중엔 듣고 싶어도 못 들어!'

그리고 그녀에게도 당부하곤 했다.

'기죽을 거 없어. 넌 잘하고 있으니까. 누가 뭐라 하든 신경 쓰지 마. 어차피 저런 사람들도 다 너만 잘되면 따라오게 되어 있으니까. 알았지?'

'네, 엄마.'

그녀는 아주 착한 딸이었다.

책이 앞에 있으면 책을 읽었고, 피아노가 앞에 있으면 피아노를 쳤다. 바깥에서 뛰어노는 아이들의 목소리를 들으며 피아노 앞에 앉았다. 제 말을 이해하지 못하는 아이들과 노는 것보다 피아노를 치는 게 즐겁기도 했었다. 머리를 쓰다듬으며 행복해하는 나 여사를 보는 것도 좋았다.

그래도 한 번쯤은 평범하게 사람들 사이에 끼어들고 싶었던 것 같았다. 고등학교에 진학하기로 마음먹은 것엔 아마 그 이유가 가장 컸을 거다. 하지만 그녀는 어떻게 해야 사람들에게 다가설 수 있는지 그 방법은 몰랐다. 아마 아무런 일이 없었어도 그녀는 혼자였을지 모른다.

'사실은 네 생각 많이 났었어. 조금이 아니고, 많이.'

아니…… 정말 그랬을까?

'그때 남학생들 사이에서 네가 어떤 존재였는지 넌 상상도 못 할 걸?'

헤어지기 전에 남긴 영신의 말이 새삼 머릿속을 맴돌았다.

'제일 후회한 게 네 연락처도 못 물어본 거다. 그날 그렇게 너 보내고 나서…….'

그 순간, 불편하게 가라앉았던 주변의 공기. 떠올리고 싶지 않은 기억을 입에 올리고 영신은 조금 후회하는 얼굴이었다.

'뭐, 금방 찾을 줄 알았지. 그런데 주변에 네 연락처를 아는 사람이 한 명도 없더라. 대놓고 알아보자니 그것도 이상하고…… 그땐 나도 왜 그런 기분이 드는지 이해가 안 가서 그냥 묻어 버렸다. 그런데 네가 병원 문 열고 딱 들어왔잖아. 갑자기 기분이 이상하더라고.'

서른한 살의 영신은 그 순간, 열아홉 살 소년의 얼굴로 돌아가 쑥스럽게 웃고 있었다.

저도 모르게 미소를 떠올린 선이 자리에서 일어나 장롱 제일 아래 서랍을 열었다. 언제나 그 위치는 기억하고 있었다. 차곡차곡 곱게 개켜진 옷들의 오른쪽. 조심스럽게 옷가지 몇 개를 들어내자 상자 하나가 눈에 들어왔다.

'저 아직…… 오빠 옷, 가지고 있어요.'

그 말을 꺼냈을 때 영신은 조금 미묘한 표정을 지어 보였었다. 상자를 여는 그녀의 손끝도 조금 떨렸다. 크게 숨을 들이켜는 그녀의 눈앞에, 세상에서 가장 아픈 기억이자 그녀의 남은 고교 시절을 모두 지워 버렸던 기억이 곱게 누워 있었다.

조심스럽게 뻗은 손가락이 검은색의 셔츠를 슬쩍 집어 들었다. 이젠 기억도 아픔도 무뎌지는 건지 생각처럼 기분이 나쁘진 않았다.

대신에 의문 하나가 떠올랐다.

'네 앞에서만 또라이였다? 왜?'

정하와의 인연이 결국 이 모든 사달을 만들었다는 건 부정할 수 없는 사실이긴 했다. 하지만 그는 단지 지나치게 눈에 띄는 사람이었을 뿐이다. 게다가 정작 그녀를 침몰시킨 사건은 그가 없는 자리에서 일어났다. 그리고 그때, 가장 가까운 곳에서 그녀를 도와준 건 아무 접점도 없다고 생각했던 영신이었다.

생각해 보면 이상한 점은 한두 가지가 아니었다.

'너 찾으러 왔다, 최선.'

처음 재회했을 당시, 정하는 왜 굳이 찾으러 왔다, 라고 한 걸까.

'기억……해?'

그리고 그의 사무실에서 처음으로 봤던 그 당황한 얼굴.

그날, 갑작스럽게 했던 첫 번째 입맞춤은 장난보다는 어떤 충동에 가까웠다. 마치, 뭔가를 무마하기라도 하는 것처럼 두서없던 행동이었다. 그러고 보면 느닷없이 톰에게 피아노 레슨을 하라고 했을 때도 비슷한 느낌이었다.

어째서 그런 행동을 하는 걸까.

"이제 와서 뭐가 궁금한 건데? 상관없잖아."

보이지도 않는 누군가를 향해 어깨를 으쓱해 보인 선이 곱게 옷을 개켜 넣었다. 그러나 낮게 한숨을 내쉰 순간 머릿속에는 다시금 진아의 목소리가 메아리치고 있었다.

'한번 제대로 알아보는 게 어떠냐?'

†

여느 때처럼 레슨 일정을 마친 선은 저녁때가 되어서야 주린 배를 움켜쥐며 집으로 돌아왔다. 현관에 들어서자마자 느껴지는 뭔지 모를 위화감. 그 정체를 깨닫는 건 아주 쉬운 일이었다.

"그건…… 아니, 이것들은 뭐야?"

굳은 채로 서 있던 그녀가 손가락을 뻗었다. 분명히 아침만 해도 구형 브라운관 TV와 낡은 앉은뱅이 테이블이 전부였던 90년대식 마룻바닥 거실은 전혀 안 어울리게 으리으리한 소파가 떡하니 자리를 차지했고, 맞은편 벽은 광고 화면에서나 보던 최신형 TV가 걸려 있었다.

"서, 설마 샀어?"

"아니, 이것아. 돈이 어디 있어서 이런 걸 사."

절로 높아지는 그녀의 목소리를 가라앉힌 건 나 여사의 말이었다.

"얘는 우리가 그렇게 정신머리 나간 인간인 줄 아나 봐."

"이거 선물 들어온 거야, 선물."

"이모! 이모, 이거 봐! 엄청 크지?"

잔뜩 신이 난 두 언니와 조카 현준은 그렇다 쳐도 경주까지 TV에 완전히 빠져 있을 줄은 몰랐다. 허, 참. 허, 이거 참. 연신 내뱉는 경주의 감탄사를 들으며 어안이 벙벙한 얼굴로 서 있는 그녀의 눈에 또 뭔가가 포착되었다.

남자라곤 경주와 현준뿐인 집 안에 남자 운동화가 둘이라니. 그 의문은 때마침 그녀의 방에서 작업복 차림의 남자들이 우르르 나옴과 동시에 풀렸다.

"다 됐습니다."

"어머, 수고하셨어요."

나 여사가 한껏 반가운 말투로 그들을 반기는 사이 한 남자가 설명을 이어 갔다.

"일단 공사는 내일부터 진행해야 할 거 같고, 오늘은 안에 물건들을 미리 빼 놔야 할 것 같습니다. 피아노도 오늘 가져가는 걸로 하겠습니다. 일단 업자는 불러 뒀고……."

"잠깐만요. 지금 이게 무슨 소리예요? 나 좀 알아듣게 설명해 봐요."

그제야 선이 정신을 차리며 끼어들었다. 무엇 하나 이해가 가지 않는 전개였다.

그러나 한 가지는 확실하게 알 것 같았다.

"내 피아노를…… 어쩐다고?"

휴대폰을 귀에 댄 채로 씩씩거리던 선의 걸음이 좀 더 빨라졌다. 어느덧 시간은 밤 8시가 되어 갈 무렵이었다.

"전화 좀 받으라고! 이 망할 인간아!"

전화를 받을 수 없다는 여자의 목소리를 향해 빽 하고 소리를 질러 준 선이 잔뜩 격앙된 숨을 가라앉히며 눈앞의 건물을 노려봤다.

황당한 사건의 원흉은 역시나 정하였다. 선물이라는 말에 이어 그녀의 방에 방음실을 설치하고 새 피아노까지 가져다 놓을 거라는 나 여사의 설명에 그야말로 거품 물고 뒤로 넘어가는 줄 알았다. 언제부터 그리 깊은 사이가 되었느냐는 언니들의 추궁은 덤이었다.

게다가 이번 일만큼은 나 여사도 경주도 그녀의 편이 아니었다.

'이번만 눈 딱 감고 받아들여.'

'그래. 제대로 연습실 하나 생기면 좋잖아. 해 준다고 할 때 받아들여.'

지금껏 염치는 없어도 남에게까지 손은 안 벌리고 사는 줄 알았던 부모님의 행태에 기함한 것도 잠시, 도착한 업자들을 방으로 들여보내려는 걸 간신히 막아 낸 선은 기다리라는 말과 함께 곧장 집을 나섰다. 여기서 막을 수 없다면 원흉을 제거하는 게 먼저였다.

그러나 정하는 좀처럼 연락이 되지 않았다. 그대로 신사동까지 달려가 정하의 회사 앞에서 퇴근하는 이를 붙들고 물었지만 돌아온 대답은 더욱 절망스러웠다.

'오늘 종일 외근하시고 바로 퇴근하셨을 거예요.'

결국 내키지 않는 걸음으로 정하의 집 앞에 도착한 선은 한참을 망설이다 간신히 벨을 눌렀다. 그런데 시간이 지나도 안에선 인기척이 느껴지지 않았다. 혹시나 싶어 한 번 더 누르고 또 한 번 눌렀지만 안은 여전히 잠잠했다.

"하…… 뭐야."

여기까지 와서 허탕을 치다니. 잔뜩 약이 오른 선이 그대로 문을 걷어찼다.

─쾅!

"이 나쁜 놈!"

우그러지거나 하길 바란 건 아닌데 이놈의 문짝은 뭐로 만든 건지, 지나치게 멀쩡한 꼴을 보니 뭔 소릴 해도 평온하던 그의 얼굴이 생각나 더 열이 났다. 한 번 더 걷어차며 외쳤다.

"연락 없다고 난리 칠 땐 언제고 전화는 어디다 국 끓여 먹었니?"

그때였다.

─철컥.

잠금장치를 여는 소리에 이어 굳어 버린 선의 눈앞에서 정하는 잔뜩 가라앉은 목소리로 물었다.

"……뭐야?"

괜히 찔끔해 있던 선은 그 질문에 또 발끈했다.

"지, 지금 뭐냐고 묻는 말이 나와요? 전화는 왜 안 받아요? 거기다 그 물건들은 대체 무슨……."

"내일 이야기해. 돌아가."

"네?"

생각지도 못한 반응에 멍하니 바라보는 사이 정하는 문을 닫아 버렸다. 아니, 닫기 직전에 선이 문틈으로 제 발을 집어넣었다. 덜컹, 하고 걸리는 소리에 두 사람은 동시에 흠칫했다.

이건 무슨 포교하러 온 사이비교인도 아니고 이놈의 다리가 왜 이렇게 되는 거야!

하지만 부끄러움은 다음이다.

"아, 아니 잠깐만요. 아직 이야기 안 끝났다고요!"

내친김에 문을 확 열어젖힌 선이 그대로 현관으로 들어섰다.

"지금 선배 때문에 집 안 꼴이 엉망인데 어떡하냐고요! 그보다 누구 마음대로 내 피아노를 가져가니 마니예요? 선배가 뭘 몰라서 하는 말 같은데 그 피아노 저한테 어떤 의미인지 알기나 해요? 아니, 그게 문제가 아니고 방음실은 또 무슨 소리고 새 피아노는 또 뭔데요? 지금 그게 무슨 다 무슨 소리냐고요?"

"……."

"당장 다 취소하고 가구들도 다 가지고 가요. 선배가 왜 그런 걸 해 준다는 거예요? 선배가 뭔데! 지금 인부들 기다리고 있으니까 당장 다 가져가라고 전화……."

휴대폰을 꺼낸 선이 정하의 손을 붙들었다. 그대로 제 전화기를 쥐여 줄 참이었다.

"어?"

그런데 이상하다. 사람의 체온이 이렇게 뜨거울 수가 있나?

아니, 이런 경험은 있었다. 얼마 전 독하게 열감기를 겪은 현준이의 체온이 딱 이랬었는데…….

저도 모르게 정하의 얼굴을 바라봤다. 그제야 상기된 얼굴과 어딘가 불편한 듯 찌푸린 눈매를 발견했다. 게다가 왠지 모르게 붉게 부풀어 오른 눈두덩과 입매까지.

"선배. 설마 어디, 아파……요?"

대답 안 해도 알 것 같다. 한눈에 봐도 병색이 완연한 얼굴이었다. 대체 어디가 얼마나 아파야 얼굴이 저렇게 되는 건지도 모르겠다.

정하가 싸늘하게 대답했다.

"몸살 기운 있어. 그러니까 내일 얘기해."

"아니, 그게 아니라 선배, 열이 너무 높잖아요. 병원부터 가셔야죠!"

"귀찮게……."

"무슨 진짜 애도 아니고! 다 큰 어른이 지금 뭐하자는 거예요? 다른 가족은요? 선배 혹시 혼자 살아요?"

"그만하고 돌아가. 쉬고 싶어."

그녀의 어깨를 슬쩍 밀며 내뱉는 목소리에 짜증이 조금 섞였다. 그 목소리를 들은 순간 이상하게 화가 치밀었다.

내내 멋대로 남의 구역 침범해서 사람 열 받게 할 땐 언제고 이젠 멋대로 축객령이냐!

단숨에 그의 몸을 휙 밀쳐 낸 선이 뒤로는 문을 쾅, 닫아 버렸다. 철 컥거리며 잠금장치가 가동하는 사이 비틀거리며 밀려난 정하가 조금 놀란 얼굴로 바라봤다.

"누가 선배 좋아서 이러는 줄 아세요?"

하필 오늘 같은 날 여기에 온 걸까.

왜 하필…… 저 꼴이 내 눈에 띄어서.

"아픈 사람 혼자 두고 돌아섰다가 밤새 죽기라도 하면 어떡해요? 요 즘 감기가 얼마나 독한지 알기나 해요? 내 앞에서 사람 죽으면 평생 꿈자리 뒤숭숭할까 봐 그래요! 됐어요?"

붉게 부풀어 한층 피곤해 보이는 눈을 힐끗 노려본 선은 이어 당당 하게 거실로 들어섰다.

"뭐해요? 환자 주제에 빨리 안 들어오고!"

이 망할 오지랖을 탓할 수밖에.

"약은 먹었어요?"

"……."

"아니다, 그전에 식사는요?"

"……."

"약 먹으려면 일단 뭐부터 좀 먹어야 하니까, 주방이 어디예요? 이쪽인가?"

성큼성큼 거실로 들어와 복도 뒤편에 보이는 주방을 찾아낸 순간에도 정하는 말이 없었다. 보란 듯이 커다란 냉장고의 문을 열었다가 도로 닫아 버린 선은 저만치 떨어진 벽에 기대선 남자에게로 눈을 돌렸다. 기가 막혀도 할 말은 해야겠다.

"대체 냉장고는 왜 놓고 살아요?"

물론, 그 안에 싱싱한 식재료나 밑반찬이 마법처럼 가득 차 있을 거란 기대는 안 했다. 이 시간, 이 넓은 집에 사람이 그 혼자뿐이라면 완벽하게 독거남이니까. 그런데 이건 해도 너무하잖아. 켜 두는 게 어이없을 만큼 텅 빈 냉장고엔 생수통과 묘한 캔 종류가 전부였다.

"그리고 이런 캔은 냉장고에 넣어 두는 거 아니라고요."

"……뭐 하자는 거야?"

물끄러미 바라보던 정하가 내뱉듯 물었다. 저 경계심 가득한 얼굴을 보고 있자니 꼭 이쪽이 주거침입죄라도 저지른 기분이다. 하지만 이미 머릿속으로 다섯 번은 해 버린 후회에 한 번 더 추가한다 해서 뭐가 달라지랴.

"글쎄요. 내가 뭘 하는 건지 나도 모르겠어요. 그냥 몸이 이렇게 움직이는 걸 어쩌라고요. 그럼 먹을 거나 사 놓고 갈게요."

그런데 걸음을 떼려는 순간, 내내 불편한 기색이던 정하는 왠지 당황한 얼굴로 움찔하더니 재빨리 그녀의 앞을 가로막으며 말했다.

"밥은 먹었어."

"언제요?"

"……자기 전에."

"언제부터 잤는데요?"

"오후 두 시쯤…… 들어와서."

의외로 순순히 나오는 대답에 머리가 어지럽다. 무슨 초딩도 아니고 왜 다 큰 남자가 자기 몸 하나 간수를 못 하냐고!

"오후 두 시쯤에 밖에 있었으면 병원도 충분히 갈 수 있는 시간이네요? 기왕 퇴근하는 길에 아무 병원이나 들렀다가 진료받고 오면 안 되는 거였어요?"

"쉬면 나아지는 거야. 익숙하니까 신경 쓸 거 없다고."

"그럼 선배가 신경을 안 쓰게 좀 해요!"

울컥해서 내뱉고 난 선이 움찔하며 입을 다물었다. 뭐야, 제정신이야? 누가 뭘 신경 쓴다는 건데. 게다가 놀란 듯 부은 눈을 크게 뜨려 애쓰는 남자의 얼굴에 점점 의뭉스러운 기색이 어리는 걸 보니 이상하게 이 자리가 불편해진다. 매우, 많이.

선은 서둘러 말을 돌렸다.

"아니, 그러니까 내 말은…… 나 지금 누구 때문에 밥도 못 먹고 달려왔거든요? 하루 종일 서울 여기저기 돌면서 열심히 일했는데 여기서 굶어 죽기 억울하잖아요. 딱 보아하니 배달 전단지도 없을 거 같고. 나가서 내 거 사 오는 김에 선배 먹을 거랑 약이라도 사 드릴 테니까 먹고 싶은 거 있으면⋯⋯."

"김밥."

"네?"

"파는 거 말고 직접 싼 걸로."

아직도 김밥타령이냐, 이 집요한 인간아!

저도 모르게 주먹을 쥐던 선이 멈칫했다. 깜빡 잊고 있었다. 이 인간은 원래 이렇게 매를 버는 종자라는 걸.

"사커킥 한 번 더 맞아 보실래요?"

선이 어금니를 악물며 생긋 웃어 보이자 정하는 조금 뒤로 물러나더니 고개를 저었다. 희미하게 떠오르는 웃음기를 보니 정말로 죽을병은 아니었나 보다. 게다가 이상하게 멋쩍어 보이는 태도로 부은 눈가를 만지작거리던 정하는 조금 잠긴 목소리로 말을 이어 갔다.

"그리고 약은⋯⋯ 있어. 자느라 깜빡해서 그래."

"그럼 진작 좀 먹지! 어디 있는데요?"

정하의 손이 가리킨 곳은 언젠가 끌려 들어갔던 연습실의 바로 옆방이었다. 비틀거리며 앞장서는 정하를 무심코 따르던 선이 문 앞에서 멈칫했다. 취향도 참 고약하지. 예상은 했지만 방 안의 풍경도 바깥 못지않게 삭막하다.

가만히 혀를 차는 사이 비척거리며 다가온 정하가 그녀에게 뭔가를 내밀었다. 뒷면에 써진 글자를 천천히 확인한 선이 되물었다.

"⋯⋯알레르기 약?"

정하는 대답 대신 고개만 끄덕였다.

-아오오옹.

그리고 그제야 이 넓은 집 안 어디엔가 박혀 있었을 생명체의 울음 소리가 들려왔다. 선은 진지한 얼굴로 물었다.

"설마, 고양이 알레르기나 뭐…… 그런?"

다시 고개를 끄덕이는 정하를 보고 있자니 또다시 뒷골이 당겨 왔다.

아, 이 인간을 어째.

"제정신이에요? 고양이 알레르기면 고양이를 키우지 말았어야죠!"

"그러게."

"지금 이 일이 그러게, 하고 끝낼 문제예요? 진지하게 고민 좀 해 보란 말이에요!"

아무리 소리를 질러도 눈앞의 남자는 멀뚱멀뚱 반응이 없다. 펄펄 뛰는 그녀를 물끄러미 바라보며 곰곰이 뭔가를 생각하던 정하가 자신 없는 투로 작게 물었다.

"……그럼 버릴까?"

"아웃! 내가 미쳐! 한 번 거둔 애를 어디다 버려요, 버리길! 무지개 다리 건널 때까지 책임져야지! 그딴 식이니까 톰이 선배를 싫어하는 거잖아요!"

"그런 거야?"

그제야 정하는 몰랐던 사실을 깨달은 것마냥 심각한 표정을 짓더니 엄마한테 혼이라도 난 아이처럼 시무룩해졌다. 아 나, 오늘따라 이 인 간 이상해. 평소에도 이상한데 오늘은 한 스무 배쯤 이상해!

"하, 됐어요. 그냥 열심히 약 잘 챙겨 드시면서 잘 키워요. 그보다 몸살 기운 같다면서요? 다른 약은요?"

"사다 주면 고맙고."

"……."

"돈은 줄게. 아니다, 같이 나갈까?"

말이 끝나기가 무섭게 그녀의 손에서 약을 채 간 정하가 익숙하게 한 알을 까 입에 넣는다. 물도 없이 알약을 먹는 기괴한 신공을 펼치던 정하는 헝클어진 머리를 대충 매만지더니 이상하게 신이 난 얼굴로 말했다.

"가자."

†

─띠릭.

짧은 신호음을 듣고 난 선이 체온계를 제 눈앞으로 들어 올렸다.

38.9도.

잠시 고민했다. 119를 불러야 할지, 말아야 할지.

"많이 높아?"

"애매한데요?"

"나 죽는 거야?"

"좀만 더 높으면 딱 죽을 거 같으니까 한번 버텨 보실래요?"

손을 내리며 눈을 부릅뜨자 이불을 둘둘 감은 채 침대에 누운 정하가 키득거리며 웃다 이맛살을 찌푸렸다. 그래, 맥은 웃을 때가 아니야. 머리가 흔들릴 때마다 지진이라도 겪는 기분일 거니까.

아무리 미친 인간들이 많은 세상이라지만, 그 부류는 단언컨대 두 가지뿐일 거다.

민정하와 민정하가 아닌 또라이. 이 독보적인 미친놈 같으니라고.

대놓고 한숨을 폭 내쉰 선은 협탁 위에 놓인 그릇에서 물수건을 꺼내 들었다. 이 젖은 수건으로 개운하게 물볼기를 치는 상상을 아주 잠깐 하다가 그의 이마에 살포시 얹었다. 정말로 힘든 모양인지 정하는 눈까지 감고 숨만 열심히 쉬었다.

'뭐 이런 사람이 다 있어, 진짜.'

기막혀서 웃음밖에 안 난다. 30분 전만 해도 정하는 이상하게 팔팔해서 바로 길 건너에 위치한 동네마트를 돌고 있었다. 얼떨결에 김밥 재료나 인스턴트 죽 따위를 주워 담던 선이 문득 뒤를 돌아보곤 멈칫했다.

묘하게 눈을 빛내며 물건을 쓸어 담던 남자가 물끄러미 그녀를 마주보다 손에 든 걸 슬그머니 내려놓는다. 쿵쿵 발소리를 내며 카트로 다가간 선은 이름도 모를 수입식품과 소스, 향신료 따월 닥치는 대로 꺼내 놓았다.

대체 이런 건 또 어디서 주워 담아 놓은 거야!

"이렇게 많이 사서 동네잔치 하시게요? 내가 무슨 장금인 줄 알아요? 다시 한 번 말하는데, 나 요리 잘 못해요. 나도 우리 집 귀한 딸이니까 쓸데없는 기대하지 말고 쓸데없는 거 좀 주워 담지 말아요!"

그러고는 아쉬워하는 정하를 노려보며 손에 든 재료를 카트에 우당탕 던져 넣었다.

"내가 해 줄 수 있는 건 이 망할 김밥뿐이니까 맛없다고 남기기만 해 봐요."

그러나 정하는 그 이후에도 온갖 코너를 돌아다니며 뭔가를 주워 담아 댔고―툭하면 판촉에 낚여 댔다―선은 화를 내며 그것들을 꺼내 놓기를 반복했다. 어쩌면 그리 하나같이 아무 짝에도 쓸모없는 물건뿐인지, 그 개념 없는 소비 패턴에 혀를 내두를 지경이었다.

'나야말로 낚였나?'

분명 집에선 다 죽어 가던 인간이 나오니까 왜 이렇게 기운이 펄펄 넘치는 건데. 그 와중에 정하는 어디론가 그녀를 끌고 가더니 뭔가를 집어 들었다. 소형가전 코너에서 발견한 안마기였다.

"고객님도 일하고 들어오면 피곤하시잖아요. 그럴 때 TV 보면서 가볍게 어깨에 대고만 있어도 뭉친 게 싹 풀린다니까요."

－드르륵. 드르르륵.

허우대 멀쩡한 남자가 아주 심각한 얼굴로 안마기를 작동시켜 보고 고민하는 꼴을 보고 있으려니 절로 발걸음이 멀어진다. 게다가 열렬한 정하의 반응에 판매원 아주머니는 호구 하나 걸렸구나, 하는 표정이었다.

"여자 친구한테 매번 힘들게 안마해 달라고 하기도 그렇고……."

"그런 거 아니거든요?"

"아이고, 미안해요. 신혼부부인가 보네?"

대체 어딜 봐서 신혼부부냐고! 진지하게 한마디 해 주려는데 묘하게 눈을 빛내던 남자가 더 진지하게 말했다.

"두 개 주세요."

아, 몰라. 마음대로 해.

이젠 말리기도 지친다. 후다닥 카트를 밀며 자리를 벗어나자 금세 뒤따라온 그가 물었다.

"저거 사도 돼?"

"두 개 달라고 했으면서 묻긴 뭘 물어요! 무슨 사람이 이렇게 계획도 없고 개념도 없고…… 필요한 거만 사란 말이에요, 필요한 거만! 사

봤자 어차피 몇 번 쓰지도 않고 처박아 둘 걸……."

뒤도 돌아보지 않고 잔소리를 퍼붓는 그녀의 목덜미에 뭔가 툭, 닿 았다.

"이거 꽤 시원해."

-드르르르륵.

"으아악!"

그야말로 초등학생 아이를 둔 엄마의 심정을 절실하게 깨닫는 시간 이었다. 게다가 집에 돌아오자마자 잔뜩 열이 오른 정하는 김밥은커녕 데운 인스턴트 죽조차 반도 못 비우고 자리에 드러누웠다. 아픈 사람 을 때릴 수도 없고 버렸다간 정말 죽을 거 같고.

결국 자리를 잡고 앉은 선은 어느덧 10시가 넘어가는 시계를 바라 보고 휴대폰을 꺼내 들었다.

-인부들은 일단 돌려보냈어. 피아노 멀쩡히 잘 있으니까 들어와.

아름의 메시지가 도착해 있었다. 잠시 고민하던 선이 손가락을 움직 였다.

-진아네 집이야. 내일 첫차로 갈게.

뭔가 뒷말을 덧붙이려다 변명을 하는 것처럼 느껴져 그냥 전송 버튼 을 눌렀다. 그리고는 진아에게 전화를 걸기 위해 밖으로 나서려는 순 간 끊어질 듯 나지막한 목소리가 들려왔다.

"갈 거야?"

흠칫해서 저도 모르게 다시 앉아 버렸다. 놀란 것도 놀란 거지만, 그 말에서 느껴지는 뉘앙스가 의외였다. 마치, 외출하는 엄마를 보며 어딜 가느냐 묻는 아이처럼……

아니, 무슨 생각이야. 말도 안 되는 상상을 가볍게 지워 낸 선이 말했다.

"안 잤어요?"

"잤어. 아니…… 잤나?"

멍한 얼굴로 대꾸하던 정하가 싱긋 웃는다. 이상하게 핀잔을 놓기는 애매했다. 어딘가 아픈 표정이어서. 아니, 정말 아픈 사람이라서 그리 보이는지 모르겠지만.

"피아노 소리가 들리지 않아서…… 기다렸는데. 작은 고양이를…… 주웠잖아……."

거기다 이건 또 무슨 이야기야.

"그건…… 혹시 톰 이야기예요?"

주워 기른 녀석이었던 건가? 어울리지 않는다는 생각과 함께 물은 말에 정하는 한숨처럼 웃음 짓더니 중얼거렸다.

"고양이는…… 다 나비라면서……."

뭔 소리를 하는 건지. 헛소리를 하는 걸 보니 정말 응급실이라도 보내야 하나. 선은 슬쩍 수건을 들추며 이마에 손을 얹어 봤다. 해열제가 듣긴 듣는 모양인데…….

"잘은 모르지만 뇌 기능이 아직 정상으로 돌아오진 않은 거 같아요."

물론, 댁은 평소에도 그렇겠지만.

말로 꺼내지 못한 생각을 읽은 것처럼 정하가 낮게 웃었다. 그녀도 피식 웃어 버렸다. 기막히게도 이 상황에 할 수 있는 거라곤 웃는 것뿐이었다. 바보들처럼 실실거리며 웃다 웃음이 잦아들고 어느덧 어색한 적막이 주변을 에워쌌다. 딱히 할 말도 떠오르지 않고, 어색함을 참기 힘들어진 선이 다시 몸을 일으키려 할 때였다.

"한 번이라도…… 내 생각 한 적 있었어?"

난데없는 질문이 다시 그녀의 몸을 굳게 했다. 단순한 질문에다 떠올릴 수 있는 답안도 하나뿐인데, 그 느낌은 천차만별이었다. 잠시 생각하던 선이 물었다.

"어떤 대답을 바라세요?"

"……."

"단순히 '그런 적이 있나' 자체가 궁금한 거면 '그런 적'은 있어요."

결코 좋은 뜻이 아니라는 걸 그 역시 알 거다. 하지만 말없이 그녀를 바라보는 그의 무표정에서 달리 다른 감정을 읽어 낼 수가 없었다. 가라앉은 공기가 부담스러울 만큼 무겁다. 인정하긴 싫지만, 확실히 그가 주변에 전하는 위압감은 무시할 수가 없다. 그 무게감을 깨뜨린 건 그의 목소리였다.

"넌…… 이상해. 무엇 하나 내 예상대로 움직인 적이 없어. 아무것도 읽을 수가 없다고."

"……."

"그래서 좀…… 화나."

"진짜 못됐다."

흘겨보며 내뱉는 말에 정하가 킥킥거리며 웃었다.

"그런 사람 간호하고 있는 너도 정상은 아니야."

"그러게요. 예전의 나라면 두 번 생각도 안 하고 돌아섰을 텐데 왜 이러고 있을까요."

쉽게 인정한 선이 세상만사를 초월한 듯 헛헛한 웃음을 짓고는 팔짱을 꼈다. 이어 그 상태로 뭔가 진지하게 생각하던 선은 천천히 입을 열었다.

"가르치던 애들 중에 꽤 친하게 지낸 애가 있었는데 언젠가 날 찾아와서는 하소연을 하는 거예요. 힘들다고, 도와 달라고. 알고 보니 왕따를 당하고 있더라고요."

"……."

"문제는 그렇게 괴롭힌 애가 그 반 반장이었어요. 엄청 모범생에 집도 부자고 성적도 전교 1, 2등. 그러니 누가 상상이나 했겠어요? 앞에선 그렇게 멀쩡하다 못해 훌륭한 앤데. 하다못해 담임도 도와달라는 애한테 망상증이냐, 관심병이냐, 멀쩡한 애한테 못 하는 소리가 없네, 하더래요. 그러니 당하는 애만 미치죠."

"그래서…… 어떻게 됐어?"

"뭐, 보다시피."

손가락으로 자신을 가리키며 툭 하니 내뱉은 말에 정하는 무표정한 얼굴로 입을 다물었다.

"어제의 피해자가 다시 오늘의 피해자가 되는 케이스랄까…… 그나마 그 이중적인 애 까발려 준 거랑 매번 당하던 애가 학교 잘 다니고 있다는 소식 들은 걸로 만족하고 있고요."

딱히 그가 뭔가를 깨닫고 느끼길 바라며 하는 말은 아니었다. 그럼에도 그의 확연히 굳은 얼굴을 보고 있자니 묘한 쾌감이 일었다. 깊은 상처에 소독약을 뿌리는 듯한 고통과 함께.

"옛날엔 그렇게 생각했었어요. 무슨 일이 있건 그냥 무시하고 내 할일만 잘 하면 결국 잘 될 거라고. 아무리 힘들고 괴로워도 그냥 이 순간만 지나 버리면 끝나는 거라고."

그렇게 생각했기에, 그땐 아무것도 하지 않았다.

모두의 앞에서는 지나치게 멀쩡했던 저 남자가 사실은 짓궂은 남자라는 걸, 웃는 얼굴로 상대해 주고 뒤에선 눈살을 찌푸린다는 걸 말해야 하는데, 말하지 못했다. 어차피 아무도 믿지 않을 거. 굳이 더 큰 사달을 만들고 싶지 않았다.

아니, 사실은 타인을 믿을 수 없었다. 말을 꺼내는 순간 달라질 시선. 그 고정관념과 편견은 절대 깰 수 없다는 걸 알기에. 그래서 시간이 지나기만을 기다렸다. 흙탕물이 되어 버린 주변의 침전물이 서서히 가라앉을 때까지.

"그런데 말이에요. 지금 이 순간이 지나 버리면 그 시간은 다시 돌아오지 않는 거잖아요. 당장 내일이 어찌 될지도 모르는데 거기에 희망을 걸고 오늘을 희생하는 거 이상하지 않아요?"

"……."

"그래서 이젠 무작정 피하고 무시하진 않기로 했어요."

말을 마친 선은 자연스럽게 자리에서 일어서며 어깨를 으쓱했다.

"아무리 미워도 진짜 죽길 바라는 건 아니니까 일단은 살려 둬야 할 것 같고……. 그러니 별수 없잖아요."

정하는 끝내 말이 없었다. 싱긋 웃어 보인 선이 물었다.

"그래서 하는 말인데, 대체 나한테 이렇게까지 목매는 이유가 뭐예요?"

그러나 다음 대답엔 웃을 수가 없었다.

"네 피아노."

멈칫한 순간, 정하는 좀 더 뚜렷해진 목소리로 말했다.

"어디서든 네 피아노를 듣는 거."

†

'만들어진 천재랑 타고난 천재의 차이겠죠.'

해석하기에 따라 교묘하게 뉘앙스가 바뀔 수 있는 말이다. 그때의 정하는 최대한 중립적인 태도로 말했었지만, 행간에 어린 빈정거림을 못 느낄 정돈 아니었다.

하지만 그 바탕에 깔린 감정은 왠지 모를 '불쾌함'.

민정하는 최선의 연주가 불쾌했다. 하지만 지금의 민정하는 최선의 연주를 듣고 싶어 한다. 그 심경의 변화를 납득하기엔 그녀가 가진 정보가 너무 부족했다. 그래서 희미하게 미소만 짓고 있는 그를 향해 물었다.

"선배가 왜 내 피아노를 듣고 싶어 하는 거예요?"

"……자꾸 그렇게 물으니까 쑥스럽잖아."

선은 저도 모르게 흠칫하며 몸을 뒤로 뺐다. 그 와중에도 헤벌쭉 웃는 남자를 보니 그야말로 헐, 소리밖에 안 나온다.

"알았으니 일단 한숨 주무세요. 전 나가서 전화 좀 하고 올게요."

아픈 사람임을 상기하며 일어나려는데 손을 뻗은 그가 그녀의 손목을 붙들었다. 흠칫 놀란 선이 엉거주춤 자리에 앉아 버렸다.

"노, 놀랐잖아요. 왜요, 갑자기!"

잠시 가빠진 숨을 가라앉히는 동안 여전히 그녀의 손목을 꼭 붙든 채 바라보던 정하가 다 갈라진 목소리로 물었다.

"너…… 정말 나한테…… 아무 감정도 없었어?"

"……."

"단 한 순간도?"

이상하게 한동안 입이 열리지가 않았다.

'구경 잘 했어?'

첫 만남. 그리고 장난스럽게 묻던 목소리.

엉뚱하게 설레었던 기억이 목구멍을 틀어막는다.

선은 한참 만에야 겨우 입을 열었다.

"그런 적 없어요. 절대로."

저 자신이 생각해도 아주 냉정한 대답이 튀어나온 순간, 남은 기운을 다 쓴 건지 그는 묘한 웃음을 지으며 눈을 감았고 이내 잠이 들었다. 여전히 그녀의 손을 꼭 붙든 채로.

조도를 낮춘 방 안은 고요했다. 한결 편해진 숨소리에 그녀도 작게 한숨을 내쉬었다.

아직도 잡혀 있는 손이 뜨겁다. 정상 범위를 웃도는 그의 체온 탓일까. 잠결에도 집착하듯 붙든 손을 차마 뿌리칠 수 없어 어쩌나, 고민하는 사이 몸을 뒤척이던 그가 잡은 손을 당겼다. 얼결에 조금 다가앉은 순간 그의 얼굴이 가까워졌다.

두근두근.

때를 맞춰 뛰어 대는 심장의 반응에 선은 저도 모르게 눈살을 찌푸렸다.

'자는 얼굴은 예쁘네. ……기분 나쁘게.'

구김 하나 없는 반듯한 눈매. 깎아 놓은 듯 자리 잡은 콧등과 조명 탓에 조금 창백해 보이는 피부. 여자들에게나 어울릴 형용사가 기막히게 들어맞는데, 그러면서도 남자답게 다부진 이마와 날렵한 턱 선의 조화가 미묘하다. 제 것보다 길어 보이는 속눈썹을 힐끔거리던 선이 마지막으로 눈을 돌린 곳은 도톰한 입술이었다.

열기로 붉어진 입술이 조금 벌어져 있다. 그 광경을 보고 있으려니 이상하게 제 입술이 바짝 마른다. 흠칫하며 눈을 돌린 선이 혀로 제 입술을 축이곤 다시 그의 입술을 노려봤다. 열렸다 하면 못된 소리나 뱉는 주제에 왜 이렇게 섹시한 거야.

게다가 멋대로 덤벼 대기나 하고.

아, 아니 이건 생각 안 하는 게 나을 뻔했다. 괜스레 묘한 장면을 떠올리는 바람에 목덜미까지 열이 후끈해진 선이 슬그머니 손을 잡아 뺐다. 또 심장이 콩닥거리며 뛰어 대는 게 불편하다.

'어쩌면 좋지…….'

다시 그를 흘깃거리는 그녀의 눈매에 심란함이 어렸다.

방 밖으로 나온 그녀가 조심스럽게 문을 닫자마자 어디서 나타난 건지 톰이 고르륵거리며 다리 사이로 끼어들었다.

"아직 안 잤어? 아, 고양이는 야행성인가?"

마침 잘되었다는 생각에 피식 웃던 선은 그대로 톰을 안아 들고 소파로 다가가 털썩 주저앉았다. 그리고 휴대폰을 꺼내 들었다. 말을 맞추려면 진아에게 연락해야 한다는 사실을 떠올린 참이다.

-별일 없고 심심하면 전화해. 특별히 놀아 줄게.

그런데 영신에게서 메시지가 도착해 있었다. 이 인간도 가만 보면 묘하게 상대한테 덮어씌우는 재주가 있다. 절레절레 고개를 젓다 통화 버튼을 눌렀다. 기다렸다는 듯이 전화를 받은 영신이 어, 하고 짧게 대꾸했다.

"아직 안 잤어요?"

[이 시간에 자는 건 어린이 인증 아니냐?]

"아, 예. 새 나라의 어른은 새벽 2시 전에만 자면 되는 거죠? 전 여친한테 전화 걸기 직전에."

[그건 초보들이나 하는 실수지. 술 마실 때만 조심하면 돼.]

태연한 대답에 선은 작게 웃음을 터뜨렸다. 재회 이후, 영신은 딱 귀찮지 않을 만큼만 연락을 해 왔다. 적당한 거리를 유지한 채.

[넌 안 자고 뭐했냐?]

"어…… 음. 지금 아픈 짐승 하나 돌보고 있어요. 그래서 전화한 거예요."

문득 생각나 내뱉은 말이었지만, 그럴듯했다. 저 무지막지한 짐승에겐 사람 의사보다 수의사의 처방이 정확할지 모르니까.

[그래? 뭔데? 개?]

"네, 뭐 비슷……. 아니에요. 개 맞아요. 좀 커서 그렇지."

개 같은 인간에다 185cm는 족히 되어 보이는 게 좀 많이 커서 함정이지만.

[지금 상탠 어떤데?]

"간단히 뭐 좀 먹이고 약도 먹였더니 죽은 것처럼 자요. 병원에 가야 할 거 같은데 고집이 어찌나 센지 꿈쩍도 안 해서 골치예요."

[병원 좋아하는 개는 세상 천지에 우리 고구마 말고는 없을 거다. 강제로 안아서라도 옮겼어야지.]

"아니요, 절대 불가능해요. 내가 깔려 죽을 거예요."

농담처럼 이야기하고 웃는 동안 묵직하게 가슴속을 메운 답답증이 조금 해소되는 기분이었다. 집에 돌아오라는 아름의 메시지에 변명 거리를 생각했을 때부터 생긴 답답증은 거실로 나오며 이 밤을 정하와 단둘이 보내야 한단 사실을 새삼 떠올리자 더욱 심해졌다.

왜 난 거기서 돌아서지 못했을까. 후회는 해도 해도 끝이 없다.

[그럼 어쩔 수 없지. 일단 상태 좀 지켜봐. 그리고 39.5도 넘으면 위험하니까 119 부르고. 참, 체온은 항문으로 재는 거 알지?]

"푸학!"

게다가 느닷없이 나온 말이라니! 상상도 하기 싫은 그림이 눈앞에 그려지는 통에 저도 모르게 웃음을 터뜨리곤 허겁지겁 손을 내젓다 그만 톰을 놀라게 해 버렸다.

-캬앙!

"악!"

[왜 그래? 그리고 방금 뭐야? 고양이?]

모든 일이 동시에 일어났다. 선은 서둘러 휴대폰을 붙들고 제 허벅지를 비볐다.

"아, 예. 고양이 맞아요. 쓰으- 아무튼 그거, 거기다 체온계를 꽂는 건 좀 무, 무리 같고…… 일단 만져 봤을 때 많이 뜨겁진 않았어요. 아하하……. 아무튼 밤새 잘 지켜볼게요. 약은 먹였으니까."

[무슨 일 있으면 바로 전화하고.]

"네. 고마워요, 신이 오빠."

진심으로 고마워서 내놓은 말에 영신은 한동안 나직하게 웃을 뿐 말이 없었다. 그러다 조금 틈을 두고 말을 이었다.

[정신은 좀 나간 놈일지 몰라도 막 나가는 놈은 아니야. 특히 그쪽으론 뭐랄까…… 결벽증도 좀 있고 해서…… 엉뚱한 짓 할 거라 걱정은 안 해도 될 거야.]

"네?"

[원래 우리 앞에서도 아픈 모습이나 약해진 모습 보이는 거 무지하

게 싫어했었어. 그러니까 혹시 이상하게 굴어도 그런가 보다 하고.]

이미 다 알고 있었던 걸까. 뭐라 대답할 말이 없어 입을 꾹 다물어버린 사이 영신은 다시 웃음을 터뜨렸다. 그러고는 작게 한숨을 내뱉으며 말했다.

[내가 넘겨짚는 거면 좋겠는데, 그건 아닌 거 같네.]

"어떻게…… 알았어요?"

겨우 물은 말에 영신은 아무렇지 않게 대꾸했다.

[톰이잖아. 방금 그놈.]

전화를 끊고 난 선은 한동안 자괴감에 푹 젖어 있었다. 아무 관계도 아닌 남자의 집에서 아는 오빠와 전화를 했을 뿐인데, 상황이 미묘하다. 제 의도와는 달리 두 남자 사이에서 간보다 걸린 듯한 느낌이랄까, 애인을 두고 딴 남자와 바람을 피운 듯한 느낌이랄까……

'그래서 어느 쪽이 애인이야?'

갑자기 떠오르는 질문에 선은 화들짝 놀라며 제 머리를 두드려 댔다. 미쳐, 미쳤어! 애인은 개뿔! 저건 개야, 개! 말도 더럽게 안 듣는 비글!

'그런 놈을 왜 간호하는 거야?'

갑자기 머리가 어지러워진 선이 소파 위에서 몸을 웅크렸다. 할 수만 있다면 그냥 쥐며느리로 퇴화해 버리고 싶다.

"아냐, 이럴 게 아니야. 뭐라도 하자."

이러다 잠들기라도 하면 더 낭패다. 벌떡 일어난 선은 괜스레 휑한 거실 이편저편을 기웃거렸다. 그러다 반대편 구석에서 기묘한 걸 발견했다.

왜…… 가정집에 볼링 트랙이 있는 건데?

파리도 미끄러질 매끈매끈한 바닥을 물끄러미 바라보다 고개를 저었다. 아, 아무것도 생각하지 마. 머리로 이해하려고 하지 말고 가슴으로 이해하라고. 나의 멘탈은 소중하니까. 그런데 갑자기 위장이 쥐어짜이는 기분이 든다.

"……배고픈 건가."

그러고 보니 저 망할 인간이 갑자기 쓰러지는 바람에 제대로 먹지도 못했잖아. 배를 쓰다듬으며 주방으로 들어간 선은 대충 냉장고에 처박아 둔 비닐봉지 틈에서 혹시나 해서 사 둔 콘플레이크와 우유를 꺼내 들었다. 그리고 한참 동안 주변을 살폈다.

"없어! 왜 없어?"

정상적인 주방이라면 눈에 띄는 곳에 놓여 있어야 할 그릇이 씨가 말랐다. 어쩔 수 없이 싱크대 옆의 그릇걸이에서 머그컵을 꺼낸 선이 다시 이곳저곳을 뒤졌다. 그런데 여는 곳마다 텅텅 비어 있다.

주방 뒤편의 다용도실까지 샅샅이 뒤져 봤지만 찾을 수 있는 건 커피메이커와 식탁에 놓인 머그컵이 전부였다.

세상에, 아무리 남자 혼자 사는 집이라도 그렇지. 이럴 수가 있나?

"김밥이고 나발이고 뭐가 있어야 해 먹지! 쌀도 없고 밥통도 없는데."

그러니까 이 집에서 먹을 거라곤 방금 사 왔던 게 전부였단 소리다.

"아…… 그냥 집에 갈걸."

후회를 몇 번이나 했는지 이제 세기도 귀찮아진 선이 다시 거실로 나왔다. 마지막으로 그녀의 눈길이 향한 곳은 연습실이었다. 아니, 사실은 이 집에 들어왔을 때부터 자꾸만 시선이 향했지만 애써 외면하던 곳이었다.

머뭇거리던 손길이 이내 결심한 듯 문고리를 잡아 돌렸다. 두꺼운 유리문이 열리자 우웅— 하고 뭔가가 돌아가는 소리가 들린다. 깔끔한 연습실의 풍경을 눈에 담고 있으려니 새삼 고은의 옷더미 속에 파묻혀 사는 제 야마하가 불쌍해졌다.

시큰해진 콧등을 쥔 선이 한쪽 벽을 메운 책장으로 눈을 돌렸다. 그 안에 가득한 서적과 악보들. 이어 나란히 놓인 두 대의 피아노를 훑어 보고 한쪽 구석에 마련된 보관대로 다가섰다. 처음 왔을 땐 보지 못했 는데 그 안에는 두 대의 바이올린이 잘 놓여 있었다.

선은 전시라도 하듯 투명한 유리덮개에 잘 둘러싸인 바이올린을 한 참 동안 바라봤다.

"아직…… 바이올린 하는 건가?"

하긴, 그런 실력으로 그만두는 게 쉽진 않았을 거다. 며칠 전 혹시 나 하고 인터넷에 검색해 봤던 그의 이력이 떠오르자 그녀의 눈썹이 슬쩍 몰려들었다. 그의 위치는 학교 내에서도 사회에서도 크게 다르지 않았다. 남들보다 화려한 길을 걷다가 제 손으로 그것을 팽개치고 또 다른 길을 찾아서도 타인의 위에 군림하는 남자.

"뭐가 그렇게 쉬워."

얄밉도록 승승장구해 온 그의 모습을 떠올리던 선이 쓰게 웃었다.

그렇게 인생이 쉬우니 남의 인생도 하찮아 보였던 걸까. 그러니 남 의 묵은 감정 따윈 무시하고 멋대로 들이댈 수 있는 거겠지. 본색을 드 러내 놓고도 태연하고, 누구 앞에서도 자신감이 넘치다 못해 오만하고.

자길 좋아한다는 여자랑 키스하고도 침이나 뱉고.

"……결벽증은 개뿔."

이상하게 기분이 찝찝해진 선이 걸음을 옮겨 책장으로 다가갔다. 그리고 잠시 고민하다 악보집 세 개를 꺼내 들었다.

'네 피아노.'

그답지 않게 뚜렷하게 목적을 드러낸 말이었다.

'어디서든 네 피아노를 듣는 거.'

여전히 의미조차 모를 말이지만, 한 가지는 확실히 알 것 같았다.

이 세상에 내 연주를 듣고, 기억하는 사람이 있다. 그렇게 생각하자, 조금 들뜨는 기분이었다. 기묘한 설렘으로 두근거리는 가슴을 꾹 눌러 보던 선이 힐끗 주변을 둘러봤다.

"괜찮겠지?"

아니면 듣고 싶다고 했으니 밤새 시달려 보시든가.

삐죽이던 입가에 어느덧 미소가 떠오른다. 천천히, 그녀의 연주가 시작되었다.

✝

–아오옹.

불쾌한 듯 낮은 울음소리가 들려온다. 저 멀리 앉은 톰을 향해 정하는 검지로 입술을 눌러 보였다. 왠지 한심하다는 듯이 바라보던 톰이 어슬렁거리며 자리를 벗어났다. 그의 시선도 동시에 연습실을 향했다. 여기저기 기웃거리며 돌아다니던 선이 막 피아노에 앉은 참이었다.

"그래, 거기라니까."

그의 눈가가 부드럽게 풀어졌다. 곧이어 약간 먹먹하지만 잔잔한 호수에 퍼지는 파동처럼 나직한 피아노 소리가 흘러나오기 시작했다. 그는 기다렸다는 듯이 가볍게 숨을 들이켜며 눈을 감았다.

Liszt Transcendental Etude S.139 - No.11 in D flat Major Harmonies du soir

약간 지루하면서도 복잡한 화음으로 가득한 서주부가 연주되는 동안 그는 천천히 눈을 감았다. 묘한 기대감을 불러일으키며 어느 순간 고조된 음이 쿵, 내리꽂힌다.

'뭐지……'

평생 겪어 본 적이 없는 두근거림이었다. 어느새 눈을 뜬 정하는 연주에 빠져들기 시작한 그녀의 뒷모습을 물끄러미 바라봤다. 강물처럼 흐르는 아르페지오의 향연 속에서 뭔가가 아른거리며 떠오른다. 그가 기억하는 시절의 모습, 상상했던 순간 그대로인데…… 뭔가 달랐다.

의문을 떠올리려는 순간 poco piu mosso로 환기된 주제가 흘러나오기 시작했다. 아련한 피아니시모로 전개되는 선율이 강물 위로 쏟아지는 별빛처럼 감미롭게 반짝거린 순간, 그녀의 입가에 미소가 떠올랐다.

완벽하다고는 할 수 없지만, 한결 가볍고 여유가 깃든 음색이었다. 오랜 공백을 걱정하지 않아도 될 만큼, 아니, 그때보다 풍부해진 감성과 무게감을 벗어던진 듯 산뜻해진 기교는 이미 그가 기억하는 그녀가 아니었다.

'아……'

이건 그 아이의 피아노였다. 이른 아침, 햇살과 함께 퍼져 나오는 피아노 소리이자 방 한구석에 웅크린 채 죽은 듯 잠을 자던 소년에게 아침이 왔음을 알려 주던 소리.

'혼자일 때만 돌아오는 건가.'

매일이 즐거웠던 아이처럼, 그녀도 완벽하게 이 순간을 즐기는 모습이었다. 그 광경을 지켜보는 정하의 입가에 미소가 스민다. 단단한 껍질에 싸여 있던 그녀가 깨진 틈새로 살포시 웃어 보이는 것만 같았다. 좀 더 환하게 웃을 수 있었던 시절의 아이가 그를 향해 손짓하고 있었다.

그러나 그것도 잠시뿐.

'그런 적 없어요. 절대로.'

뭐라 정리하기 힘든 감정이 그를 휘감았다. 동시에 그의 가슴속 깊은 곳에서 시작된 박동이 묵직한 통증을 불러일으켰다.

"멍청한 소릴 했네. 그런 걸 왜 물어본 거야."

그 아이의 세상에 그의 존재는 이미 사라지고 없었다. 그 사실을 되새긴 순간 가슴속에서 뭔가가 버석거렸다. 모래알이라도 씹는 감촉에 불쾌감이 엄습했다.

"악— 또 틀렸잖아. 바보!"

어느덧 연습실 문 옆의 벽에 등을 기대앉은 채 그녀의 비명에 소리를 죽여 웃던 그가 나직하게 중얼거렸다.

"나 좀 기억하지."

단순히 서운한 기분일까. 그런 감정만으로도 이렇게 물먹은 솜처럼 축 처질 수 있는 걸까. 이 기묘한 감정과 의문들은 도무지 이해할 수가 없는 것이었다. 곁에 있었으면 하면서도, 그 아이가 나를 바라봤으면 하면서도 정작 그 실체는 알 수가 없었다.

단 한 번도 겪어 본 적 없는 통증. 아무리 시간이 지나도 절대 해소되지 않는 목마름.

세상에 오직 단 하나뿐인 목표이자 가장 어려운 문제가 지금 이 문을 사이에 두고 앉아 있다. 그 사실을 떠올리자 심장이 터질 것만 같았다.

하지만 아무것도 모르겠다.

누구도 가르쳐 준 적이 없어서. 누구도 나를 그렇게 봐 준 적이 없어서.

무거워진 머리를 뒤로 젖히자 단단한 벽이 닿았다. 아직도 후끈거리는 몸의 열기가 남은 감기 기운 탓인지, 다른 무엇 때문인지도 구분이 가지 않았다.

'네. 고마워요, 신이 오빠.'

그리고 떠올린 말에 그의 눈매가 서늘하게 굳었다. 손끝으로 휴대폰을 들어 올리는 그의 표정엔 방금까지 혼란스럽게 덮여 있던 감정이 싹 사라져 있었다.

-진심이야?

-응.

간결한 답변을 확인한 그의 입가에 서늘한 미소가 떠올랐다.

"재밌네, 문영신."

잠들 수 없는 밤이 깊어 갔다.

5.

도발

-진심이야?

-응.

느닷없이 영신이 내민 휴대폰 화면을 바라보던 윤이 표정을 굳혔다. 출근길 영신의 연락을 받고 병원에 들른 참이었다.

"어쩌려고 이래?"

"어쩌긴."

어깨를 으쓱한 영신이 픽 웃음을 터뜨렸다.

"제 감정도 모르고 엉뚱한 짓이나 저지르던 놈한테 그냥 넘어가게 두기엔 딱해서 그렇지."

"너……."

"물론 가벼운 마음으로 접근하는 건 절대 아니야. 이제 와서 내 첫사랑이었니 내내 품고 있었느니 그딴 소리 늘어놓긴 낯부끄럽고…… 그냥 힘들었던 애잖아. 조금이라도 편해지는 거 보고 싶어서 그래. 나라면 그렇게 해 줄 수 있으니까."

"……."

"그러니까, 너도 선이한테 진짜로 미안한 게 남았으면 날 응원하라고."

"아니, 내가 걱정하는 건 그것보다……."

"알아. 정하 이놈이 얌전히 넘어갈 리가 없지. 그래도 이번 기회에 알아봐. 미친놈이 무서울지, 미친놈들 세 마리랑 오순도순 잘 살아온 정상인이 더 무서울지."

"너도 딱히 정상이라곤……."

무심코 본심을 털어놓던 윤이 정색하는 영신을 바라보며 싱긋 웃었다. 그러고는 자못 진지한 투로 물었다.

"정하가 왜 바이올린 그만둔 줄 알아?"

"민정하가 바이올린을 계속할 거라고 생각하는 게 더 이상하지 않냐? 개한테 그런 재능은 개 발에 편자라고."

"뭐, 그것보다 정하는 나랑 같은 이유로 음악을 시작했잖아."

이미 알고 있는 사실이었다. 그들에게 음악이란 타인의 감정에 감화하기 쉬운 두 사람이 이 지독한 세상에서 살아남기 위해, 그나마 사람다운 정신을 유지하기 위해 선택할 수밖에 없었던 생명줄이었다.

"그걸 버리고 다른 길을 선택하는 이유는 하나뿐이야. 그렇게까지 해서라도 할 일이 있단 뜻이거든."

사람을 경멸했던 윤에게 유일하게 관심을 불러일으키는 건 피아노였다. 최선과 나름 가까이 지냈던 것도 그녀의 실력에 대한 호감이었을 뿐. 오로지 피아노에만 의지하며 세상을 외면했던 그는 유민을 구하기 위해 스스로 세상 속에 발을 들였다. 아마 유민이 원했다면 그는 제 생명과도 같은 피아노도 기꺼이 놓아 버렸을 거다.

"허, 그래서 뭐야. 너는 정하를 응원하겠다 이거야?"

"아니, 딱히."

불퉁하게 대꾸한 영신이 팔짱을 끼자 윤은 나직하게 웃음을 터뜨렸다. 그러고는 그의 어깨에 손을 올리며 토닥였다.

"사실 내가 보기엔 둘 다 별로 가망은 없어 보이지만 어쩌겠냐."

"……지금 놀리냐?"

도둑놈 로리콤 주제에. 빨리 꺼져 버려. 투덜투덜, 내뱉어 대며 윤의 손을 쳐 낸 영신이 문득 뭔가를 떠올렸다.

"그보다 이상한 일이 있었어."

"뭐가?"

"선이 말이야. 그때 입고 갔던 옷을 내 옷으로 알고 있더라고."

윤의 표정에 의구심이 떠올랐다. 영신은 진지하게 말을 이었다.

"그거 분명 정하 옷이었고 정하가 직접 입힌 걸로 기억하는데……. 전혀 기억을 못 하더라. 이건 무슨 뜻일까?"

†

잠결에 몸을 뒤척이던 선이 흠칫하며 눈을 떴다. 하얗게 비쳐 드는 햇살의 느낌이 너무 낯설다. 선은 잠이 덜 깬 머리를 힘겹게 굴리며 현재의 상황을 생각했다. 그러니까, 마지막으로 기억이 끊어진 시점을 말이다.

마지막으로 휴대폰을 꺼낸 게 새벽 4시쯤이었다. 너무 졸려서 조금만 눈을 붙일 겸 연습실 바닥에 웅크려 누워 잠을 청했었다.

그런데 바닥이 따뜻하다. 기분 탓인가 싶어 손을 뻗어 만지자 바닥에서 따끈한 온기가 올라온다. 게다가 낯선 이불을 덮고 있었다. 잠을 자면서 집에 걸어가지 않은 이상 여기는 분명 정하의 집인데…….

생각과 동시에 벌떡 몸을 일으켰다. 그리고 주변을 둘러봤다.

"어떻게 된 거지?"

완벽하게 잠자리 세팅이 끝난 제 주변을 보며 헛웃음을 짓던 선이 피아노 의자로 눈을 돌렸다. 작은 쇼핑백에 쪽지 하나가 붙어 있었다.

─배고플 테니 먹고 가. 그 키는 네 거니까 언제든 와서 피아노 쳐. 평소엔 집에 잘 없으니까 부담 갖지 말고. 먼저 출근한다.

이어 포장된 죽과 카드키를 꺼낸 선이 헛웃음을 터뜨렸다. 밤새 제 몸도 못 가누던 사람이 이런 걸 왜 사 온 거야. 게다가 무슨 짓을 할 줄 알고 열쇠를 맡겨?

"미친 거 아냐?"

아니, 미친 사람은 맞지. 아프더니 아주 돌이키지 못할 곳으로 가 버린 건가?

"몰라. 그거 뭐야, 무서워."

왠지 별로 상상하기 싫다.

집을 나서기 전에 잠깐 고민하던 선은 지난밤에 사 둔 재료를 챙겨 들었다. 조금 더 고민하다 깨끗이 씻은 죽 그릇과 그가 놓고 간 카드키까지 들고 나섰다. 그대로 둬 봤자 썩어 나갈 재료고, 흔적을 남기긴 싫었고, 문은 바깥에서 잠가야 하니 제 행동은 지극히 타당했지만, 왠지 뭔가 찔리는 기분이었다.

그렇게 돌아왔을 때는 오후 1시 무렵이었다. 수상쩍게 바라보는 나 여사에게 재료 꾸러미를 건네고 곧장 방으로 들어가 잠이 들었다. 그리고 다시 눈을 떴을 때는 환한 바깥을 보며 어리둥절하다 하루가 꼬박 지났음을 알고는 기겁했다.

"왜 안 깨웠어! 나 오전에 나가야 하는……."

후다닥 밖으로 나오자마자 풍겨 오는 고소한 냄새에 말문이 막혔다. 게다가 요가매트를 깔고 묘한 포즈로 앉아 있던 언니 아름이 시큰둥하게 물었다.

"데이트라도 있어?"

그러니까 오늘은 주말이란 소리다. 종일 잠만 잤더니 시간 개념을 잃어버린 모양이다. 멋쩍은 얼굴로 머리를 긁적이던 선이 주방으로 들어섰다. 나 여사와 고은이 얌전히 김밥을 말고 있었다.

"웬 김밥이야?"

갑자기 꼬르륵, 하고 뱃속이 요동을 친다. 막 썰어 놓은 김밥을 하나 집어 들며 묻자 고은은 더 이상하다는 얼굴로 되묻는다.

"이거 네가 어제 가져온 거라던데?"

"아…… 맞다. 그랬지. 근데 그 도시락은 뭐야?"

"엄마가 현준이랑 아빠 데리고 소풍 가자 그래서."

"어디 갈 건데? 나도 갈래."

"네가 거길 왜 껴? 애도 아니고."

"그런가?"

배시시 웃던 선이 예쁘게 김밥이 담긴 도시락을 바라봤다. 그러다 문득 드는 생각에 흠칫했다.

나 좀 봐. 하나 더 싸서 뭐하게?

"그나저나 한창 니들 학교 다닐 때 김밥 참 많이 쌌던 거 같은데. 누가 보면 김밥 못 먹어 죽은 귀신 붙은 줄 알았을 거야."

"그러게. 엄마 아침마다 김밥 싸느라 무지 고생했겠수. 근데 이상하게 별로 질리지도 않아. 그때 그렇게 먹어 대서 질릴 거 같은데도 정작 먹으면 또 맛있다니까."

"하여간 선이 얘는 참 뜬금없어. 먹고 싶으면 먹고 싶다고 말을 하지 뜬금없이 재료를 사오고."

"뭘 새삼스럽게 그래? 이 집에서 뜬금없이 피아노 치는 재주 타고난 거부터가 이상하지. 그것뿐인가? 뜬금없이 공부도 잘해, 뜬금없이 가출도 잘해……."

"그래. 그날! 내가 잊어 먹지도 않아. 소풍이라고 새 잠바랑 가방 사준 것도 잃어버리고 와서는 또 고양이가 어쩌고…… 어딜 가, 요 계집애!"

딱 불똥이 튈 시점에 김밥조각 두어 개를 집어 든 선이 서둘러 거실로 빠져나왔다. 툭 하면 튀어나오는 이야기에 이젠 피하는 것도 수준급이 되었다.

그때, 초인종이 울렸다. 여전히 소파에 들러붙은 채 TV에 빠져 있는 경주를 바라보며 이 물건들을 어떻게 수습하나 고민하는 사이, 현준이 쪼르르 달려 나갔다.

이런 날 별일 없이 찾아오는 사람이라곤 사이비교인이나 외판원이 전부인 조용한 동네. 그런데 사색이 된 얼굴로 후다닥 돌아온 현준이 그녀를 불러댔다.

"이모! 이모! 큰일 났어!"

무슨 일이냐, 물을 새도 없었다.

마지막 하나 남은 김밥을 입에 넣으려던 자세 그대로 굳어 버린 선의 눈앞에 새빨간 장미꽃이 걸어 들어왔다.

아니, 그럴 리가 없잖아!

무지막지한 꽃다발 아래, 쭉 뻗은 슈트 차림의 다리를 확인한 선은 생각했다.

'이 미친놈이 또⋯⋯.'

†

"받아."

벙찐 얼굴로 모인 가족들 앞에서 정하는 당당히 손에 든 꽃다발을 내밀었다. 생전 듣도 보도 못한 꽃 더미에 선이 질린 얼굴로 물었다.

"지금 뭐하자는 거예요?"

"아, 너한테 신세 진 것도 있고 해서. 그 밤⋯⋯."

그 순간 선은 후다닥 그의 입을 틀어막았다. 어디에 이런 반사 신경이 숨어 있었는지 모르겠다. 등 뒤로 화살처럼 박혀 드는 시선이 따끔따끔하다.

"아— 맞다. 지난번에 제가 반주 좀 해 드렸죠? 하하⋯⋯."

애써 얼버무리던 선이 그 이상 말했다간 갈아 마셔 버릴 테다! 라는 의미를 가득 실어 눈을 부릅떴다. 의아한 듯 굳어 있던 그의 눈가가 부드럽게 휘었다. 동시에 말캉한 감촉이 손바닥을 간질이자 화들짝 놀란 선은 황급히 손을 떼고 얼결에 장미꽃을 받아 들었다. 순간, 훅 퍼지는 꽃향기에 머리가 어지럽다.

"윽! 여, 여기까진 뭐 하러 오셨어요?"

"정식으로 데이트 신청하러."

히익! 갑자기 등골에 소름이 쫙 돋는다.

"미, 미쳤어요? 그리고 이런 건 왜 사 와요! 우리 집엔 꽃을 데도 없단 말이에요!"

"그럴 줄 알고 이거."

아무렇지 않게 대꾸한 정하가 다른 손에 들고 있던 상자 하나를 들어 보인다. 그것을 받아 든 아름이 아주 감격한 얼굴로 대꾸했다.

"어머, 꽃병이네. 세심하기도 해라."

"세상에 어쩜 이런 걸 다……. 얼굴만 잘생긴 줄 알았더니 개념도 충만하시네."

"그러지 말고 잠깐, 들어오세요."

"들어오긴 어딜…… 읍!"

한마디씩 던져 대는 가족들의 앞에서 버럭 소리를 지르려는 순간, 그녀의 입에 참기름 냄새로 가득한 나 여사의 손이 덮어졌다.

"빨리 준비해."

그리고 지엄한 명령이 떨어졌다.

어쩔 수 없이 외출 준비를 마친 선이 거실로 나오자 나 여사는 뭔가 마음에 들지 않는 얼굴로 그녀의 옷차림을 훑어보더니 한숨을 푹 내쉬었다. 기껏 예쁜 얼굴로 낳아 줬더니 옷차림이 그게 뭐냐, 라는 기색이 역력하다.

뭐. 애인도 아닌 남자랑 나가는데 청바지에 티셔츠가 뭐 어때서?

무언의 반항도 잠시, 정하와 함께 집을 나서는 그녀의 앞에 나 여사가 뭔가를 내밀었다. 작은 쇼핑백에 담긴 이 네모난 것은…….

"뭔데요?"

"민 사장이 김밥 좋아한다며? 그런 거 알았으면 진작 좀 이야기할 것이지. 아무튼 이번엔 꼭 잘 낚아 와. 알아들었지?"

목소리를 낮춰 속삭이던 나 여사가 혀를 찼다. 지치지도 않는 나 여사의 바람에 왠지 머리가 무거워졌다.

그렇게 집을 나서 정하의 차를 타고 40여 분을 달려 도착한 곳은 압구정동 어귀에 위치한 건물 앞이었다. 카페 앙글레, 라는 이름 탓에 조금 고급스러운 동네 카페 정도로 생각하며 따라 들어선 그녀는 얼마 안 있어 그 생각이 오산이었음을 깨달았다.

"저기, 선배."

선은 왠지 침울해진 목소리로 입을 열었다.

"응? 왜 안 먹어? 맛없어?"

"아니요, 맛있어요! 무지 맛있는데 지금 그게 문제가 아니고……!"

"그래. 특별히 준비한 코스니까 맛있게 먹어."

아니, 알았으니까 말과 행동에 일관성을 좀 보이시라고요!

우아하게 포크를 집어 든 남자가 제 앞에 놓인 김밥을 쿡 찔러 입에 넣는다.

그 광경에 선은 작게 신음을 흘렸다. 테이블에 차려진 프랑스식 정찬과 은박 도시락에 담긴 김밥의 조화는 오른뺨을 맞으면 왼뺨을 내놓는 관대함의 화신 지저스 크라이스트라도 용납하지 못할 것 같다. 선은 이상하게 지끈거리는 머리를 누르며 눈앞의 남자를 바라봤다.

"그보다 선배, 제가 분명…… 다신 눈앞에 나타나지 말아 달라고 한 것 같지 않아요?"

부질없는 말이라는 걸 알고는 있다. 착실하게 그의 눈앞을 알짱거리며 먹이를 던져 댄 건 저 자신이니까. 역시나 그는 들은 척도 하지 않는다.

"여기 셰프가 퀼른에서 같이 지냈던 사람이거든. 굶어 죽을 뻔한 동지라고 해야 하나? 거의 매일 만나서 하루 세 끼를 같이 먹었었는데……."

그 와중에도 이 호기심은 뭐냐고. 하루 세 끼를 같이 먹는 사이면 가족? 아니, 그런 느낌은 아닌데. 그럼 친구? 아니 남자끼리도 그게 가능해? 설마 그럼…….

"……여자?"

"질투해?"

"네? 무슨……."

"방금 그랬잖아. 여자? 하고 되게 궁금한 말투로……."

아차 하며 제 입술을 엄지와 검지로 꾹 눌러 붙이던 선은 눈앞에서 키득거리는 남자를 노려보다 투덜투덜 말을 이었다.

"구, 궁금할 수도 있죠! 질투는 무슨 개뿔…… 그래서 뭐가요? 왜 굶어 죽는대요? 돈도 많으신 분이. 아무 식당에나 들어가서 사 드시면 될걸."

"아, 거기 음식이 무지 맛없었어."

"쾰른이면 독일이잖아요? 거기 소시지 맛있지 않아요? 거기다 맥주도 있고."

"글쎄. 너라면 햄버거 같은 거만 계속 먹으면서 버틸 수 있겠어?"

"요샌 어딜 가나 한국 식당 다 있잖아요. 마트 가면 김치도 판다던데……."

물론 그런 곳에서 파는 음식이 제대로 된 맛을 내 줄 거 같진 않지만. 역시나 정하는 이맛살을 찌푸렸다.

"나도 처음 1년은 그럭저럭 살 만했어. 그다음 해부터 죽을 맛이니 문제였지."

"아, 맞다. 선배 거기서 6년인가 계셨죠?"

"어떻게 알았어? 말해 준 적 없는 거 같은데."

"……."

"너 설마 사람 사서 내 뒷조사했어?"

"헐! 제, 제가 무슨 선배 같은 사람인 줄 알아요? 인터넷에 선배 이름만 쳐도 다 나오는 걸 뭐 하러……!"

그 순간 정하의 얼굴에 의미심장한 미소가 떠올랐다.

아주 광고를 하지, 이런 붕어 같은 것. 그것도 연이어 두 번을 척척 낚여 주는 특급 멍청이 되시겠다.

"그래? 그러니까 궁금하긴 했다, 이거지?"

"우, 우와. 이거 진짜 맛있다. 어떻게 이런 맛이 나지?"

허둥지둥 요리에 집중하는 척 눈을 돌렸다.

"남자야, 이름도 남자답게 임승효니까 확인해 봐도 돼."

얼결에 눈을 휘둥그레 바라보자 때를 맞춰 나직한 웃음소리가 들려온다. 기분 좋아 보이는 미소를 발견한 그녀의 얼굴이 후끈하게 달아오르기 시작했다. 이럴 때는 눈이라도 나빴으면 좋겠는데 안타깝게도 그녀의 시력은 양쪽 다 1.5로 매우 건강하다.

"그, 그렇구나……."

"원래 구조공학 공부하던 사람인데, 거기선 한 2년 정도 같이 지냈을 거야. 참, 그전엔 영국에서 2년쯤 있었는데 거긴 독일보다 더 심하거든. 맛없는 음식에 질려서 하던 공부 때려치우고 프랑스 요리로 진로까지 갈아 치운 미친놈이지."

"헐……."

그 입에서 미친놈이라 지칭되는 존재면 대체 어떤 사람이란 말이냐.

하지만 그런 평가 따위야 미뤄 두더라도 이런 레스토랑을 운영하고 이런 요리를 만드는 사람이 평범한 사람일 거 같진 않았다. 애초에 먼 외국까지 나가 공부하는 게 쉬운 일이 아니고, 거기까지 닿는 노력과 시간 역시 무시할 수 없었을 거다. 그럼에도 하고 싶은 걸 하기 위해 과감히 손에 가진 걸 놓고 다시 시작할 수 있는 사람이라니…….

"멋진 사람이네요."

"미친놈이라니까."

"남의 평가에 왜 간섭이세요? 그럼 멋진 사람을 멋지다고 하지……."

"이 인간 별명이 뭔 줄이나 알고 멋지대?"

"뭔데요?"

"알 거 없어. 궁금해하지 마."

뭐래 진짜. 본인이 말을 꺼내 놓고!

하지만 그 역시 같은 과정을 거쳐 지금의 자리로 올라섰다는 걸 알고는 있다. 다른 이들보다 가진 것도 많고, 또한 누구보다 월등히 높은 곳에 있었던 사람. 그렇기에 그 길을 포기하는 것도 쉽지 않았을 거라는 걸 안다.

지금의 그녀가 끝까지 피아노를 놓지 못하는 것처럼.

"고기 좋아하지? 이것도 더 먹어."

"이걸 누가 다 먹어요? 누굴 돼지로 보나!"

눈을 치켜뜨며 버럭거리는 그녀의 입가에도 웃음기가 맺혔다.

그러니 조금만. 아주 조금만 멋지다고 생각하기로 했다.

"그보다 그놈의 김밥 좀 그만 드시면 안 돼요? 이러는 거 이 레스토랑에도 실례라구요."

"오랜만이라 그런지 김밥이 전보다 더 맛있어진 거 같은데? 너도 잘 배워 둬."

"뭔 소릴 하는 거예요! 알았으니까 집에 가져가서 야식으로나 먹으란 말이에요! 야식!"

작은 목소리로 타박을 놓던 선이 뭔가를 떠올리며 눈살을 찌푸렸다.

"그리고 집에 있는 물건들, 그것 좀 해결하게 머리 좀 짜내 봐요. 나 더 이상 빚 늘리긴 싫다고요! 대체 그런 걸 왜 멋대로 보내고 난리예요?"

"아, 그거? 걱정 마. 사실 회사에서 이벤트 한 게 있는데 거기 사은품으로 푼 거 중에 빼돌린 거라 공짜야."

"제세공과금은 얼마쯤 나왔어요?"

"……."

처음으로 정하가 멍한 얼굴을 했다.

"아, 그건 생각 안 해 놨네."

그러나 이 사소한 승리에 기뻐할 새도 없이 정하는 싱긋 웃으며 말했다. 왠지 이겨도 이긴 것 같지 않다.

"진짜 이상한 사람이야! 그 망할 시계 300만 원도 억울해 죽겠는데 이젠 소파랑 TV까지 던져 놓으면 저보고 어쩌라구요!"

"너야말로 이상해. 주면 주는 대로 받으면 될 것이지."

"그러니까 그걸 제가 왜 받아야 하냐구요! 제발 아무것도 하지 마요, 아무것도!"

이어 주머니의 카드키를 내놓았다.

"그리고 이거는 아무리 생각해도 받을 이유가 없어요. 도로 가져가세요."

"연습실 만드는 게 싫다며. 그러니까 와서 연습하라는데 뭐가 문제야. 너 예전에도 연습실 대여해서 잘 썼었잖아."

"그래도 이건 아니죠! 외간 남자 집에서 제가 왜요? 그리고 지금 저한테는 굳이 연습실 필요하지도 않다고요."

정하는 그제야 웃음기를 거두며 몸을 세워 앉았다.

"연습실이…… 필요 없어?"

"그렇잖아요. 저한테 피아노는 이제 취미활동에 가까운데."

어깨를 으쓱해 보이던 선은 아쉬운 듯 포크로 남은 소스를 긁적이며 말을 이었다.

"이제 저한테 필요한 건 연습 시간보다는 레슨 자리라고요. 더 늘려야 먹고살죠. 피아노는 한두 시간, 치고 싶은 곡 치는 정도로도 충분해요."

일단 친구한테 빌린 돈이랑 카드빚도 갚아야 하고. TV에 소파에. 이게 다 얼마야. 덕분에 빚이 아주 기하급수적으로 늘고 있어요.

중얼중얼 불만을 내뱉던 선이 포크를 입에 문 채 손가락으로 뭔가 계산을 하는 동안 정하는 그 광경을 물끄러미 바라봤다. 이상하게 굳은 얼굴로.

그 모습은 내내 묻어 둔 의문을 떠올리게 만들었다.

'어디서든 네 피아노를 듣는 거.'

지금의 그녀에겐 너무나 말이 안 되는 일이라서 생각 저편으로 미뤄뒀던 가능성을.

하지만 애초부터 이것이 아니라면 그가 저를 찾을 이유가 없지 않은가.

"선배가 왜 날 찾아온 건지 생각해 봤어요."

천천히 양손을 내려놓은 선은 여전히 자신을 향한 굳은 시선을 마주 봤다.

"처음부터 레슨 같은 거 거짓말이었죠?"

뒤이어 선은 말없는 긍정의 시선을 향해 물었다.

"혹시 날 무대에 올려보고 싶으신 거예요?"

의자에 비스듬히 기대앉은 정하가 물끄러미 시선을 보내오는 걸 마주 본 것이 마지막이었다. 그녀의 질문을 끝으로 마지막 메뉴가 두 사람의 앞에 놓일 때까지, 꽤 긴 침묵의 시간이 흘렀다.

원래도 편한 존재는 아니었지만, 말이 없어지니 그 불편함은 이루 말할 수가 없다. 질문에 대한 답이 들리지 않는 건 둘째 치더라도 무슨 사람이 이럴까. 무거워진 공기에 숨을 쉬는 것마저 불편하다. 단지 눈앞에 앉은 남자가 입을 열지 않고 있다는 것만으로도.

'차라리 비글이 낫구나.'

작은 스푼을 들어 올린 선이 투명한 그릇 속의 내용물을 뒤적거렸다. 옅은 황금빛의 셔벗을 입에 넣은 순간, 그가 불쑥 말했다.

"그러면 안 돼?"

"네?"

"내가 널 무대에 올리면 안 되는 거냐고."

이건 또 뭔 개풀 뜯어먹는 소리야.

급히 넘어간 셔벗이 목구멍을 쭈욱 훑어 내려갔다. 아릿한 통증에 몸서리를 치던 선은 한참 만에야 대답했다.

"저기, 지금 내 상황은 내가 제일 잘 알아요. 이건 말도 안 되는 이야기라고요."

"지금까지 계속 쳐 왔고, 실력에 문제가 있는 것도 아니잖아. 대체 뭐가 말이 안 되는데?"

"아무리 피아노를 계속 쳐 왔다고 해도 나 혼자 쳐 온 거랑 남에게 들려주기 위해 치는 거랑은 달라요. 게다가 설령 그런 기회가 있다고 해도 난 벌써 몇 년이나 무대는……."

"그래서 자신 없어?"

아니, 불가능을 이야기하는 상황에 왜 그런 질문이 나오는 건데?

기막혀하며 눈을 휘둥그렇게 뜬 순간,

"지금 네게 필요한 건 충분한 연습 시간과 돈이야. 그건 내가 줄 수 있어."

이어지는 말에 입이 떡 벌어졌다.

이 인간, 지금 제정신이야?

"선배가 왜요?"

"내가 듣고 싶으니까."

잠시의 틈도 없이 들려온 대구에 선은 또다시 할 말을 잃어버렸다. 당연히 말이 안 되는 이야기를 저 사람은 너무나 당연하게 꺼내고 있다. 마치 제 것이라도 찾는 것마냥.

"넌 다른 길도 얼마든지 선택할 수 있었어. 굳이 음대가 아니라도 네 성적이라면 어느 대학이라도 갔을 테니까. 배운 게 아깝다는 이유 만으로 버티기엔 현실이 만만하진 않았을 텐데 무리해서까지 계속 피아노 곁을 맴도는 건 결국 네 의지 아니야?"

게다가 작정한 듯 이어지는 말에 그녀의 몸이 점점 굳어 갔다. 가슴 깊은 곳에서부터 밀려드는 열기로 얼굴이 달아오른다. 지금껏 누구도 지적하지 않았던 사항들이 그의 입에서 나열되는 순간 느낀 감정은 분노보다는 부끄러움 비슷한 것이었다.

"아무것도 모르면서 말 함부로 하지 말아요."

간신히 말을 꺼낸 선이 그대로 자리에서 일어섰다.

"그만 가 볼게요."

"정말 이대로 만족해?"

돌아가야 했다. 아무 일도 없었던 것처럼.

"굴러 들어온 기회를 걷어찰 만큼 바보였어?"

하지만 무덤덤한 목소리가 기어이 칼끝을 들이민다. 저도 모르게 주춤한 선이 다시 걸음을 떼었다. 몇몇 손님들이 남은 홀로 걸음을 옮기자 어느새 뒤따라온 그가 그녀의 손목을 붙들었다. 흠칫하며 그 손을 잡아 빼려는 순간 정하의 목소리가 이어졌다.

"난 지금도 얼마든지 널 묶어 둘 수 있고 강제로라도 움직이게 만들 수 있어."

"지금 그걸 말이라고……!"

"하지만 그렇게 해 봤자 나한텐 아무 의미 없어."

발끈하던 선이 멈칫했다. 진지하게 가라앉은 눈이 그녀를 빤히 바라봤다.

"즐거워했잖아."

"……."

"피아노 앞에서 넌 행복해했었다고."

"……."

"소리만 들어도 알아. 언제나 듣고 있었으니까."

무슨 소리를 하는 걸까. 이해할 수 없는 말이라 생각하면서도 그 말이 거짓처럼 들리지 않는 건 어째서일까.

"한 번만이라도 좋으니까, 들려줘."

"네?"

말을 마치기가 무섭게 정하는 그녀의 손을 잡아끌었다. 휘청거리며 걸음을 뗀 선이 얼결에 두어 걸음 따라붙었다. 그의 걸음이 향하는 곳은 넓은 홀 한쪽의 그랜드피아노 앞이었다.

피아노는 아무리 봐도 그냥 장식용으로는 보이지 않았다. 그리고 정하는 그 사실을 이미 알고 있었던 것 같았다. 한낮의 빛이 채 닿지 않는 홀의 안쪽은 그 대신에 밝은 조명으로 가득했고 낮은 단상 위의 피아노는 조명 바로 아래에서 묵직하게 존재감을 드러내고 있었다. 심장이 불규칙한 박동을 시작한 것도 그때부터였다.

그녀의 뒤로 다가선 남자가 그녀의 양어깨를 붙잡고 귓가에 속삭였다.

"이 순간만큼은 날 잊어버려도 좋으니까, 들려 달라고. 네 진짜 연주."

"……."

"네가 가장 좋아했던 피아노잖아."

지금껏 그 누구도 그녀에게 행복하냐고 물은 적은 없었다. 피아노를 좋아한다는 말조차 '뛰어난 실력을 가진 아이의 기특한 말'로 치부했을 뿐 그 안에 가진 그녀의 진실한 감정을 이해하려는 사람은 없었다.

그런데 처음으로 그런 말을 해 주는 사람이 나타났다.

뭐라 설명하지 못할 감정이 엉망으로 뒤섞였다. 지금껏 그에게 들어온 어떤 말보다 그녀를 복잡하게 만드는 말이었다. 이상스레 불안해진 눈으로 뒤를 돌아보는 그녀의 앞에서 남자는 엷게 미소를 올렸다.

왜 이 시점에서, 이미 그를 만났던 고등학교 시절, 그 즐거움이나 행복 따윈 이미 지워 버렸었다는 사실이 떠오르는 걸까.

'아니야. 괜찮아. 할 수 있어.'

굳게 마음을 다진 선이 다시 피아노로 눈을 돌렸다. 크게 숨을 들이
켰다.

한 걸음 더 내딛는 그녀의 위로 뽀얀 조명 빛이 내려앉았다.

조심스럽게 피아노 의자에 앉은 선은 금세 뻣뻣해진 몸을 의식하며
손을 들어 올렸다. 가볍게 주먹을 쥐어 보려는 손가락에서 감각이 느
껴지지 않는다. 처음엔 그냥 이렇게 공개된 자리에 앉는 것이 아주 오
랜만이라 긴장한 탓이려니 생각했다.

'후…… 침착해.'

언제나 기억하는 음형대로 손가락을 움직이기만 하면 되는 거다. 수
백 번, 천 번도 쳐 온 곡을 이제 와서 잊어버린다는 건 말이 안 되니
까.

아직까지 그럴 리 없으니까. 아직까지 이래선 안 되니까.

하지만…… 머릿속은 이미 백지였다.

피아노 앞에 앉았을 때부터 이미 후회하고 있었다. 사람이라곤 고작
몇 명뿐인데. 그나마도 이쪽을 바라보지도 않는 사람들의 앞인데……
억지로 옮긴 손끝이 건반을 스쳤다. 그 순간 불에 덴 것처럼 몸이 움츠
러들었다. 저도 모르게 자리에서 일어섰다. 허둥지둥 피아노 앞을 벗어
나는 그녀를 정하가 급히 붙잡았다.

"선아."

"……나, 지금…… 그게…… 그러니까 잠깐……."

횡설수설하며 정하의 손을 뿌리친 선이 걸음을 떼었다. 어디로 가야
할지, 무엇을 하고 싶은지 생각 따윈 없었다. 그저 도망치고 싶었다.
이 자리에서. 미친 듯이 뛰는 심장이 벌컥거리며 피를 뿜어 대고 급격

하게 바래진 눈앞의 모든 것이 곧 형체를 잃었다.

"선아!"

하아.

먹먹한 귓가로 그녀 자신의 숨소리만 크게 울린 순간, 이미 감각을 잃어버린 몸이 풀썩 가라앉았다.

이른 봄날. 18살의 정하는 꽃물이 들기 시작한 벚나무 가지를 바라 보다 교실로 눈을 돌렸다. 새 학기가 시작된 지도 어느덧 한 달. 아직 도 주변은 어떻게든 말 한 마디라도 더 붙여 보려는 여학생들과 묘하 게 비굴한 눈빛을 한 채 굽실거리는 남학생들로 득시글거릴 뿐, 학교 생활은 특별하게 달라지는 일이 없었다.

"분위기 이상하지 않아?"

전공 수업을 앞두고 반쯤 비어 가는 교실에서 처음 꺼낸 질문이었 다. 때마침 가방을 챙기던 영신이 뒤를 돌아봤다.

"어, 그러고 보니 계집애들이 이상한 소리 하더라?"

그렇지 않아도 집요한 시선을 보내며 묘하게 불편한 분위기를 퍼뜨 려 댄 것도 여학생들 쪽이었다. 모르는 척 입을 다물고 있자 영신은 피 식 웃더니 목소리를 낮췄다.

"정하 너, 담배 피우다 걸렸냐?"

"무슨 소린데?"

"1학년에 선이라는 애 있지? 걔가 너 담배 피우는 거 봤다고 떠벌리고 다녔대."

"……."

"아무튼 별꼴이다. 그렇게 안 봤더니 그런 건 또 어떻게 알아 가지고."

고개를 절레절레 저으며 키득거리던 영신은 저만치 창가에 몰려 선 세 명의 여학생들을 흘깃거리더니 마저 가방을 챙기곤 먼저 간다며 일어섰다. 그사이 정하는 창가의 여학생들로 눈을 돌렸다. 그중의 한 명이 마침 그를 바라보곤 배시시 웃었다.

"최선, 걔 진짜 웃겨. 아무리 걸린 게 당황스러워도 그렇지 어떻게 선생님들 앞에서 너를 팔 생각을 해?"

방금 전까지 영신이 앉아 있던 자리를 차지한 여학생은 열심히 재잘거리다 말고 입술을 삐죽여 댔다. 자꾸 말을 끊으며 호응을 바라는 태도가 빤하다.

"그래서?"

"당연히 선생님들은 안 믿고 걔 혼자 우거지상 하고 나오는 걸 애들이 봤나 봐. 바로 찍힌 거지, 뭐."

'바보 같으니.'

정하는 몰래 한숨을 내쉬었다. 소문이 어떻게 와전되어 번져 가는지 여실히 보여 주는 설명이었다. 그렇다 해도 그녀는 너무 솔직했다. 사실을 적시하더라도 증거가 없으면 무용지물이 된다. 아무리 세상 물정 모르고 피아노만 쳐 왔기로서니 그렇게까지 순진할 줄이야.

"그런데 오늘은 무슨 일이야?"

"내가 한 건 제대로 했지."

또 말을 끊고 키득거리던 여학생은 이어 은근한 눈빛으로 턱을 괴곤 말을 이었다.

"실은 그 반에 아는 동생이 있거든. 걔 시켜서 가방에 담배 넣어 놓으라 하고 선생님한테 찔렀어. 그 반에 흡연자 있는 거 같다고. 제대로 걸렸지, 뭐. 지금쯤 학생부실 끌려가서 반성문 죽어라 쓰고 있을걸?"

"그런 일이 있었구나."

"재밌지?"

"응."

그의 입가에도 미소가 떠올랐다.

"엄청 재미있다, 진짜."

영혼 없는 감탄사를 덧붙인 정하가 눈앞에 놓인 여학생의 손을 슬쩍 잡았다.

"손, 예쁘네."

"으, 응?"

갑작스러운 일에 여학생은 눈을 휘둥그렇게 떴다.

"내가 원래 좀 손이 예뻐."

자랑스럽게 내뱉은 여학생이 보란 듯 책상 위에 손을 펴 보였다. 그 손을 바라보며 물었다.

"너도 바이올린이었나?"

"아니, 난 플루트……."

─쾅!

빈 교실을 메운 섬뜩한 소리와 함께 여학생의 입이 달라붙었다. 샤프는 정확히 여학생의 손가락 옆을 스쳤다. 책상이 푹 파이고 부서진 샤프의 조각이 교실 바닥으로 떨어지며 섬뜩한 소리를 냈다.

"아, 실수."

낮게 탄식하던 정하가 하얗게 질린 얼굴을 바라보며 말했다.

"두 번은 실수 안 할 거야. 알아듣지?"

고개를 끄덕이는 여학생의 앞에서 다시 웃어 준 정하가 몸을 일으켰다.

교실을 나선 정하는 왠지 석연치 않은 기분으로 걸음을 떼었다. 소도구실에서의 일은 가벼운 해프닝이었다. 하필 첫 마주침이 이런 모습이라는 것이, 제 행동을 보고 놀란 얼굴을 하던 그녀의 모습이 너무 귀여워서, 그 모두가 지독히 당황스러워 저도 모르게 장난을 쳤던 것뿐이었는데…….

하지만 그것도 벌써 2주 가까이 지난 일. 그 일이 왜 이제야 이런 사건으로 번지는 건지 알 수가 없었다.

소리 없이 도는 소문이란 게 이렇게 무서울 줄이야.

사실 그녀의 학교생활은 무난했다. 애초에 학교에 있는 시간 자체가 적어 같은 반이 아니고서는 얼굴을 보기조차 힘들 정도니 사건에 연루될 확률 자체도 매우 희박했다. 그런데도 그녀는 이상하리만큼 주목을 받고 있었다.

벌써부터 국내가 좁다고 해외로 나가 최고의 성적을 거두고 돌아왔다는 소식부터 S대학에서 입학 허가를 내렸고, 조만간 독일로 떠나는 유 교수와 함께 한국을 뜰 거라는 둥, 소문만으로도 바늘 하나 들어갈 틈 없는 그녀의 인생이 선명히 눈앞에 그려질 정도였다.

그러나 그녀는 어째선지 이 학교에 진학했다. 입학식 날 신입생 대표로 단상에 선 그녀를 발견하고 놀랐던 기억이 아직도 생생하다.

'와, 쟤 귀엽지 않냐?'

'진짜 딱 내 타입인데…… 쪼그만 게 품에 쏙 들어올 거 같고.'

다만, 그 모습에 설레었던 건 저뿐만은 아니었던 모양이다.

수군거리며 설레어하는 남학생들의 반응도 이해는 했다. 꼬리표처럼 따라붙는 수석입학자라는 이름을 제외하더라도 객관적으로 그녀는 예뻤으니까. 누구나 보는 순간 그렇게 생각하게 된다. 예쁜 아이. 오밀조밀하게 그녀를 구성하고 있는 모든 것이 호감을 불러일으킨다. 솜털이 보송보송한 고운 피부에 순한 강아지처럼 동그란 눈매. 보는 것만으로도 깔끔한 향이 풍겨 날 듯한 단정한 교복과 귓가에 짧게 찰랑이는 머리카락. 사랑받고 자란 기색이 완연한 미소.

그런데도 남학생들이 섣불리 덤비지 못했던 건 그녀가 피아노 외엔 무엇에도 관심을 보이지 않았기 때문이었다.

그녀가 피아노 앞에 앉는 순간부터 세상은 그녀를 중심으로 돌아간다. 원래가 남성적인 악기인 피아노는 손이 크고 체격이 장대할수록 유리한 면이 있지만, 그녀는 그것에서조차 예외였다. 헐뜯을 의욕조차 사라지게 만드는 실력. 그 파워풀한 연주를 보면 절로 한탄이 나오고 만다. 그 조그만 체격의 어디에서 그런 힘이 나오는 걸까. 어째서 같은 세대에 저런 아이가 있는 걸까.

그것은 윤에게서 느끼는 좌절감과는 다른 종류의 것이었다.

섬세한 테크닉과 자유로움을 겸비한 채 타인의 감성을 건드리는 것이 윤의 연주라면, 칼끝처럼 날카롭고 정교한 터치로 악상을 정확히 살리는 선의 연주는 그 뿌리도, 앞으로의 진로도 달랐다. 동시대의 피아니스트 지망생들은 어느 길을 택하건 평생 그 뒷모습만 봐야 할지도 모를 일이었다.

바이올린을 선택하길 잘했지.

괜한 생각에 픽 웃음을 터뜨린 순간 마침 복도에서 건물 밖으로 나서는 뒷모습이 눈에 들어왔다. 그녀였다. 무슨 말을 해야 할지 아직 정하진 못했지만, 정하는 서둘러 그 뒤를 따라나섰다.

"최선."

행동은 생각보다 빨랐다. 하지만 빨갛게 물든 눈이 그를 돌아본 순간 저도 모르게 말문이 막혀 버렸다. 미처 뭔가 반응할 새도 없이 그녀는 횡하니 몸을 돌려버렸다.

"선아, 잠깐만."

제길! 정말 뭐하자는 걸까.

또다시 멋대로 움직인 손이 그녀의 팔을 붙잡았다.

그 순간,

ㅡ탁!

둔탁한 소음과 함께 뭔가가 그의 손을 내려쳤다.

"아!"

멈칫한 그의 눈앞에서 책을 움켜쥔 채 노려보던 선이 그대로 돌아서서 가 버렸다.

이렇게 눈에 띄는 곳에서 자신이 이런 짓을 벌였다는 게 믿기지가 않았다. 동시에 이상한 허탈감이 엄습했다. 그녀의 시야에 저란 존재는 자취도 남지 않았음을 실감하는 순간이었다.

욱신거리는 손가락에 신경을 집중하던 정하가 쓰게 웃었다.

그리고 다음 날. 1교시가 끝난 교실에서 선생님은 놀란 얼굴로 그를 바라봤다.

"잠깐 정하 너, 그 붕대는 뭐야?"

정하는 태연히 오른손을 들어 보이며 말했다.

"당분간 연주 못 합니다. 손가락을 삔 거 같아요."

오케스트라를 지휘하던 담당 선생님은 이번 정기 공연에 피아노 협주곡을 하고 싶다는 의사를 밝혔다. 정하는 굳이 피아노협주곡을 한다면 강윤 정도의 실력자가 함께해 주길 바랐지만, 수업시간조차 제대로 들어오지 않는 그에게 단체 활동을 바라는 건 무리였다. 그런 상황에서 담당 선생님은 자연스럽게 선의 이야기를 꺼냈다. 최선 역시 학교생활에 얽매이지 않는단 사실을 잘 알기에 크게 기대하지 않았지만.

그러나 정작 피아노 연주자를 뽑는 날, 최선과 강윤 두 사람은 한꺼번에 오케스트라실에 모습을 드러냈다. 협주곡에 참여하겠다는 말과 함께. 두 천재 피아니스트의 등장에 담당 선생님은 뛸 듯이 기뻐하며 두 대의 피아노를 위주로 곡을 편성했고, 두 사람은 자연스럽게 함께 연습을 시작했다. 이런 상황이 그다지 마음에 들진 않았지만 정하는 말을 아꼈다. 문제는 최선이나 강윤이나, 지나치게 눈에 띄는 존재라는 점이었다.

어느 순간부터 번진 이상한 소문들은 말도 안 되는 살을 붙여 가며 빠르게 번져 갔다.

그녀는 아무것도 모르는 얼굴로 오케스트라실에 나타나 미묘한 분위기 속에서 연습을 하곤 했다. 그녀도 분위기가 좋지 않다는 사실은 익히 깨달은 상태였지만, 별로 개의치 않는 얼굴이었다. 그 태도에 분개하는 건 역시나 여학생들이었다.

"사과……라니?"

그 날도 선은 몇몇 여학생들에 둘러싸여 있었다. 차분하게 되묻는 그녀의 태도에 주동자로 보이는 여학생 하나가 발끈하며 소리를 쳤다.

"지금 정하 선배 제대로 연습도 못하고 있는 거 안 보여?"

"너 웃긴다, 진짜. 그래 놓고 강윤 선배랑 시시덕거리고 싶냐?"

"윤이랑 피아노 같이 치게 됐다고 너무 좋아한다, 너?"

"그만들 해. 선이 탓 아니야."

당사자인 정하가 나타나자 조금 움찔했던 여학생들은 이내 그의 표정을 살피며 성토를 시작했다.

"그때 그 장면 본 사람이 몇 명인 줄 알아요?"

"그래요, 선배가 그렇게 감싼다고 달라지는 게 아니잖아요."

"네가 아무리 그래도 알 사람은 다 아는 일인데 그럴 거 없어."

하나둘, 끼어드는 목소리가 늘어 갔다. 게다가 불편한 분위기를 가라앉히려 한 말을 감싸는 거로 생각했는지 더 집요해진 여학생들은 막무가내로 선을 공격해 대기 시작했다. 그중에 한 명은 그도 기억하는 얼굴이었다. 아마도 최선과 같은 반인 윤재희. 꽤나 집요하게 그녀를 괴롭히고 있는 아이 중 한 명이었다.

"몰랐냐? 네가 그 때 책으로 선배 손 후려쳤잖아. 그거 때문에 손가락 삔 거라고!"

"와, 그런 짓까지 해 놓고 뻔뻔하게 잊고 있었어? 너도 참 대단하다."

"아 짜증나! 뭐 이딴 계집애가 다 있어?"

흥분한 재희가 손을 뻗은 순간, 정하는 자연스럽게 그녀들의 앞을 가로막으며 태연히 지갑을 꺼내 들었다.

"그만들 해. 그리고 최선. 너는 아이스크림 좀 사 와. 아무거나 머릿수대로 맞춰 사 오면 돼."

"네?"

"어차피 윤이 오려면 멀었으니까, 여기서 한가한 사람은 너뿐이잖아."

"저기 잠깐만요……."

"자, 나머진 준비하자."

얼결에 돈을 받아 든 그녀가 황당한 표정으로 바라보는 걸 뒤로한 채 단원들을 집합시켰다. 그녀가 혼자가 된 것까진 상관없었지만, 이런 분위기는 생각 밖이었다. 더군다나 직접적으로 상관도 없는 이들이 그녀를 비난하고 걱정해 주는 척 위선을 떠는 게 아주 불쾌했다. 그녀가 오케스트라실을 나서자마자 정하는 싸늘한 얼굴로 입을 열었다.

"내 손 핑계로 몰아붙이는 놀이, 재밌어 보인다?"

그 순간, 꿀 먹은 벙어리가 된 단원들이 서로에게 눈치를 주며 머뭇거렸다. 그의 반듯한 입매가 가볍게 휘어 올라갔다.

"좀 솔직해 보자. 내가 걱정되는 게 아니라 그냥 걔가 싫다고."

"그, 그게 아니라……."

"저기 선배. 우린 그냥……."

"미리 말해 두는데, 이런 놀이는 내 눈에 안 띄게 해."

그리고 흠칫하는 단원들을 향해 조소해 준 정하는 냉정하게 몸을 돌렸다.

"내 반응이 궁금하면 더 해 보든가."

그리고 곧장 그곳을 박차고 나와 버렸다. 불편한 표정으로 시선을 피하던 녀석들의 주변으로 이미 확연한 미움과 증오의 감정이 구름처럼 부풀고 있었다. 실내를 가득 메운 불쾌한 소리들에 속이 역겹고 울렁거려 더 견딜 수 있을 것 같지 않았다. 복도를 지나쳐 곧장 건물 밖으로 나온 정하는 서늘한 공기를 한껏 들이마시며 속을 다스렸다.

혼자라면 하지 못할 짓도 다수가 되면 거침이 없다. 그의 앞에서도 거침없이 내놓던 아이들의 폭언과 빈정거림. 한창 스트레스에 시달리며 해소할 거리를 찾던 그들에게 때마침 등장한 연약한 표적은 그야말로 최상의 놀잇감이었을지도 모른다.

하지만…… 왜 그런 일에 자신이 불쾌감을 느끼는 건지. 대체 이 불쾌함을 무엇으로 어떻게 설명해야 할지 알 수가 없었다.

그냥 모든 게 답답하고 짜증스러웠다. 그녀가 처한 상황도, 눈에 띄게 가까워진 그녀와 윤의 사이도.

여전히 제게는 데면데면하게 구는 선의 태도도…….

그렇게 한참을 서성이다 돌아오는 길이었다. 꼭 마중이라도 나온 것처럼 복도에서 서 있던 그녀와 눈이 마주쳤다. 한순간 일었던 묘한 감정. 뭐라 설명하기 힘든 떨림이 빠르게 몸을 훑어 내려갔다. 그것조차 낯설어 저도 모르게 표정을 굳힌 채 물었다.

"뭔데?"

"아, 저기 남은 돈이요."

그러고 보니 그녀와 제대로 '대화'라는 걸 한 건 그것이 처음이었다. 꼼지락거리며 지폐와 동전을 꺼낸 그녀는 그사이에도 챙겨 나온 아이스크림을 내밀며 조금 당황한 듯 긴장한 얼굴로 눈을 마주쳤다. 이상하게도 이 순간, 기분이 조금 나아졌다.

"네 거는?"

"아, 저는 괜찮아요."

어딘지 불편한 태도로 손을 젓는 그녀에게 정하는 받아 들었던 아이스크림을 던지듯 건넸다.

"어? 이건 선배 건데……."

"너나 먹어. 대신 도시락 좀 싸 와."

불쑥 내뱉은 말에 그녀가 눈을 휘둥그렇게 떴다. 못 본 척 유유히 그녀의 곁을 스쳐 지나는 동안 조금 더 가까워진 그녀에게서 깨끗하게 세탁해 잘 말린 옷감의 냄새가 풍겨 왔다. 무색무취의 감정에 섞여 드는 깔끔한 햇살의 향기가.

"잠깐, 뭘…… 어쩌라고요?"

"점심시간에 옥상으로 오면 돼."

기가 막힌 건지 하, 하는 소리가 이어졌지만 그것도 오른손을 들어 보인 순간 그대로 잦아들었다. 종종 써먹어야겠단 생각이 들었다.

하지만 그 이튿날부터 비가 왔다. 정하는 조금 초조해진 기분으로 떨어지는 빗방울을 바라봤다.

오지 않는 건 비 탓일까, 아니면 또 나를 피하는 것일까.

이상하게 야속한 하늘을 바라보다 쓰게 웃어 버렸다. 당연히 그녀는 약속한 장소에 나타나지 않았다. 그리고 거짓말처럼 비가 갠 다음 날, 옥상에 올라온 그는 현관의 지붕에 누워 있었다. 말끔히 갠 하늘을 바라보며 오늘은 확실하게 그 답을 알겠구나, 생각하다 눈을 감았다.

―끼익.

그리고 나른한 봄 햇살에 잠이 들기 직전, 문이 열리는 소리를 들었다. 번쩍 정신이 든 정하는 후다닥 몸을 일으켜 내려다봤다. 막 옥상으로 진입한 그녀가 조그만 머리통을 쭉 빼며 이리저리 살피더니 이내 한숨을 푹 내쉰다.

"그럼 그렇지……."

"뭐가?"

"엄맛!"

기겁하던 그녀가 휙 하니 뒤를 돌아본다. 동그랗게 치뜬 눈이 이내 버거운 햇살에 가볍게 찌푸려졌다.

"깜짝이야…… 거기서 뭐하시는 거예요?"

"어제 안 왔더라."

"그, 그거야 비가 와서……."

"짜증나니까 기다리게 하지 마."

비가 와서 오지 않았다는 말에 괜스레 입가에 스미는 미소를 지우려 불퉁하게 내뱉고는 훌쩍 뛰어내려 그녀의 손에 들린 도시락 통을 뺏어 들었다. 불편한 듯 바라보는 시선에 이상하게 심장이 펄떡인다.

그녀가…… 나를 피하지 않았다.

"가 봐."

†

"대체 무슨 생각이냐?"

느닷없는 말에 현을 갈던 손길이 멈칫했다. 흘깃 들어 올린 시선 끝에 영신이 서 있는 걸 확인한 정하는 차분한 태도로 마저 현을 끼우고 펙(peg)을 돌렸다.

"이젠 대꾸도 안 하겠다 이거냐?"

날카로운 영신의 질문에 대답하는 대신 정하는 가느다란 e현에 좀 더 신경을 집중했다. 지나치게 약해 조금의 힘에도 쉽게 끊어지는 물건이다. 신중할 수밖에 없는 그의 태도는 평소와 크게 다르진 않았다.

"너라면 수습할 수 있잖아. 왜 그냥 두는데? 아무리 생각해도 이상

155

하단 말이야. 이렇게까지 번질 일도 아닌데 꼭 뭔가 부추기는 느낌이라고."

"……."

"너 설마……."

"증거 있어?"

차갑게 되묻는 정하의 입가에 서늘한 미소가 맺혔다. 등골이 오싹해지는 반응에 영신은 지그시 양미간을 찌푸렸다. 친구라도 이럴 때의 정하는 섣불리 대하기가 힘들다. 하지만 정하는 금세 태도를 바꿔 미소를 떠올렸다.

"나야말로 물어보자, 신아. 여기서 내가 어떻게 하면 좋을까?"

"몰라서 물어? 최소한 네가 저지른 짓이 뭔지는 실토해!"

"실토라…… 내가 최선한테 관심이 있는데 걔가 자꾸 날 무시하는 바람에 다른 방법이 없어서 관심병자 짓 좀 했고, 최선은 끝내 나한테 관심을 안 준다고?"

대본이라도 읽는 듯 감정 없이 이어지는 말에 영신은 할 말을 잃어버렸다. 가슴속이 섬뜩해지는 건 그 말을 내놓은 상대가 정하이기 때문일까.

"그리고 미리 말하는데 난 아무것도 안 했어."

그 녀석을 바라본다는 걸 느낄 때마다 미칠 것 같고, 그녀를 컨트롤하는 유 교수가 싫고, 변해 버린 그녀의 소리가 싫고, 엉뚱한 곳만 바라보는 그녀의 눈이 싫어도 제 손으로 나서서 한 일은 아무것도 없었다.

엉뚱하게 트집을 잡아 도시락을 싸 오게 했던 일 말고는. 물론 그녀는 남의 속도 모르고 우거지 죽상을 하고 나타나곤 했지만.

"뭔 수를 써도 소용이 없어. 덤벼드는 것들도, 당하고 있는 것들도. 전부 멍청이들이라."

최선과 강윤. 지나치게 눈에 띄는 피아노 바보들의 행보에 교내는 연일 생산되는 루머로 들썩여 댔다. 문제는 두 사람 모두가 자신들의 처지나 행동이 남들의 눈에 어떻게 보이는지 모른다는 것에 있다. 전혀 타인을 의식하지 않는 선은 아무렇지 않게 강윤에 대한 호감을 입에 올렸고, 그 소문은 교내에 파다하게 퍼져 나갔다.

하지만 윤은 절대로 누군가를 마음에 담지 않는다. 그렇기에 문제가 된다. 그가 친구인 게 문제가 아니라 상처를 받게 될 쪽이 너무 확실한 게 문제였다. 물론, 그 알량한 걱정보다 이상하게 치밀던 어떤 감정이 더 집요하게 그를 괴롭혀 댄 것도 사실이었다.

"질린다, 진짜. 니들은 어쩌면 그렇게 똑같냐. 준영이야 어차피 이런 일에는 관심도 없을 거고. 윤이는 말해 뭣하나. 너라도 말이 통할 줄 알았는데 됐다. 그렇게 대책 없이 굴 거면 관둬. 그냥 내가 도와줄 테니까 그런 줄 알아."

고개를 절레절레 젓던 영신이 중얼거린 말에 일순 치밀었던 감정. 그것조차 무엇이었는지는 정확히 모르겠다. 그나마 확실하게 정의할 수 있는 건 일시에 밀려들었던 짜증과 불쾌감뿐.

"왜, 너도 걔한테 관심 있어?"

"뭐?"

기막히다는 얼굴로 되묻던 영신은 빤히 마주 보는 눈에 선연하게 어린 적의를 확인하고 벌컥 화를 냈다.

"뭐하자는 거야, 지금!"

"아니면 말고."

"정하, 너 진짜……! 하. 됐다. 내가 무슨 말을 하냐. 너 미친 거 같아, 알아?"

빈 교실에 문이 닫히는 소리가 요란하게 울렸다.

-핑.

이어진 짧고 여린 소음.

"끊어졌네."

끊어진 현을 잠시 바라보던 정하가 그대로 바이올린을 내려놓았다.

그렇게 영신마저도 물러나게 만든 것이 탈이었을까.

미친 듯이 비가 오던 날, 생각지도 못한 사건이 생겼다.

덜컹, 소리와 함께 1학년 음악반 교실의 문을 열어젖히자 남아 있던 아이들이 동시에 흠칫하며 그를 바라봤다.

"헉, 정하 선배!"

한동안 유학 문제로 학교에 나오지 않았던 그의 갑작스러운 등장에 모두들 놀란 얼굴이었다.

"거기, 너희들만 남고 다 나가."

하지만 바로 이어진 말에 한창 전공 수업을 마치고 떠들썩하던 교실 안의 분위기는 일시에 가라앉았다. 평소처럼 나른하고 부드러운 목소리였지만 오늘의 정하는 어딘지 섬뜩한 분위기였다.

"빨리 안 나가?"

싸늘한 시선이 주변을 훑은 그제야 심상치 않은 분위기를 깨달은 아이들이 부랴부랴 교실을 빠져나갔다. 남은 건 그의 손가락이 가리킨 곳에 앉은 세 여학생들뿐이었다. 곧장 그녀들의 앞으로 뚜벅뚜벅 다가서던 정하의 목소리가 높아졌다.

"선이 어딨어!"

동시에 그의 길을 가로막은 책상이 콰당탕, 소리를 내며 넘어졌다. 놀란 여학생들이 꺄악, 비명을 지르며 물러났다.

"모, 몰라요! 얘가 알아요!"

"뭐? 야!"

"나쁜 년아! 네가 그랬잖아! 선이 된통 당할 거라고!"

"그, 그래! 네가 그랬다고!"

그중에 한 명이 누군가를 지목하자 다른 한 명도 재빨리 동조하곤 후다닥 교실을 빠져나갔다. 지목당한 여학생의 얼굴이 사색이 되었다. 손쉽게 찾아낸 주동자 윤재희였다.

"적당히 해라, 정하야."

언제 따라온 건지 걱정스러운 듯 끼어드는 영신의 말에도 정하는 못 들은 척 윤재희에게 바짝 다가섰다.

"말해. 선이, 지금 어딨어."

"몰라요. 왜 그걸 저한테 물으세요?"

잔뜩 겁을 집어먹었으면서도 윤재희는 끝까지 말을 않겠다는 의지로 눈을 번뜩였다. 설마하니 여자한테는 어떻게 하지 못하리란 자신감이 묻어나는 표정이었다. 그 가소로운 생각을 비웃어준 정하가 나직하게 물었다.

"지금이라도 말하면 넘어갈 테니까 솔직하게 대답해. 선이 어디 있어?"

"너, 너무해요! 전 정말 모른다고요! 아까 걔들이 쫄아서 헛소리하고 튄 걸 왜 저한테만…… 흑!"

갑자기 울음을 터뜨린 재희가 양손으로 눈을 가렸다. 하지만 정하는 망설이지 않고 그녀의 손목을 덥석 붙잡아 당겼다. 휘청거리며 끌려온

재희가 당황하며 눈을 치켜떴다. 정하의 입가에 기묘한 미소가 떠올랐다.

"연기는 괜찮았는데 눈물까지는 준비 못 했나 봐?"

"……!"

"빨리 말 안 하면 이 손목 어떻게 될지 장담 못 해."

말과 동시에 손목을 움켜쥔 손에 힘을 주자 윤재희는 날카롭게 비명을 질러 댔다. 어떤 노력도 깃들지 않은 연약한 팔은 조금의 힘만으로도 손쉽게 부러뜨릴 수 있을 것 같았다. 좀 더 힘이 들어가자마자 재희는 비명과 함께 실토했다.

"아, 아악! 미, 미술반 교실 있는 곳…… 스튜디오에 있어요!"

그렇게 자백을 받자마자 뿌리치듯 손목을 놓은 정하가 휙 하니 몸을 돌렸다. 그의 뒤로 휘청한 재희가 주저앉듯 넘어졌다.

"구라를 칠 거면 상대부터 보고 시작했어야지. 멍청한 것."

고개를 절레절레 젓던 영신이 진짜로 눈물이 터진 그녀를 두고 돌아섰다. 지금은 이런 곳에서 지체할 시간이 없다. 영신은 이미 복도 끝으로 사라져 가는 정하의 뒤를 재빠르게 쫓았다. 한시가 급한 상황이었다.

하지만 이때까지도 영신은 크게 별일은 없을 거라 생각했었다.

정말…… 꿈에도 몰랐다.

이날이 민정하의 인생 최악의 날이자, 처음으로 느낀 감정에 무참히 짓눌려 무너져 버린 날이 될 줄은.

†

-노바 확보. 이것은 정의의 승리다.

작은 진동음과 함께 도착한 메시지를 확인하던 정하가 피식 웃음을 머금었다.

-5월 내로 자리 만들어.

-열흘도 안 남았다, 나쁜 놈아!

절규하는 준영의 목소리가 들리는 것만 같다. 바로 전화가 걸려 왔지만 가볍게 수신 거부를 눌러 버린 정하는 바로 운재에게 휴대폰을 넘기며 물었다.

"분위기는 어떻습니까?"

"판매율이 예년보다는 조금 저조합니다만 스폰서나 협력사가 변함없으니 괜찮을 거란 반응이 더 많습니다."

락 페스티벌 Unlimited는 올해로 5년째에 접어드는 장수 행사다. 대한민국의 본격적인 여름밤을 불태우는 대표적인 락 페스티벌과 EDM을 접목한다는 소식에 반응은 기대 반 우려 반이었다. 그러다 해마다 매머드급 아티스트를 섭외해 온 주최사 JS communication이 난데없이 시빗에게 개최권을 넘기고 손을 뗐다는 소식에 한때 위기가 닥쳐왔었다. 이미 오픈한 티켓의 판매는커녕 한동안 환불하겠다는 문의마저 쇄도하는 상황이었다.

그러나 정하는 침착하게 일을 진행했다. 흔들림 없는 대표이사의 반응과 함께 브로드웨이와 라스베이거스를 오가며 수많은 해외 스타들의 공연을 전문 기획해 온 시빗의 이력. 지금껏 Unlimited에서 선보인 아티스트들의 인터뷰를 통해 JS communication의 뉴욕 지사에서 사외이사로 활동했던 민정하의 경력을 자연스럽게 흘리며 우려를 불식시킨 후, 현재는 전년보다 조금 낮은 수준의 예매율을 기록 중이었다.

"일단 현장부터 체크하고 남은 스케줄 처리합시다."

공연 장소로 지정된 서울 근교의 리조트는 한창 주변 공사를 마무리 짓는 중이었다. 파릇하게 자라기 시작하는 잔디밭을 가로지르는 동안 운재의 말이 이어졌다.

"현장 둘러보신 다음에 양평군청에 들러서 거기 관계자분들과 점심 함께 하셔야 하고 오후엔 청담 라비타 호텔에서 중간보고가 있습니다. 서두르셔야 할 거 같습니다."

"저보단 조 비서님이 힘드신 일정인데요."

"저야 뭐 익숙하니 괜찮습니다."

싱긋 웃으며 대꾸한 운재가 한숨을 내쉬었다. 짧은 시간 동안 떠도는 소문들로 여러 차례 고비를 넘겨야 했고, 날마다 살인 스케줄에 시달리면서도 정하의 태도는 느긋했다.

"……다른 연락은 없습니까?"

그러나 이 순간, 정하의 표정에서 느긋함은 사라졌다. 질문의 의도를 알 것 같으면서도 뭐라 답해 줄 말이 없어진 운재가 멈칫한 사이 정하는 금세 태도를 바꿔 미소를 머금었다.

"아닙니다. 갑시다."

오후의 일정을 마치고 짬이 났을 무렵 떠올린 건 윤의 전화번호였다. 어둑한 바의 한쪽에 자리를 차지하고 앉은 정하가 묵묵히 술잔을 채우며 기다리는 동안 윤은 멀끔한 얼굴로 모습을 드러냈다.

"무슨 일인데?"

"그냥. 보고 싶어서."

"미친놈."

기막힌 타박을 늘어놓으며 윤은 태연히 그의 옆자리에 앉았다. 이윽고 작은 잔 하나씩을 앞에 둔 채 이어지는 나직한 대화에 간간이 웃음소리가 섞여 들었다. 전혀 어색함 없이, 있는 그대로를 보여 줘도 무방한 상대의 앞에서 정하는 모처럼 느슨한 태도로 술을 마셨다.

　"그러고 보니 피아노 듀오는 그때 말곤 해 본 적이 없잖아. 한 번 더 해 보고 싶긴 한데 그 정도 수준으로 잘 맞는 상대가 은근 드물거든. 이제 와 하는 말이지만 같이 연주할 때 느낌 진짜 괜찮았는데 말이야."

　"그래서 그렇게 사이좋게 손까지 잡고 등장하셨다?"

　나직하지만 어딘지 날카로운 대꾸에 윤은 흘깃 눈을 돌려 옆자리를 바라봤다. 마침 바 테이블에 양팔을 올린 정하가 스트레이트 잔을 집어 들며 무표정한 얼굴로 바라봤다.

　"개념 있는 남자라면 함께 연주할 여자를 에스코트하는 건 당연한 거 아닌가?"

　"그 자리에 누구도 그런 예절까진 바라지 않은 거 같은데."

　"글쎄. 모두의 속마음까진 모르겠고, 확실하게 한 사람은 그랬던 거 같더라. 거기서 너랑 악수할 땐 등골까지 찌릿하더라니까. 무대만 아니었으면 아마 난 거기서 죽었을걸?"

　"날 뭐로 보고 하는 말인데?"

　깨끗하게 비운 잔을 내려놓은 정하는 특유의 서늘한 미소로 대꾸했다.

　"어느 날 원인불명의 변사체로 발견된다면 모를까."

　"다른 일이라면 그랬겠지. 하지만 넌 병아리 일이 끼면 앞뒤 못 가리잖아."

아무렇지 않게 정곡을 찌르는 윤의 태도는 익숙하다. 무엇도 숨길 필요가 없기에 더 잔혹하게 진실을 내뱉는다. 아이러니하게도 정하는 그런 윤의 말에 위안을 받곤 했다. 서걱거리는 감촉도. 따끔거리는 아픔도. 마치 자신이 살아 있음을 알리는 것만 같아서.

"그보다 무대 공포증이라……. 전혀 생각 못 했다. 그래서 지금까지 활동을 전혀 안 한 거였나."

"……."

"역시…… 그때 그 일 때문이겠지?"

혼잣말처럼 질문을 올린 윤이 때마침 다가선 바텐더를 향해 물을 주문했다. 그러고는 잔을 집어 드는 정하의 손을 붙잡아 내렸다.

"적당히 마셔."

조금 멀어지던 윤의 목소리가 가까이 다가왔다. 정하는 제 앞을 가로막은 손을 물끄러미 바라보다 낮게 웃음을 터뜨렸다. 남자치곤 하얗고 섬세한 손이었다. 기다란 손가락과 어울리지 않게 도드라진 힘줄을 따라 시선을 옮기던 정하가 문득 그 손을 붙잡았다. 윤이 흠칫하며 눈을 둥그렇게 떴다.

"왜 그래?"

"너 선이랑 닮았다…… 손이."

"음?"

뜬금없는 소리와 함께 정하가 그 손등에 입술을 대며 중얼거렸다.

"선아……."

"야!"

말캉한 느낌에 기겁한 윤이 손을 빼고 그의 어깨에 주먹을 내질렀다. 정하는 맞으면서도 킥킥거리며 웃음을 터뜨렸다. 그제야 윤은 야금 야금 비운 위스키가 벌써 두 병째라는 사실을 깨달았다.

"미친놈. 정신 좀 차려."

"……어떻게?"

어느새 바 테이블에 엎드린 정하가 심드렁하게 물었다.

"어떻게 해야 정신 차리는 건데?"

"……."

"모르겠다, 난."

아무리 술을 마셔도 취한 적이 없었다. 언제나 정신은 멀쩡했다. 어떤 일을 겪어도, 그의 머리는 냉정하게 눈앞의 상황을 읽어 들이곤 했다.

차라리, 정말로 미쳐 버렸으면 하는 순간에도.

언제나 한 걸음 떨어진 곳에서 녹화된 화면을 보는 것처럼 세상을 바라봤다. 어떤 일이 일어나도 모두가 저 자신과는 상관없는 일이었다. 그들이 어째서 분노하는지, 무엇 때문에 고통스러워하는지 그는 이해할 수가 없었다.

"피아노 소리가 들렸어. 매일……."

이른 아침, 어김없이 시작되었던 그녀의 연주. 그 따스한 음색을 기억한다. 어딘가 결여된 채 메말라 있던 몸과 마음에 스며들던 부드러운 선율. 멍한 머릿속이 온통 그 소리로 가득했었다. 삶의 유일한 빛이자 감정을 느끼는 소리였다.

하지만 오랜 시간이 지나 다시 만난 아이는 그때와 같은 연주를 하지 않았다. 그때처럼 즐겁게 웃지도 않았다. 그를 기억하지도 못했다.

퇴색되어 버린 걸까. 아니면 그의 감정이 만들어 낸 허상이었던 걸까.

분명 아무런 감정도 느끼지 못했던 자신인데 어느 순간부터 그녀만 보면 가슴이 아프고 답답해졌다. 무심하게 저를 대하는 표정을 보고 있으면 가슴 깊은 곳에서부터 뭔가가 치밀었다. 어떻게 해서든 그녀가 자신을 바라보게 하고 싶었다.

단지, 그것뿐이었는데…….

"내 시간은 거기서 멈춰 있어."

매일 주변엔 다른 일이 벌어졌지만, 그가 하루를 사는 목적은 같았다.

"거기서 기다리고 있다고."

유일하게 행복했던 순간, 다시 그 피아노 소리가 들리는 날이 오기를.

그의 바람, 지금껏 살아온 하루하루의 끝이 바뀌는 날이 오기를.

영원히 돌아오지 않을 과거가 미치도록 그립고 걷잡을 수 없이 틀어진 현실에 숨이 막힐 지경인데, 바뀌는 건 없다. 이젠 지쳐서 포기할 때도 된 것 같은데 이 정신은 말짱해서 꿋꿋하게 또 하루를 난다. 여전히 주인 잃은 개처럼, 그 자리에 앉아 기다리고 또 기다리는 이것이…….

"이게 사랑일까?"

자신 없는 물음이 푸른빛 조명 사이로 흩어진다.

"그건 너 자신이 더 잘 알 거야."

나직하게 대답한 윤이 그의 머리에 가만히 손을 얹었다.

여전히 짙은 어둠뿐인 정하의 색이 윤의 눈앞을 가로막았다.

†

대문을 나선 순간 가벼운 진동에 휴대폰을 꺼낸 선은 떠오른 메시지를 확인하며 멈칫했다.

―늦었네.

오전 레슨 중 하나가 취소되는 바람에 조금 늦게 나서는 길이었다. 그리고 조금 떨어진 곳에 세워진 낯익은 세단을 발견했다. 다시 이어진 걸음은 멈추지 않았다. 굳이 확인하지 않아도 그 차의 주인이 누구인지는 알고 있었다.

왠지 정신이 번쩍 들어 큰길가로 나서자마자 택시 하나를 잡아탔다. 적당히 떨어져 있는 지역의 역 이름을 대고 자리에 푹 기대앉았다. 간밤에도 뜬눈으로 밤을 새우다시피 했던 탓에 오늘도 하루 종일 졸음과 싸워야 할 참이었는데 그럴 걸 알아서 이 시간부터 모습을 드러낸 걸까. 별생각이 다 들어 헛웃음이 났다.

"하아, 아무것도 하기 싫다……."

정확히는 머릿속을 맴도는 생각을 그만 멈추고 싶었다.

'선아.'

그러나 어김없이 떠오른 목소리에 심장이 쿵 내려앉았다. 급히 차오르는 숨을 내쉰 선이 작게 중얼거렸다.

"이러니…… 잘 수가 없잖아."

벌써 일주일이 넘도록 그를 피해 왔다. 이번만큼은 그의 묘질극과 집 앞 농성에도 넘어가지 않았다. 여느 때보다 예민하게 구는 그녀의 태도에 가족들은 선뜻 정하를 집 안에 들이지 못했고, 정하 역시 전처럼 멋대로 그녀의 영역에 발을 들이진 않았다.

그렇기에 더욱 불편했다.

'한 번만이라도 좋으니까, 들려줘.'

이건 그 사람답지 않은 짓이니까.

원하는 것이 있으면 수단과 방법을 가리지 않고라도 손에 넣을 사람이었다. 오해나 짐작이 아닌 그 자신의 입으로 직접 내놓은 말이었다. 그는 그것을 깨닫고 휘두를 줄 아는 사람이었다.

하지만 그는 어느 순간 멈춰 섰다.

'이 순간만큼은 날 잊어버려도 좋으니까, 들려 달라고. 네 진짜 연주.'

부탁도 명령도 아닌 애매한 어조.

그러나 무엇보다 간절했던 그의 진심은 명령과 강압보다 더 강하게 그녀를 밀어붙였다.

'뭘 알아보고 말고 할 상대가 아니었어.'

그제야 드는 후회였다. 처음부터 호락호락한 상대가 아니란 건 알고 있었는데 왜 이렇게까지 방심해 버린 걸까.

이런 상황까지는 전혀 예상하지 못했다. 그의 눈빛, 목소리, 행동 하나하나가 무섭도록 가슴에 박히는 기분이었다. 이미 자신은 무대에 설 수 없게 되었다는 사실을 인식하고 있으면서도 그 순간, 그녀는 자신이 무사히 피아노를 칠 수 있기를 바라고 있었다. 마치 그를 실망시키고 싶지 않았던 것처럼.

그렇게 지금껏 피하며 잊고자 했던 현실을 저 스스로 들춰내는 바보짓을 하게 만들었다. 그가.

내내 쉽게 휘둘려 왔다고는 생각했지만, 이렇게 뿌리 끝까지 뽑혀나갈 만큼 몰아치는 태풍이었을 줄이야.

진지하지 못한 사람이고 짓궂은 사람이었으니까. 실없는 말이나 내

뺄고 그렇게 끝까지 장난이나 치다 돌아서겠지. 그런 사람을 상대로 이쪽도 진지할 필요는 없다고, 아니, 애초에 그런 사람이 내게 진심일 리는 없다고 생각했었는데…….

애써 차창 밖을 바라보는 그녀의 눈에 정체된 도시의 풍경이 비쳐 보였다. 교통방송에서 가까운 곳의 사고 소식을 알리자 아저씨는 작게 투덜거리며 창밖을 내다봤다. 뭔가 곧 쏟아질 것 같은 하늘과 텁텁한 공기. 창문을 내리려던 그녀의 손이 멈칫했다.

'네가 가장 좋아했던 피아노잖아.'

하지만 그런 말을 해 버리면 어떤 얼굴을 해야 하는 건데.

지금껏 내놓았던 이상한 말이 모두 그의 진심이었다면…… 어떡해야 하지?

정말로 그가 나를…….

"그만."

나직하게 내뱉은 선이 크게 숨을 들이켰다. 한도 끝도 없이 이어지는 생각을 간신히 잘라 낸 참이었다.

"왜 이렇게 복잡하게 만들어, 정말."

아무것도 생각하고 싶지 않은데.

"여기서 더는 싫어."

더 깊게 그를 들여놓고 싶은 마음은 추호도 없다. 아니, 이건 그 누구라도 마찬가지였다.

고개를 숙인 선은 습관처럼 휴대폰을 꺼내 들었다. 메시지가 도착했다는 표시에 심장이 덜컥했다가 떨리는 손으로 발신자를 확인한 순간, 거짓말처럼 한숨이 새어 나왔다.

영신의 메시지였다. 바쁘지 않으면 연락 달라는 문자에 망설이다 통화 버튼을 눌렀다.

[토요일 날 바빠?]

대뜸 꺼낸 질문에 아니요, 라고 대답하자마자 영신은 만나자, 라고 청했다. 멈칫하며 대답을 미룬 사이 영신은 아무렇지 않게 설명을 이었다.

[그냥 뮤지컬 표가 생겼는데 혼자 가긴 뭐해서. 비싼 거라 남 주긴 아깝더라고. 같이 보러 가자.]

……이거 썸 타자는 건가?

퍽 심드렁한 표현에 웃어 버린 선이 창밖으로 눈을 돌렸다. 서서히 움직이기 시작한 차량들이 주변을 스쳐 갔다.

그래. 어찌 되었건 여기서 머무를 이유도 없지 않은가.

"알았어요. 그럼 토요일 오후 다섯 시까지 한강진역이요? 네, 그럼 그때 봬요."

이젠 좀 더 굳게 마음을 먹어야 할 때다. 흔쾌히 대답하고 전화를 끊은 선이 약속 날짜를 메모했다. 가슴 한 켠에 자리한 껄끄러움은 애써 모른 척하며.

✝

"죄, 죄송해요. 정말. 이럴 생각이 아니었는데……."

우르르 빠져나오는 사람들로 가득한 로비에서 선은 빨개진 얼굴을 감추지도 못하고 거듭 고개를 숙였다. 눈앞에서 영신은 미묘한 표정으로 그녀를 바라보고 있었다. 왠지 웃음을 참는 얼굴로.

"음, 뭐. 그럴 수도 있지. 많이 피곤했나 봐."

할 수만 있다면 쥐구멍이라도 찾아 숨고 싶을 지경이었다. 세상에, 무려 2시간 30여 분을 내처 자 버리다니! 초반 10여 분 동안 이어진 이야기는 기억하는데, 어느 순간부터 들려오는 소리가 모두 자장가로 바뀌었다. 그리고 눈을 떴을 때는 영신의 어깨에 머리를 얹고 있었다.

"꽤 재밌던데. 좀 덜 피곤한 날에 다시 보러 올래?"

"그, 그럴게요! 아, 다음엔 제가 표도 준비하고요. 정말 죄송해요."

"아니, 뭐 그렇게 죄송할 거까진 없는데, 굳이 보여 준다면야 마다 하진 않을게. 그보다 배고프지 않아?"

"네? 그러고 보니…… 그런 거 같기도 하고. 뭐 드실래요? 제가 살게요."

두 사람 다 약속 시간보다 조금 늦게 나온 탓에 따로 식사를 할 시간이 없어 가볍게 차와 샌드위치로 때운 참이었다. 그제야 제법 출출해진 배에 손을 얹으며 해맑게 웃어 보이자 영신은 고개를 저었다.

"아니지. 네가 여기서 사면 다음 약속이 사라지잖아. 일단 오늘 밥은 내가 사고 느긋하게 식사하면서 다음번 계획을 잡는 쪽이 나한테는 이익인데?"

"그거 왠지 더 불안한데요? 얼마나 뜯으시게요?"

"어허, 그런 망발이 어디 있나? 난 상식적인 남자야."

키득거리며 오가던 대화가 끝나고 영신은 차를 가져오겠다며 큰길가의 한적한 곳을 가리켰다. 고개를 끄덕인 선은 멀어져 가는 영신의 뒷모습을 바라보다 우르르 빠져나가는 사람들을 피하며 무심결에 고개를 돌렸다.

딱히 어떤 낌새나 예감이 있어서는 아니었다. 아니, 어쩌면 시선 끝에 뭔가가 감지되었던 건지도 모른다.

그녀의 시선이 한 곳에 머물렀다.

진작 알았어야 했는데.

소름이 돋도록 잦아든 주변의 소음. 이상하게 가라앉아 있던 공기가 왜 그렇게 낯이 익었던 건지.

조금 떨어진 곳에서 굳은 얼굴로 바라보던 남자가 천천히 입을 열었다.

"……지금 뭐 하는 거야?"

이 목소리에 어째서 심장이 철렁 내려앉는 건지.

금세 눈앞까지 다가온 남자의 얼굴은 평온했다.

평온해서 더 불안했다. 태풍의 눈에 들어온 것처럼.

눈을 돌릴 새도 없이 몸이 굳었다. 주변에는 일행처럼 보이는 사람들이 있었지만, 그는 이미 그들의 존재조차 잊은 것처럼 그녀를 바라봤다.

어떤 말을 해야 할까.

아니, 왜 이런 고민을 하고 있는 걸까.

당황한 채 펄떡거리는 심장을 가라앉히려 잠시 숨을 멈췄다.

이런 일 따윈 아무것도 아니다. 아무 사이도 아닌 사람에게 어떤 모습을 보이건 그게 무슨 상관인데. 그러니 이렇게 애매한 기분으로, 이상하게 불안해진 심경으로 저 남자를 바라볼 이유 따위 없는 거다.

"여기까진 무슨 일이야?"

변명을 생각할 이유 따위도.

"공연 보러 왔죠."

"그래?"

"선배는 어쩐 일이세요?"

"아는 분한테…… 초청받아서."

그의 눈동자가 한 번 옆으로 움직였다. 등 뒤의 존재들을 가리키는 시선. 깊게 가라앉은 눈빛이 다시 그녀를 향했다. 그것을 기점으로 그의 표정엔 미묘한 감정이 떠올랐다. 숨이 막힐 듯한 어색함에 선은 휴대폰을 보는 척 눈을 내리며 말했다.

"일행 있으신 거 같으니 전 이만……."

"신이냐?"

역시, 본 걸까.

멈칫한 선은 아무렇지 않게 고개를 끄덕였다.

"네. 신이 오빠가 얻어 온 표라서 덕분에 공짜로 감상하고 돌아가는 길이에요."

"그럼 용건은 끝났겠고, 이야기 좀 해."

"죄송해요. 오늘은 선약이 있어서요."

"미안하지만 그 약속은 깨. 더 이상은 못 기다려 주겠으니까."

"하……."

기막힌 웃음이 새어 나왔다. 어쩜 저렇게 당연하다는 듯이 요구하는 걸까.

"아니요. 선배가 왜 절 기다리는데요? 그만두세요."

"최선."

"여기까지라고요. 이제 선배가 바라는 게 뭔지도 알았고, 제가 거기에 따라갈 수 없다는 것도 충분히 알았잖아요."

단단해진 선의 대답에 정하는 눈썹을 찡그렸다.

"진짜 내가 바라는 게 뭔지 안다고? 네가?"

그녀의 피아노. 혹은 그녀 자신.

하지만 그녀가 꺼낼 수 있는 대답은 하나뿐이었다.

"네. 전 이제 연주자 같은 거 못 해요. 꼭 제 입으로 이렇게 말해야 시원하세요?"

차분한 대꾸에 이어진 건 가벼운 조소였다. 이로써 그가 진짜 원하는 게 어느 쪽인지 확실하게 깨달았지만, 그녀는 굳이 내색하지 않았다. 어느 쪽이라도 결과는 같을 테니까.

"나한테 이런 일, 금방 씻기는 상처는 아니어도 평생 품고 가져갈 상처도 아니에요. 지금까지도 그냥 잘 살았고, 앞으로도 어떻게든 살 거예요."

"……."

"그러니까, 그냥 나 좀 내버려 둬요. 왜 갑자기 나타나서……."

이제 와서 다 잊지도 못하게.

끊어진 말 대신에 그녀의 입에서 짙은 한숨이 새어 나왔다. 여전히 저를 향한 시선. 그 시선에 담긴 의미를 알지만 모른 척해야 했다. 고집스럽게 턱을 치켜든 선이 짤막하게 내뱉었다.

"이러는 거 불편해요. 아니, 불쾌해요."

내가 비겁하다는 사실을 알게 만드니까.

이어진 침묵의 시간은 왜 이리 긴 건지. 주변의 공기를 지배하던 그의 기묘한 무게감은 덧없이 흐르는 시간에까지 영향을 끼치는 모양이다. 더 버티고 있기 힘들어 이번엔 인사도 없이 돌아섰다. 그보다 빠르게 정하가 그녀의 팔을 붙들었다. 소스라치며 뿌리치려는데 어느새 나타난 영신이 사이에 끼어들며 정하의 손목을 툭, 쳐 냈다.

"신이 오빠!"

"싫다는데 그만하지."

"네가 참견할 일 아니야."

"너야말로 순서 확실히 해. 할 말이 있으면 약속부터 잡고 하라고. 이러는 거 민폐니까."

막힘없이 내뱉는 영신의 말에 손목을 매만지던 정하가 싸늘하게 미소를 지었다. 겉보기엔 최대한 예의를 차린 듯 평온해 보이는 두 사람이었지만, 주변은 밀집된 긴장감으로 터져 나가기 일보 직전이었다.

그 심상치 않은 분위기 탓인지 하나둘, 시선이 몰려든다. 서로를 마주한 두 남자의 눈빛이 점차 날카로워지기 시작하자 등골이 서늘해졌다.

"오빠. 그, 그만 가요."

험악해지는 분위기를 견디지 못한 선이 재빨리 영신의 팔을 잡아끌었다. 자리를 벗어나며 정하에게 사과를 할까 생각했지만, 왜 해야 하는지, 무슨 말을 할지도 알 수가 없어 그만두기로 했다.

그렇게 영신의 차에 오르기 직전 문득 돌아본 곳엔 정하가 우두커니 서 있었다.

버림받은 아이 같은 얼굴로.

✝

"아직도 안 잤어?"

컴컴한 거실로 들어서던 경주가 흠칫 놀라며 말을 걸어왔다. 근처 아파트에서 경비원 일을 시작한 경주는 종종 밤을 새우고 새벽에 퇴근을 했다. 창가에 붙은 채 멍하니 바깥을 바라보던 선이 흠칫하며 뒤를 돌아봤다. 경주의 등 뒤로 새벽 5시를 가리킨 시계를 확인한 선이 엷게 웃으며 대답했다.

"잠이 안 와서요."

"그래도 어떻게든 자야지. 그렇게 잠 안 자면 낮에 어떻게 움직이려고 그래?"

머뭇거리는 대답이 떨어지기 무섭게 경주가 절레절레 고개를 내저었다. 뭔가를 고민하는 듯 굳은 얼굴이었다.

"왜요?"

"새벽부터 온 건지, 밤을 새운 건지. 밖에 있더라."

그 순간 그녀의 얼굴도 굳었다. 잠시 그런 그녀를 물끄러미 바라보던 경주가 조금이라도 쉬라며 몸을 돌렸다. 무슨 일인지 궁금한 기색이 역력했지만 경주는 지금껏 그녀를 추궁한 적이 없었다.

"아빠."

"응?"

"어떻게 하는 게 좋을까요?"

경주의 표정에 언뜻 놀라움이 스쳤다. 어떤 고민이 있어도 입을 연적이 없는 그녀가 처음으로 물어 온 말이었다. 그러나 경주는 곧 침착하게 대답을 꺼내 놓았다.

"네가 그 사람을 어떻게 생각하는지가 중요한 거지."

"그걸…… 모르겠어요."

자신 없는 대답에 이어 희미한 미소가 그녀의 입가에 머물렀다.

"이대로라면 뭘 해도 후회할 거 같아서…… 겁나요."

그를 놓아도 놓지 못해도 이어질 후회가.

입 밖으로 내놓는 지금에야 뚜렷하게 닥쳐오는 깨달음이었다. 사실은 갑작스럽게 비어 버린 그의 자리가 허전했었다는 걸. 가장 힘들고 괴로웠던 순간에도 그녀가 떠올린 건 그의 모습이었다. 마음 한구석에선 그가 나타나 또 못된 소리를 내뱉어 주길 기다렸었다.

생각하는 것만으로 발끝까지 저릿한 감각이 밀어닥쳤다. 바닥이 보이지도 않는 시커먼 호수 위에서 외줄타기라도 하는 기분이었다. 애초에 건너질 말았어야 했는데. 지금이라도 돌아서야 하는데…… 이미 그 한가운데에 자리한 채 이러지도 저러지도 못하고 있다.

이대로 균형을 잃는 순간 삼켜지고 말 거다. 흔적도 없이.

"어떡해야 할지 모르겠어요."

그러자 경주가 그녀의 머리를 쓱쓱 쓰다듬으며 말했다.

"뭐든 좋으니 하고 싶은 대로 해. 아빠는 언제나 네 편이니까."

그리고 그 말은 낮에 만났던 영신을 떠올리게 만들었다.

"나랑 사귀어 볼래?"

"네?"

침묵으로 가득했던 차 안에서 불쑥 튀어나온 말이었다. 연이은 놀람이 가실 새도 없이, 운전에 집중하는 것처럼 보이던 영신이 질문을 이었다.

"내가 싫어?"

"무, 무슨 질문을 그렇게……."

"좋아. 싫진 않은 걸로 치고. 나도 너 싫진 않아. 너도 그럴 거야. 연애 감정이라고 하기에는 약하지만 인간적으로는 호감 가는 거. 그래도 시작은 이걸로 충분하지 않을까 싶은데, 우리 부담 없이 만나는 거 어떠냐? 오빠 동생이 되건 애인이 되건 천천히."

적나라하고 정확히 현실을 짚어 주는 조언. 그녀가 바라는 이상적인 관계.

영신은 그것을 모두 줄 수 있다고 했다.

"널 곤란하게 만드는 것도 내가 다 잘라 낼 수 있어."

썩 좋지 않은 상황을 겪었음에도 불구하고 영신은 아무 일도 없었던 것처럼 굴었다. 툴툴대며 심술궂은 것 같아도 영신은 충분히 상대를 배려할 줄 아는 사람이고 무엇 하나 빠지는 거 없이 잘난 사람이기도 했다. 당연히 호감이 갈 수밖에 없는.

열렬하진 않지만, 불편하지도 않다. 격렬하게 사랑을 외치고 뼈가 으스러지도록 껴안으며 입을 맞추는 그림을 그릴 수는 없어도 편안하고 자연스럽게, 나란히 서서 마주 보며 웃을 수 있는 사람이란 건 확실했다.

서로에게 바라는 게 그만큼인 관계니까.

아마, 지금의 자신에겐 더할 나위 없이 좋은 상대일 거다. 민정하를 막을 가장 훌륭한 방패임에도 틀림없었다.

하지만 그녀는 선뜻 대답을 내놓지 못했다. 정답을 알고 있는데도 공부가 부족했던 수험생처럼 답을 써 내리지 못했다. 대체 뭐가 걸리는 걸까.

"그게 정하한테도 좋은 일이야. 그놈은 미친놈이라 어설프게 대응해선 좋을 거 하나도 없거든."

영신은 예리하게 그녀의 머뭇거림을 읽어 냈다.

"아니면 차라리 정하한테도 기회를 주든가. 너도 미련이 남은 거 같은데……."

"아니에요."

선은 단호하게 그건 아니라고 말했다. 절대 그것만은 아니라고.

이것은 확신보다 믿음이었다. 그렇게 믿어야 했다.

때마침 신호에 걸린 차량이 멈춰 섰다. 고개를 돌린 영신이 물끄러미 그녀를 바라봤다.

"그래. 뭐든 좋으니 네가 결정해서 선택해. 난 전적으로 네 편이니까."

한발 물러서는 뉘앙스였지만, 언제나처럼 도움이 필요한지 묻는 말이었다. 선은 애써 미소를 지었다. 밀어붙이지 않는 영신의 태도가 고마운 건 사실이었다.

그러나 그 순간, 영신은 안타까운 표정으로 그녀를 바라봤다.

"그러니까 그렇게 울 것 같은 얼굴은 하지 말라고."

정곡을 찌르는 말과 함께.

동이 트는지 세상은 푸른빛으로 물들어 있었다. 현관 앞에서 잠깐 머뭇거리던 선은 결심한 듯 문을 열었다. 서늘한 바람이 살갗에 닿는다. 그녀의 손에는 간단히 만든 주먹밥과 따뜻한 국이 담긴 보온병이 들려 있었다. 계단을 내려가 대문을 열었다.

조금 떨어진 곳에 세워진 낯익은 세단으로 다가간 그녀는 잠이 든 듯 움직이지 않는 인영을 바라보다 조심스럽게 유리창을 두드렸다. 엷게 선팅이 된 창문이 스르륵 내려오다 멈칫했다. 창문 너머로 놀란 듯 휘둥그렇게 뜬 눈이 그녀를 마주 본다.

"잠 깼어요?"

"선아."

서둘러 문을 연 정하가 바깥으로 나왔다. 얼결에 조금 물러난 그녀는 먼저 손에 든 걸 내밀었다.

"노숙자도 아니고 뭐하는 거예요, 이게?"

조금 초췌해진 모습에 수염이 까칠하게 자라난 얼굴을 보니 이상하게 화가 치민다. 그녀의 시선을 따라 턱을 슬쩍 쓸어보던 그가 힘없이 미소를 짓고는 손을 내밀어 물건을 받아 들었다. 잠시간 어색한 침묵 속에서 선은 작게 한숨을 내쉬었다.

"가지고 가서 식사하시고 앞으론 이런 짓 하지 마세요. 다음엔 거기서 굶어 죽어도 신경 안 쓸 테니까."

"……."

"그럼 가 볼게요."

"신이로 결정한 거냐?"

돌아서려던 선이 멈칫했다. 길게 비쳐 드는 옅은 황금빛 햇살 속에서 유난히 검게 가라앉은 눈동자가 미동도 없이 그녀를 주시했다. 잠시나마 시간이 멈춘 듯 고요한 그의 얼굴을 보며 저 자신의 감정조차 아득하게 빨려드는 것만 같다.

눈이 시린 건 밤새 잠을 이루지 못한 피곤함 탓일까. 아니면 햇살을 받고 선 이 남자 때문일까.

아주 느릿하게 눈을 깜빡인 선이 대답했다.

"제가 지금 무슨 생각 한 줄 알아요?"

"……."

"어떻게 대답을 해야 선배가 날 내버려 둘까."

"……."

"어떻게 말을 해야 내가 진심으로 선배를 더 보고 싶지 않다는 걸 알아줄까."

쓰게 웃음을 머금은 남자를 차마 더 바라보지 못했다.

"그런 고민하면서 선배 미워하고 싶진 않아요."

미워하는 것도 결국은 그를 생각하게 되는 일.

가능하다면 아무 일도 없었다는 것처럼 지우고 싶을 뿐이었다.

그래야 다시, 아무 일도 없었던 것처럼 살 수 있을 테니까.

"그러니까 우리 다신 마주치지 말아요."

좀 더 단호히 말해 준 선이 몸을 돌려 버렸다. 깊게 패인 상처에다 소금을 뿌려 준 기분에 마음이 무거웠지만 이것이 더 나은 길이라 생각하기로 했다.

†

금요일의 약속은 진아의 생일을 축하하기 위한 술자리였다. 널리 인간을 이롭게 사귀는 진아가 다른 친구들과의 약속을 미루며 불금을 그녀에게 헌정해 준 것에 고마운 마음을 가졌던 것도 잠시, 알코올을 원기옥처럼 쌓던 진아는 결국 삶과 인생에 대해 대성토를 시작했다.

"대체- 요즘 애들은 왜 그래? 하지 말라는 거 기어이 저질러서 일이 났으면 제발 자기 부모님은 자기가 좀 설득해 주면 안 돼? 내가 정말 애를 가르치는 건지 부모님을 가르치는 건지, 어흑, 내 팔자. 내가 미쳤지. 내가 왜 선생을 했을까?"

"내 말이. 내가 괜히 선생질 때려치운 줄 알아?"

"이게 어디서 슬쩍 물타기야? 넌 그래도 여고였잖아! 니가 이 망할 비글새끼들을 겪어 봐야 해. 삑 하면 주먹이나 내밀고 장난이나 쳐 대고. 목소리는 걸걸해 가지고 선생님, 선생님 불러 대기나 하고. 능글능글하지, 말은 귓구멍에 들어가는지 마는지 듣는 척도 안 하지. 아주 징글징글해 죽겠어. 그 징그러운 것들이 열일곱 명이나 된다고, 열일곱!"

"그래그래, 이 김에 너도 확 때려치워 버려. 웰컴 투 백조월드! 들어올 땐 니 맘 대로지만 나갈 땐 아니란다."

"이년 보게. 어디 은근슬쩍 나를 비정규직 알바 신세로 끌어내리려고."

시꺼먼 속셈을 들킨 선은 재빨리 황금비율로 말아 놓은 소맥을 내밀었다.

"자자, 받~으~시오~ 내 하나뿐인 친구, 사랑하는 진아의 탄신일을 감축드리오."

"얼씨구?"

"내가 그 망할 비글지옥에서 끌어내 주고 싶다만, 그런 능력까진 없고─ 그런 의미로다가 오늘은 내가 살 테니까 마음껏─ 흐억!"

느닷없이 입안에 쑤셔 넣어진 시큼한 덩어리에 선은 기겁하며 몸서리를 쳤다. 재빨리 뱉어 낸 건 에이드에 꽂혀 있던 레몬 조각이었다.

"이게 어디서 백수 주제에 감히."

"야잇! 한겨울에 귤도 안 까먹는 사람한테 이게 무슨 짓이야! 으으……."

"하여간 신기해. 왜 이렇게 신 걸 못 먹어? 애도 아니고."

"시끄럿! 그리고 나 돈 있어, 왜 이래? 내가 무슨 날 백수인 줄 알아? 이번 달 말에 돈 들어오면 그 300만 원도 갚을 거라고!"

"아, 참. 내가 깜빡하고 말 안 했는데, 그거 돈 받았어."

난데없는 대꾸에 멈칫한 선이 진아를 바라봤다. 농담하는 얼굴은 아니었다.

"받았다고?"

"어, 너의 미친놈한테."

이건 또 무슨 미친 소리.

점차 무거워지는 눈꺼풀을 끔뻑이던 선이 푸르르 몸을 떨었다. 아직도 사라지지 않은 신맛이 입안을 감도는 느낌이다.

"어떻게……."

"어떻게 된 거냐고? 며칠 전에 사지 멀쩡하게 생긴 남자가 교무실까지 찾아와서 떡하니 봉투 하나를 쥐여 주더라. 처음엔 촌지인 줄 알고 식겁했다니까? 이것들이 날 뭐로 보나, 하고 화내려고 했더니 남자가 꽤 괜찮게 생긴 거 있지?"

"그래서 그걸…… 받았어?"

"그럼 어떡해? 이걸 못 건네주면 자기는 오늘 퇴근도 못 하고 시달려야 된다는데. 잘생긴 남자가 고통당하는 걸 내가 또 그냥 보고만 있을 수가 없잖아."

말이 안 되는 이야긴데, 진아에겐 퍽 합당한 이유였다.

허탈한 웃음이 새어 나왔다. 어디서 어떻게든 듣고야 마는 그의 이야기. 다시금 머리로 피부로 고스란히 인식하게 되는 그의 존재감. 동그라미 안에 갇힌 개미처럼 다시 제자리를 빙빙 돌기 시작하는 이야기…….

"하여간 이년은 호강에 겨워서 요강에 똥을 싸요. 잘나가는 사장님에 잘나가는 수의사. 아무나 골라잡아도 되겠구만. 그러고 보니 수의사가 그 사람 맞지? 너 예전에 왕따당하는 현장에서 도와줬다는 선배."

이제는 기억조차 가물거리는 사건이었다. 기억나는 건 눈앞에서 터지던 플래시와 조롱 어린 시선들……. 순간 절로 흠칫한 어깨에 바짝 힘이 들어갔다.

잊자. 잊어야 살 수 있으니까.

그래서 그때는 필사적이었다. 최대한 멍한 머릿속을 유지한 채 미친 듯이 피아노에만 매달렸었다. 그리고…… 콩쿠르를 실패했다. 그 끔찍한 좌절감에서 벗어났을 때는 정말로 아무것도 기억이 나지 않았다. 무슨 일이 있었는지.

'아무것도 기억하지 마. 아무것도. 제발 다 잊어, 제발…….'

무슨 말을 들었었는지.

"어……?"

"아니야? 그 선배?"

"어? 어, 맞아."

뭐지. 이 기억은? 멍하니 대꾸한 선이 술잔을 집어 들었다. 아주 짧은 시간 떠올랐다 사그라진 목소리. 누구인지, 어느 순간이었는지 기억나는 건 없었다.

"양손에 떡을 쥐고 뭘 고민해. 그냥 주는 거 받아. 고맙습니다, 땡큐! 지가 좋다고 주는 걸 왜 말려? 그리고 적당히 놀아 주면서 연애하고 까짓 거 아니다 싶으면 헤어지고. 연애가 다 그렇지 별거 있어? 만난다고 다 결혼하는 것도 아니고. 야, 우리 나이 이제 서른이야, 서른."

"그런가."

현실적으로는 진아의 말이 맞는데, 이렇게 생각은 쉬운데, 실천은 어렵다.

"이상하게…… 그게 안 돼."

연애란 감정 자체의 무거움인지. 아니면 오로지 그와의 관계에서 한

정된 일인지.

무엇을 어떻게 설명해야 할지 암담했다. 이런 적은 처음이라서.

그런 마음을 아는지 모르는지, 진아는 안주로 나온 과일 조각을 깨물며 물었다.

"네 성격으로 봐선 더 고민할 것도 없이 수의사 쪽이지. 그런데 넌 계속 고민하거든? 왜라고 생각해?"

"……."

"내가 보기엔 너, 그 사람 좋아하는 거 같다."

가물가물, 생각이 멀어진다.

잠시 후, 히죽 웃음을 머금은 선이 고개를 갸웃거렸다.

"글쎄……."

모호한 대답만큼이나 저 자신의 감정을 알 수가 없었다. 정하를 생각하면 숨이 막히고 가슴이 답답해진다. 삐걱거리며 엇나가는 톱니바퀴를 보는 기분. 하염없이 꼬인 실타래를 바라보는 느낌.

장난도 장난 같지 않고 진심도 진심 같지 않은 남자. 그 자체로 위화감 덩어리라고 생각했지만, 하지만 그 남자가 내놓은 말은 결과적으로 모두 진심이었다.

사실은 그게 무서웠다.

"확실한 건 내가 감당할 상대는…… 아닌 거 같아."

그래서 그렇게 바라보는 눈앞에서 등을 돌려 버렸다.

다신 찾아오지 말라고 또다시 말을 해 버렸다.

"그런 게 어딨어, 이년아. 해 보지도 않고."

심드렁한 진아의 말에 키득거리며 웃던 선이 길게 숨을 내쉬었다. 아니, 해 보지 않아도 알 수 있어. 이미 다 겪어 본 일이야. 작게 중얼

186

거리는 사이에도 졸음이 쏟아졌다. 잠깐만 눈 좀 붙이고 있자, 하고 생각한 것이 기억의 마지막이었다.

"으엉? 누구세요오? 아하앙- 나 술 마셔써요-"

"응? 전화 왔냐? 뭐래-?"

"여기요? 글쎄요. 모르게썽- 히히……. 아저씨- 아저씨. 전화 받아보래요."

"네?"

잠결에 전화를 받은 선은 누군지도 모를 옆 테이블의 남자에게 휴대폰을 건넸다.

그리고 얼마 후, 두 명의 남자가 나타났다. 먼저 선의 곁으로 다가선 남자가 그녀의 뺨에 손등을 대며 중얼거렸다.

"하아…… 얼마나 마신 거야, 대체."

"어떻게 할까요?"

"여긴 내가 책임질 테니까, 그쪽 분 좀 데리고 있다가 술 깨면 집까지 안전하게 잘 데려다 주세요."

"알겠습니다."

"잘 부탁합니다."

먼저 눈을 뜬 건 진아였다. 나직하게 오가는 대화를 들으며 멍해 있던 진아가 눈을 깜빡였다. 눈앞에서 시커먼 실루엣의 남자가 선을 가볍게 들어 올리고 있었다. 취한 정신으로도 당황한 진아는 감각이 없는 팔을 마구 저어 댔다.

"흐엉? 내 친구- 내 친구 내놔- 이씨, 불곰 같은 놈이 내 친구를-"

"아니에요. 집에 데려다 주는 겁니다."

"잉?"

목소리가 바로 곁에서 들려왔다. 흠칫하며 돌아본 진아가 눈을 휘둥 그렇게 떴다.

"어라? 봉투남?"

나직하게 웃던 운재가 말했다.

"집이 어딥니까?"

따뜻한 물에 잠긴 것처럼 몸이 둥둥 떠 있었다. 누군가의 품속은 아 늑했다. 이상하게 그리운 향기가 풍겨 나는 품 안. 저도 모르게 품에 얼굴을 묻고 비비적거리자 나른한 웃음소리가 들려왔다. 이상하게 익 숙한 웃음소리가.

부스럭거리던 선이 눈을 뜨고 고개를 들었다. 흐릿하게 보이는 턱 선. 그리고…….

"정신 들어?"

아주 익숙한 목소리.

"……선배?"

정하였다.

†

"팬더는 어떻게 울어요?"

"팬더처럼 울지."

"기린은 어떻게 울까요?"

"기린처럼 울겠지."

"하앙? 그럼 악어는요?"

"니가 울려 봐."

"상어는……."

"왜, 내가 울려 줄까?"

심드렁한 남자의 대구에 선은 장난꾸러기처럼 키득거렸다. 벤치에 앉아 맨발을 흔들며 풀린 눈으로 그를 올려다봤다. 그의 손에는 간신히 굽을 끼워 넣은 그녀의 조그만 샌들이 들려 있었다.

의기양양하게 발바닥을 들어 보인 선이 말했다.

"잡아만 와요. 내가 발로 뻥 차 줄 테니까."

"상어 껍질이 어떤 줄 알기나 해?"

"만나 보면 알겠죠."

"그럼 잡으러 가자. 일단 신발부터 신고."

실없는 말에 실없는 대꾸.

무덤덤하던 그의 얼굴에 얼핏 웃음기가 떠올랐다. 조금 더 다가선 정하가 그녀의 앞에 몸을 숙여 앉았다. 제 무릎에 그녀의 발을 올려놓고 조심스럽게 샌들을 신겼다. 그의 손이 닿는 곳에서부터 전해져 오는 온기. 오묘하고 야릇한 떨림이 가슴속에 깊은 파문을 그린다.

뭉근한 온기를 품은 몽글몽글한 감촉의 어떤 감정이.

밤의 거리는 어디론가 오고 가는 사람들로 북적였지만 엷은 장막이 주변을 둘러쳐 버린 것처럼 아무것도 보이지 않았다. 오로지 보이는 건 그의 모습뿐.

이상하지. 왜 이런 기분이 되는 걸까. 술기운 탓일까. 아니면 눈앞의 이 남자가 너무 눈에 띄는 탓일까.

처음부터 뭔가 묻고 싶었는데, 뭘 묻고 싶은지는 알 수가 없었다. 걸을 수 있다며 그의 품을 벗어나 앞장섰다가 보도블록 사이에 굽이 끼고, 결국 발목까지 삐긋했다. 그리고 알지도 못하는 가게의 테라스에 멋대로 앉아 엉뚱한 소리만 늘어놨다. 실없이 웃어 대며.

"……여긴 어떻게 알고 왔어요?"

고개를 숙인 남자가 샌들의 버클을 채웠다. 물끄러미 그 모습을 바라보던 선이 불쑥 물었다. 느릿하게 들어 올린 시선이 그녀에게 닿는다. 날카롭지만 고운 눈매가 가볍게 접혀 있었다. 소리 없이 웃는 남자를 바라보는데 가슴속부터 훅 하고 열기가 올라온다.

"기억 안 나면 됐어."

"선배는 정말…… 이상한 사람이야."

멋대로 나타났다 멋대로 사라지고. 곤란하게 만들었다가 두근거리게 만들고.

아무것도 아닌 사람이라 생각했었다. 지극히 짧았던 인연이 전부였기에 아무것도 남지 않았다고 생각했었다. 그런데 질기게도 이어지고 있다.

그때도. 다시 지금도. 똑같이 설레는 이 마음이.

"네가 어떤 말을 해도 널 떠나지 않을 사람이지."

당연한 듯 내놓는 말에 가슴이 뻐근해 저도 모르게 입술을 깨물었다.

"나 말고는 없잖아. 네가 모든 걸 털어놔도 변하지 않는 존재 같은 거."

거기다 어쩜 저런 소리를 아무렇지도 않게 하나.

"다 됐는데, 계속 올려놓을 거야?"

입술을 삐죽이며 남자를 노려봐 준 선이 조심스럽게 무릎을 접었다. 보도블록에 발끝이 닿자마자 발목에서부터 찌릿한 통증이 밀려온다. 괜히 심술이 났다.

"그날 아침에…… 역 앞에서 만난 거, 우연 아니죠?"

"응."

"그러고 보면 우리 집은 또 어떻게 안 거래? 전단지에 주소 같은 건 없었는데……."

"다 아는 수가 있지."

"스토커."

"좋을 대로 생각해."

"그건 범죄라고요."

"그럼 경찰 부르든가."

대수롭잖은 듯이 대꾸하던 그가 손을 뻗었다. 어느새 모여든 그녀의 미간에 그의 손가락이 슬쩍 닿는다. 이상하게 흠칫해서 목을 움츠린 순간 그의 미소가 더욱 짙어졌다. 그 미소에 가슴속이 아릿하다.

대체 왜 그런 얼굴로 웃는 건데.

뻔히 억지를 부리는 걸 알면서. 내가 준 건 상처뿐인데 어떻게 그렇게 웃을 수 있는 거냐고.

어느 순간 달라진 게 아니었다. 처음부터 그는 철저히 진실만을 이야기하고 있었으니까. 달라진 건 그를 바라보는 제 시선이었다. 그의 말을 받아들이는 자신의 생각이었다.

그 진심을 짓밟아 버린 건 그녀 자신이었다. 악연을 핑계로 그를 제대로 마주한 적이 없었다. 정작 그의 진심을 깨닫고 나서는 부담스럽고 무섭다는 이유로 가차 없이 밀어내고 외면해 버렸다.

하지만 다시 마주친 그는 이유를 묻지 않았다. 어떤 원망의 말도 늘어놓지 않았다.

대체 어떤 마음이 그럴까. 얼마나 지독하고 질긴 마음이 그렇게나 그를 버티게 만드는 걸까.

아무리 걷어차고, 때리고, 가라고 소리 질러도 그는 어느 순간 곁에 다가와 벽을 두드려 댄다. 나 여기 있다고. 나 좀 보라고. 눈길 한 번에 좋아 어쩔 줄 모르고 꼬리 쳐 대는 정에 굶주린 강아지처럼. 그저 좋다는 얼굴로. 반가워 죽겠다는 얼굴로······.

"찡그리지 마. 못생겨지잖아."

못된 말을 내뱉는다.

"그럼 안 보면 되잖아요."

"싫은데."

"못생겼다면서요. 누굴 시각테러범으로 만드나?"

"못생겨도 괜찮아."

"······."

"최선이면 돼."

정말 어떡해야 할까.

장난처럼 툭 하니 뱉어 버리는 그의 말이.

"······뻥치시네."

"난 거짓말 같은 거 안 해."

처음부터 끝까지, 단 한 번도 숨기지 않았던 그의 진심이.

저 눈빛 속에 가득했던 그의 감정이.

"평생 지켜보래도 볼 수 있어."

그 먼 길을 돌아 이제야 닿는다.

가슴속부터 자리한 뜨거운 덩어리가 커져만 갔다. 묵직한 통증에 한숨을 내뱉은 선이 작게 중얼거렸다.

"……진짜 미치겠어."

스멀스멀 차오르는 그의 존재가 어느 순간, 얼마나 커져 있는지 알 수 없어서.

"어떻게 해야 할지 모르겠다고요."

이 모든 게 또 그의 장난이라면 이제 어떡해야 할까.

믿었는데 버림받으면 어떡할까. 좋아하는데 사라지면 어떡하나……

하지만 한 가지는 확실하게 깨닫고 있었다. 이미 그를 처음 봤을 때, 이 감정의 씨앗을 가슴에 품기 시작했었다는 걸.

요란하지 않지만 누구보다 시선을 끌던 기묘한 분위기의 소년이었다. 묘하게 차분히 가라앉아 있던 눈동자와 어울리지 않게 장난스러운 말을 내뱉던 입술. 누구보다 밝은 곳에 자리하면서도 누구보다 어두웠던 그의 음색. 차라리 어둠일지언정 누구에게도 흔들리지 않고, 능숙하게 가면을 쓰고 타인을 휘두르는 모습에 가슴이 뛰었었다. 그러면서도 뻔뻔하게 제 앞에서만 본색을 드러냈던 그가, 무엇이든 아무렇지 않게 짓밟아 버릴 것 같은 그 무심함이 제 앞에서만 부서진다는 사실이 빌어먹게도 매력적이었다.

알고 있다. 이런 남자가 세상에서 제일 나쁘다는 사실도.

그런데도 정작 그의 앞에선 눌러놓은 욕심을 슬쩍 풀어놓는다. 못하겠으면 멈춰야 하는데, 여기서라도 돌아서야 하는데 상황을 핑계로 어물쩍 눈을 돌리고 그가 좀 더 다가서길 기다리고 있다.

괜찮을까. 정말 이렇게 모른 척 눈을 감고 휩쓸려도 되는 걸까.

하지만 어쩔 수 없지 않은가. 이게 다 이 남자 때문이니까. 나는 전혀 그러고 싶지 않았다고. 이렇게 눈앞에 있는 상대에게 책임을 전가하며 나도 피해자라 우겨 댈 수 있을 만큼만 한 발짝 물러나서.

"어떻게 좀 해 봐요. 선배가 이렇게 만들었잖아."

나는 더 상처 입고 싶지 않다고. 그러니 네가 모든 걸 감수하라고. 그렇게 비겁한 생각을 품고서.

그런데 왜 하필 그에게만 이런 감정이 생기는 걸가.

왜 하필. 왜 굳이. 다른 사람도 아닌 이 사람에게만.

"네 마음대로 해."

하지만 대답은 고민하고 주저하는 게 허탈할 만큼 간단하기 짝이 없었다.

"나라면 괜찮다고 말하는 거야. 네가 무슨 짓을 해도. 뭐든 좋을 대로 해. 원하는 대로 실컷 휘둘러. 쥐고 흔들어 망가뜨려 봐."

미묘하게 일그러진 그녀의 얼굴을 바라보며 말을 잇던 정하가 문득 짓궂은 얼굴을 했다.

"아니면…… 그냥 가만히 있어. 다 내가 해 줄게."

어처구니없게도 그 순간 머릿속엔 떠오른 건 묘한 멜로디였다. 구성지게 꺾어지는 남자의 목소리가 경쾌한 반주를 타고 흘러나온다.

너는 그냥 가만히 있어, 다 내가 해 줄게―

선은 가만히 눈썹을 찡그리며 물었다.

"그거 표절인데요?"

"글쎄. 난 몰라."

외국 생활을 오래했잖아. 진짜라니까. 표정 하나 변하지 않고 늘어놓는 말.

"푸흡-"

미치겠다. 미친놈을 상대로 무슨 짓일까.

황당하기 짝이 없는데 달려가는 마음을 막을 수가 없다. 기어이 목젖을 뒤집으며 눈물이 찔끔 새어 나오도록 웃어 버렸다. 그렇게 한참을 웃고 시큰해진 눈가를 문지르던 선이 말했다.

이제 어쩔 수 없다고.

"싫어요, 그런 거. 이제 내가 선택하고 내가 결정할 거예요."

이제 남이 깔아 놓은 인생, 남이 선택해 준 인생 따윈 살고 싶지 않으니까.

해 볼까.

미친 척, 술기운에 던져 보는 말.

"선배, 내 애인 할래요?"

지금이 아니면 못 하는 말.

불쑥 던진 선은 놀라움으로 가득한 눈을 보며 키득거렸다.

"잠깐, 못 들었는데. 다시……."

"그래요? 그럼 할 수 없죠."

부러 샐쭉하게 입술을 삐죽이며 고개를 돌린 순간 한쪽 팔이 당겨지고 훌쩍 가까워진 그의 얼굴이 보였다. 어느새 뺨에 닿은 그의 손바닥. 묘하게 심술궂은 미소. 코앞까지 당도한 입술이 천천히 열린다.

"기회 줄 때 말하는 게 좋을걸?"

"그러-"

그러나 뭔가 말을 이을 새도 없이 입술이 닿았다.

휘둥그레 뜬 눈을 감을 새도 없이.

"늦었어."

나직한 한 마디를 마지막으로 포개졌던 입술이 움직이며 서로의 틈새로 맞물렸다. 가슴이 터질 것처럼 뛰어 댄다. 저도 모르게 눈을 감고 밀어낼 듯 그의 가슴팍에 손을 얹자 그가 좀 더 몸을 기울였다. 아랫입술을 깨물리고 뒤로 넘어가려는 몸을 가누며 아, 하고 억눌린 비명을 지른 순간 단단히 당겨 안은 그가 자연스럽게 벌어진 잇새로 혀를 밀어 넣는다.

모든 게 너무나 빨라 따라잡을 수가 없다. 얼굴로 쏟아지는 숨결에 머릿속이 아찔해졌다.

뭐야. 지금 무슨 일이 있었던 거야.

귓가를 스치는 숨소리. 코끝에 닿는 그의 향기. 짧고도 깊은 입맞춤이 끝나고 멀리 날아갔던 정신이 돌아왔어도 여전히 그의 품 안이었다. 미친 듯이 뛰어 대는 심장을 도저히 감당할 수가 없다.

가쁜 숨이 새어 나오는 그녀의 입술을 가만히 매만지던 정하가 나직이 속삭였다.

"술 냄새."

"무, 뭐하는…… 여긴 밖……!"

"그래서 싫어?"

그걸 말이라고 하나?

눈썹을 치켜 올리는 그녀의 앞에서 그가 느른하게 입술을 늘려 웃는다. 저 뻔뻔함에 뭐라 할 새도 없이 어디선가 야유 소리가 들려왔다. 선은 황급히 몸을 움츠렸다. 보는 눈이 이토록 많은 길 한복판에서 이런 짓을 하다니.

그러나 마주 보는 남자의 얼굴에 머문 환희를 읽어 내는 지금은 왠지 아무래도 좋은 기분이었다.

"넌 몰라. 내가 이 순간을 얼마나 기다렸는지."

입술을 쓸던 손길이 그녀의 눈가로, 뺨으로 천천히 옮겨 갔다. 벅찬 감정을 품은 눈동자가 천천히 그 뒤를 따랐다. 가볍게 그녀의 이마에 입을 맞춘 정하가 은근하게 물었다.

"또 얼마나 기다릴까? 20년? 30년? 아니면 평생?"

"무슨 그런……."

그러나 그 말 역시 진심이라는 걸 안다. 기막힌 소리를 잘도 늘어놓던 입술이 그녀의 입가를 스친 순간 선은 움찔하며 그의 옷자락을 붙들었다. 코끝에 닿은 그의 얼굴이 차갑다. 그가 웃는다.

"그러니까 말하라고. 빨리."

정말 끔찍하리만큼 집요한 남자.

"네가 솔직해도 되는 사람은 세상에 나뿐이니까."

괴롭히고 기다리고 매달리고…….

결국은 흔들어 버렸다.

한껏 치달았던 감정이 마침내 쏟아졌다. 누가 먼저랄 것도 없이 입술이 마주 닿았다. 눈을 감은 선이 양팔로 그의 목을 휘감는 동안 정하는 그녀의 허리를 힘껏 당겨 안았다. 숨소리가 얽히고 한껏 밀착된 몸으로 서로의 박동이 어지럽게 섞인다. 하염없이 그를 안고, 안기며.

그렇게 이 순간만큼은 아무 제약도 없이 단 한 사람만 생각하고 싶었다.

"선배."

비어 있던 마음이 온통 그의 모습으로 채워질 때까지.

긴 입맞춤이 끝나고 그의 얼굴을 매만지며 미소 짓던 선이 작게 중얼거렸다.

"내 거 해요, 선배."

선선한 바람. 눈앞에 마주한 그의 미소 속에서 여름의 냄새를 맡았다.

어느덧 다음 계절이 무르익고 있었다.

†

"그럼 뒷정리 잘하고. 먼저 간다."

"네, 들어가세요. 원장님."

"고생하셨어요, 원장님. 운전 조심하세요."

간호사들의 인사를 받으며 출입구로 향하던 영신은 이미 어두워진 바깥을 보며 한숨을 내쉬었다.

퇴근 시간이 지났을 때 갑작스럽게 찾아온 환자는 사고를 당한 강아지였다. 목줄도 없이 산책을 나갔다는 개 주인에게 일갈해 주고 다 죽어 가는 놈의 명줄을 간신히 붙여 놓았더니 밤 12시가 다 되어 가는 시간이었다.

"내가 무슨 부귀영화를 누리자고 이러고 있나."

하지만 마취가 풀린 강아지는 온몸에 붕대를 감고서 저 살았다며 꼬리를 쳐 댔다. 그 모습을 떠올리는 영신의 입가에 미소가 떠올랐다.

꽤 위험한 상황이었기에 솔직히 반쯤은 가망이 없을 거라 생각했었다. 그런데 녀석은 용케도 돌아왔다. 조금만 퇴근이 빨랐더라면 중요한 시기를 놓쳤을 거고 녀석은 다시 주인 곁으로 돌아가지 못했을 거다.

운이 좋았지.

이 뿌듯한 순간이 있기에 지금의 일을 하는 건지도 모른다.

−우우웅.

그러나 그 기분도 잠시, 온몸을 떨어 대는 휴대폰을 든 영신이 눈살을 찌푸렸다.

민정하.

어째 불길한 느낌이 든다.

"뭔데?"

[나 이제 선이 거다.]

−뚝.

뭔 개소리야.

영신은 황당한 얼굴로 휴대폰 액정을 바라봤다.

그 한마디로도 모든 상황을 파악하는 자신이 밉다.

"결국 그렇게 된 거냐? ……잘됐네."

어쩐지 운수가 좋더라니.

이런 날이 올 걸 이미 예상하고 있었지만, 섭섭하지 않다면 거짓말이다. 이상하게 심사가 배배 꼬이는 건 저만 빼고 주변이 다 연애 중인 탓일까.

"아, 준영이가 남았지?"

별로 위로는 되지 않는다.

눈살을 찌푸리던 영신이 휴대폰을 집어넣었다.

"그냥 넘어가면 재미없는데……."

원래 사촌이 땅을 사면 배가 아픈 법.

"어떻게 골려 주나. 이 얄미운 놈을."

키득거리며 걸음을 떼는 그의 눈이 묘하게 빛났다.

†

휴대폰을 바라보는 남자의 입가에 만족스러운 미소가 떠올랐다.

"내가 당한 건 꼭 갚는 성격이라서."

누구보다 가까운 사람들이면서 누구보다 위협적이었던 두 사람. 그 사이에서 제 것을 지켜 냈다는 뿌듯함이 그의 눈가에 깃들었다. 정하는 크게 숨을 들이마셨다. 익숙한 차 안. 익숙한 냄새 속에 섞인 낯선 향기. 그래서 생각했다.

꿈은 아니구나.

고개를 돌리자 조수석에 앉은 여자의 모습이 눈에 들어온다. 잠시 전만 해도 품 안에 안겨 있던 향기의 근원은 차에 오르자 금세 잠이 들어 버렸다. 그녀의 집 근처에 도착했지만 차마 깨울 수가 없어 운재와 영신에게 전화를 걸며 조금 더 시간을 지체하는 동안에도 그녀는 일어나지 않았다.

멍하니 그 모습을 바라보던 정하가 문득 실소를 흘렸다. 깨울 수가 없는 건지, 깨우기가 싫은 건지 솔직히 모르겠다.

게다가 아무리 술기운이라도 그렇지, 저 좋다는 남자를 옆에 두고 잠이 오냔 말이다.

"내가 지금 너 어떻게 하고 싶은지 알기나 해?"

얼마나 하고 싶은 게 많은데. 이런 짓이라든가, 저런 짓이라든가.

키득거리며 고개를 젓는 그의 머릿속에 그 달콤하고 꿈같았던 순간이 맴돈다. 입술에 닿았던 폭신한 감촉. 품 안에 가득했던 여린 박동. 귓가에 들려오던 가쁜 숨소리. 그 사이에도 알싸하게 풍겨 오던 알코올의 향기. 느릿하게 재생되는 기억만으로도 불덩어리를 삼킨 것처럼 목이 타든다. 당장에라도 격렬하게 입을 맞추며 긴 밤을 함께 보내고 싶은 생각이 가득했지만, 아직 때가 아니란 것쯤은 알고 있다.

"……그래도 너무 오래 참았다고."

자는 얼굴을 흘깃거리며 내뱉고 싱겁게 웃어 버렸다. 평온하기만 한 그녀의 얼굴을 보며 이런 생각을 하고 있자니 우습기도 하고 처량하기도 해 절로 웃음이 난다. 하지만 지금의 이런 상황이 싫지만은 않았다. 그녀가 제 옆에서 이토록 편안한 얼굴로 잠이 들 수 있다는 게 새삼 기쁘다는 생각도 들 만큼.

그녀는 단 한 번도 하고 싶은 대로 살아 본 적이 없는 아이였으니까.

오로지 하나. 그 하나의 길을 위해 많은 것을 포기해야 했던 아이.

그러나 끝내 추락하고 말았던 비운의 천재…….

그녀의 추락 소식을 접한 건 쾰른 대학교 3학년에 재학 중이던 때였다. 하노버 국립 음악대학의 교환교수로 재직하게 된 유 교수와 유럽권에서 활동하는 음악인들의 모임 자리에 초대를 받았었다. 설레는 마음으로 나선 자리에는 당연히 따라왔어야 할 그녀가 보이지 않았고, 유 교수는 그녀를 언급조차 하지 않았다. 그 의문은 유 교수의 비서를 통해 금세 풀렸다.

'피아노 앞에 앉아 있다가 벌떡 일어나더니 그대로 도망치더라고요. 그러다 나무토막처럼 그냥 픽 자빠졌죠. 아주 난리가 났었어요.'

어떤 모습인지 지금의 그는 알고 있다. 레스토랑에서도 그녀는 두어 걸음도 채 떼지 못하고 휘청했었으니까. 낚아채다시피 받아 낸 순간, 금방이라도 끊어질 듯 가슴팍에 쏟아지던 여린 호흡, 백지장처럼 하얀

게 바랜 얼굴을 보며 얼마나 가슴을 졸였는지 모른다.

'그다음에는 콩쿠르고 연주회고 통 소식이 없어서 그런가 보다 했죠. 뭐, 그때 이미 짐작은 했지만, 사실상 연주자로는 끝장난 거라 봐야겠죠.'

'그럼 치료는…….'

다급히 묻는 그의 앞에서 곤란한 질문이라도 들은 듯 난처한 표정을 짓던 비서는 잠시 후, 조심스러운 말투로 설명을 시작했다.

'같은 학교 출신이었다고 하셨으니 설명 안 해도 아실 겁니다만, 유 교수님께서는 그동안 아무 대가도 없이 모든 지원을 아낌없이 퍼부으셨어요. 그런 만큼 실망도 크셨고요. 언제 재기할 수 있을지 장담할 수 없는 상황에서 더 지켜보는 건 많이 괴로우셨을 겁니다.'

하지만 유 교수의 사람됨을 잘 아는 그로서는 그 말을 곧이곧대로 들을 수가 없었다.

그러니까…….

선은 버림받은 것이었다.

그 자리를 어떻게 빠져나왔는지조차 기억나지 않았다. 이런 상황에도 고국으로는 돌아갈 수 없는 자신의 처지를 증오하며 미친 듯이 그녀의 흔적을 찾아 헤맸었다. 그러나 거짓말처럼 그녀의 정보는 찾을 수가 없었다. 그것이 의미하는 건 하나뿐이었다.

아이는 피아노를 놓은 거다. 다신 그 소리를 들을 수 없는 거다.

그럼 아이는. 그녀는. 텅 비어 버린 아이의 인생은. 지금. 그 아이의 곁에는 대체 누가…….

세상이 무너지는 충격이었다. 며칠이 어떻게 흘러가는지조차 몰랐다. 그리고 어느 날, 문득 깨달은 현실에 가슴이 미어졌다.

지금 너는 뭘 하고 있을까.

한참 후에야 알아낸 소식은 그녀가 한 음대에 진학했다는 것과 여전히 그 집에 살고 있다는 것이었다.

아직 아이는 피아노를 포기하지 않았다. 확인조차 할 수 없었지만, 그때는 그것으로도 충분했다.

그 아이가 피아노를 놓지만 않았다면.

어떻게든 피아노만 붙들고 있어 준다면.

"넌 모를 거야."

잠이 든 선을 향해 몸을 기울인 그가 속삭였다. 그의 손끝이 그녀의 귓가를 스치고 목덜미에 내려앉았다. 조금 더 가까워진 얼굴을 바라보다 가녀린 어깨에 이마를 대 본다. 단단한 것 같으면서도 부드러운 그녀의 몸에서 기분 좋은 온기가 느껴졌다. 그의 입가에 미소가 떠올랐다.

그 한 줄기 희망만을 가지고 여기까지 달려온 내게,

네가 어떤 의미인지.

어딘가에 네가 있으리란 생각만으로 '오늘'을 살아온 내게,

너란 존재는 어떤 파괴력을 가지고 있는지.

조심스럽게 그녀의 어깨를 당겨 안았다. 다시금 품 안에 느껴지는 온기가 새삼스레 그의 심장을 뛰게 한다. 진득해진 감정에 새삼 자신이 살아 있음을 깨닫는다. 이토록 진하게 닥쳐오는 삶의 느낌이 그는 불편했다.

하지만, 행복하다. 행복해서 미칠 것만 같았다.

"그러니까 내 곁에만 있어."

이런 감정을 준 너를. 우리가 행복했던 그 순간을 이젠 네게 돌려줄

테니까.

옅게 떠오르는 미소 속에서 그의 눈빛이 짙게 가라앉았다.

"이제부터 한눈팔면……."

죽일지도 몰라.

뒷말을 숨긴 채 그녀의 뺨에 입술을 댔다. 농담이라도 뱉은 듯 가늘어진 그의 눈가에 부드러운 웃음기가 맺혔다.

✝

잠이 깼을 때는 따뜻한 물에 잠겨 있다 혹 건져 올려진 느낌이었다. 선은 뻑뻑한 눈을 깜빡이며 뭔가를 '보려고' 애썼다. 이게 현실인지 꿈인지. 아니, 꿈인 것 같기도 한 게…… 온몸이 물먹은 솜처럼 무겁다.

……무겁다?

한 번 더 끌어 올려지는 느낌에 정신은 말끔하게 잠에서 깨어났다. 하지만 억지로 뜬 눈이 아프기 시작했다. 황급히 눈을 비벼 보려는데 몸이 움직이질 않았다.

설마, 이게 말로만 듣던 가위란 건가?

그럼 눈앞에 이 얼굴은…….

이 쓸데없이 햇살을 받아 찬란하게 빛나는 피부와 창조신의 애정을 지나치게 받아 놓은 듯한 이목구비의 소유자는…… 귀신이라는 거지?

'아, 그래. 설득력 있어.'

스스로 감탄하며 안도하던 선은 1초도 되지 않아 입안으로 신음을 삼켰다.

귀신은 개뿔! 이 훤한 대낮에 귀신은 뭔 놈의 귀신이야!

'엄마 나 어떡해─'

사고 쳤나 봐!

비명을 지를 뻔한 걸 간신히 집어삼킨 선은 재빨리 입술을 깨물며 어느덧 감각이 돌아오기 시작한 몸을 조심스럽게 움직였다. 그의 팔을 베고 있던 머리에 힘을 줘 무게를 덜고 잔뜩 움츠렸던 팔로 살그머니 그의 몸을 밀어냈다. 손끝에 닿는 남자의 몸이 단단해서 저도 모르게 숨이 거칠어진다.

황급히 숨을 참으며 몸을 가로지른 남자의 팔을 들어 올렸다. 일단, 어떻게든 이 자리를 빠져나가는 게 급선무였다.

그런데.

"으음……."

"힉!"

갑작스럽게 몸을 뒤척이던 정하가 그녀의 몸을 훌쩍 당겨 안았다. 그의 가슴팍에 코를 박은 선이 기겁하며 움츠리는 사이 정하는 착실하게 다리까지 올려 그녀를 옭아맸다. 어느새 허리를 누르고 있는 그의 허벅다리와…… 이 남자의, 이 겉모습만 멀끔한 남자의, 그 민정하의 뭔가가 그녀의 배에…….

"으, 으악! 선배, 잠깐…… 잠깐만! 으아! 엄맛!"

닿는다고!

결국 터져 나온 비명이 햇살로 가득한 방 안을 쩌렁쩌렁 울렸다. 필사적으로 온몸을 버둥거리는 그녀의 머리맡에서 나직한 웃음소리가 이어졌다. 그제야 선은 멈칫하며 눈을 치켜떴다.

뭐야, 이 사람.

"……잘 잤어?"

깨어 있었어?

"선……배?"

"응."

눈이 마주친 남자가 싱긋 웃더니 그녀를 꼭 껴안았다. 그리고 비비적비비적. 머리 위로 느껴지는 압박감에 이 남자가 지금 뭘 하나, 생각하다 헛웃음을 터뜨렸다.

뭔데? 응? 응이 끝이야?

이런 낮에 들어온 적은 처음이지만, 이 방의 풍경은 지독하게 익숙했다. 이곳은 정하의 집이고, 정하의 방. 정하의 침대…….

이 망할 남자! 술에 취한 여자를 데리고 와서 무슨 파렴치한 짓을……!

"아무 일 없었어. 걱정 마."

이어지는 생각을 자른 건 정하의 말이었다. 그제야 선은 눈앞에 보이는 몸이 착실하게 셔츠와 바지를 껴입고 있다는 걸 깨달으며 안심했다.

그래도 외박은 외박이지 말입니다!

금세 깨달은 현실에 깜깜해진 눈앞에서 동방지국천왕이 빙의한 나 여사의 얼굴이 떠오르고 그녀의 두툼한 손바닥이 제 등짝에 강 스매싱으로 꽂히는 상상에 이어 두 언니의 일본순사 빙의한 눈초리가 떠오르니 이젠 세상만사가 다 원망스럽기 시작했다.

"아, 어떡해! 왜, 왜왜, 왜 하필 여기서…… 우, 우리 집도 알면서……!"

눈물이 핑 돌려는 순간, 그녀의 뺨에 손바닥이 닿았다. 저도 모르게 움찔하며 몸을 웅크리자 그녀의 머리맡에서 남자의 나직한 웃음소리가 들려왔다.

"다 큰 딸이 술 취해서 들어가면 부모님이 걱정하시잖아."

안 들어가면 더 걱정하지, 이 미친놈아!

절로 치켜 올린 시선이 정하의 얼굴로 향했다. 그런 소리를 내뱉어 놓고도 뻔뻔하기 짝이 없는 얼굴을 보고 있자니 부끄럽다거나, 묘하게 긴장된다거나 하는 생각 따윈 싹 사라……지지도 않는다.

아, 정말 술이 웬수지.

그제야 어젯밤 자신이 저질러 놓은 일들이 눈앞을 아른거렸다.

아이처럼 해맑게 웃던 얼굴. 기쁨으로 가득했던 눈빛. 어느 순간 가까워졌던 입술.

어떤 충동이 어떻게 닥쳐왔는지조차 애매했다.

'내 거 해요, 선배.'

기억나는 건 설명할 수 없는 감정에 휩쓸려 엄청난 소리를 내뱉었고, 그의 말랑말랑하고 부드러운 입술에 다시 한 번 제 입술을 댄 순간부터는 뭔가가 터져 나간 듯 자신을 주체할 수가 없었던 것뿐.

탄탄한 그의 팔이 허리를 당겨 안은 순간 터질 듯 숨이 차올랐다거나, 열어 달라 재촉하는 그의 요구에 밀려 서서히 벌어진 잇새로 파고드는 그의 혀가 뜨거웠다거나, 입맞춤 사이사이로 선아, 선아, 부르던 목소리가 지나치게 섹시했다거나…….

'뭘 이렇게 자세하게 기억하냐고!'

하나하나 선명히 떠오르는 기억에 선은 깊이 좌절했다. 제기랄. 필름이 끊어질 거면 깔끔하게 확 좀 끊어져 버리든가!

"아, 알았으니까 이제 좀⋯⋯."

선은 울상을 지으며 몸을 꿈지럭거렸다. 여전히 제 허리를 누르는 그의 다리와 제 무거운 머리를 받치고 있을 그의 팔이 신경 쓰여 견딜 수가 없었다. 그러나 정하는 아무렇지 않게 그녀의 목덜미를 풀썩 당겨 안으며 물었다.

"응? 뭘?"

"이거요! 이거! 그, 그만 좀 놓으란 말이에요―!"

"사귀는 사이인데 뭐 어때?"

"아니, 그, 그래도 그렇지⋯⋯ 전 어제 정신도 없었고⋯⋯!"

"그러니까 사귀는 건 인정한다 이거지?"

또 어째 그렇게 되는 거냐고! 그 와중에도 알뜰하게 실속을 챙기는 정하의 태도에 뒤통수를 맞은 얼굴을 하던 선이 양손으로 얼굴을 가렸다.

미치겠다.

'내가 이 사람을 감당한다고?'

생각만으로 뒷골이 띵하다. 가능하다면 무르고 싶어졌다. 진심으로.

하지만 어떡해.

"미안, 그만 놀릴게."

어느새 진지해진 말투로 사과하는 목소리가 이상하게 애처로워서.

"이제 안 그럴게. 너무 귀여워서 그랬어."

손등에 닿는 입맞춤은 왜 이렇게 부드러운데.

"얼굴 좀 보여 줘. 응?"

그녀의 손을 잡아 내리고 눈물이 글썽해진 눈가를 매만지는 손길은 또 왜 이렇게 다정한 건데.

"코 빨개졌네."

"뭐야, 진짜……. 이게 뭐 하는 짓이에요, 대체."

칭얼거리며 그의 가슴팍을 툭툭 때리자 작게 웃음을 터뜨린 정하는 가만히 그녀의 머리를 당겨 그 이마에 입을 맞췄다. 아니, 입술을 댄 채 나직하게 한숨을 내쉬었다. 피부 속 깊숙이 스며드는 듯한 숨결. 아까와는 확연히 다른 묵직한 감정이 그녀의 가슴속에 조용히 파동을 그린다.

눈을 질끈 감아 버린 선이 나직하게 한숨을 흘렸다. 이렇게 그의 말 한마디, 태도 하나에도 걷잡을 수 없이 흔들리는 제 모습이 낯설다. 무섭다.

그리고 그 모습 그대로 꼼짝 않던 정하는 한참 만에야 작게 중얼거렸다.

"걱정돼서."

"……뭐가요?"

"이대로 집에 보냈다간 안 올 거 같았어."

"저 그렇게 신용 없고 뻔뻔하고 몰상식한 사람 아니거든요?"

물론, 지금의 이 상황에 당황한 건 사실이고 방금 전 무르고 싶다며 후회를 한 것도 사실이지만, 제 입으로 뱉은 말에 책임을 회피할 만큼 막 나가는 인간은 아니었다. 아무리 술김이라도 말이다.

고개를 뒤로 젖힌 선이 물끄러미 그의 얼굴을 바라봤다.

왜 이 남자는 한 번씩 이런 얼굴을 하는 걸까.

"전 적어도 제가 한 말에 책임은 진다고요. 왜 그런 쓸데없는 걱정을……."

"또 잊어버릴까 봐."

…… '또' 라니?

"확인시키고 보내려고."

거기다…… 확인?

연이은 묘한 대구에 의아한 것도 잠시, 훌쩍 당겨진 몸이 공중에 붕 떠오르고 저도 모르게 비명을 내질렀다. 이어 제 몸 아래에서 느껴지는 남자의 탄탄한 몸.

당황한 선이 퍼덕퍼덕, 팔다리를 휘저으며 버둥거리자 목덜미를 누르며 얌전히 있어, 하던 남자가 그대로 그녀의 겨드랑이를 붙잡아 올렸다.

여지없이 그의 배에 앉은 꼴.

이번엔 그의 얼굴이 한눈에 들어왔다.

"지, 지금 뭐 하는……."

속절없이 떨려 대는 목소리가 여과 없이 튀어나온 순간,

"이젠 못 잊게 할 거야."

태연히 이어지는 말.

묘하게 짓궂은 미소에 의문을 가질 새도 없이.

"복습하자. 어제 했던 거."

날벼락이 떨어졌다.

8.
공개 연애

"왜 벌써 왔어? 좀 더 쉬다 오지 않고."

나 여사의 심드렁한 물음에 선은 도리어 당황한 얼굴로 눈만 깜빡였다. 외박을 하고 돌아왔는데 이 반응은 뭐지? 뭔가 이상한데, 싶은 찰나 눈썹을 끌어 모은 나 여사의 말이 이어졌다.

"너 요즘 문제 있어. 다 큰 계집애가 꽐라가 돼 가지고 밖에서 쓰러져 잔다는 게 말이나 되는 소리야? 내가 진아 전화 받고선 아주 창피해서 정말……. 그거 얼음이라도 대고 있어. 누가 보면 오해할라. 그놈의 모기는 왜 또 입술을 물고 난리라니?"

대체 무슨 약을 쳐 놓은 거야!

이어진 말에 기겁하며 입을 가린 사이 나 여사는 혀를 끌끌 차더니 돌아섰다. 그리고 그 약의 정체는 방에 들어서자마자 꺼낸 휴대폰에서 찾아냈다.

−뜨거운 밤 보냈니? 유후♡

유후, 는 무슨 얼어 죽을 놈의 유후!

211

발끈하며 통화 버튼을 누르자마자 진아는 기다렸다는 듯이 전화를 받았다.

[오, 일찍 깼네? 너 무리했을 텐데?]

"무리라니! 우리 아무것도 안 했어! 아무것도! 그냥 같이 잠만⋯⋯!"

[뭐래? 너 어제 좀 무리해서 술 마신 거 걱정해 주는 거구만.]

"⋯⋯."

[그래서 너의 미친놈이랑 같이 잔 건 맞다고?]

내 귀에 음란마귀가 꼈나.

그냥 잔 걸 잤다고 말하는 게 이렇게나 어려운 일이었어? 멍하니 할 말을 잃은 사이 수화기 너머로 낄낄거리며 웃음소리가 이어졌다.

[모기 드립은 어때? 효과 괜찮지? 고맙게 생각해라.]

⋯⋯이년이?

한동안 애정 어린 갈굼과 가벼운 욕설이 오갔다. 진아는 웃다 숨이 넘어가기 직전이었다. 벌게진 얼굴로 씩씩거린 것도 잠시, 다시금 수다 모드로 돌아간 진아는 블라블라 어젯밤의 이야기를 늘어놓기 시작했다.

[야, 말도 마. 불쑥 나타나서 널 번쩍 안고 가는데 나도 반할 뻔했다니까. 제길, 누가 나도 그렇게 납치해 가면 얼마나 좋을까. 그런 남자면 그냥 나 따라다니면서 괴롭혀도 행복하겠구만.]

"무슨 말도 안 되는 소리야?"

[농담 아니고 진지하게 멋지더라니까. 거기다 나한테 전화해서는 너희 집에 전화 좀 넣어 달라고 할 땐 나도 모르게 그냥 심장이- 아, 이 부러운 것. 배 아프니까 말 그만할란다. 그보다 그 봉투남 말이야. 밤에 보니까 왜 이렇게 설레냐? 너의 미친놈보다는 못해도 난 솔직히 너

무 잘생긴 남자보다 그렇게 반듯하고 남자다운 외모가 좋단 말이지. 그 매너하며 말투하며…… 야, 그런데 그 남자 애인 있겠지? 흑…… 완전 내 취향인데. 꼭 그런 남자는 애인 있거나 게이라서…….]

한참 동안 이어진 한탄 후엔 그 남자 좀 어떻게 할 수 없을까? 라는 진지한 질문이 이어졌다. 안 될 거야, 아마. 쿨하게 대답해 주고 전화를 끊은 선이 피식 웃음을 터뜨렸다.

잘생긴 놈은 관상용이다, 를 외치면서도 제 남자 친구가 될 사람의 외모에는 은근 까다로운 진아가 이렇게나 찬양하는 존재라……. 정하와 함께 움직이는 사람이라면 아주 가까운 사이 같은데 친구를 위해서라도 알아봐 줄까?

그렇게 괜한 핑계 거리를 떠올리며 휴대폰을 만지작거리다 흠칫했다.

"아 참, 오늘 바쁘다고 했지?"

그것보다 왜 별것도 아닌 걸 물어보고 싶어지는 건데. 그런 건 나중에 물어봐도 되는 거지 지금 당장 급한 일도 아니라고.

절레절레 고개를 저으며 거울 앞에 섰다. 아직도 부기가 남은 입술을 확인하려니 절로 얼굴이 벌게진다.

"모기는 무슨…… 엄청 티 나네. 그러게 왜 이렇게 집요하게 남의 입술을……."

작게 투덜거리던 선이 입을 다물었다.

미치겠다. 또 생각나잖아.

'복습하자, 어제 했던 거.'

서른 평생, 복습이라는 저 학구열 풍부한 단어에 얼굴을 붉히는 날이 올 줄은 꿈에도 몰랐다. 그것도 남자를 깔고 앉은 채로.

'저, 저기 선배. 그, 그러니까 무슨 복습을……'

'선배 내 애인 할래요, 부터.'

다 들었잖아!

'못 들었다면서요!'

그러나 항변은 그것으로 끝이었다. 그의 입가에 미소가 떠오르는 걸 본 것 같은데 어느 순간 비스듬히 몸을 일으킨 그가 입술을 부딪쳐 왔다. 인사라도 하듯, 가볍게 입술을 맞물고 툭 내뱉는다.

'응. 못 들었어.'

이 사기꾼아!

나른한 웃음소리가 그녀의 목덜미에 내려앉았다. 그 이후로 이리 뒹굴, 저리 뒹굴, 공놀이를 하는 팬더마냥 굴려 대는 그의 손길을 따라 너른 침대 위를 함께 굴러다녔다는 사실 따윈 절대 기억하고 싶지 않았다.

"으아악!"

기어이 떠오르는 장면들에 익어 버릴 기세로 달아오른 얼굴을 손바닥으로 꾹꾹 눌러 대던 선이 크게 한숨을 내쉬었다. 민망해서 죽어 버린다면 딱 이런 기분일 것만 같다.

†

−다음 약속은 언제냐?

휴대폰 화면에 떠오르는 문자. 그리고 발신자를 확인한 선의 얼굴이 창백해졌다.

이럴 수가. 까맣게 잊고 있었다.

후다닥 통화 버튼을 누르고 연결이 된 영신은 어, 그래, 하고 아무일 없었다는 듯이 대꾸했다. 아니, 아무 일 없었던 건 맞다. 그에게 '정하선배와 사귀게 되었다'는 말을 아직도 하지 않았으니까!

얼굴이 벌게진 선이 더듬거리며 말을 이었다.

"저기 오빠, 저 할 말이 있는데요. 저 사실은……."

[정하랑 사귄다고?]

"네? 그, 그걸 어떻게……."

[그 집착병 환자가 이런 일이 생겼는데도 아무 말 안 하고 있을 거라 생각한 거냐? 아마 제일 먼저 나한테 전화했고 두 번째가 윤이였을거다.]

그러고도 남을 사람이라 에이, 설마요, 라는 대답조차 못 하겠다.

멋쩍게 웃던 선의 입에서 바로 이어진 말은 어째선지 사과였다.

"미안해요."

[그런 사과는 필요 없고 밥이나 사.]

"어, 그게 전 이제 애인 있는 여자고……."

[아, 얘가 날 더 비참하게 만드네. 난 차였다고 생각 안 하거든? 우린 그때나 지금이나 그냥 오빠 동생 아니었냐? 아는 오빠에 선배에, 이젠 네 남친의 더 멋진 친구. 어때?]

"아, 그러네요."

그럴듯한 말이라 저도 모르게 고개를 끄덕여 버렸다. 그리고 홀린듯이 약속을 잡았다. 금요일 저녁 일곱 시. 그 황금 같은 시간을 메모해 두다 문득 정하를 만나고 싶다는 생각이 들었다.

그렇게 약속 당일이 되어 약속했던 장소인 강남역에 도착한 선은 의외의 광경에 놀란 얼굴을 했다. 인파 속에서도 유난히 눈에 띄는 흰칠

한 두 남자가 당연한 듯 밀려드는 시선을 받고 서 있었다.

서둘러 다가선 그녀가 당황한 얼굴로 영신과 윤을 번갈아 바라봤다.

"어? 어떻게……."

"어떻게긴 인마. 축하해 주려고 데려왔지."

"다짜고짜 끌고 나오길래 무슨 일인가 했더니만……."

키득거리며 웃는 영신의 옆에서 윤이 조금 멋쩍게 웃어 보였다. 그러고는 그녀를 향해 차분히 입을 열었다.

"아무튼 축하해. 앞으로 주변 사람 귀찮…… 음, 아니다. 그래. 둘이 오붓하게, 되도록 오래오래 잘 지냈으면 좋겠다."

왠지 중간에 귀찮은 놈 하나 떨궜네, 라거나 네 거룩한 희생은 잊지 않겠다, 라는 말이 생략된 것처럼 느껴지는 건 기분 탓이야?

"조금 있으면 준영이도 올 거야."

"네? 준영 선배님까지요?"

대체 뭐하자는 거야!

그보다 중요한 사실을 떠올린 선이 아연실색했다.

"……오늘 제가 사는 자리 아니었어요?"

"그렇지."

"말도 안 돼!"

"말이 안 되긴 뭐가. 이렇게 멋진 남자들이 너의 행복을 축하해 주겠다는데. 어디서 돈 주고 불러도 이런 남자들은 구하기 힘들다."

"아니 그렇다 해도 그렇지……!"

오늘따라 유난히 뻔뻔하게 구는 영신의 태도가 기가 막힌다. 과연 유유상종이로구나!

허탈하게 웃으며 고개를 젓던 선이 이마에 손을 짚었다. 그런데도 믿지 않은 것까지 어쩌면 이렇게 똑같아. 자연스럽게 관계를 정리해 주려는 저 장난스러운 배려. 다시 눈앞의 두 남자로 눈을 돌렸다. 그리고 두 남자의 얼굴에서 장난기 가득한 미소를 발견한 순간 뭔가가 그녀의 어깨를 감싸 안았다.

윤이 말했다.

"올 줄 알았다."

"역시 스토커라니까. 연락도 안 했는데 어떻게 알고 온 거야?"

절레절레 고개를 젓는 영신의 말이 점차 잦아들었다.

온 신경이 등 뒤의 존재로 향한다. 의식하지 않아도 그렇게 되고 만다.

등 뒤로 느껴지는 포근함. 어딘지 익숙한 체향. 강하게 그녀의 몸을 감아 오는 팔에서 느껴지는 왠지 모를 경계심.

"내 여자랑 놀아나겠다는 놈들이 누군지 궁금해져서."

그리고 가슴속 깊은 곳까지 울리는 듯한 목소리.

"선배?"

남자 복이 터지는 날이다.

†

금요일 밤의 유흥가는 수많은 사람들로 붐볐다. 초저녁부터 불금을 즐기기 위해 밀려드는 손님으로 꽤 지친 기색이던 직원은 갑자기 들어선 모델 포스의 네 남자를 본 순간 광명을 찾은 얼굴로 어서 오세요, 를 외쳤다.

어찌나 시선을 끄는 존재들이신지 자리를 안내받으며 이동하는 동안에도 여기저기 눈동자 굴러가는 소리가 들릴 지경이었다.

"그럼 오늘 물주는 확보했고. 어디 가격 좀 나가는 거로 골라 봐?"

게다가 먼저 자리에 앉은 준영이 메뉴판을 집어 들며 하는 말에 선은 등골이 오싹해졌다.

"서, 선배님?"

"그건 준영이 네가 전문이니까 알아서 시켜."

"나 배고픈데. 뭐 맛있는 거 없을까? 배 좀 채우고 시작하는 게 낫지 않겠어?"

"그럼 일단, 레이디 퍼스트."

칭얼거리는 윤을 바라보며 점점 얼어붙는 그녀의 앞에 메뉴판을 내민 준영이 픽 웃음을 터뜨렸다.

"야, 너 얼굴 이상하다?"

"너무 놀리지 마. 물주라는 말에 긴장 안 하는 게 이상하지."

"그렇다고 아무렴 우리가 널 뜯어먹겠냐? 신이 너 대체 뭔 소릴 해 놓은 거야?"

"신고식 겸해서 농담 좀 해 줬지. 정하가 따라올 줄은 몰랐다만."

한마디씩 내뱉은 남자들이 각자 자리를 차지하고 앉았다. 얼떨떨한 눈으로 멍하니 선 그녀의 옆에서 나직한 목소리가 들려왔다.

"일단 앉자."

왠지 무뚝뚝한 태도로 자리를 안내한 정하는 눈에 띄지 않게 손을 뻗어 그녀의 몸을 당겨 앉혔다. 그리고 어느 순간, 귓가에 속삭였다.

"오랜만에 보는데 그렇게 떨어져 있을 거야?"

"아……."

심장 속부터 아스라이 느껴지는 떨림. 묘한 긴장으로 입술이 바짝바짝 마른다. 오랜만에 만나는 남자의 얼굴에는 짙게 피곤이 깔려 있었다.

그러나 날카로운 눈매와 반듯한 자세에서는 풀어진 기색이라곤 보이지 않았다. 아니, 도리어…… 지나치게 날이 선 느낌. 무슨 일이 있는 걸까. 그러나 뭔가 물을 새도 없이 떠들썩한 술자리가 시작되었다.

"제기랄. 우리 넷 중에 벌써 커플이 둘이라니. 배는 아프지만 어쩔 수 없지. 또 한 쌍의 커플을 위해 건배!"

"하나는 유부남이니 배 아파 할 필요 없어. 제 손으로 무덤 파고 들어간 놈인데."

"너무 그렇게 부러워할 거 없어, 신아."

"부럽긴 누가?"

"난 부러운데. 집에 가면 여우 같은 마누라에 토끼 같은 자식들 줄줄이 서서 반겨 주는 거 남자의 로망 아니냐? 윤아, 혹시 제수씨 다른 친구는 없어? 소개 좀 시켜 주지?"

키득거리며 말이 오가는 사이 주문한 메뉴가 하나둘 나오고 무슨 술인지도 모를 양주가 잔에 따라졌다. 그리고 따로 주문한 건지 붉은 음료가 담긴 칵테일 잔이 그녀의 앞에 놓였다.

처음 보는 낯선 음료에 잠시 당황하던 선이 조심스럽게 들어 올린 잔을 입술에 댔다. 조금 흘러 들어온 액체에선 상큼한 딸기향이 확 풍겨 났다.

"맛있다……."

저도 모르게 중얼거리자 준영이 씩 웃으며 말을 건네 왔다.

"어때? 괜찮지? 전에 아는 애들 데리고 왔었거든. 맛있다고 해서 특별히 시켜 봤어."

"술 같지가 않아요. 그런데 이런 건 계속 마시면 위험해지는 거 아니에요?"

"에이, 위험하긴 뭘. 별로 센 거 아니야. 걱정 마."

"선이 보기보다 은근 술 잘 마시는 편이야."

"그래? 그럼 여기 이것도 마셔 봐."

"아, 아니에요, 신이 오빠. 저 그렇게 잘 마시지는……."

자연스럽게 그녀를 챙기며 말을 건네 오는 준영과 영신 덕분인지 분위기는 나쁘지 않았다. 사실 꽤 어색할 거라 걱정했는데 의외로 무난한 시작이었다. 게다가 각자 성격으로 봐선 그다지 어울릴 거 같지 않은 네 사람은 모아 놓으니 의외로 재잘재잘 말이 많았다. 물론, 단 한 사람만 빼고.

"너무 많이 마시진 마. 갑자기 훅 갈 수도 있어."

한 잔 더? 라고 물으며 술을 권하던 준영에게 얼결에 잔을 내밀자 그녀의 손을 슬쩍 잡아 내린 정하가 나직하게 타일렀다.

그 순간 준영이 혀를 차며 고개를 절레절레 저었다. 투덜거리는 말 끝에 고자라는 둥, 도와줘도 난리라는 둥의 말이 들려온다. 왠지 찜찜해진 선이 잽싸게 술잔을 내려놨다.

"그보다 말이야. 내가 방금 발견한 건데, 누구는 선배님, 누구는 선배, 누구는 오빠네? 자, 그럼 여기서 문제. 이 중에 가장 가까운 호칭은 뭘까~요?"

게다가 갑작스러운 준영의 말은 불길한 기운을 잔뜩 몰고 들어왔다. 저도 모르게 정하를 힐끔거리던 선이 마른침을 꿀꺽 삼켰다. 제발 저 이야기에 집중하지 않으면 좋겠는데 윤이 멍한 얼굴로 대답했다.

"당연히 오빠지."

그걸 누가 모르냐고요!

영신이 코웃음을 치며 끼어들었다.

"미리 말하는데 난 학교 다닐 때부터 오빠였다. 정떨어지게 선배니 뭐니…… 너희들하곤 쌓아 온 역사가 다르다고."

"오, 그럼 우리 선이는 신이 오빠를 가깝게 생각했던 거야? 그런데 왜 이렇게 됐지?"

"그야 미친놈한테 코 펜 거지."

"그거 안타깝네."

명백하게 놀려 대는 기색이 역력한 말들인데 정하는 이상하리만치 조용했다. 이것이 폭풍의 전조인지 태풍의 눈인지는 알 수가 없다. 아니, 알고 싶지 않다!

점점 안색이 바래지는 그녀의 앞에 주르륵 술잔을 늘어놓은 준영이 씩 웃었다.

"자, 그럼 게임을 시작하지."

태어나 처음으로 해 보는 술자리 게임이기도 했지만, 준영의 노련한 공세엔 정말 당해 낼 수가 없었다. 수없이 쏟아지는 곤란한 질문들 속에서 순식간에 한계치까지 술을 마시게 된 선은 흐릿해진 눈을 비볐다.

간간이 그녀의 술잔을 뺏던 정하의 모습이 기억나는데 왠지 주변은 텅 비어 있다.

"어…… 선배는……?"

"윤이랑 담배라도 피우러 간 거 같은데. 금방 올 거야."

어느새 옆자리로 와 앉은 영신이 싱긋 웃으며 대답했다.

"오늘 어땠어?"

그리고 들려온 질문에 선은 고개를 갸웃거렸다.

"글쎄요…… 이렇게 여럿이서 모인 적은…… 처음이라……."

잠시 말을 끊고 느릿하게 눈을 깜빡이던 선이 나른하게 웃음을 터뜨렸다. 진아나 가족이 아닌 다른 사람들과 술을 마신 기억이라곤 임용이 된 이후로 가끔 회식에 참여했을 때뿐.

그래서 이런 자리는 처음이었다.

이렇게 아무 생각 없이 웃고 즐기고 떠들 수 있었던 자리는.

"재밌었어요. 술 너무 많이 먹이는 거만 빼면……."

"그거야 네가 솔직히 대답하면 될 걸 안 하니까 그런 거지."

"아하하…… 억울해. 나도 복수하고 싶었는데……. 준영 선배님은 약점이 없나 봐요."

"왜 없겠어. 네가 공격하는 법을 모르는 거지. 정 힘들면 지난번 그 여자는 누구예요? 하고 물어봐. 생각하느라 30분은 훌쩍 갈 거다. 그럼 넌 그 시간 동안 쉴 수 있지."

영신의 친절한 조언에 진짜요? 하고 묻던 선이 킥킥거리며 웃음을 터뜨렸다.

"무슨 이야기를 그리 재밌게 하셔들?"

그사이 돌아온 준영이 의미심장한 눈빛으로 두 사람을 번갈아 바라봤다.

"호랑이도 제 말 하면 온다더니."

"오호, 내 욕했다 이거지? 하긴 없는 사람 욕하는 거만큼 재밌는 건 없지. 그래서 말인데, 선이 너 옛날엔 윤이 좋아하지 않았었냐? 소문이 파다했었잖아."

"뭘 그런 걸 물어보고 그래? 그런데 나도 궁금하긴 하다. 그 소문 진짜였어?"

연이은 질문에 선은 조금 난처한 얼굴로 고개를 저었다. 하지만 영신과 준영은 서로 얼굴을 마주 보더니 의미심장한 미소를 주고받았다. 이미 그들 사이에 '병아리'로 통칭되어 온 감정의 색. 그 의미는 그들도 익히 알고 있는 것이었다.

"그보다 그때 정하 담배 이야기는 어쩌다 돌았던 거냐?"

"내 기억으로는 선이 네가 담배 때문에 교무실까지 끌려갔던 걸로 아는데…… 그게 왜 그런 소문이 된 거야? 네가 퍼뜨렸다부터 시작해서 별말이 다 돌았잖아."

"그게……."

정말 곤란해진 선이 가만히 입술을 깨물었다. 그 모습에 준영이 슬그머니 술잔을 건넸다. 그런데도 어느새 익숙해진 이 상황에 웃음이 났다. 배시시 웃는 그녀의 뺨이 붉게 물들었다. 그 광경을 지켜보는 두 남자의 입가에도 슬쩍 웃음기가 떠올랐다.

"처음 만났는데…… 제 입에 담배 물려 줬단 말이에요. 그런데 아무도 안 믿잖아요."

"풋……."

"푸하핫! 그럼 그렇지, 하하하핫."

애써 웃음을 참아 낸 영신의 옆에서 준영은 목젖을 뒤집으며 웃어 댔다. 하지만 그 웃음은 그녀의 말을 믿는다는 의미. 장난기로 가득한 반응이었지만 처음으로 거리낌 없이 속에 담긴 이야기를 내놓고 이해받았다는 사실에 그녀의 눈시울이 뜨거워졌다. 맺힌 응어리가 풀려 나가는 기분이었다.

"어? 선이 울어?"

"아니요! 울긴 누가 울어요!"

"얘 많이 억울했구나?"

빨개진 얼굴로 악착같이 눈에 힘을 주는 그녀를 보며 킥킥거리던 준영이 문득 표정을 굳혔다.

"어, 야. 문영신, 잠깐……."

그러나 이미 늦었다. 선의 뺨에다 쪽, 하고 입을 맞춘 영신이 흘깃 뒤를 돌아봤다. 언제 온 걸까. 조금 떨어진 곳에 정하와 윤이 굳은 얼굴로 두 사람을 바라보고 있었다. 짓궂은 태도로 어깨를 으쓱해 보인 영신은 이어 바짝 얼어붙은 그녀의 머리를 슥슥 쓰다듬더니 전혀 몰랐다는 투로 말했다.

"아, 봤네? 어쩔 수 없지. 선이 너 때문에 고생했다니까 앞으로 잘 좀 해라."

사실은 정하의 속을 뒤집어 주기 위해 보란 듯이 해치운 복수였다. 의기양양한 미소가 영신의 입가에 걸렸다.

그러나 그 미소는 오래가지 않았다. 갑자기 성큼성큼 걸음을 뗀 정하가 영신의 앞으로 다가가 그의 머리통을 붙잡았다. 그때만 해도 그가 무슨 짓을 하려는 건지 아무도 예상하지 못했다. 왠지 이글이글 타는 눈으로 영신을 바라보던 정하가 툭 하니 내뱉었다.

"내 거 도로 받아 간다."

"뭐?"

외마디 물음이 마지막이었다. 그대로 얼굴을 내린 정하가 영신의 입술을 삼켰다.

숨소리조차 들리지 않는 자리에서 깔끔하게 입맞춤을 마친 남자는 스르륵 몸을 일으키곤 충격과 공포로 얼어붙은 일행의 앞에서 무덤덤한 얼굴로 입술을 훔치며 말했다.

"한 번만 더 손대면 다음엔 혀 집어넣는다."

그리고는 놀란 얼굴로 굳어 있는 선의 허리를 감아 일으켰다. 얼결에 일어난 그녀가 휘청거리자 꼭 껴안아 준 정하는 이번엔 영신의 입술이 닿았던 그녀의 뺨에 입을 맞췄다.

"서, 선배……."

"되돌려 놓는 중."

그녀를 보며 사뭇 다정하게 내놓는 말에 준영의 입에서 으음, 하고 신음이 터져 나왔다. 이미 그 자리에 주저앉다시피 하며 웃음을 터뜨린 윤이 간신히 자리로 돌아왔다. 그리고…… 영신은 영혼이 털린 얼굴로 굳어 버렸다.

그제야 미소를 올린 정하가 보란 듯 선의 어깨를 감싸며 말했다.

"계산은 끝냈으니 이만 간다. 재밌게들 놀아라."

한바탕 소란이 지나가고 두 사람이 빠진 술자리는 차분하고 진지한 대화의 장으로 바뀌었다.

"이야…… 오늘 역대급으로 강했다."

"응, 엄청났지."

여전히 웃음기가 남은 얼굴로 고개를 저어 보인 윤이 나직하게 대답하자 준영은 한숨을 푹 내쉬었다.

"그러게 왜 그런 짓을 하고 그래."

"신이는 나름 진지했었어. 거기다 사귄 첫날 전화 왔었다잖아."

"정하가 좀 얄밉게 굴긴 했다만 건드려 봤자 좋을 게 없잖아. 봐,

오늘도."

여전히 넋이 나간 채 구석 자리에 구겨져 있는 영신을 가만히 턱짓으로 가리킨 준영이 앞에 놓인 술잔을 집어 들었다. 그리고 입에 대려는데 윤이 손을 뻗어 그를 제지했다.

"왜?"

어리둥절한 준영의 손에서 술잔을 뺏어 든 윤이 다시 그의 눈앞으로 잔을 들어 보이곤 한 번 가볍게 휘저었다. 바닥에 잔뜩 깔려 있던 갈색의 알갱이들이 윤의 손놀림을 따라 둥실 떠올랐다.

"이게 뭐 같아?"

"잠깐만. 그거 혹시……."

헛웃음을 짓던 준영이 테이블 위로 눈을 돌렸다. 아니나 다를까. 술잔이 놓여 있던 근처에 떨어진 하얀 종잇조각과 갈색의 가루들을 발견한 준영이 기막혀 하며 입을 벌렸다. 해체 된 담배의 흔적이었다.

"근처 자리 잘 봐. 유리 조각이나 압정 떨어뜨려 놨을 수도 있어."

"와, 이놈 진심이지? 이거 지금 내 자리에 있던 거 맞지? 진짜로 날 죽이려고 했다고. 이 미친놈. 언제 또 이런 걸 해 놓은 거야?"

"뭐 설마 죽기까지 하겠어. 응급실 실려 가서 위세척쯤 받는 정도지."

"그게 그거지! 그보다 네 거는 없어?"

"응. 난 별짓 안 했잖아. 그러게 선이 술 좀 작작 먹이라니까. 당분간 음식 조심해라."

"말하지 마! 진짜로 그럴 거 같다고."

정색하며 고개를 젓는 준영의 앞에서 윤은 다시 웃음을 터뜨렸다.

"그보다 아까 둘이 한참 있다 왔잖아. 무슨 이야기 했어?"

"어, 그냥. 일 이야기 좀 했어. 슬슬 무대 설 때 되지 않았냐고."

나른하게 대답하던 윤이 테이블 한쪽에 놓여 있는 물컵을 집어 들었다.

"그거야 그렇다만, 괜찮겠냐?"

"그렇지 않아도 복귀할까 생각 중이었어."

"그래서 정하랑 계약하기로 한 거고?"

"아니, 아직. 앨범 계약도 아직 남아 있고, 딱히 어느 한 곳에 머무르고 싶진 않다고 했어. 그리고 정하가 이야기한 건 좀 달라서."

알 수 없는 말에 준영이 고개를 갸웃거렸다. 그러나 윤은 더 말해 줄 생각은 없는지 입을 다문 채였다. 준영도 더 묻진 않았다. 다른 잔에 다시 술을 채워 내미는 윤의 입가에 신뢰로 가득한 미소가 맺혔다. 다시 기억 저편으로 밀어 둔 정하의 목소리가 뇌리를 스친다.

'넌 무대가 두려울 때…… 어떻게 극복했었어?'

'글쎄. 별로 생각해 본 적이 없는 일이라서.'

아주 생소한 질문이라 해 줄 수 있는 대답 역시 단조로웠다.

그렇게 발견한 정하의 미소에서 언뜻 느껴졌던 감정.

'네가 곁에 있어 줘.'

그리고 이어진 말에 윤은 차마 할 말을 찾지 못했다.

'내가 처음이자 마지막으로 부탁할게.'

어떤 표정을 지을지 몰라 굳어 있는 그의 앞에서 정하는 다시 차분한 검은색으로 뒤덮였다. 그리고 지금, 다시 술잔을 집어 드는 윤의 눈빛이 미묘하게 가라앉았다.

"괜찮겠지?"

"뭐가?"

"정하 말이야. 조금…… 걱정돼서."

오로지 하나만 바라봐 왔기에 정하의 방식은 언제나 극단적이었다. 그렇게 그의 감정이 폭발하던 현장을 지켜본 그는 민정하라는 사람이 얼마나 위험해질 수 있는지도 알고 있다. 굴욕과 패배감으로 점철된 감정을 억누른 채 오래 참지 못하리란 것도.

"너무 하나에만 몰두하는 거 좀 위험하지 않나 싶다만."

지금의 정하는 너무 급하다. 지켜 주지 못해 더 간절해진 마음이 어디로 뻗어 나갈지도 알 수가 없었다. 자칫 그 마음이 지나쳐 선을 힘들게 할지 모른다. 조금만 여유롭게 상대의 마음이 온전히 다가오길 기다려야 할 텐데…… 정하는 지금도 너무 오래 기다렸다. 그것을 알기에 차마 아무 말도 할 수가 없었다.

"네가 할 소린 아니지. 그리고 걱정 마. 정하나 선이나 내가 보기엔 만만한 애들 아니야. 오래갈 거라고. 그보다 선이 얘 은근 귀엽더라. 그간 고생도 많이 했는데 앞으로 좀 잘해 줘야겠어."

"그래. 우리가 안 챙겨도 정하가 어련히 잘 하겠지만."

대수롭지 않은 듯한 준영의 말에 대꾸해 준 윤이 가만히 웃음을 터뜨렸다. 그래, 서로를 마주 보고 함께하는 걸로 지금은 충분할 거다. 저 자신이 그러했듯이.

†

한차례 비가 내렸었나 보다. 선은 젖은 바닥으로 비치는 네온사인의 불빛을 멍하니 바라보다 눈을 들었다. 북상하는 장마전선이 어쩌고 하면서 시작하는 뉴스를 어렴풋이 들은 기억이 난다.

이상하게 뿌연 세상 속에서 아무 말 없이 택시를 잡는 정하의 모습이 불빛에 섞여 아른거린다.

"개봉동이요."

그녀를 택시에 밀어 넣고 따라 올라탄 정하가 행선지를 말했다. 바로 집에 보낼 생각일까. 왠지 의아한 생각이 들었다가 흠칫했다.

나 좀 봐. 이 늦은 시간에 집에 안 가면 어쩔 건데?

이상하게 할 말이 없어져 차창 쪽으로 머리를 기댄 채 눈을 감아 버렸다. 열린 틈으로 밀려드는 축축한 바람이 술기운으로 후끈해진 이마를 스친다. 시원해 기분이 좋다.

그러다 어느 순간 잠이 들었다. 다시 눈을 떴을 때는 정하의 어깨에 머리를 기댄 채였고 집 근처의 골목에 도착해 있었다. 허둥지둥 택시에서 내리자마자 조금 뒤처진 채 따라오던 정하가 눈에 띄지 않게 침을 뱉는다. 그 순간 뭔가를 떠올린 선이 풋, 하고 웃음을 터뜨렸다.

"웃지 마."

"푸훗…… 흡. 하지만 너무…… 프하핫."

힘겹게 웃음을 참던 선이 다시 웃음을 터뜨리자 눈살을 찌푸린 정하가 입술을 문지르며 투덜거렸다.

"아직도 감촉이 남아 있는 거 같아. 역겨워."

"그러게 왜 그런 짓을 해요? 그리고 선배는 자업자득이잖아요. 불쌍한 건 신이 오빠지."

"……."

"그러고 보니 이런 적 또 있었는데. 기억나요? 왜 우리 처음 만났을 때요."

"몰라. 기억 안 나."

"딴청 부리지 마세요. 그때 소도구실 앞에서요. 선배한테 좋아한다고 고백한……."

"잘도 그런 것만 기억하지."

투덜투덜 내뱉는 말에 또 피식, 웃음이 새어 나온다. 가슴속 어딘가가 간질간질하다. 실없이 웃음만 나오는 게 단단히 뭔가에 취한 거 같다. 아니, 술을 그렇게 마셨잖아. 취한 게 맞을 거다.

"저기, 그보다 오늘 바쁘다고 하지 않았어요?"

"응, 바빠. 내일도 나가 봐야 하고."

"그런데 어떻게 온 거예요?"

"글쎄."

저 자신이 들어도 퉁명스러운 말투다. 짧게 대답한 정하는 앞서 걷던 선이 뒤를 돌아보며 걷는 광경을 지켜봤다. 비틀거리면서도 그녀는 생글생글 웃으며 그를 바라봤다.

왠지 저 미소가 얄밉다.

그렇게 즐거웠나. 행복했나. 난 전혀 아니었는데.

-오늘 강남역에서 선이 만나서 놀기로 했다. 넌 오지 마.

놀리는 기색이 역력한 준영의 문자를 받고 무작정 뛰쳐나왔었다. 산더미처럼 쌓인 서류를 체크하고 당장 회신을 보내야 할 문서가 가득인데 이미 그 생각은 머릿속 저편으로 밀어 둔 채였다.

그렇게 친구들과 함께 있던 자리에서 그녀는 화사하게 피어났다. 짓궂은 질문에 곤란해하면서도 그 입가엔 미소가 가득했다. 단 한 번도 어딘가에 소속되지 못하고 겉돌았던 그녀가 모두의 호의 속에서 처음으로 웃었던 날이었다.

그 웃음을 제 손으로 주고 싶었는데 영신에게 선수를 빼앗겼다는 사실에 조금 비참했다. 아니, 사실은 외면하고 있었다. 그녀에겐 이런 사소하고 평범한 만남조차 소중하고 특별한 경험이 될 거라는 걸 알고 있었는데도. 이런 경험과 경험이 모여 외로웠던 그녀의 과거를 조금이나마 보듬어 주고 결국 가슴속 깊이 남아 버린 상처를 치유하는 데 도움이 될 거란 것도 알고 있었음에도…….

'선이랑 같이 연주해 줄 수 있어?'

지금껏 아무런 활동도 해 오지 않은 그녀를 준비도 없이 무대에 세우는 건 무모한 짓이었다. 협조해 줄 사람이 필요했고, 조금이라도 편안한 상대가 필요했다. 그녀가 함께 무대에 서도 부담이 되지 않을 상대가. 정하는 거기서 두 번 생각하지 않고 윤을 떠올렸다.

'2월에 선이를 해솔 무대에 세울 계획이야. 듀오콘서트로 기획해 보려고.'

네게 필요하다면 무엇이든.

단지, 그렇게라도 네가 무대에 설 수만 있다면.

'네가 곁에 있어 줘.'

선에게 가진 죄책감이 아니었더라도 윤은 흔쾌히 승낙했을 거다. 그러나 끝내 그것을 죄책감이라 여기고 싶은 마음은 들끓는 질투심이 그려 낸 바람일 뿐. 지금으로서는 전혀 중요한 감정이 아니다.

그래, 한 가지만 생각하자. 그녀는 무대에 서야 한다. 모두의 앞에서 떳떳하게. 당연히 그 인생을 즐길 권리가 있었음을 알려야 했다. 연주자로서의 성공은 다음 문제다.

하지만…… 난 너를 아무에게도 보이고 싶지 않아. 이상하게.

"기분 나빠."

이래선 안 된다는 걸 아는데 감정과 바람이 어긋난 채 삐걱거리며 달리고 있다.

"나도 소독해 줘."

그래서 재촉했다.

이 불균형한 마음이 어그러지기 전에 조금이라도 빨리.

"기분 나쁘단 말이야. 빨리."

너를 네 자리로.

그녀의 턱을 붙든 정하가 고개를 비스듬히 기울이며 얼굴을 들이밀었다. 허겁지겁 양손으로 앞을 가로막은 선이 스톱, 스톱을 외쳤다. 손바닥에 닿는 탄탄한 살갗이 열기로 후끈하다. 왠지 멍한 표정을 짓고 바라보는 얼굴을 제 손에 담고 있자니 이젠 손바닥부터 간질거리며 뭔가 타고 올라오는 느낌이다.

"서, 선배. 취하셨어요?"

"글쎄, 취했나?"

싱겁게 대꾸한 정하가 양손을 옮겨 그녀의 손을 가만히 붙잡았다. 조금 더 가까이 다가온 입술이 예쁘게 선을 그린다. 정말이지 집요한 남자. 헛웃음을 터뜨린 선이 얌전히 기다리는 입술에 쪽, 소리를 내며 입을 맞췄다.

"이제 됐죠?"

"적선하는 거야?"

"아니요. 귀여워해 주는 건데요? 선배 이럴 땐 애 같아서요."

"애?"

"네. 완전 초딩 같아요."

미간을 찌푸리며 짐짓 심각하게 말해 주자 그의 입가에 짧게 웃음이 스쳤다. 신기하도록 시선을 뺏는 웃음이었다. 하도 예뻐서 시간이 가는 것조차 아까운 그런 웃음.

"신이한테 오빠라고 하지 마."

그러나 심통 난 아이처럼 내뱉는 말.

이런 모습조차 밉지 않을 만큼 커져 버린 감정이 그녀를 웃게 만든다. 아니, 처음부터 그런 남자이기에 더 눈이 갔던 건지도.

'이상한 취향이었구나, 나.'

픽 웃어 버린 선이 천천히 손을 내고 반듯하게 몸을 세워 정하를 바라봤다.

"저한테 문영신이라는 사람은 그냥 오빠예요. 고마운 오빠."

그러니 다른 의미는 없는 거라고. 다른 사람도 아닌 그가 알아줬으면 하는 진실이 그녀의 입술 사이로 천천히 흘러나오기 시작했다.

"선배가 한참 학교에 안 나왔을 때…… 사건이 있었어요."

기억조차 가물거리는 일이었다. 하나, 둘. 바닥을 적시던 빗방울. 매캐한 흙냄새. 누군가의 손에 끌려 들어갔던 어두컴컴한 건물. 쿰쿰한 냄새로 가득했던 바닥. 어느 순간 저를 환하게 비추던 조명. 그 빛에 가린 어둠 속에서 튀어나온 손이 그녀를 덮쳐 오는 영상이 머릿속을 잠시 스쳐 갔다.

어떤 사람이 얼마나 있었던 건지는 기억나지 않는다. 정신을 차렸을 때는 낯선 방이었다. 찢어진 교복 위에 걸치고 있던 낯선 검은 셔츠와 팔에 꽂혀 있던 주삿바늘을 멍하니 바라보는데 누군가가 문을 열고 들어섰다.

'괜찮냐?'

영신이었다.

정확한 기억은 거기서부터였다. 굳은 얼굴로 조금 떨어진 자리에 앉은 영신은 그녀에게 아무것도 묻지 않고, 무엇도 되새기지 않았다. 그저 어떻게 할 거냐 뭐든 돕겠다, 라고 말했고 그녀는 다 잊을 거라고 대답했다. 아무 일 없었던 것처럼 그냥 콩쿠르에 전념하고 싶다고 했었다.

"그러고 나서 사정이 생기는 바람에 고맙단 인사도 제대로 못 하고 연락이 끊어졌어요. 그때 갔었던 집도 기억이 안 나고. 그렇다 해도 고마운 마음까지 잊고 산 건 아니라서, 좀 더 기억에 남았어요."

지금껏 누구에게도 꺼내지 못한 말이었다. 이렇게라도 해서 진실을 알고 난 그가 조금이라도 편해지길 바라는 마음이었다.

하지만 이야기가 이어질수록 서서히 표정을 굳히던 정하는 천천히 고개를 떨궜다. 씁쓸한 미소 속에서 느껴지는 왠지 모를 고통. 이상하게 그 웃음이 아파 선은 조금 떨리는 입가를 애써 올렸다.

"전 괜찮으니까 그런 얼굴 하지 마세요. 크게 나쁜 일 겪은 것도 아니었고…… 그래서 지금까지도 그냥 잊은……."

갑자기 정하가 그녀의 어깨를 감아 당겼다. 말이 목구멍에서 멎는다. 풀썩 안겨 든 품 안이 어느새 익숙해졌다. 으스러지듯 끌어안고 한참을 아무 말도 하지 않는 그가 오늘따라 많이 지쳐 보여 가슴속이 아릿하다. 가만히 한숨을 내쉰 선이 손바닥으로 넓은 등을 툭툭 토닥였다. 목덜미에 닿는 숨결. 그가 작게 속삭였다.

"너 진짜 나쁘다."

"진짜 아무 사이도 아니라니까요─ 선배가 잘 몰라서 그러는데, 어차피 신이 오빠도 날 좋아하진 않았어요. 절대 그런 감정 아니었어요. 선배랑은 달라요."

"그럼 나한테도 오빠라고 불러 봐."

이것이야말로 진퇴양난.

등을 토닥이던 손이 딱 멎었다. 당황한 선이 슬그머니 손을 풀고 그의 품을 벗어나려 하자 그보다 빠르게 고개를 기울인 정하가 나직하게 말했다.

"왜? 문영신이 오빠면 나는 더 가까워야 하지 않아?"

"꼭 그, 그렇게 호칭이 중요한 건 아니잖아요. 일단 마음이 중요한 거죠!"

"그게 어떤 마음인데?"

그러게요.

어째 갈수록 무덤을 깊게 파는 기분이다.

"응?"

"그러니까 그냥 저기⋯⋯."

"나랑 신이가 다르다며. 그 중요한 마음이 뭔데?"

"어우, 선배!"

붙잡힌 손은 좀처럼 뿌리치기도 힘들고 답의 범위는 점점 좁아지는데다 그는 집요해졌다. 발끈하며 화를 내는 것으로 이 자리를 모면하려는 그녀를 훌쩍 당겨 안은 정하가 웃음을 터뜨렸다.

"그만 좀 놀려요, 무슨 사람이 정말⋯⋯."

"네가 잘못했잖아. 오빠라고도 못 불러 주겠다, 어떤 마음인지도 못 알려 주겠다. 너무하는 거 아니야?"

"그, 그걸 꼭 말로 해야 아냐구요!"

"난 몰라. 초딩에 어린애라 아무것도 몰라."

어쩌면 한마디를 안 져!

티격태격 다투는 소리에 이어 아등바등 밀어내려는 선과 느긋하게

버티며 키득거리는 정하의 가벼운 몸싸움이 이어졌다. 그녀의 입에서
도 허탈한 웃음소리가 새어 나오려는 순간, 어디선가 목소리가 들려온
말.

"거기 누구…… 선이냐?"

이 지나치게 낯이 익은 목소리는!

"아, 아빠!"

동시에 그녀의 허리에서 정하의 손이 풀렸다.

†

"자, 한 잔 받아요."

마른안주와 과일들로 재빨리 차려 낸 술상 앞에서 경주는 들뜬 얼굴
로 정하의 잔에 술을 채워 댔다.

설마 술을 먹여 어떻게 해 버릴 생각은 아니겠지? 의심스럽게 바라
보는 동안 경주가 허허, 하고 웃음을 터뜨렸다.

"그래, 그럼 부모님은 뭘 하시는 분인가?"

"두 분 다 각각 사업체를 운영하고 계십니다."

"아하— 그렇구만. 그럼 다른 형제는 있고?"

"형이 하나 있습니다."

"그 형님은 결혼하셨나?"

"아직입니다."

"흠……."

그리고 그녀조차 시도하지 못한 호구조사를 시작했다. 뭔 꿍꿍이인
지 아주 심각한 표정으로 턱을 문지르며 뭔가 생각하는 경주의 모습이

이상하게 낯설다. 제 앞에서야 팔불출 아빠지만 남들 앞에선 응, 아니, 이상의 대꾸조차 잘 하지 않는 무뚝뚝한 경상도 남자의 전형이지 않았던가.

'뭔 생각 하시는 거야, 대체⋯⋯.'

가족들은 원래 정하에게 꽤 호의적이었지만 눈앞에서 애정 행각을 벌이다 마주치는 건 차원이 다른 이야기다. 더군다나 두 언니도 아니고 나 여사도 아닌 하필 고지식대마왕 경주에게 딱 걸린 다음이지 않은가!

한숨과 함께 몇 분 전의 일이 그녀의 머릿속을 맴돌았다.

"아, 하하⋯⋯ 아빠, 오늘 쉬는 날이셨어요?"

어색하게 웃음을 터뜨린 선이 쪼르르 달려가 경주의 팔에 매달렸다. 이럴 때는 필살 애교 작전뿐이다. 그러나 경주는 굳은 표정을 풀지 않고 그녀가 서 있던 곳을 바라봤다. 정확히는 담벼락 앞에 우뚝 서 있는 남자를.

"이 시간에 여기까진 어쩐 일로 온 겁니까?"

"죄송합니다. 같이 모임에 나갔다가 바래다주던 길이었습니다."

"아, 아빠. 나 때문이야. 내가 술을 많이 마셔서⋯⋯."

"그렇다 해도 여긴 선이가 사는 동네 아닙니까. 얼굴만 봐도 뉘 집 딸인지 다 아는 동네에서 시집도 안 간 딸내미가 그러고 있는 꼴은 문제지요."

"죄송합니다."

재차 고개를 숙이며 사과하는 정하의 모습에 선은 왠지 눈물이 날 것 같았다.

"그만하세요. 선배 잘못 아니에요, 아빠."

"너도 인마. 남우세스럽게 그것도 집 앞에서 뭐 하는 꼴이냐."

"아빠아―"

"빨리 들어가."

완고한 태도로 그녀를 대문 안에 몰아넣은 경주가 휙 하니 뒤를 돌아봤다.

"거기도 일단 들어오고."

뜻밖의 태도에 현관에 들어서자마자 나 여사가 반색하며 달려 나왔다. 그러고는 늦은 시간이라 죄송하다는 남자가 행여 돌아설까, 덥석 손까지 붙들고 집 안으로 끌어들였다. 그 뒤를 따라 선이 조금 굳은 얼굴로 들어섰다.

그 소란 속에서 두 언니와 현준이까지 눈을 비비며 나오니 비좁은 거실이 미어터질 기세였다. 그 와중에 경주의 손에는 몇 년 전에 선물을 받고 지금껏 아까워서 따지도 못한 양주병이 들렸다. 그리고 놀라는 가족들의 눈앞에서 근엄하게 말했다.

"아, 뭐해? 술상 안 차리고."

그 이후로 경주는 한 시간이 넘도록 정하를 붙들고 놓아주질 않았다. 그 와중에 두 언니까지 들러붙어 질문 공세를 늘어놓는 통에 정작 선은 정하의 근처에도 가지 못하는 상황.

어째서 일이 이렇게 된 거야. 왠지 안절부절못하며 주변을 배회하던 선이 슬그머니 정하의 맞은편으로 옮겨 가 그의 안색을 살폈다. 불편하겠지? 아니, 당연하잖아. 어떡하지…… 고민하며 바라보는데 슬쩍 눈을 마주친 정하가 미소를 짓는다.

'어…….'

묘하게 잔잔하고 따뜻한 웃음.

불편하다기보다 도리어…… 즐거워하는데?

"얘, 선아. 민 사장 뭐 좀 먹여야지?"

의아함도 잠시, 때마침 빈 접시를 치우던 나 여사가 그녀의 어깨를 툭 건드렸다. 재빨리 그 뒤를 따라 주방으로 들어서자마자 선은 작게 한숨을 내쉬었다.

"민 사장은 뭘 좋아…… 왜 한숨이야, 이것아."

"아빠 이상해. 오늘따라 왜 저러시는 건데?"

"왜긴. 좋아서 그렇지."

"좋다니?"

"네 아빠 맘에 아주 쏙 드는 사윗감이라고. 솔직히 엄마도 저 사람 너무 탐나."

왠지 은근해지는 나 여사의 시선에 얼굴이 화끈거리기 시작했지만, 선은 애써 모르는 척 주먹밥을 만들 밥을 퍼 올렸다. 그 광경을 유심히 바라보던 나 여사가 의미심장한 미소를 지어 보였다.

"오늘 보니까 네 아빠는 뭔가 확신이 있는 모양인데…… 혹시 제대로 사귀기로 한 거니?"

"응? 어, 으응……."

"그럼 엄마한테 먼저 말을 했어야지."

"어, 얼마 안 돼서. 그렇지 않아도 조만간 말하려고 했었어."

"아무튼 순 곰탱이구나, 싶어서 걱정했더니만. 어디서 이렇게 괜찮은 놈을 물어 왔어? 이 여우 같은 년."

흐뭇하게 웃던 나 여사가 슬쩍 다가와 선의 엉덩이를 토닥토닥 두드렸다.

"기특해. 응? 우리 딸. 이뻐 죽겠어."

"어우, 뭐야. 놀리지 마."

"어이구, 기특해."

키득거리는 웃음소리. 소곤거리는 대화에 이어 치익, 하고 뭔가를 불에 지지는 소리가 몽글몽글 피어오른다. 짭짜름하고 달큼한 냄새. 이어 고소한 참기름 냄새가 뒤섞인 주방은 묘하게 기분 좋은 공기로 가득했다.

술자리는 새벽 2시쯤, 잔뜩 취한 경주가 반쯤 잠이 들며 막을 내렸다.

끙끙거리며 부축하는 선을 도와 경주를 안방으로 옮겨 누였다. 때마침 정신이 돌아온 모양인지 슬그머니 눈을 뜬 경주가 말을 걸어왔다.

"민 사장."

"네."

"아니…… 정하. 그래, 우리 정하."

"……."

"난 이상하게…… 자네한테 마음이 가네. 알겠는가? 내가 우리 딸, 아까워서 다른 놈 주긴 아까워서……."

"어우, 아빠. 그만하고 주무세요."

"어? 그래. 우리 딸. 자야지. 아빠가 자야 우리 딸이 편하게 연애도 하고……."

"뭔 소리를 하는 거예요! 잠이나 자라고요!"

횡설수설 내놓은 말에 선은 재빨리 그의 입을 막으며 소리쳤다. 힘겹게 부축해 왔더니 왜 갑자기 헛소리야! 그 와중에도 묘하게 얼굴에 닿는 시선을 느끼며 고개를 돌린 선은 물끄러미 자신을 바라보던 남자와 눈이 마주쳤다. 왠지 술기운처럼 몸 안쪽부터 후끈하게 열이 올라온다.

"세상에 무슨 술을 이렇게 마셨어, 그래. 어휴. 내일도 출근해야 하는 사람을 붙잡고 뭐 하는 거야, 대체."

때마침 뒤따라 들어온 나 여사가 깊게 잠이 든 경주의 등을 철썩철썩 때리며 한탄을 내뱉었다. 그 광경에 정하의 입가에도 슬며시 미소가 떠오른다.

"평소엔 안 이러는데…… 이이가 오늘 엄청 기분 좋았나 봐. 어서 가서 쉬어요. 갈아입을 옷은 선이 방에 준비해 뒀으니까 가서 갈아입고. 에구. 잠자리가 낯설어서 어떡하나……. 내일 출근하는 사람 붙들고 뭐 하는 짓이야, 정말."

다시 철썩, 소리와 함께 경주의 등을 내려치는 나 여사를 보며 두 사람은 자리에서 일어섰다.

"가요. 제 방은 저쪽."

어느덧 새벽 2시. 결국 너무 늦어 돌아갈 수 없게 된 정하는 그녀의 방을 빌려 잠시간 눈을 붙이고 나서기로 했다. 달칵, 문이 열리자 가장 먼저 눈에 들어온 건 방 안을 가득 메운 피아노였다. 멍하니 문 앞에 선 정하가 피아노를 바라보는 동안 선이 재빨리 침대로 다가가 자리를 정리하며 말했다.

"조금 좁죠? 피아노 때문에 어쩔 수가 없었거든요. 그래도 익숙해서 그런지 저는 지낼 만하더라고요. 선배가 눕기엔 침대가 좀 작긴 한데, 얌전히 주무시면 떨어지진 않을……."

이상하게 어색한 기분에 재잘재잘 말을 잇던 선이 문득 뒤를 돌아봤다. 아까부터 별다른 대꾸도 없는 정하의 태도가 묘하다 싶었는데…….

가만히 피아노를 내려다보던 정하의 손이 천천히 뚜껑 위에 내려앉았다. 어떤 의식이라도 치르는 듯 신중하게, 그리운 사람이라도 만난 듯 다정한 얼굴로 피아노를 바라보던 정하가 미소를 짓는다.

뭘까.

"……선배?"

"소중하게 아꼈구나."

"네?"

"피아노."

"……."

"여기…… 참 좋다."

또다시 시작된 심장의 묘한 박동. 왠지 웃음이 난다. 슬며시 치켜 올라가는 입가에 힘을 주던 선이 조금 멋쩍은 말투로 물었다.

"아, 저기 오늘 곤란하셨죠? 죄송해요."

"음? 전혀."

짧게 대답한 정하가 나직하게 웃으며 다가왔다. 이미 이전의 술자리에서 저 대신 마셔야 했던 술이 제법 된다. 거기다 경주와 두 언니들이 내미는 술을 단 한 번도 거절하지 않고 마셔 내느라 꽤 무리했을 텐데도 그의 걸음은 흐트러짐이 없었다.

그리고 그녀의 눈앞까지 다가온 그가 조금 몸을 숙였다. 술 냄새를 좋아하지 않는데도 그의 숨결에서 묻어나는 알싸한 알코올의 향기가 달게 느껴지는 건 그녀 자신도 취한 탓일까.

"결국 여기까지 왔어, 내가."

나직하게 중얼거리던 그가 그녀의 양어깨를 붙들고 이마에다 입술을 눌렀다.

"궁금했어, 계속."

조심스럽게 옮겨 온 입술이 그녀의 눈꺼풀에 닿고 콧등을 스쳤다. 그 순간 저도 모르게 눈을 감으며 손을 뻗은 선이 정하의 팔을 붙잡았다. 그사이에도 열이 올라 있는 볼을 거쳐 입가를 건드려 대는 그의 장난에 심장이 터져 나갈 것만 같다.

"자, 잠깐만요. 여기서 이러는 건 좀……."

"아쉽네. 그때 방음실 그대로 만들었어야 했는데."

"무, 무슨 소릴……!"

"도망칠까?"

게다가 이 황당한 소린 또 뭐야!

얼결에 눈을 뜬 그녀의 앞에서 정하는 장난꾸러기처럼 웃었다.

"그러고 보니 너 오늘 피아노도 못 쳤지? 집에 가면 같이 피아노 치면서 밤 샐 수 있을 텐데, 어때?"

묘하게 야릇한 눈웃음. 은근한 목소리가 가만히 그녀를 유혹한다. 그의 말, 그 의도가 무엇인지, 단순히 뱉어 놓은 단어 자체의 의미가 아니란 것쯤은 안다. 그녀는 어린아이가 아니니까. 그 말 뒤에 숨은 남자의 음흉한 속셈도 충분히 읽어 낼 수 있었다.

그럼에도 그 말을 들은 순간, 그녀는 그의 입맞춤에 달아올랐던 피가 사르륵 얼어붙는 느낌이었다. 저 자신도 알 수 없는 어떤 감정이 일순, 그녀의 온몸을 휘감고 있었다.

알고 있다고. 내겐 피아노밖에 없는 거.

그는 유독 제 피아노에 집착하는 것도, 무대에 세우고 싶어 한다는 것도.

하지만 난, 내 감정은 그런 게 아닌데. 단지 내게는…….

"선배한테 난 피아노가 아니면…… 의미 없는 거예요?"

어떤 말을 뱉은 건지 의식조차 하지 못했다.

"선아."

나직한 부름 이후에야 서서히 굳어 가는 그의 표정을 의식했다. 그의 눈동자에서 검게 일렁이던 열망은 어느덧 사라지고 당혹스러움만이 그녀를 마주했다. 그제야 그녀는 자신이 그 말을 해 버렸음을 깨달았다.

"아……!"

"……선아, 잠깐만."

"아니에요. 방금 그거 아니니까 못 들은 걸로 하세요."

허둥지둥 그의 손을 뿌리친 선이 애써 웃음을 터뜨렸다.

"그럼 주무세요."

최악.

공개 연애의 첫날.

거침없이 달리던 두 사람의 마음에 턱, 하고 제동이 걸렸다.

244

9.

Adagio sostenuto

멍하니 넋을 놓고 앉아 휴대폰만 흘깃거리던 선은 한참 만에야 피아노 앞에 앉았다. 이상하게 가슴속이 술렁거려 일이 손에 잡히지 않았다. 레슨을 받던 초등학생 어린아이에게 타박을 듣고 돌아온 후에도 머릿속이 멍해지는 증상은 좀처럼 나아지지 않았다.

꽤 오랜 시간 동안 정하를 보지 못했다. 아무래도 이건 간간이 오가는 메시지와 짧은 통화가 전부였던 지난 며칠 동안 톡톡히 쌓인 금단 증상인지도.

그날 밤, 저도 모르게 내뱉었던 말이 마음에 걸렸지만 정하는 굳이 그것에 대해 대답을 내놓진 않았다. 못 들은 걸로 해 달라는 그녀의 부탁 때문인지, 혹은 그 자신도 그 이야기가 불편한 탓인지는 모르지만, 이대로 잊히기만 기다리는 제 모습은 충분히 비겁해 보였다.

'사과라도 할 걸 그랬나…….'

가볍게 한숨을 쉬고 연주하기 시작한 곡은 Chopin Fantaisie Impromptu in C sharp Minor, Op. 66.

휘몰아치듯 Allegro Agitato로 빠르게 몰아가던 도입부가 지나고 어느 순간 분위기를 달리해 노래하듯 부드럽게.

머리를 비우고 음에 열중했다. 좀 더 부드럽게. 애틋하게. 머릿속의 이미지를 그리다 그의 입맞춤을 떠올린 순간 절로 미소가 지어진다. 저 자신이 들어도 뭔가에 빠진 듯 설렘이 느껴지는 들뜬 음색이 매끄럽게 퍼지며 공간을 메운다. 때마침 문 앞을 지나던 나 여사가 미심쩍은 표정을 지어 보였다.

그렇게 남은 시간 내내 피아노를 치던 그녀에게 전화가 걸려 온 건 오후 7시가 넘어서였다. 정하의 이름을 확인한 선이 후다닥 피아노 앞을 벗어나며 통화 버튼을 누르자 나른한 목소리가 물었다.

[나올래?]

"어, 어, 지금이요?"

[응, 지금.]

"……."

[보고 싶다.]

액정에 떠오른 이름을 봤을 때부터 뛰어올랐던 심장이 그 순간 크게 일렁였다. 어쩌면 좋아. 목소리는 또 왜 이렇게 달콤한 거야. 한참 동안 벌렁거리는 가슴을 부여잡고 숨을 고른 선이 차근차근 대답했다.

"아, 그럼…… 준비하는 거 시간 걸리니까 조금만 기다리세요. 최대한 빨리 준비할게요. 참, 어디로 가면 되요?"

[너희 집 앞.]

"네?"

기겁하며 창문으로 다가서자 아나나 다를까, 저 멀리 낯익은 차량이 눈에 들어온다.

"헉! 어, 언제 오신 거예요?"

[세 곡쯤 들은 거 같아. 혹시나 네가 나올까, 그런 우연이 생길까, 기다려 봤는데…….]

그의 목소리가 나직하게 잦아들었다.

[못 참겠어. 내 인내심이 여기까진가 봐.]

작은 한숨과 함께 들려온 희미한 자조. 가슴속이 저릿해지는 그의 웃음에 왠지 숨이 차오른다.

[더 못 기다리겠으니까 준비하지 말고 바로 나와.]

"아니, 그건 안 돼요! 잠깐만요! 잠깐……. 바로 준비할게요!"

[끊지 말고 빨리 준비해.]

"그, 그건…… 아니 그게 중요한 게…… 어우, 난 몰라!"

후다닥 옷장으로 뛰는 사이 전화기 너머로 그의 웃음소리가 이어졌다.

허둥지둥 준비를 마치고 밖으로 나서자 차체에 몸을 기대서 있던 남자가 느긋하게 그녀를 바라봤다.

그 입가에 머문 미소. 마주친 눈빛에 어린 미묘한 설렘.

아마도 그 모든 신호에 머물러 있을 그녀와 같은 감정…….

가슴속이 뜨겁다.

"빨리 와."

이 남자가 이렇게나 보고 싶었다.

"어디 다녀오시는 길이에요?"

"응."

"중요한 자리였나 봐요. 뭔가 오늘 선배 옷차림도 평소보다 좀 더 포멀해 보이는 게……. 그런데 어떻게 시간 내신 거예요? 오늘 바쁘다고 그러지 않았어요?"

"그랬나?"

"분명 그랬는데. 다 기억나요. 그래서 제가 연락도……."

"연락도?"

문득 뭔가를 깨달은 선이 흐지부지 말꼬리를 흐렸는데도 남자는 여우같이 잘도 낚아챈다. 눈을 반짝이며.

"연락하고 싶었어?"

"네? 아니, 절대 그런 건 아니고 혹시 심심할까 봐요."

"심심풀이 상대였던 거야?"

"아니! 그게 아니라고요! 난 그냥 선배님이……."

"보고 싶었다고?"

왜 이래 정말? 못 먹을 걸 먹었나.

한껏 부릅뜬 눈으로 흘겨보자 정하가 킥킥거리며 웃음을 터뜨렸다. 말꼬리를 잡고 늘어지는 거야 늘 해 온 짓이었지만, 오늘따라 그는 한층 집요했다. 꼭 뭔가 노리는 게 있는 것처럼.

"언제든 불러. 아무 때라도."

툭 하니 내뱉고 멋대로 다가와 커다란 손으로 그녀의 머리를 슥슥, 쓰다듬는다. 그러고는 특유의 심술궂은 표정으로 말을 이었다.

"그렇다고 진짜 아무 때나 부르진 말고. 나도 바쁜 사람이거든."

"헐, 뭐래. 선배야말로 머리 함부로 누르지 마세요. 이러면 더 작아진단 말이에요."

"그럼 좋지. 주머니에 넣고 다녀야겠다."

"주머니요? 어디에 어떤 주머니가 그렇게 커요? 어디 좀 봐요."

따지듯이 묻던 선이 그의 옷자락을 붙잡았다. 크게 웃음을 터뜨린 정하는 재빨리 그녀의 양손을 붙잡아 재킷 주머니에 쏙 집어넣었다. 그 순간 휘청한 선이 그의 품 안에 푹 안겨 들었다.

"으, 으악! 뭐 하는 거예요!"

"건방지게 선배가 하는 말에 따지네? 우리 학교 군기 셌던 거 기억 못 해?"

"그런 게 어디 있어요! 그리고 그게 벌써 몇 년 전인데 아직까지!"

"애인이 왔는데 안아 주지도 않고 말이야."

"힉! 아, 알았어요. 알았으니까 이거 좀 놔요!"

집 앞에서 이게 무슨 짓이야! 혹시 누군가가 나오기라도 할까, 민망한 꼴을 들킬까 조마조마해 죽겠는데 정하는 그저 재미있다는 듯이 그녀를 붙든 채 이리저리 몸을 움직이며 웃어 댄다. 비틀거리며 버티던 선이 다시 그의 가슴팍에 얼굴을 묻고 비명을 삼켰다.

의미도 의도도 모르겠는 이상하고 유치한 장난.

그런데 모르겠다. 왜 웃음이 나오는 건지.

황당한 듯 벌어졌던 그녀의 입술에서도 결국 작은 웃음소리가 새어 나왔다.

함께 저녁을 먹고 다시 그의 차를 타고 이동해 도착한 곳은 도심지 외곽에 위치한 빌딩이었다. 지하 주차장에 차를 세운 정하와 함께 걸음을 옮기던 그녀는 왠지 모를 기시감에 고개를 갸웃거렸다. 때마침 근처의 차량에서 내린 사람들이 함께 엘리베이터로 걸음을 옮겼다. 고급스러운 옷차림과 꽃다발. 일반 상가나 사무실이 모인 건물에서 보이는 사람들과는 조금 다른 분위기. 게다가…….

"저, 여기 왠지 낯이 익은 거 같아요."

"기억나?"

선은 어색하게 고개를 끄덕였다. 정확히는 그녀의 몸이 이 길을 기억하고 있었다. 눈길이 가는 곳마다 어떤 영상이 떠오른다.

연주 순서를 기다리며 대기하던 모습. 낯선 스태프의 목소리에 종종거리며 걸음을 옮기던 모습. 무대에 오르기 직전, 가벼운 흥분으로 눈을 빛내던 앳된 여자아이…….

한창 연주회다 리사이틀이다 바쁘게 살았을 무렵, 유 교수와 함께 들른 기억이 있는 곳이었다. 달갑지 않은 기억과 그리운 기억이 번갈아 떠오른다. 한 가지로 정리되지 않은 감정이 그녀의 표정을 미묘하게 일그러뜨렸다.

하지만 엘리베이터를 타고 내린 곳은 바로 보이는 복도부터 텅 비어 있었다. 무대로 이어지는 길목도 뭔가 공사라도 한 듯 남은 자재들로 조금 어수선한 분위기였다. 설마 무대 세팅을 이렇게 크게 하는 건가?

"여기 리사이틀 홀만 따로 리뉴얼 공사를 했었거든. 규모는 작지만, 음향은 우리나라에서 제일 좋을 거야."

의문을 읽은 듯 자연스럽게 나오는 대답에 그녀의 눈이 휘둥그레졌다.

"선배가 그걸 어떻게……."

"들어가 볼래?"

"네?"

난데없는 말에 선은 움찔하며 그 자리에 멈춰 섰다. 하지만 정하는 그녀가 생각에 빠질 틈을 주지 않았다. 거침없이 그녀의 손을 잡아끌며 문을 열어젖혔다.

그 순간 선은 저도 모르게 흠칫하며 눈을 내리깔았다. 그리고 잠시 후, 슬그머니 고개를 들어 그의 행적을 좇았다.

어두컴컴한 무대. 그리고…… 피아노.

거짓말처럼 심장이 내려앉는다. 어느 순간 멈춰 선 발길이 떨어지지 않는다. 어느새 놓아 버린 손. 조금 더 피아노로 다가선 그가 뒤를 돌아본다. 왜, 라고 묻는 것처럼 그의 입술이 조금 벌어졌다.

"그만 돌아가요. 이렇게 마음대로 들어오면 안 될 거 같은데……."

딱딱하게 굳어 버린 목소리. 애써 떠올린 미소에 힘이 없다. 결국 바르르 떨리던 입가가 천천히 내려앉았다. 웃을 수가 없다. 그를 마주 보기가 힘들다.

얼마나 고개를 숙이고 있었는지도 모르겠다. 금세 축 늘어진 감정이 온몸을 바닥으로 끌어 내리는 기분이었다. 이 자리를 나가고 싶단 생각뿐인데 몸은 좀처럼 움직이지 않았다.

그때였다.

―둥.

그가, 피아노를 치기 시작했다.

아주 익숙하고, 묘한 향수를 불러일으키는 곡이었다. 월광 소나타의 1악장.

Beethoven Piano Sonata No.14 in C sharp minor, op.27 no.2 'Moonlight'

Adagio sostenuto.

남자는 문틈으로 비쳐 들어오는 희미한 빛에 기대 연주를 하고 있었다. 여리고 부드럽지만 또렷한 소리. 차분하고 단조로우나 몽환적이고 신비로운 음색이 퍼져 나갔다.

잔잔하게 스며드는 그의 연주에는 언젠가 그의 바이올린 음색에서 느꼈던 아득한 어둠이 고스란히 묻어났다. 그러나 그 어둠은 정작 그보다 어두운 공간에서는 희미하게 빛을 발하고 있었다.

별 하나 보이지 않는 뿌연 하늘에 쓸쓸히 자리한 그믐달처럼.

처음부터 끝까지, 변하지 않는 그의 고독을 암시하는 듯한 무궁동(無窮動) 셋잇단음표의 아르페지오. 형식의 틀을 벗어나 환상곡풍의 자유를 지향하면서도 잔잔히 이어지는 파도처럼 끝도 없이 반복되는 음형을 그는 극도로 섬세하게 그려냈다.

소름 끼치도록 처연하게.

자신도 모르는 사이에 걸음을 옮겼다. 반듯한 남자의 어깨가 점점 가까워졌다. 언뜻언뜻 보아 온 그의 쓸쓸함이 이 순간 고스란히 응축되어 눈앞에 떠오른다. 그는 대체 어떤 마음으로 이런 곡을 연주하는 걸까.

조심스럽게 뻗은 손이 천천히 그의 어깨에 내려앉았다.

"내 첫사랑이 자주 연주했던 곡이야. 질리도록 들어서 금방 외웠지."

첫사랑?

왠지 모르게 귀에 쏙 박히는 단어를 애써 털어 낸 순간,

"고등학교 때 좋아했던 여자는 순전 피아노밖에 몰라서 관심 좀 끌어 보려고 배웠던 건데, 하필 라이벌이란 놈이 피아노를 너무 잘 쳐서 비교될까 봐 한 번도 못 쳐 봤지."

엉뚱하게 이어지는 말.

"뭐예요, 그게."

"거기다 나이 들고 다시 만났더니 또 피아노 치던 놈이랑 썸을 타잖아. 아무리 생각해도 그 여자는 피아노 바보라니까."

점점 이어지는 말이 가관이다.

피식 웃어 버린 순간, 연주를 멈춘 정하가 그녀를 당겨 앉혔다. 얼결에 그의 옆에 바짝 붙어 앉게 된 선이 어리둥절한 얼굴로 눈을 깜빡였다.

"왜 웃어?"

"바보가 누군데요. 나한테 못되게만 굴어 놓고선 왜 딴소리."

거기다 첫사랑이 즐겨 치던 곡이라고 굳이 언급하면서 연주하는 건 또 뭐고.

'대체 그게 누군데?'

생각하니 왠지 기분이 나빠져 입술을 삐죽인 순간 나직하게 웃음을 터뜨린 정하가 다시 건반에 손을 올렸다. 옅은 빛에 희미하게 형태를 드러내는 그의 미소. 겨우 명암만 구별되는 건반 위에서 그의 섬세한 손가락이 연주하기 시작한 곡은 Chopin Mazurka in D major, Op. 33 No. 2.

조금은 익살맞게 또르륵 굴러가는 듯한 연주. 어딘지 그리운 느낌이 물씬 풍기는 곡이었다. 어렴풋이 떠오르는 영상은 빙글빙글, 우아하게 원을 그리며 도는 메리고라운드. 뽀얀 안개 속을 헤매는 것처럼 아련한 기억이 빙글빙글 머릿속을 돌고 있다. 가만히 귀를 기울이던 선이 툭 하니 물었다.

"이것도 첫사랑이 좋아하던 곡이에요?"

"응."

웃겨, 진짜.

작게 중얼거리자 웃음을 터뜨린 정하가 연주를 멈추고 그녀의 오른손을 당겨 건반 위에 올렸다. 저도 모르게 움찔하며 손가락을 구부린 순간, 정하는 가만히 그녀의 손등을 엄지로 문지르며 말을 이었다.

"정확히는 무대공포증이 아니라 빛. 조명에 트라우마가 생긴 거지?"

"……어떻게 알았어요?"

"무대는 조명이 필수로 따라오는 법이니까. 평소엔 멀쩡히 연주가 되는 걸 보면 남은 가능성은 하나뿐이지."

말을 마친 정하가 왼손 손가락으로 천장을 가리켰다. 그곳에 무엇이 있는지는 굳이 확인하지 않아도 알고 있었다. 점차 굳어 가는 표정을 감추지 못했지만, 이곳은 어두워서 다행이었다. 어색하게 웃지 않아도 되니까.

그 정적을 깬 건 방금 전 그가 연주하던 마주르카의 3박자, 왼손 반주였다.

"긴장 풀고 편하게. 여긴 아무도 보는 사람이 없으니까."

이미 익숙해진 음형이 그녀의 귓가를 맴돈다. 재촉하듯 반복하는 구절을 따라 그녀의 오른손이 맞춰 연주를 시작했다.

최근엔 연주해 본 기억이 없는데 이상하게 그녀의 손은 정확히 건반의 위치를 찾아가고 있었다. 게다가 함께 연습이라도 한 것처럼 호흡이 맞아떨어지는 게 신기할 정도였다.

그리고 즐거웠다. 이런 식으로 누군가와 함께 놀이하듯 연주를 해본 적은 단 한 번도 없었으니까.

"잘했어."

2분여의 연주가 끝나자 왠지 그녀 자신보다 더 들뜬 말투로 말하던 정하는 갑자기 그녀를 덥석 안아 올려 제 허벅지에 앉혔다. 엄마, 하고 작게 비명을 지른 선이 엉거주춤 일어서려다 다시 허리를 감아 채는 손길에 주저앉았다. 어느덧 어둠에 익숙해진 그의 시야 안에 그녀의 놀란 표정이 생생히 드러나기 시작했다.

"뭐, 뭐하는 거예요?"

"약 줄까?"

"네? 무슨…… 약?"

"무대가 좋아지는 약."

불쑥 내뱉고 곧바로 그의 말캉한 입술이 닿는다. 이젠 이런 기습 공격에 익숙해질 만도 한데, 심장은 여지없이 바닥으로 쿵 떨어지고 만다. 부드럽게 감싸며 위로하는 듯한 입맞춤.

엷게 스며드는 빛이 몽환적인 분위기를 한껏 고조시키는 곳에서 서로의 호흡이 오간다. 온 세상에 둘뿐인 듯 고요한 밤에.

"여기다 좋은 기억만 남겨 보자."

작게 웃음을 터뜨린 선이 그의 목에 팔을 감으며 슬며시 그의 입술을 깨물었다. 어느새 이 남자와 함께 숨을 쉬는 이 순간이 행복해지고 있다.

도톰한 입술을 마음껏 간질이며 그의 웃음을 끌어낸 선이 예쁘게 치켜 올라간 입가를 바라봤다.

한층 낮아진 웃음소리에 머무르기 시작한 남자의 관능. 등골이 짜릿하게 울린다. 남들보다 빠르게 어른이 되었던 남자는 누구보다 섹시한 짐승이 되어 머릿속을 어지럽히기 시작했다.

"이런 걸로 나아질까요?"

"나아질 때까지 해야지."

당연한 듯 내뱉고 다시 입을 맞춘다. 조금 더 깊어진 뒤섞임이 버거워 뒤로 몸을 빼던 선이 저도 모르게 건반을 짚었다. 쿠궁, 소리와 함께 키득거리는 웃음소리가 커졌다.

"불경한 짓은 그만두라는데요?"

"그거 아쉽네."

다소 위험하게 눈을 빛내던 정하가 싱긋 웃었다. 그리고 천천히 그녀의 머리카락을 쓸어 넘기며 말을 이었다.

"혹시 해솔 콘서트라고 알아?"

"알죠! 출연진이 빵빵해서 종종 보러 갔었어요. 재작년에는 제가 좋아하는 사람이 왔더래서 올해도 기대하고 있어요."

해마다 굵직한 음악가를 초청해 열리는 클래식 콘서트의 명칭이었다. 접하기 힘든 굵직한 거장부터 한창 이슈가 되는 젊은 음악가까지, 다양한 무대를 보이기로 유명했고, 최근엔 일 년에 두세 번으로 횟수를 늘리며 재즈나 뉴에이지 음악까지 폭넓게 선보이기 시작했다.

"그래, 잘 알고 있으니 설명은 안 해도 되겠고."

조금 더 그녀의 허리를 당겨 안은 정하가 뺨에 입을 맞췄다. 우등생이라도 된 기분에 그녀가 배시시 미소를 짓자 그는 입가를 지분거리며 따라 웃었다. 그러다 불쑥, 내놓은 말.

"난 내년에 널 거기 세울 생각이야."

그녀의 미소가 천천히 사그라졌다.

†

─아옹. 아우웅.

"어, 가만있어 봐."

소파에 엎드린 선이 제 앞에 드러누운 채 앙탈 부리는 톰을 가만히 토닥였다. 툭하면 벌렁 드러누워 배를 내보이면서도 정작 손을 뻗으면 앙탈을 부리는 게 어지간히 변덕이다.

"……진짜 다섯 개네."

그냥 하는 말이라 생각했는데.

"그래도 피아노는 좀 무리 같지 않아요?"

중얼거리던 선이 픽 웃었다. 아직도 정하의 손에 잡힌 채 날뛰듯 발광하던 톰의 모습을 생각하면 웃음이 난다.

"대체 왜 그렇게 사이가 안 좋은 거야? 아무리 그래도 네 주인인데."

알레르기 약까지 먹어 가며 키워 주잖아. 나직하게 훈계하며 엉덩이를 토닥토닥 두들겨 주자 톰은 기분 좋게 고르륵거렸다.

표현과 속마음이 다른 건 천성이려나.

'사실 레슨받을 사람 따윈 없었어.'

'네?'

'너야, 그 피아노 주인은.'

네가 여기에 앉아 있는 모습을 쭉 상상하면서 준비했었어. 나직하게 덧붙이는 남자의 미소에 한동안 귓가가 먹먹할 만큼 심장이 뛰었었다.

요즘의 정하는 꽤 바빴다. 그가 기획하는 행사인 Unlimited의 개최일이 얼마 남지 않았다는 걸 알면서도 조금 뜸해진 그의 연락이 섭섭했다. 그러다 한 번씩 전화가 걸려 오는 날이면 설레어하는 제 모습은 낯설기만 한데…….

[보고 싶다.]

'그럼 주말에 만나요. 그때 시간 되죠? 아, 아니다. 너무 무리하진 마시구요. 바쁜 거 다 아니까…….'

[무슨 소리야. 주말에도 못 보면 나더러 어떻게 버티라고.]

당연한 듯 들려온 대꾸에 잠시 멈칫하던 선이 낮게 웃음을 터뜨렸다.

'음, 선배. 요즘 좀 무서운 거 같아요. 너무 갑자기…… 다 보여 주니까.'

[참아 봐.]

'……'

[지금 난 네가 생각하는 것보다 나 자신을 수습하기가 힘들어.]

'……'

[듣고 싶다. 네 피아노.]

그녀의 입가에 흐릿한 미소가 배어들다 곧 사라졌다.

여전히 그는 그녀의 피아노에 목말라했다. 그리고 오늘은 연습실 안에 녹음 장치가 있으니 녹음이라도 해 달라는 말에 레슨을 끝마치고 들른 참이었다. 하지만 그녀는 도착한 지 한 시간이 넘도록 톰과 함께 소파 위를 뒹굴고 있었다.

'난 내년에 널 거기 세울 생각이야.'

그의 입에서 처음으로 나왔던 뚜렷한 계획. 아주 구체적이고 가까운 미래.

그 순간, 가장 먼저 들었던 생각은 내가 과연 무대에서 연주할 수 있을까, 였다.

세상 어떤 무대에도 빛과 조명은 존재한다. 그것만은 뗄 수가 없는 관계였다. 자신의 증세를 정확히 깨달은 건 대학 1학년 때의 일이었다. 실기 시험장에서는 아무 일 없이 제 솜씨를 보였던 그녀는 첫 시험이 있었던 날, 수많은 미스터치의 향연과 함께 재시험군으로 추락했었다. 그날은 거센 비가 왔었고 시험장에는 강한 조명을 켜 놓았었다.

빛이 살갗에 닿는 순간 머릿속은 텅 비어 버린다. 가끔은 자신이 뭘 하는지도 모를 때가 있었다. 그러다 점점 무대도, 다른 사람의 시선도 무서워지기 시작했다.

어떻게든 꾸역꾸역 올라앉아 연주를 끝내고 땀이 범벅이 되어 내려오는 날이 반복될수록 그 증상은 심해졌다. 그야말로 고문을 당하는 것과 다름없는 나날이었다.

졸업 후엔 도저히 무대에 설 생각이 들지 않았다. 그러면서 자기 암시가 시작되었다.

무대에 서지 않아도 먹고살 수는 있다. 힘겹게 공부를 병행해 좋은 직장도 얻을 수 있었다. 어떻게든, 잊어버리면 살아가는 데는 지장 없다. 그러니 난 괜찮아. 괜찮은 거라고.

원인을 알 수 없는 갈증에 시달리면서도 악착같이 외면하며 살아온 그녀에게 어느 날 나타난 남자는 기회를 잡으라 했다. 그 기회 앞에서 주저하는 건 뼈아프게 겪었던 좌절의 상처가 아직 남아 있는 탓이다. 이미 상처로 가득한 발바닥으로 다시 칼날 위를 걸어야 하는 현실이 두려운 탓일 거다.

아니, 더 정확히 말하자면 재기할 수 없는 자신이 또 버림받을지 모른다는 불안감 탓이었다. 이렇게 피아노 앞에 앉는 순간 그가 이끄는 대로 달려야 할지 모른다. 또 남의 손에 이끌려 가는 인생이 되는 것이다.

그런 상황에서 만약에, 그가 바라는 게 내 피아노라면.

그가 바라는 것도 사실 '내 피아노뿐'이라면.

유 교수처럼. 기대에 가득해서 바라보던 수많은 사람들처럼…….

선은 재빨리 고개를 저어 생각을 털어 냈다. 그럴 리가 없다는 걸 알면서도 이미 바닥까지 끌려 내려간 자존감이 자꾸만 나쁜 생각을 불러냈다.

그래, 복잡한 생각 따위 그만두자.

오늘은 그를 위해서, 세상에서 가장 열렬한 팬을 위해서 피아노를 치러 왔으니까.

10.

I hate……

"왜 안 먹어? 맛없어?"

아이스크림 스푼을 쪽 빨아먹던 짧은 금발의 소년이 의아한 얼굴로 물어 왔다. 겉보기엔 대략 18~20살쯤. 서양인이 다소 나이 들어 보인다는 걸 감안하면 더 어릴까. 아무 무늬도 없는 회색 반팔 티셔츠 아래 깡마른 팔뚝과 많이 움직인 흔적이 느껴지는 손등. 결정적으로 범상치 않은 디자인의 뱅글을 보면 조금 나이가 있는 것 같기도 하고…….

묵묵히 바라보자 해맑은 호기심으로 가득한 갈색의 눈동자가 그녀를 마주 본다. 백인이라기엔 묘하게 동양적인 기다란 눈매. 새하얀 피부. 한눈에도 눈이 번쩍 뜨일 미소년이었지만, 저 겉모습이 전부가 아님을 알고 있는 그녀는 애써 일그러지는 입매를 다듬으며 미소를 올려야 했다.

이 이상한 소년을 주운 건 20분 전의 일이었다.

정확히는 이 소년에게 반은 납치당했다. 평소처럼 레슨을 마치고 다음 지역으로 이동하던 차에 선은 한눈에 봐도 좋지 못한 분위기의 덩치 큰 남자 둘에게 위협을 당하는 외국인 남자들을 발견했다.

시뻘게진 얼굴로 언성을 높이는 덩치들 앞에서 그들은 왓? 왓? 거리며 무슨 말인지 모르겠다는 얼굴로 멀뚱거렸다. 이대로 뒀다간 덩치들의 혈압이 터져 나가고 그들의 코피도 터져 나갈 것 같아 결국 중재를 자청하며 끼어들었고, 간신히 덩치들을 달래서 차에 태운 것까진 좋았는데……

—퍽!

뭔가 눈앞을 휙 지나치더니 정확히 덩치들의 차에 처박혔다.

폭발하듯 터져 나간 우유팩. 차창을 덮는 뽀얀 액체.

누구의 짓인지 생각하지 않아도 알 것 같은 기분은 뭘까.

동시에 아까의 외국인 중 한 명이 그녀의 손을 붙잡으며 말했다.

"튀어."

민정하로 단련된 또라이 레이더에 불이 번쩍 들어오는 순간이었다.

좁은 골목길을 얼마나 달렸던 걸까. 한참 떨어진 길목에 도달해서야 두 사람은 가쁜 숨을 들이켜며 간신히 멈춰 섰다.

"뭐야? 한국말 할 줄 아는 거예요?"

"조금?"

기막혀하는 그녀의 앞에서 소년은 이상하게 개운한 얼굴로 허리를 젖히며 웃어 댔다. 그러고는 그녀의 어깨를 툭툭 치며 말했다.

"아이스크림 먹을래?"

뻔뻔하게 아무것도 몰라요, 라는 얼굴로 연기를 한 것도 모자라 덩치들의 고급차 앞 유리에 우유를 붓고도 태연하기 짝이 없다. 심지어 멋대로 그녀의 손을 잡고 아이스크림을 고르러 들어가서는 패밀리사이즈 가득 바나나맛 아이스크림을 시켰다.

그걸 어찌 다 먹냐고 고개를 젓는 그녀의 앞에서 소년은 의아한 얼굴로,

"이건 내 건데? 너는 따로 골라."

라고 하더니 정말로 그 엄청난 아이스크림을 앉은 자리에서 다 먹어 치웠다. 아니, 정확히는 계란 크기 정도의 아이스크림 덩어리를 남겼다. 고작 20여 분 만에.

"머리…… 안 아파요?"

"왜? 난 아주 건강한데."

"아니, 그게 아니라 아이스크림을 한 번에 많이…… 하. 됐어요. 그보다 바나나맛을 엄청 좋아하나 봐요."

"좋아? 응, 좋아. 행복한 색깔이야. 반짝반짝한…… 옐로우. 기분이 좋아. 그래서 내 머리도 옐로우."

정말 기분이 좋은 듯 황홀한 표정으로 미소를 짓던 소년이 불쑥 물었다.

"난 노바. 넌 이름이 뭐야?"

"아, 최선이라고 해요. 성이 최고 이름은 선."

"썬? 풉…… 썬?"

"아니 썬이 아니고 선이요, 선."

"오케이. 썬."

노바라고 자신을 소개한 소년이 그녀의 이름을 되뇌더니 웃음을 터뜨렸다. 뭐가 웃긴 거지. 역시 또라이란 아무리 겪어 봐도 내성 따위 생기지 않는다. 아무리 봐도 정상인의 반응이 아니라고 생각한 찰나,

「너의 마지막이 나야. 너도 가장 밝을 때 죽는 거야.」

묘하게 가라앉은 웃음과 함께 내뱉은 말. 선을 Sun(항성)으로 이해

한 노바(Nova, 신성(新星))의 그럴듯한 가져다 붙이기라는 것쯤은 쉽게 간파했지만, 선은 왠지 그 뉘앙스에서 섬뜩한 느낌을 받았다. 소년이라 생각했던 건 전반적으로 주변에 깔려 있던 왠지 모를 천진난만함 때문이었는데…… 지금 눈앞에 앉아 있는 존재는 소년이라기엔 지나치게 커다란 어떤 것이었다.

「뭐든 할 수 있을 때 저질러. 진흙탕을 굴러도 하고 싶은 거라면 웃으면서 선택해. 할 수 없을 때가 오면, 그때는 후회해도 늦거든. 망설이고 고민할 수 있을 때가 행복한 거야.」

"……."

「그러니까 난 지금 도넛을 먹어야겠는데, 이 근처 도넛 가게가 어딘줄 알아?」

아니, 기분 탓일까.

금세 천진하게 웃던 노바는 쇼윈도 바깥을 향해 목을 쭉 빼며 뭔가를 찾듯이 눈을 빛냈다. 그제야 잃어버린 일행을 떠올린 듯 걱정스러운 표정을 짓는 건 다시 처음의 소년 노바였다.

「나 진짜 괜찮은 거 맞지? 응? 피가 엄청나게 났는데 죽는 건 아니겠지?」

「아니야, 노바. 넌 피도 멋지게 터지더라고. 무슨 약을 빨면 그렇게 되는 거야?」

「역시 Drop은 터져야 제맛이지. 빵빵 때려 주는 게 최고라고.」

「그렇지. 그래서 내 드럼이 짱인 거야.」

두런두런 이어지는 두 외국인의 말을 들으며 선은 한숨을 삼켰다. 무슨 말인지는 알겠는데, 무슨 뜻인지는 모르겠는 두 사람의 대화는 둘째 치고 왼손 검지에 구멍 숭숭 뚫린 밴드를 감은 채 신이 나서 떠드는 노바를 보고 있으려니 머릿속이 점점 어지러워지기 시작했다.

'왜, 저런 상처 하나에 대학병원까지 와야 하느냐고!'

결국 피아노 레슨도 일방적으로 펑크를 내고 말았으니 어쩌면 좋단 말인가. 하필 오늘은 예술 고등학교 진학을 앞둔 중학생 아이의 레슨이 있는 날. 까다롭기 그지없는 학생의 어머니를 떠올리던 선이 한숨을 푹 내쉬었다. 일단 사과부터 해야 할 일이다.

"노바, 나 전화 좀 하고 올게. 꼼짝 말고 이 자리에 있어. 리키, 당신도!"

「알았어, 알았어. 난 환자니까 최대한 얌전히 있을 거야. 걱정 말고 다녀와.」

「선, 어디 가는 건데?」

한국말을 전혀 모르는 리키에게 노바가 뭐라 설명을 해 주는 동안 선은 휴대폰을 들고 병원 로비를 나섰다.

휴대폰도 잃어버리고 한국 땅엔 처음이라 길도 모르겠다는 노바를 차마 그냥 두고 갈 수가 없었다. 가까운 파출소에 인계하려다 단순한 여행객인데 경찰의 손에 넘기기엔 가엾은 생각이 들어 레슨 시간이 올 때까지만 노바와 함께 일행을 찾는 걸 돕기로 했다. 다행히 얼마 지나지 않아 그 일행이라는 커다란 덩치의 백인 남자를 찾아냈다. 그렇게 빌어먹을 외국인들이 재회의 기쁨을 나누는 동안 얌전히 그 자리를 빠져나가려는데 뭔가가 그녀의 옷자락을 붙들었다.

「선! 배고프지? 햄버거 어때?」

'아, 아니 난 이만 가야 하는데……'

「난 도넛이 더 먹고 싶긴 하지만 어쩔 수 없지.」

남의 말을 듣는 건지 마는 건지.

무작정 그녀의 손을 잡아끌며 앞장서는 노바를 따라 선은 얼결에 패스트푸드점에 들어섰다. 아슬아슬하게 남은 시간을 확인하는 동안 노바는 리키와 함께 커다란 햄버거를 열 개쯤 쌓은 쟁반을 들고 와 자리에 앉았다. 대체 저 마른 몸 어디에 저 많은 음식이 들어간다는 거야!

경악하며 바라보는 그녀의 앞에서 노바는 한껏 들뜬 얼굴로 조그만 케첩 봉지를 집어 들었다. 결국 에라 모르겠단 심정으로 감자튀김 하나를 집어 들었을 때였다. 느닷없이 찢어지는 비명 소리가 매장 안을 울렸다.

「피! 피다! 피! 나 죽는 거야? 죽어?」

「오 마이 갓! 노바! 네가 죽으면 나도 죽을 거야! 병원, 그래, 병원! 선! 제발 병원 좀 찾아 줘! 노바가 죽겠어!」

케첩 봉지에 찢긴 건지 피가 줄줄 흐르는 손가락을 붙잡고 까무러치는 노바와 커다란 덩치로 뭉크의 절규를 온몸으로 표현하며 비명을 지르는 리키는 그야말로 오버의 극치가 뭔지 보여 주는 존재들이었다.

묵묵히 휴대폰을 집어 든 선은 주변의 병원을 검색하며 진심으로 도망치고 싶다고 생각했다.

그러나 도망친 건 그들이었다.

통화를 마치고 돌아오자마자 로비의 대기실에 앉혀 둔 두 사람이 감쪽같이 사라졌다는 사실을 깨달은 선이 가까스로 비명을 참았다. 하루에도 몇 천 명의 사람이 드나드는 대형병원에서 또 미아가 된 외국인을 찾으려니 위장이 뒤틀리는 기분이었다.

"노바!"

「어, 선! 여기야!」

그러다 간신히 찾아낸 두 사람은 옆 동의 로비에서 싱글벙글 웃으며 뭔가를 구경하고 있었다. 그렇지 않아도 건물 밖까지 들려오는 서툰 피아노 소리를 의아하게 생각했던 참이었다. 소리의 주인공은 환자복 차림의 여자아이였다. 이제 여섯 살이나 되었을까.

서툴게 '엘리제를 위하여'를 연주하는 모습을 보고 있으려니 측은한 마음이 일었다. 그리고 그제야 돌아본 주변의 환자복들은 전부 아이들뿐이라는 걸 깨달았다. 링거를 꽂은 채 부모와 함께, 혹은 혼자. 그중에 몇몇 사람들만이 의자에 앉아 연주에 귀를 기울이고 미소를 짓고 있었다. 저도 모르게 작게 탄식을 올린 선은 때마침 근처를 지나는 간호사를 붙잡고 물었다.

"저…… 여긴 왜 아이들만 있어요?"

"아, 소아암병동이에요."

작게 대답해 준 간호사의 말에 선은 왠지 심장이 쿵 떨어지는 기분이었다.

"저기 그럼 저 피아노 치는 애는……."

"네, 쟤도 환자구요. 여기 들어오기 전에 배운 모양인데 종종 저렇게 쳐요."

"아, 그렇구나. 아픈 애가 대단하네."

불쑥 끼어든 노바의 묘한 말투와 차림새를 본 간호사가 흠칫하며 물러났다. 히죽 웃어 보인 노바는 곧바로 선을 바라보며 말을 이었다.

「선, 피아노 레슨한다고 했었지?」

"어? 어…… 그렇긴 한데……."

「같이 피아노 쳐 주자.」

난데없는 말에 선은 당황하며 잠시 입을 다물었다. 하지만 안 되는 이유는 얼마든지 꺼낼 수 있다.

"멋대로 끼어들면 싫어할지도 몰라. 그리고 저 아이 부모님을 놀라게 할 수도 있고."

「괜찮아. 음악은 누구나 좋아하는 거니까.」

아무렇게나 결론을 내린 노바에게 떠밀려 아이의 곁으로 다가서자 흠칫하던 아이가 휘둥그렇게 뜬 눈으로 그녀를 바라봤다. 역시, 놀란 건가.

"아, 저기 미안. 피아노 잘 치는 거 같아서 보러 온 거야."

"진짜요? 저 잘 치는 거예요?"

아이의 얼굴에 꽃처럼 미소가 번진다. 그 미소에 선은 저도 모르게 고개를 끄덕이며 대꾸했다.

"응. 언니가 피아노 선생님인데, 저기…… 괜찮으면 언니가 조금 가르쳐 줄까?"

"네!"

씩씩한 대답에 절로 웃음이 났다.

그렇게 결국 아이의 옆자리에 앉게 되었다. 아이가 기억하는 곡을 위주로 손 모양과 손목의 위치를 잡아 주다 가볍게 장난을 치며 어깨의 힘을 빼 준 선은 처음 아이가 쳤던 곡을 다시 연주하게 했다. 잠깐의 교정만으로도 한결 편하게 피아노를 연주한 아이가 마법사라도 보는 얼굴로 그녀를 바라봤다.

"언니도 쳐 봐요!"

"어?"

이런 건 생각하지 않았는데.

당황한 선이 아이를 보며 난처한 표정을 짓는 동안 어디선가 리키가 기타를 들고 나타났다. 커다란 외국인의 행보에 모두의 호기심 어린 시선이 이곳을 향하기 시작했다. 점점 더 난처해진 선의 앞에서 노바는 태연히 기타를 메곤 가볍게 줄을 퉁, 튕기더니 씩 웃어 보였다.

「봐, 저 기대하는 눈빛들. 난 이 순간이 제일 좋더라.」

"잠깐, 노바 지금 뭐 하려는……."

「뭐긴, 기대에 보답해 줘야지.」

"아니, 너 기타 칠 줄은 아는 거야?"

「물론.」

가볍게 대꾸한 노바가 연주를 시작했다. 나른한 음색의 연주와 함께 흥얼거리듯 나직하게 이어지는 노랫말.

「There's a song that's inside of my soul

It's the one that i've tried to white

over and over again i'm awake and in the infinite cold

But you sing to me over and over and over again.」

Mandy Moore의 Only Hope.

Mandy Moore의 첫 멜로 영화였던 A Walk To Rememker의 OST로 그녀도 익히 아는 곡이었다. 천천히 코드를 떠올린 선은 노바의 연주에 맞춰 건반을 눌렀다.

「오, 아는 노래? 다행이네.」

키득거리는 목소리를 못 들은 척 눈을 감았다. 지금은 낮이고, 조명은 자연채광이 전부다. 미친 듯이 뛰던 심장이 서서히 가라앉기 시작했다. 좀 더 화사해진 아르페지오와 꾸밈음. 흐르는 듯한 선율이 부연 황금빛 햇살처럼 반짝이며 퍼져 나갔다.

So i lay my head back down and i lift my hands

And pray to be only yours i pray to be only yours

I pray to be only yours i know now you're my only hope

클라이맥스를 지나 마지막 선율을 연주한 손가락이 가만히 멈췄다.

"와아ー"

"우와!"

동시에 여기저기서 박수가 터져 나왔다. 흠칫 놀라며 눈을 뜨자 어느새 주변에 아이들이 몰려와 있었다.

"헐, 저 언니 눈 감고 막 쳤어!"

"우리 선생님이야! 우리 선생님!"

"하나 더 해 주세요! 언니 하나만 더요!"

"아니, 저기 얘, 얘들아……."

다시 당황한 선이 입을 열려는 순간, 멍하니 입을 벌리고 바라보던 노바가 웃음을 터뜨렸다.

「뭐야. 엄청 잘 치잖아.」

"아니, 지금 그게 중요한 게 아니라……."

「그냥 즐겨. 너는 생각이 너무 많아. 그냥 아무것도 생각하지 말고 누릴 수 있을 때 누려. 삶은 이기적일 필요가 있다고. 어차피 네 인생인데 너만 즐거우면 됐지. 안 그래?」

어쩐지 이 순간, 노바의 말이 가슴 깊숙이 박혀 들었다. 지금껏 잊고 있었던 것. 그리고 완전히 잃어버렸던 것을 정확히 짚어 낸 노바의 말에 왠지 심장이 크게 뛰기 시작했다.

정말 내가 즐길 수 있을까? 그래도 되는 걸까?

멍하니 건반을 바라보며 두근거리는 심장을 조용히 가라앉히던 그녀의 눈앞에 뭔가가 불쑥 다가왔다. 가느다란 은빛 링 두 개에 투명한 보석이 드문드문 박혀 있는 뱅글. 방금 전까지 노바의 손목에 감겨 있던 그 물건이었다. 흠칫하며 고개를 돌리자 눈이 마주친 노바가 빙긋 미소를 떠올렸다.

"선물."

"어?"

「행운을 가져다줄 거야. 나한테는 이제 필요 없으니까 너 줄게.」

좀 더 확실하게 그녀의 손바닥에 뱅글을 쥐여 준 노바가 저만치 선 채 휴대폰으로 통화를 하던 리키를 향해 손짓했다. 그러고는 영문을 몰라 멍하니 바라보는 그녀에게 쿨하게 작별을 고했다.

"잠깐 어딜 가는 건데?"

후다닥 일어서며 뒤를 따르려던 그녀는 어느새 저만치 멀어진 두 사람에게 다가온 슈트 차림의 남자들을 보며 멈춰 섰다. 묘하게 심상치 않은 분위기였지만, 어딘지 모르게 익숙한 듯 여유롭게 말을 건네는 노바를 보고 있으려니 나쁜 상황 같진 않았다. 우르르 몰려나가는 남자들을 바라보던 그녀가 손에 든 뱅글로 눈을 돌렸다.

"하아…… 그래. 어른들이었지? 난 뭘 한 거야, 대체."

허탈한 웃음과 함께 밀려 있던 피곤이 급격히 몰려들었다. 왠지 엄청나게 긴 하루였다.

✝

"엄마, 이거 다 썰어서 담으면 되지?"

"응, 낙지볶음은 그 위에다 담고. 참, 불고기는?"

"어, 거의 다 익었어."

"그거 너무 익히지 말고. 질겨진다. 선아, 과일 좀 예쁘게 깎아."

나 여사의 지시에 따라 자매들은 일사불란하게 움직였다.

오렌지를 동그랗게 잘라 찬합에 늘어놓은 선은 미리 비벼 놓은 크랩 과일샐러드를 쏟아 넣었다. 잘 썰린 김밥이 차곡차곡 담기고 낙지볶음과 불고기, 밑반찬까지 준비해 넣고 나니 어느덧 저녁 8시가 다 되어가는 시간이었다.

"민 사장 평소에는 뭘 먹고 사니?"

"바빠서 눈 붙일 시간도 없다는데 독신 남자가 뭘 제대로 먹기야 하겠어? 그러다 몸 상할까 봐 걱정이지."

"빨리 민 서방이 되어야겠네."

"그러게. 지난번에 보니까 가족이 다 바빠서 서로 신경 쓰고 살 만한 상황은 아닌 거 같더라고."

"이제 다 된 거죠?"

두런두런 이어지는 나 여사와 두 언니의 대화에 불쑥 끼어든 선이 찬합을 살폈다. 오늘 그는 사무실에서 밤을 새울 거라 했다. 야식이라도 준비해서 깜짝 방문해 볼까, 하는 생각에 주섬주섬 주방에서 요리를 시작했다. 그러다 나 여사가 끼어들고, 두 언니까지 끼어들며 커다란 3단 찬합이 등장하기에 이르렀다. 아무래도 혼자 먹기엔 너무 많은 양인데 정하에게 뭐 하나라도 더 먹이겠다는 나 여자의 집념 탓인지 양은 좀처럼 줄지가 않았다.

"그럼 얼른 갔다 올게요."

그리고 정하의 회사에 도착한지도 벌써 한 시간째. 가는 날이 장날이라고 하필 급한 회의에 들어간 정하는 좀처럼 회의실을 나설 기미가 보이지 않았다. 물론 그녀가 왔다는 소식도 전하지 못했다. 다행히 정하의 비서인 운재가 말상대를 해 줘 크게 심심하진 않았지만, 더 기다리고 있는 건 다른 직원들 보기에도 좋지 않다고 판단한 선이 결국 자리에서 일어섰다.

"좀 더 기다려 보시죠."

"아니에요. 선배 너무 바쁜 거 같은데 괜히 부담 주고 싶진 않아요."

"그래도 대표님은 그렇게 생각 안 하실 겁니다. 그냥 가셨다는 거 아시면 힘 많이 빠지실 텐데……."

그러고 나서 절 괴롭히죠. 서류를 트럭으로 실어다 저희 집 앞에 쌓아 둘 거예요. 중얼거리듯 농담처럼 이어지는 말에 선은 작게 웃음을 터뜨렸다.

"선배는 진짜 뭐랄까…… 참 한결같아요."

"덕분에 저는 벌써 여자한테 두 번이나 차였거든요. 올해 겨울은 어찌 날지 고민입니다."

운재의 입가에도 미소가 떠오른다. 호의와 신뢰로 가득한 미소였다. 그리고 덩달아 좋은 정보도 얻었다. 진아에게 희소식을 전해 줄 생각에 가라앉았던 기분이 조금 들떴다.

"그럼 이만 일어날게요. 참, 이거 도시락 양이 엄청 많거든요. 같이 드세요."

"글쎄요. 배가 터져 죽는 한이 있어도 안 내놓으실 거 같습니다만."

고개를 절레절레 저으며 하는 말에 깊이 동조한 선이 걸음을 옮기다 문득 로비에 걸린 포스터를 바라봤다. Unlimited의 개최를 예고하는 광고 포스터였다.

그 가운데 커다랗게 자리한 이름. 1일차 메인 헤드라이너의 위치에 커다랗게 자리 잡은 Nova라는 글자에 그녀의 눈이 휘둥그레졌다.

"노바……?"

"노바 좋아하시나요?"

"아니, 제가 아는 이름이랑 같아서…… 혹시 이렇게, 이렇게 생긴 사람은 아니죠?"

170cm 정도의 키에 뾰족하게 세워질 만큼 짧은 머리와 깊고 커다란 눈. 양손을 휘적휘적, 움직이며 특징을 설명하자 운재는 고개를 끄덕였다.

"맞아요. 혹시 아는 사이?"

"아니, 아, 알긴 아는데 이런 사람인 줄은 몰랐죠!"

"아, 그래요?"

호기심으로 가득한 그녀의 앞에서 운재의 간략한 설명이 이어졌다. 빌보드 1위곡은 뭐고 이름만 들어도 알 만한 유명 팝 가수들을 프로듀싱 한 건 또 뭐고 5년째 1위라는 DJ랭킹이란 건 뭔데?

"작년 4월 내내 마렐라가 쭉 빌보드 1위였거든요. 그 앨범이 노바와 콜라보레이션 작업으로 만든 거예요. 프로듀싱부터 믹싱까지 전부 노바가 맡았죠."

"혹시, Lights? 맞죠? 그걸 노바가 만들었다고요?"

"네. 데뷔 이후로 쭉 그래미 EDM부문에 노미네이트되다가 작년에 수상까지 했고요."

'헉! 엄청 유명한 사람이었잖아!'

도무지 믿기지가 않는다. 그 노바가? 그 아이스크림 귀신, 인간 비글 노바가?

"이번 페스티벌이 아마 마지막 활동이 될 겁니다. 말하자면 은퇴 무대예요."

그리고 이어진 말에 경직되었다. 은퇴라니?

"소음성 난청이 좀 심각하단 소문이 있어요. 확실히는 모르겠지만."

"난청이라면…… 설마 귀가……?"

"뭐, 그 바닥에선 종종 일어나는 일이에요. 클럽 같은 데서 오래 활동하다 보니 이명이 들리는 정도는 그냥 넘어가는 사람이 많거든요. 그러다 악화되면 영영 그렇게 되는 거죠."

운재의 설명에 선은 뻣뻣하게 굳어진 목을 숙여 손목을 내려다봤다. 헤어질 때 노바에게서 받았던 팔찌는 오늘도 그녀의 손목을 장식하고 있었다. 단순한 변덕이거나, 즉흥적인 기분에 따라 건네 준 것이라 생각했는데…….

'삶은 이기적일 필요가 있다고. 어차피 네 인생인데 너만 즐거우면 됐지. 안 그래?'

쾌활하게 웃으며 내뱉던 말. 이상하게 목구멍이 죄어 오는 느낌에 선은 지그시 입술을 깨물었다.

'너의 마지막이 나야. 너도 가장 밝을 때 죽는 거야.'

너의 마지막은 나.

그 말을 했을 때의 표정을 기억한다. 웃고 있었지만 어딘지 공허했던 눈빛.

'행운을 가져다줄 거야. 나한테는 이제 필요 없으니까 너 줄게.'

하지만 넌 나처럼 되지 마.

그 숨겨진 의미를 떠올린 순간 어쩐지 가슴속이 먹먹해졌다.

할 수 있어도 하지 못하는 사람이 있다. 누구보다 빛나는 곳에 도달

해 놓고도 다른 길을 선택하는 사람이 있다. 그리고 지금 이 순간에도 수많은 사람들이 필사적으로 자신의 길을 개척하고 있다. 언젠가의 저 자신처럼.

반면에 기회가 왔음에도 머뭇거리는 사람도 있다. 지금의 저 자신처럼.

어떤 길이 제시되었을 때 사람들은 각자의 이유를 들어 자신의 선택을 합리화하게 된다. 그것이 상대를 얼마나 설득할 수 있는지에 따라 사람은 비겁자가 되기도 하고, 현명한 존재가 되기도 한다.

그렇다면, 나는. 지금의 나 자신은 어떤 사람일까.

저 자신조차 설득할 수 없는 지금의 자신은…….

"뭐긴 뭐야. 비겁하지."

—삑.

작게 중얼거리며 락을 해제한 선이 조심스럽게 문손잡이를 돌렸다. 저도 모르게 걸음이 향한 곳은 정하의 집이었다. 이미 어둠으로 가득한 집 안 어딘가에서 냐옹, 하고 침입자를 향한 울음소리가 들려온다. 나야, 하고 톰을 향해 인사말을 건넸다. 대꾸라도 하듯 토도독 걸어오는 소리만으로도 서늘한 집 안의 공기 중으로 약간의 온기가 스며드는 느낌이었다.

'……그럼 버릴까?'

부푼 눈가를 비비던 남자가 눈치를 보듯 작게 내뱉었던 말.

아, 이래서 그는 톰을 버릴 수 없는 거구나.

이상하리만큼 감정 없게 대하는 주제에 왜 그렇게 악착같이 데리고 살았는지 이제야 알 것 같았다. 이 바쁜 와중에도 꼬박꼬박 챙기던 톰의 먹이와 간식들. 그러면서도 아무것도 아닌 양 거리를 두고 바라보기만 하는 그 마음을.

'부를 사람이 너뿐이야.'

왜 몰랐을까. 툭하면 벌여 온 그의 묘질극. 아무 온기도 느껴지지 않았던 집 안의 풍경. 살림의 흔적조차 없었던 주방…….

'무슨 진짜 애도 아니고! 다 큰 어른이 지금 뭐하자는 거예요? 다른 가족은요? 선배 혹시 혼자 살아요?'

그렇게 아팠던 날에도 혼자였던 사람이니까.

'여기…… 참 좋다.'

언제나 우글우글 함께 있기를 좋아하는 가족들의 모습에 익숙해서 였을까. 당연히 누구나 이렇게 살 거라 생각했었다. 한 번씩 그에게서 느꼈던 쓸쓸함. 그 지독한 고독이 어디에서 비롯된 건지 그 정답이 눈 앞에 있었는데, 단 한 번도 그걸 감싸 주지 못했다.

"나 여자 친구 맞나."

문득 그런 생각을 하던 선이 작게 웃음을 터뜨렸다.

그런 그가 원한 건 그녀의 피아노. 아니, 피아노를 치는 그녀.

어느 쪽이어도 그녀에게 피아노는 뗄 수 없는 것이고, 그 역시 그 둘을 따로 떼어 놓고 생각한 적이 없었음을 알고는 있었다. 그래. 어차 피 크게 달라지는 것은 없다는 뜻이다.

'난 내년에 널 거기 세울 생각이야.'

그럼에도 그 말을 들었을 때는 아, 역시나. 그런 거구나, 하고 생각 했었다. 날카롭게 날이 선 감정이 절로 입 밖으로 튀어나올 것 같아 애 써 이를 악물었었다. 어떤 불쾌감. 이어지는 허탈함.

그리고 밑도 끝도 알 수 없는 불안함.

아. 그래. 불안했다. 이미 뭔가를 가져 봤기에. 이미 그와 함께하는

순간이 어떤 건지 알아 버렸기에 겪는 불안감이 자꾸만 그녀를 위축시켰다. 가령, 그가 그녀의 곁을 떠나는 순간이 올지도 모른다는 생각이…….

"바보 같네."

연습실로 들어서자 녹음기가 놓여 있어야 할 자리가 텅 비어 있었다. 혹시나 하는 생각에 정하의 방문을 열었다. 그리고 책상 위에서 USB케이블이 연결되어 있는 녹음기를 발견했다. 조심스럽게 다가가 녹음기를 집어 들려다 마우스를 건드린 순간 커다란 모니터에 불이 번쩍 들어온다.

흠칫하며 화면을 바라봤다. 얼마 전까지 뭔가 작업을 한 건지 몇 개의 프로그램이 떠 있고 문서 파일 하나가 열려 있었다. 이런 건 마음대로 보면 안 될 텐데…… 알면서도 저도 모르게 호기심이 동해 마우스를 움직였다.

－또렷한 터치와 맑고 깨끗한 음색이 최대의 장점.

－레퍼토리가 다양하고 테크닉적으로는 문제없음.

－체력이 떨어진 걸까. 왼손의 포르티시모가 제대로 눌리지 않는다. 쉿소리가 난다.

－리스트 곡은 대체로 무난. 기교로 넘어가는 부분이 많음. 쇼팽 소나타 2번 스케르초 옥타브 테크닉 많이 극복되었음. 안정적인 겹음 패시지가 인상적. 슈만 소나타 1번 무난. 프로코피예프 토카타 속도감은 멋지나…….

한 줄 한 줄 읽어 내려갈수록 그녀의 표정이 굳어 갔다. 모두가 익숙한 내용이다. 얼마 전 자신이 연주하고 갔던 곡의 목록이었다.

－쇼팽 에튀드 햇빛. 오랜만에 반짝반짝한 연주 :)

그러다 작게 웃음을 터뜨렸다. 이것은 문서화된 연주 정보와 리뷰였다. 연습을 하고 나서 짧게는 30여 분. 길게는 1시간 분량의 곡을 녹음해 두고 간 것이 벌써 세 번째. 정하는 그걸 모두 듣고 가장 최근 방문했던 날의 연주까지 꼬박꼬박 평가를 남겨 뒀다.

"바쁘다더니."

언제 이런 걸 다 해 놨을까. 매번 잠도 못 자고 휴일도 없이 일을 하면서. 식사도 제대로 못 할 게 뻔한데. 이렇게 작업하다 그대로 뛰쳐나가야 할 만큼 바빴으면서…….

－진지한 자세가 사랑스럽다. 조금만 더 자신감을 가졌으면.

"어떡해……."

방금 전까지 떠올린 생각들에 얼굴이 달아올랐다. 그녀가 생각했던 것보다 그는 더 진지하게 그녀의 피아노를 지켜보고 있었다. 부끄럽게도 그의 생각을 곡해하며 받아들인 건 그녀의 자격지심이었다.

'선배한테 난 피아노가 아니면…… 의미 없는 거예요?'

그런 사람에게 그런 말을 해버렸다.

"어떡하지?"

울상을 짓던 선이 양손으로 제 뺨을 감쌌다.

"나 진짜 못됐다."

이런 상황에도 그에게 투정을 부리고 화를 내고 싶어지는 마음은 대체 뭔데.

선은 한참 동안 화면을 바라보며 먹먹한 심정을 추슬렀다. 복잡해진 머릿속이 무겁다는 생각을 했다. 그러다 어느 순간 잠이 들었고, 눈을 떴을 때는 그의 침대 위에서 푸르스름하게 물든 창문을 바라보고 있었다.

기겁하며 몸을 일으킨 선이 주변을 둘러봤다. 어젯밤 들어왔을 때와 별달리 바뀐 건 없다. 설마 이 시간까지 퇴근도 하지 않은 건가? 후다닥 자리를 벗어난 선이 방문을 열고 나섰을 때였다.

뭔지 모를 커다란 그림자를 발견한 선이 그 자리에 우뚝 멈춰 섰다. 그리고 멍하니 눈앞의 광경을 바라봤다. 정확히는 수건으로 허리 아래를 감은 나체를.

어……라?

한참 만에야 간신히 눈앞의 존재를 파악했다. 무표정한 얼굴로 바라보는 정하와 눈이 마주쳤다. 어떻게 반응해야 할지 몰라 멀뚱히 바라보는 사이 그의 허리에 아슬아슬하게 걸려 있던 수건이 스르륵, 풀려 내려갔다.

삐걱, 삐걱, 삐걱.

뇌가 돌아가는 소리가 들린다.

비명을 지를 생각이 든 건 정확히 3초 후였다.

"어, 엄맛−!"

"변태."

"벼, 변태는 누가……!"

"계속 보고 있잖아."

"으아~악!"

†

아직도 얼굴에 불이 나는 것 같다. 후들거리는 다리로 간신히 피아노 앞에 앉은 선이 양손으로 얼굴을 문질렀다.

"대체 뭘 본 거야……."

다시금 몸서리치며 눈을 질끈 감은 그녀의 머릿속에 방금 전의 영상이 떠오르기 시작했다. 남자의 몸이 이런 것이었던가. 섹시하기로 이름난 남자 연예인의 벗은 몸이 TV에 나와도 두 언니와는 달리 그녀 자신은 관심조차 가진 적이 없었다.

그냥 사람의 몸인데 뭐? 맹세컨대 정하를 만날 때도 그 슈트 안의 몸에 대해 궁금한 적은 없었다고. 절대! 그런데 이제 와 왜 머릿속이 온통 살색의 향연이냔 말이다!

생각보다 더 넓고 반듯한 어깨와 늘씬한 몸매와 매끄럽고 알차게 자리 잡은 근육. 젖은 머리카락에서 떨어지던 물방울이 그의 목덜미를 스치는 광경까지. 저도 모르게 마른침을 넘겼다. 그가 숨을 쉴 때마다 오르내리는 탄탄한 가슴팍에서 눈을 뗄 수가 없었다.

세상에. 내가 생각하던 그 남자가 맞을까. 힘줄이 솟은 저 남자의 팔이 제 몸을 휘감았던 그게 맞는 거야? 저 미끈하게 잘빠진 허리에 이 팔을 둘렀던 게…… 그리고 그 아래는…….

"뭐해?"

"음마얏!"

멍하니 생각에 잠겨 있던 선이 튕겨 오르듯 자리에서 일어났다.

"어, 언제 왔어요!"

"너야말로 뭐 하고 있는 거야?"

다시 나타난 정하는 말끔하게 슈트를 차려입은 상태였다. 그런데도 그 얼굴을 똑바로 볼 수가 없어 그녀는 한참 동안 애꿎은 건반만 노려봤다. 심장이 벌렁거려 미치겠다.

"또 나가시는 거예요?"

"응."

애써 입을 열어 내놓은 말에 정하는 짧게 대답했다. 이상하게 어색한 기운이 주변을 에워쌌다. 이러면 안 되는데.

"시, 식사는 하셨구요?"

"아까 들어오기 전에 조 비서님이랑 간단히 해결했어."

"그렇구나…… 그럼 잠은……."

"선아."

천천히 말을 생각하던 머릿속이 딱 멎었다.

"얼굴 좀 보여 주지?"

그제야 선은 쭈뼛거리며 고개를 들어 그의 얼굴을 바라봤다. 눈이 마주친 그가 싱긋 웃었다.

"그 얼굴 한 번 보기 되게 힘들다."

"그러게요."

"안아 봐도 돼?"

그리고 들려온 질문에 숨이 막혔다.

평소 같으면 아무것도 묻고 따지지도 않고 덤벼들었을 남자는 조심스럽게 그녀의 의견을 물어 왔고, 그녀는 천천히 고개를 끄덕였다. 그제야 가까이 다가선 남자가 그녀의 어깨에 손을 두르며 끌어안았다. 부드러우면서도 산뜻한 남자의 향이 서서히 그녀의 몸으로 스며든다.

"이제 얼마 안 남았어. 그러니 조금만 참자."

왠지 뭐라고 대답해야 할지 알 수가 없어 선은 고개만 끄덕였다. 그리고 천천히 그의 허리에 손을 올렸다. 나른한 웃음소리가 귓가를 스쳐갔다.

"첫날 입장권 보낼 테니까, 꼭 보러 오고."

다시 고개를 끄덕인 순간 등을 타고 올라온 손 하나가 그녀의 뒤통수를 가만히 눌렀다. 조금 더 가까워진 그의 심장 소리. 그녀 자신만큼이나 거세게 뛰고 있는 박동.

우리…… 같은 속도로 달리고 있는 걸까.

"이 대답을 어떻게 생각할지 모르겠지만…… 네가 내 말을 그렇게 받아들였다 해도 어쩔 수 없다고 생각했어. 나한테는 음악이 너고 네가 내 세상이었으니까."

"……."

"그러니까, 이제부터 네가 판단해. 내가 하는 말보다 직접 듣고 보고 판단하는 게 더 와 닿을 테니까. 그 후에도 변함없다면 그냥 그렇게 생각해."

조용히 달래듯이 부드러운 목소리와는 상반되는 내용이었다.

무섭도록 솔직하게 가슴속을 파고드는 말.

"다만 이거 하나만 알아 둬."

그리고 좀 더 단호하게, 한 톤 가라앉은 목소리가 흘러나왔다.

"어떤 순간에도 난 절대 널 못 떠나."

그 순간 이상하게 눈시울이 뜨거워져 마음과는 다른 말을 퉁명스럽게 내뱉었다.

"뭐야, 완전 집착남이었어. 그러다 의처증 되는 거 몰라요?"

"그것도 모르고 내 거 하자고 한 거였어? 그리고 의처증이 되려면 일단 결혼부터 해야지. 설마 이게 프러포즈는 아닐 테고."

"어우! 무, 무슨 소릴 하는 거예요?"

정하는 기겁하며 몸부림치는 그녀를 더 세게 끌어안고서 웃음을 터뜨렸다. 한참을 비비고 쓰다듬고 애정 어린 입맞춤을 퍼붓고는 어깨를 붙잡아 조심스럽게 밀어냈다. 어쩔 줄 모르고 방황하던 맑은 눈동자가 쭈뼛거리며 그를 마주했다.

"그러니까 하고 싶은 말이 있으면 언제든 해. 오늘처럼 아무 때나 와서 자고 가는 것도 좋고."

"뭐예요, 순 변태."

작게 투덜거리던 선이 입을 다물었다. 목구멍이 틀어막혀 더 말을 이을 수가 없었다. 그대로 와락 품 안에 뛰어든 선은 한참 동안 그를 껴안은 채 숨을 죽였다. 뭔가 말을 하면 눈물이 쏟아질 것 같아 악착같이 이를 악물었다. 그의 옷을 망쳐선 안 되는데 어쩔 수 없이 눈물이 쏟아진다.

이런 그의 마음이 기쁘고 무서웠다.

그의 마음이 한결같아서. 그가 원하는 걸 줄 수 없을까 봐.

인정하자. 이 마음은 욕심.

내가 이 사람을 사랑하기 때문이다.

저 자신이 생각하는 것 이상으로 이미 그가 너무 가득 차 있어서. 피아노를 쳤던 과거의 그녀를 실패해 버린 현재의 그녀가 질투하고 있었다. 그런 바보 같은 생각으로 움츠러드는 자신이 미운 거고, 그 과거를 사랑하는 남자가 가슴 아픈 거였다.

그 마음 한 자락조차 모두 가지고 싶은 제 욕심 탓에.

태어나 처음으로 피아노가 미워졌다.

11.

안아 줘

본격적인 살인 더위가 기승을 부리기 시작했다. 그리고 축제의 서막이 열렸다. 총 이틀간 진행되는 광란의 밤. 우려와 기대 속에 열린 축제는 예상한 것보다 훨씬 뜨거운 반응이었다.

"으아아─ 타 죽겠다, 죽어! 힉! 뭐야, 무슨 사람이 이렇게 많아!"

오후 4시쯤 리조트에 도착해 차에서 내리자마자 진아는 비명부터 내질렀다. 사람이 몰리면 힘들 것 같아 미리 도착했음에도 행사장으로 입장하는 줄은 벌써부터 길어지고 있었다.

쿵쿵 울려 대는 음악 소리. 어딘가에서 들려오는 환호성. 무리 짓거나 하나둘 몰려다니며 아무에게나 카메라를 들이대고 모르는 사람과 하이파이브를 나눈다.

이상하게 숨이 차올라 흥분한 표정으로 주변을 둘러보는 사이 기대감 가득한 얼굴로 콧구멍을 벌름거리던 진아가 그녀의 손을 잡아끌었다.

"안 돼! 지금은 날뛰면 안 돼. 지친다고. 나이를 생각해."

"넌 이런 곳 자주 와 봤어?"

"당연하지! 이런 호강은 첨이다만."

정하가 미리 준비해 둔 팔찌를 차고 당당히 입장한 두 사람은 메인 스테이지의 VVIP부스로 이동해 자리를 차지하고 앉았다. 그리고 간단한 안주와 함께 등장한 병맥을 벌컥거리며 진아의 조언이 시작되었다. 이미 공연을 시작한 메인 스테이지에서 묵직하게 터져 나오기 시작한 베이스에 환호가 이어졌다. 진아의 표정에도 흥분이 가득했다. 초보자인 그녀를 위해 펜스는 가지 않겠다는 진아의 말에 선은 웃음을 터뜨렸다.

해가 지자 인파는 더욱 늘었다. 광란을 예고하는 불꽃과 함께 터져 나가는 음악소리. 현란한 조명과 화려한 색과 영상으로 번쩍이는 거대한 LED전광판. 미친 듯이 뛰어노는 사람들. 그 사람들을 쥐었다 풀었다 하며 열광시키는 한 사람의 DJ.

그녀가 지금껏 몰랐던 세상의 음악은 막연히 생각했던 것보다 훨씬 강렬하고 짜릿했다. 거세게 뛰는 심장이 좀처럼 가라앉을 것 같지가 않았다. 그렇게 두어 명의 DJ가 자신의 타임을 끝내고 내려서자 무대엔 불이 꺼졌다.

"오오, 왔다, 왔어! 왔다고!"

진아의 흥분도 거세졌다. 부스를 뛰쳐나가는 진아를 따라 인파 속으로 스며들었다. 밤이 되어도 식지 않은 공기. 잔뜩 흥분한 사람들의 열기로 현장은 후끈 달아올라 있었다.

그리고 쿠구구궁, 가슴을 울리는 진동음이 깔리기 시작했다. 하나둘 불이 들어온 전광판에 NOVA라는 이름이 떠오른다.

"꺄악!"

그 순간 끝도 없이 이 자리를 메운 인파 속에서 터져 나오는 환호성과 곧 목이 찢어져라 질러 대는 비명은 이 자리의 주인공이 누구인지를 깨닫게 만들었다.

노바가 등장했다.

"Everybody sit down. sit down. please."

다시 조명이 꺼졌다. 웅웅거리며 깔리는 음악. 몽환적인 분위기 속에서 이어지는 여성 보컬의 노래. 소름이 끼치도록 아름다운 목소리와 어느덧 메아리처럼 섞이는 군중의 목소리. 그녀가 시키는 대로 자리에 앉은 사람들은 미치기 일보 직전의 모습으로 눈을 빛냈다.

그리고 무대 위에서 한 손을 치켜든 노바가 하늘을 가리켰다.

"Put your hands up! Let's Go!"

그와 동시에 굉음과 함께 쏟아지는 비트. 불꽃의 향연. 미친 듯이 퍼부어 대는 레이저빔과 눈조차 뜨기 힘들 만큼 휘황찬란하게 움직여 대는 거대한 영상이 흘러나왔다. 그 속에서 사람들은 미친 듯이 열광하며 뛰어오르기 시작했다.

바닥부터 울려 대는 베이스. 온몸이 흔들리는 음악의 파도.

미치기 시작한 사람들 속에서 선은 두려움마저 느꼈다.

이것은 아비규환 지옥일까. 천국의 또 다른 모습일까.

그들에게 노바는 쾌락의 절정으로 안내하는 지도자이자 천국의 문을 여는 열쇠였다.

고작 10여 분 만에 머릿속이 하얗게 타 버렸다. 여전히 뛰어노느라 정신없는 진아를 두고 먼저 부스로 돌아온 선은 그제야 한시름 놓으며 의자에 푹 기대앉았다.

어디서 그런 엄청난 에너지가 나오는 건지 모르겠다. 아이스크림의 힘인가?

아니, 알 것 같았다. 노바는 매 순간을 진심으로 즐기는 사람이니까. 한순간도 허투루 보내고 싶지 않은 처절한 그 마음이 안타까워 목이 메일 만큼.

그 순간 비죽이 고개를 내미는 어떤 욕심에 저도 모르게 탄식했다.

모두의 시선이 향하는 곳. 그 많은 사람들의 앞에서 자신이 가진 모든 걸 내보이는 순간, 열광하고 감탄하고 환호하는 사람들 앞에 미소를 지으며 고개를 숙여 보이는 그 순간만큼 짜릿한 게 더 있을까.

그 순간, 가슴속 깊은 곳에서부터 치미는 감정에 길게 한숨을 내쉰 선이 고개를 숙였다.

단 한 번만이라도 그런 무대에 서 보고 실패하는 것과 그 실패가 두려워 선뜻 기회를 잡지 못하는 것. 어느 쪽이 더 바보 같은 짓일까.

답은 알고 있잖아.

사실은 한 번만이라도 올라서고 싶었다. 민정하가 만든 무대에.

이 버거운 욕심에 숨이 막혀 울고 싶을 만큼.

"……피아노 치고 싶어."

모두의 앞에서.

"그럼 하면 되잖아."

불쑥 끼어드는 남자의 말에 흠칫 놀라며 뒤를 돌아본 선이 입을 벌렸다.

"이제 할 마음이 든 거야?"

주변은 여전히 음악과 소음으로 가득했다. 그런데도 남자의 나직한 목소리는 정확히 그녀의 귓속으로 파고들었다.

"여긴 어떻게……."

"글쎄. 여기 있을 거 같았어."

넌 저질 체력이잖아. 이어지는 말에 눈을 흘기자 정하는 웃음을 터뜨렸다. 그리고 느릿하게 몸을 숙였다. 가까워진 미소에 그녀의 심장이 뛰어오른다.

"만약에 실패하면요?"

아직도 일말의 불안함을 담은 채 그를 바라보는 그녀의 앞에서 남자는 아무렇지 않게 웃어 보였다.

"네 피아노라면 누구에게든 사랑받을 수 있어. 네가 겁먹지만 않는다면."

미열이 오른 뺨에 그의 손바닥이 닿았다.

"넌 내가 사랑할 수밖에 없었던 여자거든."

가슴 한쪽으로 느껴지는 둔통에 저도 모르게 숨을 멈췄다. 점점 시야가 흐려지는데 눈을 감을 수도 없고 고개를 숙일 수도 없었다. 눈을 깜빡이는 순간조차 아까워 한껏 부릅뜬 눈으로 바라보는 그녀에게 정하는 피식 웃으며 싸우자는 거냐? 라고 내뱉고는 이마에 입을 맞췄다.

그대로 정하의 목에 매달린 선은 충동적으로 입술을 마주 댔다. 순식간에 깊어진 키스. 축제의 밤이 무르익는 동안 그녀는 애타게 그의 입술을 핥고 빨아들였다. 자근자근 아랫입술을 깨물며 그의 나른한 신음성을 이끌어 내고 미소를 지었다.

행복하다, 사랑스럽다, 그가…… 가지고 싶다.

바짝 밀착된 몸에서 느껴지는 열기. 이 남자는 나를 원하고 있다. 그 사실만으로도 몸 안 깊은 곳에서부터 짜릿한 감각이 핏줄을 타고 흐른다.

"선배."

외로움에 시달려 온 그를 감싸 안고 어루만져 주고 싶었다. 그러면서도 애태우고 괴롭히고 싶어진다. 이런 유치하고 어리석은 나라도 괜찮을 걸까. 입술을 깨물며 미소를 올리던 선이 그의 품 안에 얼굴을 묻고 작게 중얼거렸다.

"더 사랑받고 싶어."

당신에게만.

영원히 나만 바라보게 만들고 싶어.

✝

한 시간째 엄청난 속도로 산길을 달려온 차 안에서 선은 불안한 눈으로 정하를 바라봤다. 40분이면 도착하는 서울이 왜 아직도 보이지 않는 거야. 거기다 왜 갈수록 숲은 울창해지고 어딘가 올라가는 기분이 드는 건데!

"지금 어디 가는 거예요? 이쪽 길이 아닌 거 같은데……."

"납치 중."

"네?"

왠지 뭔가 잘못되어 가고 있다는 생각이 든 순간, 울창한 나무숲 가운데서 불빛을 발견했다. 집이었다. 목재로 튼튼하게 짜여 있는 2층 집. 커다란 통유리 안으로 블라인드가 쳐져 있지만…… 아무도 없는 것처럼 보이는 건 기분 탓일까?

한쪽에 차를 세운 정하가 벨트를 풀고 먼저 내렸다. 어리둥절한 채 바라보는 동안 조수석의 문을 연 그가 벨트를 풀고 그녀의 허리를 안아 일으켰다.

"여긴 우리뿐이니까 걱정 말고."

"자, 잠깐만요! 걱정은 무슨…… 아니, 대체 여긴 뭐고 이, 이렇게 갑자기 와 버리면 진아는 어쩌라는 거고…… 흡."

그 순간 입술을 덮어 온 온기에 선은 소스라치며 눈을 감았다. 거칠게 입술을 삼키고 혀를 밀어 넣으며 입안을 탐색하고 내쉬는 숨결, 그녀의 불안함마저 빨아들일 듯 퍼붓는 공세에 숨을 쉴 수가 없었다.

그의 가슴팍을 두드려 가며 간신히 숨 쉴 공간을 만들어 내자마자 그는 다시 그녀의 입술을 파고든다. 어느새 차체에 등을 기댄 채 제 몸을 눌러 대는 남자의 몸에 짓눌리지 않도록 버티는 게 그녀가 할 수 있는 전부였다.

"선아."

낮게 잠긴 목소리가 속삭인 순간, 버겁고 괴로울 만큼 열렬했던 입맞춤이 서서히 부드럽게 잦아든다. 맞닿은 입술 사이로 들려온 자신의 이름이 이토록 달콤하게 들린 적이 있던가. 급하지 않게 입을 맞추며 이동한 입술이 그녀의 턱과 뺨을 차례로 애무한다. 귓가에 닿는 숨결에 솜털까지 자르르한 전류가 흘러내렸다.

다르다. 오늘만큼은 뭔가 확실하게 달랐다. 숲의 공기가. 그의 손길이. 그가 매만지던 살갗이. 확연하게 뭔가를 예고하고 있었다.

가쁜 숨을 내쉬는 그녀의 입술에 가볍게 입을 맞추던 그가 다시금 선아, 하고 불렀다. 그제야 눈을 뜨자 열망으로 짙어진 눈동자가 그녀의 시선을 휘어잡는다. 왠지 모를 두려움에 목소리가 떨려 나왔다.

"선배……."

"허락해 줄 거지?"

제발.

더 참지 못해 내놓는 간절한 말. 줄곧 품어 온 마음을 드러내며 지어 보이는 미소에 가슴속까지 욱신거릴 만큼 감정이 북받친다. 조심스럽게 남자의 등을 끌어안은 선이 고개를 끄덕이려는 찰나,

"아니, 허락하는 게 좋을 거야."

야릇하게 가늘어진 그의 눈매가 가볍게 휘어졌다.

"어차피 이젠 울고 소리쳐도 안 놔줄 거니까."

그는 시방 위험한 짐승이었다.

집 안의 풍경이 어떤 모습인지 파악할 겨를도 없었다. 현관에 들어서면서부터 이미 입을 맞추기 시작한 남자의 기세에 미처 벗지 못한 신발이 거실 바닥에 나뒹군다. 남자의 재킷이 아무렇게나 바닥에 떨어지고 거칠게 풀다 만 넥타이가 그녀의 팔을 스쳤다.

밀어붙이고 밀려나고 어느 순간 뭔가에 툭 부딪치며 뒤로 쓰러졌다.

"아!"

그렇게 소파 위로 털썩 주저앉은 순간 남자는 기다렸다는 듯이 날렵하게 그녀의 허벅지에 올라탔다. 그리고 느긋한 태도로 남은 넥타이를 벗어 던지고 셔츠의 단추를 투둑, 투둑 풀기 시작했다. 도저히 눈을 뗄 수가 없다. 눈앞에서 이런 생 라이브 스트립쇼를 보여 주면 고맙…… 아니, 곤란하다고!

"자, 잠깐……."

저도 모르게 그의 손목을 붙든 순간 나직하게 웃던 정하가 몸을 기울였다. 몸이 겹쳐 쓰러지고 제 목구멍에서 급히 숨을 들이켜는 소리

가 났다.

"어, 엄마……!"

머릿속이 텅 비어 버린 양 아무 생각도 들지 않았다. 무의식적으로 밀어내는 손길을 가볍게 제압한 남자는 깊게 몸을 숙이며 그녀의 목에 입을 맞췄다. 하나하나 건드리는 손길에 떨고 반응하는 제 몸의 느낌이 낯설다. 입술이 내려앉는 곳마다 델 것처럼 뜨거워 절로 비명이 튀어나왔다.

"잠깐, 잠깐만요!"

파르르 떨리던 그녀의 손이 그의 손등을 꾹 붙잡은 순간 어깨 위로 그의 입술이 닿았다.

"안 놔준다고 했을 텐데."

도망갈 곳도 없어.

걷어 올라간 티셔츠 아래 보이는 수수한 속옷. 가만히 그 위를 깨문 정하가 등 뒤로 손을 넣자 그녀가 크게 움찔했다. 모르는 척 후크를 풀고 걷어 올리자 소담한 가슴이 모습을 드러낸다. 말랑말랑한 살갗을 움켜쥔 순간 그녀는 몸을 비틀며 비명을 질렀다.

"아악! 자, 잠깐! 그게 그러니까…… 나 지금 너무…… 아! 아니 잠깐, 잠깐만!"

여유로운 미소가 그의 입가에 떠올랐다. 제 어깨를 움켜쥔 손바닥의 감촉. 바르작거리는 움직임. 그런 반항에 더 짓누르고 싶어지는 걸 모르나 보다. 그녀는 아무것도 모르는 주제에 지나치게 자극적이었다.

"머, 먼저 씻고요, 씻어요!"

"어차피 다 하고 씻어야 할 텐데."

"그게 아니라! 저 아까 너무 뛰어서 지금 나…… 따, 땀 냄새도 나고……!

"난 그게 더 좋은데?"

"선배-!"

목덜미에 얼굴을 파묻고 킁킁거리자 그녀는 이제 필사적으로 그의 어깨를 때리기 시작했다. 아…… 제법 아픈데? 반항하는 손목을 움켜쥐고 눈살을 찌푸리며 고개를 들자 눈가를 새빨갛게 물들인 선이 훌쩍이기 시작했다.

미치겠네.

그대로 눈가에 입술을 눌렀다. 입술에 닿는 물기. 몸 깊은 곳에서부터 치미는 충동을 참을 수가 없다. 그녀의 얼굴을 붙든 정하가 입을 맞췄다. 안타까울 만큼 얼어 버린 그녀의 입술을 열고 조그만 혀를 찾아 움직였다. 도톰한 입술을 깨물고 끌어낸 혀를 감아 당기자 그녀가 고통에 찬 신음을 내놓는다. 등골이 오싹해지도록 짜릿하다.

그리고…… 예쁘다.

아담한 키가 귀엽고 마른 몸이 애처롭다. 손가락 사이로 부드럽게 감겨드는 짧은 머리카락. 순한 아이처럼 동그란 눈매가 가끔 말도 안 되는 충동을 불러일으킨다.

허리를 감아 당기면 조그만 머리가 어깨에 스친다. 나긋하게 휘어지는 감촉. 강한 듯 연약한 여자의 몸. 지켜 줘야지, 마음먹었다가도 어느 순간 폭발해 실컷 짓밟으며 울리고 싶어진다. 기묘하기 짝이 없는 모순. 이율배반적인 마음이 서로 부딪치고 있다.

"선아."

간신히 입술이 떨어지자 그녀가 힘겹게 숨을 들이켰다. 발갛게 달아오른 얼굴로 그렁그렁 눈물을 달고 떨고 있다.

"무서워?"

어떻게 대답할지 몰라 난처한 얼굴. 그녀는 정곡을 찔리면 말수가 적어진다. 안타까울 만큼 얼굴로 드러나기에, 내색하지 않기 위해 필사적으로 표정을 없애고 침묵한다. 천천히 몸을 일으킨 정하가 그녀의 손을 잡아끌었다. 접힌 손가락에 입을 맞추고 다시 손바닥에 입술을 대던 그가 나직하게 웃는다.

"넌 모를 거야. 내가 너한테 왜 그랬는지."

무슨 말을 하는 걸까. 영문을 모르는 눈망울이 그의 얼굴을 향했다.

"보고 싶었는데…… 문을 여니까 정말 네가 내 앞에 있는 거야. 농담 안 하고 처음엔 무슨 마법의 문이라도 열어 버린 줄 알았어."

아…….

그제야 선은 뭔가를 떠올리며 입술을 벌렸다. 소도구실에서의 첫 만남. 그럼 그 역시 자신을 알고 있었다는 이야긴가?

"……생각했던 것보다 훨씬 예쁘고 귀엽다고 생각했었어."

탄식처럼 내뱉은 정하가 다시 그녀의 손에 입술을 댄 채 눈을 감았다.

"바보같이 긴장해서…… 이상한 짓까지 해 버리고."

"이상한 짓 한 건 알고 있었나 봐요."

투덜거리듯 내뱉은 말에 그의 입가에 미소가 떠오른다. 부끄럽도록 서툴렀던 지난날의 기억들이 하나하나 머릿속 스쳤다. 그렇게 엇갈렸던 길을 바로잡기 위해.

바로 이 순간을 맞이하기 위해 얼마나 달려왔던가.

손을 뻗은 정하가 헝클어져 이마를 가린 그녀의 머리카락을 쓸어 올렸다. 남은 한 손으로 가슴을 가린 채 움찔하자 드러난 이마에 그가 입을 맞춘다.

"고집도 센 여자. 그거 알아? 난 처음부터 네가 윤이랑 협주곡 하는 거 싫었어."

그리고 이제야 털어놓는 그의 질투심.

"같이 두고 싶지 않았어."

"……"

"아니, 네가 윤이 때문에 상처받는 게 보기 싫었어."

"……"

"난 지금도 널 너무 힘들게 하고 싶진 않아."

"선배……."

목소리가 떨려 나와 황급히 입술을 깨물고선 눈을 감아 버렸다. 과호흡 탓인지 머릿속이 지잉 울린다.

"말해 줘. 내가 무서운 거야?"

불안한 듯 굳은 눈동자가 오롯이 자신을 바라고 있다. 그럼에도 어떻게 대답해야 할지 몰라 울고 싶을 지경이었다. 분명 가지고 싶다고 생각했던 남자였는데 정작 이 순간이 오니 무섭도록 온몸이 움츠러들었다.

섹시하게 자리 잡힌 근육이 바로 눈앞에서 움직였고 매끄러운 살갗과 맞닿는 감촉은 멀리서 보는 것과는 차원이 다른 자극이었다. 다시 숨을 들이켰다. 또 머릿속이 울린다. 이상해. 절대 싫은 건 아닌데…….

"……토할 거 같아요."

심장을.

저도 모르게 내뱉어 버린 말에 정하는 어이없단 표정을 지었다. 말을 뱉은 저 자신도 기가 막힌다.

"아니, 제 말은 그게 아니라…… 지금 심장이 너무 울렁거려서……."

"토 나온다고?"

"아니요! 그게…… 흑……."

도무지 수습이 되지 않아 저도 모르게 흐느끼고 말았다. 한 번 흐느끼니 눈물이 주체 없이 쏟아진다. 왜 이러는 건지 어쩌다 이렇게 된 건지 알 수가 없었다. 지금껏 생각한 적 없던 일. 어떤 일도 와 닿지 않았던 가슴속에 그의 존재가 던져진 것만으로 자신의 반응이 달라지는 걸 이해할 수가 없었다.

내색하지 않으면 될 줄 알았는데. 아무 일도 없었다는 듯이 넘겨 버리면 될 일도, 아무렇지 않게 무표정한 얼굴로 지나치면 될 일도 이상하게 이 사람 앞에선 아무것도 되질 않는다. 그것이 무섭고 두려워 어떻게 해야 할지 모르겠다.

"선배만 보면…… 내가 아닌 거 같아서 무섭다고요."

기어들어 가듯 작은 소리로 내놓은 말.

정하의 입술에 엷은 미소가 스민다. 이어 나직한 웃음소리가 새어 나왔다.

선은 눈에 눈물이 가득 고인 채로 의아한 얼굴을 했다. 저 남자가 갑자기 미쳤나 싶은 얼굴이었다. 간신히 웃음을 집어삼킨 정하는 소파 위에 누운 그녀를 안아 올렸다. 가벼운 몸이 훌쩍 들리자 선은 바짝 몸을 웅크리며 힉, 하고 비명을 머금었다. 그대로 걸음을 옮긴 정하는 깔끔하게 정리된 침실로 들어가 침대 위에 그녀를 고이 내려놓았다.

새하얀 시트 위에 누인 그녀의 몸에 제 몸을 겹치자 그녀는 어쩔 줄 몰라 하며 시트를 잡아챘다. 가만히 그 손을 잡아 올린 정하가 나직하게 속삭였다.

"난 아주 오래전부터 그랬는데 넌 이제야 그러면 어떡하냐."

네 앞에서만 미친놈.

그렇게 무엇도 제어할 수 없었던 나.

너를 의식한 순간 내 감정도 내 것이 아니었다. 설렘과 질투. 기쁨과 좌절. 그 모든 게 너로 인한 감정이었다. 고작 네 시선을 받고 싶단 이유만으로 미쳐서 그런 바보짓을 하게 만든 게 너란 말이다.

"넌 더 흔들려야 해. 내 품에서 울고 내 앞에서 웃어. 그래야……."

그리고 오늘 제대로 미쳐 볼 생각이다. 너와 함께.

"내 마음을 이해할 테니까."

그의 미소 띤 입술이 그녀의 입술을 삼켰다.

입술이 겹쳐지고 맨살을 가린 그녀의 손을 치워 낸 그가 도톰한 맨살갗을 움켜쥔다. 그의 입안으로 열띤 신음이 밀려든다. 이내 얼굴을 내리고 길게 목을 핥아 내자 그녀는 고개를 뒤로 젖히며 몸을 뒤틀었다. 다시금 몸을 가리려 덤벼드는 손을 제압하고 살진 가슴을 한입 가득 베어 물었다.

아찔한 체향이 밀려들자 걷잡을 수 없는 욕구가 치민다. 이윽고 허리를 쓸고 내려간 손이 자연스럽게 그녀의 남은 옷을 끌어 내렸다.

"하, 아…… 서, 선배……!"

머릿속이 새까맣게 타 버릴 것 같다. 점차 아래로 내려간 그의 입술이 단단하게 일어선 정점을 물고 빨 때마다 뱃속부터 밀려드는 기묘한 감각에 미칠 것만 같다. 어느덧 무서움조차 잊어버리고 기묘한 자극으로 가득한 그의 움직임에 몸을 떨고 있다.

사르륵, 천이 스치는 소리. 간신히 눈을 뜬 그녀의 앞에서 그가 마지막으로 벗어 낸 옷자락을 떨어트렸다.

깊게 몸을 숙인 그가 오목하게 패인 배꼽으로 입술을 내렸다. 한 손으로 그녀의 허리를 감고는 자연스럽게 다리를 벌리며 자리를 잡는다. 부끄러움으로 달아오른 몸이 붉게 물들고 그의 입술이 거침없이 허벅지 안쪽을 향하자 선은 더 참지 못하고 그의 머리카락을 움켜쥐었다.

아니, 아니야. 거긴 안 돼!

"하, 하지 마세요! 아⋯⋯! 안 돼요!"

힘껏 다리를 움츠린 채 버둥거리는 모습에 정하가 웃음을 터뜨린다. 그의 숨결이 쏟아지는 동안에도 선은 눈물을 찔끔거리며 안 돼, 안 돼만 외쳐 댔다. 그 순간 훌쩍 뛰어오르다시피 그녀의 몸에 올라탄 남자가 사정없이 그녀의 목덜미를 빨아들였다.

"악! 아파, 아프단 말이에요!"

실컷 비명을 뽑고 난 다음에야 붉게 남은 자국을 보며 만족스럽게 웃음을 터뜨린 그가 그녀의 다리를 붙잡으며 몸을 붙였다. 그제야 선은 제 허벅지에 닿는 뭉툭한 것의 크기를 가늠하며 놀란 얼굴을 했다. 뭐지 이 엄청난 건? ⋯⋯다리가 하나 더 있나?

"왜?"

"아니, 이건 지금⋯⋯."

"만져 볼래?"

"힉!"

슬쩍 손을 잡아 내린 순간 그녀는 소스라치며 손을 뿌리치곤 고개를 저어 댔다. 나직하게 웃음을 터뜨린 그가 동그란 엉덩이를 움켜쥐었다.

"나는 만지고 싶은데. 네 전부 다."

"윽……."

말랑말랑하면서도 탄력 있는 엉덩이를 쓰다듬으며 하는 말에 선이 가볍게 눈을 흘겼다. 그 얼굴도 어쩌면 이리 사랑스러운지. 가볍게 입을 맞추며 그녀의 다리 사이로 손을 집어 넣었다. 촉촉하게 젖어 있던 곳을 헤집으며 도톰하게 일어선 돌기를 문지르자 그녀의 허리가 튀어 올랐다.

"아아, 아…… 하, 하지 마요……."

힘겨운 호흡이 그의 입술에 삼켜지고 좀 더 깊숙한 곳까지 탐색을 시작한 그의 손가락에 선은 정신을 차릴 수가 없었다. 말도 안 되는 음성이 제 목구멍을 비집고 튀어나온다. 발끝까지 찌릿해지는 감각에 자꾸만 눈물이 나와 베개를 적신다. 더는 못 견딜 것 같아 크게 흐느끼며 울음을 터뜨릴 때가 되어서야 손을 뗀 그가 야릇한 향이 밴 손가락을 닦아 내며 낮게 웃음을 터뜨렸다.

아이러니하게도 이런 상황에서조차 그는 아이처럼 웃는다.

정성스럽게 그녀의 머리카락을 쓸어 올리고 뺨을 만지고 입을 맞추며 좋아 죽겠다는 얼굴로,

"참을 수 있지?"

황당한 질문을 한다.

"뭐, 뭘요!"

"아프다던데. 처음이면."

"아, 안 아플 수도 있대요."

남자가 잘하면. 작게 덧붙인 말에 정하는 더 크게 웃음을 터뜨렸다.

"어쩌지? 나도 처음이라."

"네엣?"

저도 모르게 목소리가 높아졌다. 뭐야, 말도 안 돼. 그 나이에 어떻게 처음일 수가 있냐고! 그 얼굴에 그 외모에 지금까지 뭘 했기에!

그러나 그런 질문을 하며 타박을 놓을 여유조차 없었다. 어느새 그녀의 허벅지를 허리에 감은 남자는 점차 경직되어 가는 그녀의 얼굴에 입을 맞추며 단단히 선 남성을 입구에 가져다 댔다.

"미안. 그러니까 네가 참아."

조금 밀려 들어온 순간, 남자가 내뱉은 말이 야속할 지경이었다. 이제 시작인 것 같은데, 뭐 이렇게 아프냐고!

"아, 아파…… 선배 잠깐, 이거 아파요……!"

기겁하며 물러나려는 그때 단단히 허리를 붙잡은 그가 세게 밀어붙였다.

"아악!"

머릿속이 핑 돌 만큼 아파 정신을 잃을 뻔했다. 더 소리도 지르지 못하고 헛숨만 들이켜는 그녀를 정하는 그제야 조금 미안한 듯 내려다봤다. 차마 어떠냐고 물어볼 자신도 없어 멋쩍게 웃음을 터뜨린 순간, 아아, 하고 신음을 내던 선이 눈물을 줄줄 흘리며 그의 어깨를 때리기 시작했다. 정하는 아무렇지 않게 다시 사과했다.

"미안."

"이 왕초보!"

"미안하다니까."

전혀 미안하지 않은 말투로.

"다음엔 더 잘할게."

미워할 수도 없게.

"하다 보면 늘 거야."

결국은 웃게 만드는 이 남자를.

"하, 하하…… 내가 진짜…… 진짜 밉다……."

"어쩔 수 없잖아. 다른 데서 연습하고 올 수도 없고."

"그걸 말이라고 해요!"

"초보라고 욕할 땐 언제고."

"허엉- 내가 미쳐 진짜!"

다시금 웃음을 터뜨리며 온몸을 힘껏 껴안아 오는 남자를…….

환하게 웃던 그가 얼굴 여기저기에 입맞춤을 퍼부어 댔다. 서서히 그가 부딪쳐 온다. 생전 아파 본 적 없는 곳에서부터 밀려드는 아픔. 생살을 찢고 몸을 가르는 통증에 정신이 혼미해질 지경이었지만 이상하게, 아주 참지 못할 건 아니라고 생각했다.

조금 일그러뜨린 눈매. 한결 낮아진 남자의 신음. 한층 강해진 움직임. 바라본다. 웃는다. 신음하며 고개를 젓는다.

"하아…… 꿈만 같아."

관능으로 물든 목소리에 전율이 인다. 이상하게 모두가 현실감이 없다. 이 고통마저 꿈이 아닐까 싶을 만큼.

한 마리 짐승처럼, 오로지 본능으로만 움직이는 남자를 그녀는 애타게 끌어안았다.

집요하게 파고드는 남자를 받아 내며 거침없이 제 입술로 찾아드는 입술을 삼켰다. 선아, 선아. 거칠게 불러 대는 제 이름이 낯설다. 점차 여유를 잃고 광폭해지는 움직임에 다시 몸을 젖힌 그녀가 괴로운 숨을 내쉰다.

열기로 가득한 밤.

고통마저 잠잠해지는 순간.

깊어 가는 감정만큼이나 짙은 어둠이 그녀의 시야를 덮었다.

커다란 통유리 창. 반쯤 열린 블라인드 틈으로 뽀얗게 쏟아지는 햇살.

눈을 돌리자 깔끔한 마룻바닥 위의 커다란 침대와 빛을 받아 더욱 하얗게 빛나는 시트가 눈에 들어온다.

여긴 어디, 난 누구……?

한참 동안 침대 옆에 몸을 웅크리고 앉아 낯선 방 안의 풍경을 둘러보며 멍청한 생각을 떠올리던 선이 심호흡을 시작했다.

"후아……."

그리고 침대 위의 아름다운 생명체로 눈을 돌렸다. 마른 듯 적당히 근육이 붙은 몸. 보기에도 단단해 보이는 넓은 어깨. 군살 한 점 보이지 않는 완벽한 남자의 몸을 보고 있으려니 왠지 목구멍이 바짝 마른다.

'내가…… 이 사람이랑?'

무슨 짓을 해 버린 거냐.

왠지 모를 소름에 부르르 몸을 떨던 선이 슬그머니 마른침을 삼키며 남자를 바라봤다. 천천히 옮겨 간 시선은 매끈한 남자의 얼굴에 정착했다. 평온하게 잠이 든 얼굴을 바라보며 간밤의 일을 떠올리는 그녀의 얼굴이 조금 붉어졌다.

'선아.'

나른하게 부르는 목소리. 정하는 밤새 그녀를 안고 또 안았다. 땀에 젖고, 달빛에 젖은 남자의 몸은 지독하게 아름답고 자극적이었다. 차마 똑바로 바라볼 수 없어 눈을 돌리면 서로의 살갗이 부딪치는 소리, 얇

은 천이 사각거리는 야릇한 소음에 선은 어쩔 줄 몰라 하며 제 손목을
깨물어야 했다.

'괜찮아. 소리 내도.'

귓가에 속삭이던 목소리. 손목을 잡아 내린 그가 다시 입을 맞췄다.
앓는 듯한 한숨이 새어 나온다. 그와 연결된 곳에서부터 시작된 쾌감
이 서서히 몸 안에 퍼져 나가는 기분이었다. 허리가 들썩이고 허벅지
엔 힘이 들어간다. 두 다리를 잡아 올리며 미친 듯이 찍어 누르다가도
애타게 속도를 늦추며 괴롭힌다. 그리고 어느 순간 부드럽게 달래며
몸 안 깊은 곳까지 밀고 들어와 남은 쾌락을 일깨운다.

'아, 그만. 그만…… 하아.'

끊임없이 밀고 들어오는 그의 움직임을 따라 온 세상이 흔들렸다.
한껏 부딪치며 흔들리는 살덩이를 움켜쥔 그가 단단히 일어선 정점을
물고 혀를 움직인다.

더 반응할 기운도 없는 몸이 전율하며 젖혀진 순간, 남자는 미소를
지으며 전리품이라도 얻어 낸 듯 그녀의 쇄골 아래에 짙은 흔적을 남
겼다. 철저히 그에게 휘둘려 늘어진 그녀가 신음할 기운도 없이 눈물
만 줄줄 흘리는 모습을 보고서야 만족한 듯 그는 자신을 쏟아내고 길
게 입을 맞췄다.

온몸을 울리는 통증과 정신을 잃을 것 같은 수마(睡魔) 사이에서도
선은 따뜻한 물수건으로 제 몸을 닦아 준 남자가 다정히 등 뒤를 감싸
안은 걸 기억했다. 땀에 흠뻑 젖어 버린 머리카락을 쓸어 넘기는 손길
이 따뜻했고 등에 맞닿은 남자의 가슴에서는 세찬 박동이 느껴졌다.
부드러운 입술이 목덜미에 내려앉았다. 한 번, 두 번. 그리고 세 번째
닿은 입술이 속삭였다.

'사랑해.'

선은 저도 모르게 숨을 들이켜며 시트에 얼굴을 묻었다.

아, 어떡하지. 심장이 터질 것 같아. 한참 동안 심호흡을 하던 선이 다시 빼꼼히 고개를 들었다. 여전히 잠이 든 정하를 슬그머니 훔쳐보는 자신이 꼭 변태가 된 것 같다.

하지만 성인의 섹시함과 어린아이의 해사함을 동시에 가지고 있는 이 남자를, 이 기묘한 조화로움을 마음껏 감상할 수 있는 순간은 생각보다 흔하지 않다.

좀 더 경건한 자세로 무릎을 모은 선이 슬쩍 몸을 일으켜 침대에 바짝 몸을 붙였다. 그리고 저도 모르게 손을 뻗어 반듯하게 불거진 쇄골을 조심스럽게 눌러 본 순간, 단단한 팔뚝이 그녀의 허리를 훅 당겨 안았다.

"엄맛!"

"뭐 하는 거야?"

나직한 물음과 함께 웃음소리가 이어진다. 기겁하며 목을 움츠린 그녀의 눈앞에 비스듬히 누운 남자가 어느새 반짝 눈을 뜨고 바라본다. 슬며시 풀린 눈매에 왠지 모를 웃음기가 묻어 있다.

"서, 선배 언제 일어났어요?"

"간지럽잖아."

대답 대신 나른한 목소리로 타박을 놓은 정하가 팔에 힘을 줘 바짝 당겨 안았다.

"아야, 아, 아파!"

"어디? 어디가 아픈데? 여기? 여기?"

"아! 그, 그렇게 만지지 말란 말이에요!"

허리를 가로질러 엉덩이를 움켜쥐는 손. 그리고 척하니 젖가슴에 올라오는 못된 손을 철썩철썩 때려 댔지만 소용이 없다. 반항할 기운도 없어 흐느적거리는 그녀의 다리 사이로 정하는 집요하게 제 다리를 밀어 넣으며 옭아맸다. 그 순간 바짝 밀착된 곳에서 단단하게 부풀기 시작한 것을 느낀 선이 급하게 숨을 삼켰다.

이 남자, 설마, 또?

"나 지금 아파요, 아프니까 안 된다고요!"

"아무것도 안 하고 있는데, 뭐가?"

하고 있잖아. 뭔가 하고 있다고 당신의 머리랑은 다른 인격이!

어떻게든 그것과 떨어지려 끙끙거리며 엉덩이를 뒤로 빼는 그녀의 모습에 픽 웃음을 터뜨린 정하가 보란 듯 그녀의 허리를 당겨 바짝 하체를 붙였다. 그 의도된 행동에 흠칫하면서도 왠지 모를 위화감에 선은 눈을 동그랗게 떴다.

"서, 설마 일어나 있었어요?"

조금 차가운 살갗. 그리고 희미하게 풍기는 깔끔한 샤워코롱의 향기. 분명 이건 이미 샤워를 하고 온 사람의 몸이었다.

대체 언제 일어난 거지? 역시 짐승은 짐승이구나. 그 길고 긴 밤 내내 날뛰어 놓고 멀쩡하게 일어나 씻고 기다릴 수 있는 체력이라니! 그런데 들려온 대답은 더 황당했다.

"아니, 안 잤는데."

"네? 왜, 왜요! 조금이라도 자야지……. 오늘도 현장 나가 봐야 하는 거 아니에요? 그러다 선배 몸 상하면 어떡하려고……."

고, 하고 그녀의 입술이 동그랗게 모여드는 순간, 기다렸다는 듯이 다가온 입술이 입가에 부딪쳤다. 흠칫하며 고개를 돌린 순간 정하가 왜 그래? 하고 물었다. 다시 목덜미까지 열이 오른 선이 우물쭈물 대꾸했다.

"저, 저기…… 지금은 이럴 게 아니고 일단 선배는 좀 주무시고 저도 이제 좀 씻고……."

"괜찮아."

짧은 대답과 함께 턱을 붙잡아 돌린 그가 입술을 마주 댔다. 시원한 민트향과 함께 그의 맛이 밀려 들어와 눈을 감아 버렸다. 자연스럽게 몸을 쓸기 시작한 남자의 손. 어느덧 가빠지기 시작한 숨소리가 버겁다. 자꾸만 몸을 빼려 하는 그녀의 몸을 휘감으며 그가 속삭였다.

"나 좀 안아 줘."

버둥거리던 그녀가 멈칫했다.

독이 든 잔을 입술에 대게 만드는 달콤한 속삭임이었다. 이 남자는 꼭 한 번씩 그녀를 시험대 위에 올리곤 한다. 위험하다는 걸 알면서도 돌아보게 만들고 만져선 안 된다는 걸 알면서도 손을 뻗게 만드는 남자.

선은 가만히 자신을 바라보는 얼굴을 눈에 담았다. 무표정하게 기울어진 시선에 전율이 인다. 그 존재 자체로 치명적이라는 사실을 알고 휘두르기에 더 무서운 남자…….

하지만 미동도 없는 눈동자엔 왠지 모를 애틋한 감정이 담겨 있었다. 어째서 이 남자는 이런 눈으로 날 바라보는 걸까. 조심스럽게 손을 뻗은 선이 짙은 눈썹을 쓸고 잘 자리 잡은 콧등을 슬쩍 눌러 봤다.

가끔 이 남자는 너무나 비현실적이어서 이렇게 뭔가를 확인하고 싶어진다. 그 마음을 아는지 모르는지 도톰한 남자의 입술이 길게 늘어졌다. 그제야 가만히 한숨을 내쉰 선이 그의 품에 안겨 들었다. 나른한 체온. 군살 없이 날렵한 허리에 팔을 감고 작게 한숨을 흘렸다. 언제나 뻔뻔하고 능숙한 남자. 누구보다 강하고, 누구보다 높은 곳에서 내려다보는 남자인데 왜 이렇게 감싸 주고 싶어지는 건지 모르겠다.

"오늘 대체 어쩌려고 잠을 안 잤어요? 어떻게든 눈을 붙였어야지……."

"잘 수가 없었어. 자고 일어나면 다 꿈처럼 깨 버릴까 봐."

"……."

"사라져 버릴까 봐."

무심하게 가라앉은 목소리가 귓가에 맴돈다. 왠지 아릿한 통증에 한숨을 내쉰 선이 작게 중얼거렸다.

"선배는 진짜 이상해요."

"이상할 만큼 좋다고?"

"그런 셈 치시든가. 완전 제멋대로야."

"너야말로 온다고 해 놓고 안 온 주제에."

"간다고 한 적도 없거든요?"

"기다리라고 했어. 집에도 초대하겠다고 했었는데."

"대체 무슨 소릴 하는 거예요?"

투덜투덜 그의 가슴팍에 쏟아지는 대꾸. 견딜 수 없이 사랑스러운 투정에 더 참지 못하고 힘껏 껴안은 순간, 그녀는 콜록콜록 기침을 하며 화를 냈다.

"뭐예요, 진짜! 혹시…… 꿈꾸셨어요?"

미심쩍은 시선이 빤히 그를 향했다. 슬쩍 찡그려진 눈가에 입을 맞춘 정하가 웃음을 터뜨렸다.

"응. 아주 행복한 꿈."

점점 더 알 수 없단 표정으로 이맛살을 찌푸리던 선이 한숨을 푹 내쉬었다. 흘깃 노려봐 놓고는 어쩔 수 없다는 얼굴로 웃음을 터뜨렸다.

"못 말려, 진짜."

다시 그의 몸을 끌어안은 선이 어르듯 등을 토닥였다. 그 순간 정하는 기다렸다는 듯이 말했다.

"사랑한다고 해 줘."

"네? 가, 갑자기 무슨 소리예요!"

"빨리 해 줘."

"자, 잠깐 말도 안 돼! 으, 으아, 아니 왜 갑자기 이런……."

얼굴을 새빨갛게 물들인 선은 한참 동안 그의 품 안에서 꼼지락거리다 쭈뼛거리며 고개를 들었다. 마주 보는 얼굴에 쑥스러움이 가득하다.

"……사, 사랑해요."

간신히 내놓은 그녀의 말에 정하는 슬쩍 고개를 기울였다.

"아니야. 느낌이 다른데."

"네?"

"좀 더 무심한 듯 시크하게 해 봐."

이건 또 무슨 개소리냐는 표정이다.

하지만 그는 진지했다.

"사랑해, 라고 해 봐."

한참을 멍한 얼굴로 그를 바라보던 선이 왠지 점점 뾰로통한 표정으로 입술을 삐죽였다. 그러더니 눈을 치켜뜨고는 그의 양 볼을 힘껏 꼬집는다.

"아."

"혹시 이것도 그 첫사랑?"

"아파."

"아프라고 꼬집었으니 아파야죠! 빨리 말해요! 대체 그 여자가 누구예요?"

"질투해?"

"뭐라고요? 질투는 무슨 개뿔! 이런 상황에서 그 여자 이야기가 나오게 하는 게 잘못이잖아요! 선배가 잘못한 거라고요, 이건!"

제법 손이 매운 건지 얼굴이 얼얼하다. 그런데도 웃음이 난다. 솔직하지 못하게 우겨 대는 모습이 예뻐서 미치겠다.

너는 다 잊고, 나만 기억하지.

하지만 그런 것쯤이야 아무려면 어떤가.

그래도 얄미우니 지금은 절대 말 안 해 줄 거다.

이리저리 튀어 대는 감정이 무척이나 즐거운 지금. 이 순간을 좀 더 즐겨 봐야지.

"빨리 말하라고요!"

그리고 이렇게 좀 더 애태우는 널 감상하고 많이 괴롭히고 펑펑 울린 후에 말해 줘야지.

"나도 사랑해."

너는 내 처음이자 마지막이라고.

12.

Private time

마지막으로 들른 곳은 올해 예고에 입학한 아이의 집이었다.

"여기……. 그동안 수고하셨어요, 선생님."

봉투를 건네는 아이 어머니의 표정엔 진심 어린 섭섭함이 가득했다. 이 집의 아이는 유독 얌전하고 말을 잘 듣는 편이었는데, 왠지 그 이유를 알 것 같았다. 싱긋 웃어 보인 선이 이만 돌아가겠다며 자리에서 일어서자 슬그머니 따라나서던 아이 어머니가 묻는다.

"좋은 선생님 가신다고 우리 애가 많이 섭섭해할 텐데…… 그나저나 뭐 때문에 그만두는지 물어보면 혹시…… 실례인가요?"

"아, 그런 건 아니에요. 저도 이제 연습 많이 해야 할 일이 생겨서요."

"어머, 그래요? 혹시 공연?"

조금 멈칫한 선이 이내 멋쩍게 미소를 올렸다.

"네, 내년 초에 계획 있어요."

"세상에. 잘됐네요, 정말. 그렇지 않아도 우리 애가 선생님보다 잘

치는 사람 없다면서 왜 그렇게 무명인지 무지 궁금해했었거든요. 아차,
이게 더 실례인가?"

왠지 그녀보다 더 흥분하며 말을 꺼내던 아이 어머니가 입을 가리곤
민망한 듯 웃었다. 괜찮다는 듯 웃어 보인 선이 고개를 저었다. 이어
꼭 보러 갈게요, 라며 손을 흔드는 아이 어머니를 뒤로한 채 선은 조금
홀가분한 마음으로 집을 나섰다.

'나 그 콘서트 할게요.'

여름의 절정에서 선은 마침내 그 말을 내놓았다.

'잘 생각했어.'

기다렸다는 듯이 남자의 눈매가 곱게 휘어졌다. 세상 모든 걸 다 가
진 듯 행복해 보이는 그의 웃음에 선은 생각했었다.

이 얼굴만 볼 수 있으면 그깟 무대, 천 번도 만 번도 올라갈 수 있
겠다고.

그리고 또 시간이 흘렀다. 습기와 열기로 가득했던 여름이 가고, 어
느덧 아침의 공기가 산뜻해지는 계절이 왔다. 그동안 연습 시간을 늘
려 가며 하나둘, 레슨 자리를 정리해 온 선은 오늘 이 아이를 마지막으
로 레슨에서 완전히 손을 뗐다. 오늘은 본격적인 연주자로서의 첫걸
음을 떼는 날이기도 하다.

―언제 오는 거야? 기다리다 목 빠지겠어.

―지금 가요.

―달려와. 나 지금 인내심이 바닥이야. 죽을지도 몰라.

그새를 못 참고 도착한 정하의 메시지를 확인하던 선이 헛웃음을 지
었다.

어우, 정말. 간다고 가. 이젠 제대로 셀프 인질극이다. 투덜거리면서

도 그녀의 입가엔 절로 미소가 머금어진다. 걷는 걸음이 좀 더 빨라졌다.

✝

"이건…… 뭐예요?"

현관에 들어서자마자 정하는 커다란 털 덩어리를 불쑥 내밀었다. 처음엔 의아했다가 조금 후엔 놀랐다. 왜 톰이 거기 있는 거지?

"선물."

태연히 내뱉은 정하가 손에 든 걸 훌쩍 건넸다. 엉겁결에 털 덩어리, 아니 톰 녀석을 받아 든 선이 황당한 얼굴을 했다. 무슨 짓을 한 건지 넋이 나간 톰 녀석은 혀까지 빼물고 완전히 지친 모습이었다. 거기다 선물이라니. 뭐 이딴 돼지를 선물이라고……!

"대체 얘한테 무슨 짓을 한 거예요?"

"아무것도 안 했어. 조금 놀아 줬지."

"아니 조금 놀아 줬다고 어떻게 애가 이 지경이 돼요? 그리고 우리 집엔 기를 데도 없단 말이에요!"

"그럼 여기서 기르면 되잖아."

"그럼 지금이랑 다를 바가 없잖…… 이건 뭐지? 목걸이?"

버럭 따지려던 선이 톰의 몸뚱이에 감긴 뭔가를 발견하며 중얼거렸다. 은인지 백금인지 모를 고급스러운 줄에 영롱한 빛을 내는 투명한 보석. 아무리 봐도 다시 봐도 무지 비싸 보이는 목걸이인데…….

"고양이 목줄."

……미친 거 아냐?

"얘도 움직이긴 움직이는 거였어요?"

"응, 가끔 운동시켜 주거든."

나른하게 대꾸한 정하가 어디론가 걸음을 옮겼다. 톰을 껴안은 채 고개를 젓던 선이 졸래졸래 그 뒤를 따르다 문득 미소를 지었다. 목둘레가 훤히 드러나는 루즈한 니트 티셔츠에 적당히 피트 되는 운동복 바지 차림이 한결 평온해진 그의 상태를 말해 주는 것만 같다.

Unlimited는 역대 최다의 관중을 동원하며 명실상부한 대한민국 최고의 축제로 자리매김했다. 그동안 잠 한숨 제대로 자지 못하고 일을 해 온 정하는 축제가 끝난 후 며칠을 죽은 듯이 잠만 잤다.

그렇게 곤히 잠이 든 남자의 옆에서 가끔은 함께 잠이 들고 함께 밥을 먹고 피아노를 치며 그녀 역시 며칠간 아무 생각 없이 주어진 휴가를 만끽했었다.

지금의 정하는 그때처럼 절박하지 않다. 사냥터를 평정한 사자처럼 느긋하고 여유로운 모습으로 일을 처리하고 그녀를 기다리곤 했다. 그리고 그녀를 탐하는 데에 더 집중했다. 선명하게 드러난 견갑골과 부드러운 근육의 움직임을 멍하니 지켜보던 선이 흐뭇하게 치켜 오르는 입가를 애써 가다듬었다.

아, 이런. 나 너무 변태 같아.

그러다 멈춰 선 곳은 언젠가 본 기억이 나는 볼링트랙 앞이었다. 그곳에서 정하는 조그만 공 하나를 꺼내 트랙을 향해 굴렸다.

-캬앙!

동시에 그녀의 품을 박차고 나온 톰이 미끌미끌한 트랙을 반쯤 구르듯 달려가 공을 붙잡고는 벽에 쾅 부딪친다. 흠칫한 선이 눈을 크게 뜨며 정하를 바라봤다.

뭐지? 이거 동물학대로 신고해야 하는 거 아닌가?

심지어 기함하는 그녀의 앞에서 공을 붙잡고 늘어지던 톰이 갑자기 벌렁 드러누웠다.

"지금 뭐, 뭐하시는 거예요? 그리고 톰은 왜 저래요?"

"캣닢이라는 건데 고양이한테는 일종의 마약이야."

마약?

왠지 머릿속이 띵 울리는 건 기분 탓인가. 그보다 고양이 놀이터로 이 트랙을 만들어 뒀단 소리야, 지금?

'아, 생각하지 마.'

그 타당성에 대해 더 고민하지 않기로 굳게 다짐하며 침착하게 호흡을 고르는 사이 정하는 벌러덩 자빠져 있는 톰에게 다가가 공을 뺏어 들고 굴려 주기를 반복했다. 묵묵히 이어지는 그의 놀아 주기(?)에 톰은 발광을 하며 덤벼들었다.

후다다닥, 쿵. 다시 후다다닥, 쿵.

그렇게 얼마 후, 완전히 기진한 톰을 두고 정하는 유유히 걸음을 옮겼다. 아무래도 저러다 톰이 죽지 싶어 벌렁 나자빠진 녀석을 살피던 선이 문득 뭔가를 발견했다.

"어? 선배. 애 목걸이가 없어졌어요! 떨어뜨렸나?"

"그래? 그거 진짜 다이아인데."

"아, 다이아…… 네?"

이 사람이 미쳤나!

"그걸 왜 이제 말해요!"

어찌나 놀랐는지 눈알이 튀어나오는 줄 알았다.

"선배도 빨리 찾아요!"

기겁하며 엎드린 선이 정신없이 바닥을 살피며 외쳤다. 그런데 그녀의 등 뒤로 남자의 손이 감싸 온다. 지금 이럴 때냐고 버럭 소리를 지르려는데 뭔가 목에 툭 하니 걸렸다. 저도 모르게 어, 하며 멈칫했다.

"바보."

어느새 목걸이는 그녀의 목에 스르륵 걸려 있었다. 놀리는 듯한 말에 이어 포근히 등 뒤를 감싼 남자가 그녀의 목덜미에 입술을 대고 웃는다.

"하여간 눈치도 더럽게 없지."

"뭐, 뭐예요, 대체!"

"뭐긴, 목줄이지."

"무슨 소리예요, 진짜! 그리고 톰한테 걸어서 주면 중고품인 거 몰라요? 무슨 선물을 이런 식으로 하고 그래요?"

"누가 선물이래? 고양이 목줄이라니까."

"네?"

기막혀하며 내뱉은 순간 고개가 뒤로 돌려지고 입술이 닿았다. 가볍게 입술을 누르고 문지르다 슬쩍 깨물고 물러나는 남자의 얼굴을 멍하니 바라봤다. 슬며시 굽어진 눈가에 어린 장난기를 읽은 선이 눈을 흘기며 이마를 콩 부딪쳤다.

"정상인이라면 고양이랑 이런 짓은 안 하거든요?"

"그럼 나도 고양이인 셈 치든가."

태연히 내뱉은 정하가 바로 그녀의 뒷머리를 잡아채며 단숨에 그녀의 입안으로 침범했다. 힘겹게 숨을 이어 가며 한참 동안 타액을 빨리고 옷 위로 짓이기듯 가슴을 움켜쥐는 손길에 결국 신음을 내뱉고서야 남자는 쪽, 소리를 내며 입술을 떼어 냈다. 심장이 미친 듯이 뛰기 시작했다.

"저기…… 저 이제부터 연습해야 하는데……."

"응."

짧은 대꾸와는 달리 어느새 짙어진 그의 검은 눈동자가 열기를 품었다.

"연습해."

가볍게 어깨를 깨물며 하는 대답. 자연스럽게 그녀의 옷자락을 걷어 올리는 손길에 흠칫한 선이 양손으로 남자의 얼굴을 붙들었다. 당황한 손끝이 떨려 온다.

"서, 선배? 연습해야 한다고요."

"조금만."

조금은 진작 끝나지 않았어?

의문도 잠시, 가로막는 손을 잡아 내린 정하가 다시 입을 맞췄다. 자연스럽게 그의 허벅지에 올라 앉아 그의 손길과 입맞춤을 받으며 달아오르기 시작한 몸이 뭔가의 기대로 가볍게 뒤틀리기 시작했다. 숨이 차올라 고개를 젖히며 숨을 들이마신 순간 목덜미로 파고든 입술에 짜릿하게 전류가 흐른다.

티셔츠를 걷어 올리며 스며든 손이 부푼 가슴을 쓸다 꼿꼿해진 정점을 비비고 문지르자 절로 허벅지에 힘이 들어갔다.

어떡해. 안 되는데, 좋아.

저도 모르게 떠올린 생각에 흠칫했다. 그 와중에도 다시 입술을 덮고 입안을 헤집는 그의 혀를 피해 선은 간신히 할 말을 내놓았다.

"그, 그만! 조금이라면서요, 조금!"

어깨를 치고 가슴팍을 밀고 나름 필사적으로 반항하는 그녀의 허리를 가볍게 잡아챈 남자가 웃음을 터뜨렸다.

"미안. 조금으로는 안 될 거 같다."

이어 어깨에 떠메다시피 하며 훌쩍 일어선 말에 선은 절망했다.

"아, 안 돼…… 톰이 본단 말이에요……."

어느새 소파에 놓인 선이 울상을 지으며 하는 말에 니트 티셔츠를 벗어 던지던 정하가 나른하게 웃는다. 철컥거리며 버클이 풀리고 스르륵 벗겨 올라간 티셔츠가 소파 옆 어디론가 처박혔다. 체념한 듯 한숨을 내쉬는 그녀의 입술에 짧게 키스한 정하가 그녀의 허리선을 쓰다듬어 당겼다. 밀려 내려가는 바지 대신 그의 커다란 손이 엉덩이를 움켜쥔다. 다리가 엮이고 부풀어 오른 남성이 그녀의 허벅지를 누른다.

"후우……."

크게 숨을 내쉰 선이 손에 닿는 단단한 남자의 몸을 끌어안고 눈을 감았다. 하나, 둘 몸을 가린 것들이 사라지고 마주 닿기 시작한 체온에 제 몸이 달아오르고 있다. 벌써 몇 번이나 이 순간을 맞이하는데도 그는 매 순간 새로운 자극과 떨림을 만들어 낸다.

"참. 어쩌지, 콘돔이 없는데."

지금처럼.

젖가슴을 한껏 베어 물며 내놓는 말에 당황한 선이 눈을 뜨며 그의 어깨를 밀어 올렸다.

"네? 잠깐만요. 그, 그럼 어떻게……."

"생기면 낳지, 뭐."

"무슨 소리예요!"

저도 모르게 퍽, 하고 그의 어깨를 내려친 순간 아무렇지 않게 웃던 그가 타액이 묻은 정점을 슬쩍 비틀었다. 그렇게 움찔하게 만들어 놓고 그녀의 허벅다리를 잡아 올리며 단숨에 파고 들어왔다.

"아!"

숨이 멎는다. 조금 **빽빽**한 느낌과 함께 꼭 맞물리는 순간 짜릿하게 밀려든 쾌감이 눈앞까지 뒤덮었다. 정신없이 그의 팔을 붙들고 신음을 삼켰다. 어느새 움직이기 시작한 그가 자잘한 파도처럼 부딪쳐 왔다.

미처 충분히 젖지 못한 곳에서 약한 둔통과 함께 느껴지는 쾌감. 점점 허리에 힘이 들어간다. 한없이 낮아진 남자의 신음성이 귓속을 파고들 때마다 묘한 흥분으로 몸을 떨던 그녀가 가쁜 숨을 내뱉었다.

"뭐예요, 진짜…… 아웃, 그렇게 갑자기…….”

"미안. 네가 때리니까 흥분돼서.”

"하아…… 못살아, 진짜.”

두 팔을 짚으며 상체를 일으킨 남자가 싱긋 웃는다.

"이제 익숙해져서 괜찮을 거야.”

말이나 못 하면.

조금 강해진 남자의 움직임에 절로 감겨드는 눈을 힘겹게 뜨고 그를 바라봤다. 어딘지 멍한 얼굴로 끝까지 그녀를 바라보며 열중하는 남자의 얼굴을 보고 있으려니 가슴속부터 기묘한 감정이 솟구친다.

"키스, 할래요. 나, 하아…… 지금…….”

네 입술을 내놓아라, 하는 말에 낮게 웃던 정하가 말 잘 듣는 짐승처럼 몸을 숙였다. 선은 그 얼굴을 붙잡고 애타게 입을 맞췄다. 아이처럼 웃으며 젖은 머리카락을 헝클어뜨리고 귓바퀴의 모양을 그리다 서서히 목선을 긁어 내렸다.

제 손끝의 움직임을 따라 남자의 신음이 달라지고 받아 오는 움직임이 격렬해진다. 기어이 비명을 지르게 만든 그가 짓궂게 웃는다. 슬쩍 눈을 흘긴 선이 그의 팔을 철썩 때렸다. 그러다 잠시간 떨어지는 것마저 그립고 아쉬워 다시 입을 맞추고 끌어안는다.

한 순간, 또 한 순간.

이렇게 행복한 순간이 모여 삶을 채울 때까지.

두 사람은 하염없이 서로를 안고 신음하고 입을 맞췄다.

저 멀리서 톰의 나른한 울음소리가 들려왔다.

✝

한동안은 모든 게 순조롭고 여유로웠다.

"후…… 쉽지가 않네."

단 하나, 그녀의 조명공포증만 빼고.

리허설을 위해 세팅만 해 놓은 무대에서조차 조명이 닥쳐오는 순간 몸이 굳는다. 뻣뻣한 손가락으로 힘겹게 연주를 마치고 나면 다음 곡은 시도조차 할 수 없을 만큼 녹초가 되어 버린다.

그나마 이렇게 준비된 무대를 충분히 제공할 수 있는 정하 덕분에 넘치도록 훈련을 했고, 이제 더는 호흡곤란이나 현기증으로 쓰러지는 일은 없었다. 하지만 아직도 제대로 된 연주를 할 수 없는 건 마찬가지였다.

'어쩌지.'

지끈거리는 머리를 감싸며 다른 손으로 손수건을 집어든 순간 바로 뒤에서 목소리가 들려왔다.

"긴장 풀고. 느긋하게 생각해. 지금은 연습이니까."

언제 올라온 걸까. 자연스럽게 옆에 앉은 그가 힘을 풀라는 듯 잔뜩 위축된 어깨에 턱을 얹으며 웃는다. 그제야 느슨하게 어깨에 힘을 뺀 그녀가 한숨을 푹 내쉬었다.

"못 들어 주겠죠?"

"응, 항의하러 왔어. 누가 이렇게 예쁘게만 앉아 있는지 궁금해서."

"뭔 소리예요?"

"멀쩡한 남자가 팔불출 되는 소리."

"멀쩡하진 않지만 선배가 옆에 있으니까 긴장이 좀 풀리는 거 같긴 해요."

"그래? 그럼 피아노 3중주라도 추가해야 하나?"

"와, 설마 전 쾰른 오케스트라 수석 바이올리니스트님께서 협주해 주시는 거예요?"

"아니. 나는 네 옆에서 악보 넘겨 줄 생각이었는데?"

"푸훗……."

"자, 한 곡 더 해 볼래?"

말도 안 되는 농담을 지껄이고 결국 웃게 만든다. 고개를 끄덕인 선이 크게 숨을 쉬고 다시 건반에 손을 올렸다. 여전히 뻣뻣하게 돌아가지 않는 손가락이지만, 혼자 앉아 있을 때보다는 한결 움직임이 편해졌다.

의식적으로 어깨를 늘어뜨린 선은 좀 더 머릿속으로 그려 낸 음형에 집중하며 손을 움직였다. 조금이라도 편안하고 자연스러운 소리를 내기 위해서는 어떻게든 몰입하는 게 순서였다.

그러나 이것은 임시방편일 뿐이었다. 근본적인 원인을 고치지 않는 한 절대 정상적인 소리를 낼 수 없다. 제 소리를 내지 못하는 한 무대는 점점 더 멀어질 뿐이었다. 그것을 알기에 시간이 갈수록 초조함도 조금씩 커져 갔다.

그리고 무엇이 그녀를 가로막고 있는지도 알고 있었다.

잃어버린 한 조각. 아무리 떠올려도 좀처럼 이어지지 않는 그날의 기억.

아직도 모든 퍼즐이 맞춰지지 않았다. 단지, 아주 나쁜 일이 있었을 거라 짐작만 할 뿐. 그럼에도 어떻게 자신이 무사했는지 의문스러울 뿐.

'역시 물어보는 수밖에 없나.'

하지만……

사실은 무엇도 알고 싶지 않고 되새기고 싶지도 않았다.

누구도 곁에 있어 주지 않았던 그날. 온 세상에 버림받은 것 같았던 날.

비명마저 아득히 환한 조명 속으로 빨려 들어가는 것 같았던 그날.

그 기억의 건너편에 도사린 절망과 공포…….

그 순간, 손끝이 움츠러들었다. 동시에 그녀는 머릿속의 반쯤 열려 가던 상자를 턱 하니 덮었다. 연주를 멈춘 선이 정하를 바라봤다. 애써 웃음 지으며 말했다.

"다시 해 볼게요."

오전부터 느닷없이 들이닥친 정하의 기세에 밀려 허둥지둥 외출 준비를 마친 선은 어안이 벙벙한 얼굴로 끌려 나왔다. 분명 오늘은 평일 인데 일도 없는 건가? 간밤에 늦잠을 잤던 선이 졸린 얼굴로 조수석에 앉자마자 정하는 떡하니 태블릿 하나를 내밀었다.

"이건 뭐예요?"

"네 스케줄."

"네?"

뭐가 이리 거창해. 조심스럽게 홈 버튼을 누른 선은 첫 화면을 보자마자 입을 벌렸다. 달력 모양의 스케줄 표에 빼곡하게 적힌 글자들이 심상치 않은 느낌을 자아내고 있다. 황급히 오늘의 날짜를 누르자 커진 화면으로 시간대별로 정리된 문구들이 줄줄이 이어졌다.

-11:00~12:00 헬스 PT 상담. 1일차 체험.

-12:20~13:30 점심. 한우마을 예약.

-13:30~16:00 쇼핑. JL백화점. The Chic 예약.

⋮

-10:30~12:00 private time.

이러면 알면서도 묻지 않을 수가 없잖아!

"이, 이게 다 뭐예요?"

"네 저질 체력을 개선하기 위한 거니까 잘 따라와. 내일 아침부터는 조깅 시작하고."

"아니, 다 좋은데 쇼핑은 왜요? 그리고 여기 프라이빗은 또 뭔데요?"

"운동이야."

"네?"

"좀 길어질 수도 있지만."

자기 전에 운동은 무슨 개뿔이냐, 라고 생각한 순간 머릿속에 뭔가 반짝 떠올랐다. 동시에 부응, 소리와 함께 차가 출발했다. 반동으로 카시트에 털썩 누운 선은 이상하게 불길한 예감으로 굳어 갔다.

어째서 불길한 예감은 틀린 적이 없나.

처음으로 도착한 곳은 정하의 집과 가까운 주상복합 지하의 럭셔리한 헬스클럽이었다. 도착하자마자 미리 기다리고 있던 트레이너를 따라 꼬박 40분을 채운 기초체력운동을 하고 난 선은 억울함에 눈물이 다 날 지경이었다. 상담이라며!

오늘은 첫날이니 40분이지만 내일부터는 한 시간, 다음 주부터는 80분으로 늘릴 거라는 트레이너의 말에 샤워실로 향하던 그녀의 다리가 휘청 꺾였다.

"저 진짜 이거 해야 해요?"

그리고 다음으로 도착한 한우집에서 선은 태연히 집게를 들고 있는 정하를 보며 심각하게 물었다. 무슨 조화인지 정말 끔찍하게도 안 어울린다.

"그리고 그 집게는 저 주시면 안 될까요?"

"이거 한 번 해 보고 싶었어."

이상하게 호기심 어린 눈으로 내놓은 대답이었지만 그것도 잠시뿐. 후다닥 다가온 직원이 그의 손에서 집게를 뺏고 고기를 굽기 시작했다. 왠지 기대감이 푹 꺼진 것 같은 저 표정은 뭐야. 저도 모르게 픕, 하고 웃음을 삼킨 선이 젓가락을 집어 들었다.

"아무튼 전 지금까지 이런 거 안 해도 체력 떨어진단 생각은 해 본 적 없단 말이에요. 솔직히 이만하면 많이 건강한 거죠. 아픈 데도 없고 살찐…… 아니 요즘 좀 쪘나? 아, 아무튼 그 헬스 하나 하려고 한 시간 거리를 왔다 갔다 하는 것도……."

"평균 러닝타임 90분에서 100분."

그러나 들려온 대꾸는 뜬금없는 것이었다.

"네?"

"가령 2시간의 리사이틀이면 인터미션이랑 무대 오고 가는 시간을 빼도 90분은 피아노 앞에 앉아 연주하게 돼. 물론 넌 이번에 윤이랑 함께 오를 거니 적당히 분배한다 쳐도 길게 잡아 1시간은 앉아서 연주를 해야 한단 소리지. 커튼콜을 제외하더라도."

알고는 있다. 이미 열 살 때부터 그런 무대에 수도 없이 서 왔으니까.

"냉정하게 말하면 지금의 너는 그때와 달라. 아무리 괜찮다 생각해도 실패했던 경험에 위축되지 않는 사람은 없으니까. 그 부담감을 버텨 내면서 긴 시간 조명 속에 앉아 관객들과 기 싸움을 하는 거지. 그래서 체력이 필요해. 네가 생각하는 것보다 훨씬 많이."

선은 멍한 얼굴로 이어지는 말을 듣고만 있었다. 그는 단순히 무대에 올리는 것 그 이상을 생각하고 있었다. 그녀를 완벽하게 보여 줄 수 있는 순간을. 역시 민정하구나, 싶은 생각과 함께 왠지 모르게 가슴이 뭉클했다. 한편으로는 어깨가 무거워졌다.

나, 정말 잘 할 수 있을까…….

곧 나직하게 웃음을 터뜨린 남자가 젓가락을 집어 들었다.

"네 진짜 실력을 가장 잘 아는 건 나잖아. 나만 믿어. 어떻게 해야 널 제대로 보여 줄 수 있을지, 어떻게 해야 네가 행복할지는 내가 생각할 테니까, 넌 지금처럼만 해."

그리고 서툰 젓가락질로 잘 익은 고기를 집어 조그맣게 쌈을 싸서 내밀었다. 놀란 얼굴로 얼결에 받아 든 순간 그가 싱긋 웃었다.

"일단은 잘 먹어 둬."

먹은 게 채 소화도 되기 전에 도착한 곳은 근처의 백화점이었다. 선은 심플한 책상과 책장 세트를 가리켜 보이며 의향을 묻는 정하를 이상한 얼굴로 바라봤다. 지금까지와는 또 다른 의문이 몽글몽글 머릿속을 맴돈다.

"이건 또 왜요?"

"네 방에 넣을 거니까 맘에 드는 걸로 골라."

"제 방 보셨잖아요. 이렇게 큰 건 넣을 자리도 없어요. 그리고 이건 너무 비싸서 살 돈도 없다고요!"

"나쁘진 않지?"

대체 저 말을 어떻게 들어야 저런 질문이 나오는 건데? 기막혀하는 그녀의 앞에서 정하는 꼼꼼하게 화장대를 살펴보고 그녀의 손을 잡아 끌었다. 그리고 커다란 침대 앞에서 그녀를 번쩍 들어 올리더니 툭, 소리가 나도록 내려놓는다. 벌렁 눕다시피 침대에 떨어진 선이 비명을 질렀다.

"으악!"

"음, 소리는 괜찮고. 어때, 편한 거 같아?"

"편하고 자시고 대체 뭐 하시……!"

갑자기 정하가 몸을 숙여 그녀의 양 허리 옆에다 손을 짚었다. 순간 흠칫하며 몸을 움츠린 선이 눈을 동그랗게 떴다. 훌쩍 가까워진 남자의 날렵한 턱 선. 엷게 풍겨오는 산뜻한 향에 절로 침이 꼴깍 넘어간다.

"하시는 거예요…… 선배……?"

보는 눈도 많은데.

묘하게 긴장된 분위기를 풍기던 남자가 픽 웃음을 터뜨렸다. 그러고는 두 팔에 좀 더 체중을 실어 매트리스를 눌러 보곤 몸을 일으켰다.

"튼튼하고 괜찮네."

음?

"왜 그러고 있어?"

"……."

"뭘 기대했는데?"

툭 하니 내뱉는 말에 얼굴이 확 달아오른다. 발끈한 선이 벌떡 일어나 그의 넥타이를 훅 잡아채자 나른한 웃음소리가 이어진다.

"이젠 멱살잡이도 할 거야?"

"자꾸 장난칠 거예요? 그리고 이건 다 뭐냐고요!"

다시 웃음을 터뜨린 정하가 넥타이를 쥐고 있는 손을 부드럽게 잡아 올렸다. 어느새 다른 힘이 그녀의 허리를 감아 당겼다. 천천히 손을 세워 맞잡고 깍지를 끼워 돌리곤 그녀의 손등에 쪽, 하고 입을 맞춘다. 손끝에서부터 짜릿한 전율이 흘러온다.

"네 부모님께는 미리 허락받았어."

"……."

"걱정 말고 몸만 와."

왠지 가슴이 철렁 내려앉는 말에 휘둥그레 눈을 뜬 순간,

"왔다 갔다 하면서 연습하기엔 번거로우니까 당분간은 내 집에서 살아. 스케줄 소화하기에도 그편이 나을 거야. 집에는 주말에만 다녀오면 돼. 가구는 빈 방에다 채울 물건이니까 크기 상관없이 마음에 들면 바로바로 말하고."

느긋하게 이어지는 말.

"내일부터는 또 바빠질 거라서 오늘 다 돌아야 해."

"……."

놀람으로 굳었던 얼굴이 왠지 모를 허탈함으로 바뀌는 건 순식간이었다.

'무슨 말을 그렇게 사람 오해하게 하냐고!'

사람을 아주 들었다 놨다, 들었다 놨다.

어느새 저만치 걸음을 옮긴 남자가 문득 뒤를 돌아보며 말했다.

"물론 침대는 같이 쓸 거야."

저 요물!

윤이 찾아온 건 밤 10시가 다 되어서였다. 넉살 좋게 오자마자 피아노 앞에 앉은 윤이 가볍게 손가락을 풀며 말했다.

"이야, 이게 뵈젠도르퍼구나."

흥미로운 눈으로 건반을 바라보던 그가 손을 올렸다. 곧바로 연주한 곡은 일명 흑건.

Chopin Etude, op. 10 No. 5 in G flat major.

귓속이 가려울 만큼 가볍고 맑은 오른손 셋잇단음표의 향연과 왼손의 통통 튀는 스타카토. 속도감을 유지하면서도 또렷하게 제 음을 내주는 터치.

튀는 소리 하나 없이 쟁반에 구슬 굴러가듯 매끄러운 연주를 뽑아내는 윤의 연주에 선은 잠시 넋을 놓았다. 그러다 마지막, 맹렬한 속도로 하향하는 옥타브 스케일에서 선은 저도 모르게 손을 들어 물개박수를 쳐 댔다.

"우와― 똑같은 피아노인데 어떻게 이런 소리가 나요?"

"왜, 난 네 소리 마음에 들던데. 차분하고 꽤 무게감도 있어서 천상 클래식이지."

"아하하…… 좋게 봐 주셔서 고맙긴 한데 선배에 비하면 제 연주는 너무 소박해서……."

"다 자기 스타일이 있는 법이야. 내가 왜 재즈로 전향했겠어?"

"그만, 그만. 피아노들끼리 이야기하는 거 기분 나빠. 그만."

서로 주고받는 칭찬 릴레이를 뚝 끊어 낸 정하가 선의 뒤로 다가가 허리를 끌어당겼다. 그러고는 경계하듯 윤을 바라보며 말했다.

"앞으로 칭찬 금지."

"알았다."

"어우, 정말. 선배 대체……."

부드럽게 웃으며 대답하는 윤의 앞에서 민망해진 선이 슬쩍 타박하자 정하는 손을 들어 그녀의 눈을 슥 가리더니 불퉁하게 말했다.

"같이 연주하는 거까진 어쩔 수 없지만, 눈은 10초 이상 마주치지 마."

"선배!"

"그리고 이 기회에 호칭 좀 고치지? 윤이랑 나랑 똑같이 선배면 너도 헷갈리지 않아?"

"내가 정말 못살아!"

티격태격 다퉈 대는 두 사람을 보며 윤이 고개를 절레절레 저었다. 앞으로도 저 광경을 수시로 봐야 하는구나, 생각하니 절로 한숨이 난다. 지금껏 영신의 앞에서 자신이 얼마나 못 할 짓을 해 왔는지 새삼 깨닫는 순간이었다.

"일단 프로그램부터 정해야지. 듀오곡이랑 솔로곡 생각해 놓은 건 있는데, 일단 선이 의견이랑 네 의견도 들어 봐야 할 거 같아서."

"아, 그거 나도 생각해 놓은 게 있어."

불쑥 대꾸한 정하가 두 사람의 앞에 악보를 내놓았다. 조심스럽게 집어 올린 선이 중얼거렸다.

"바흐 협주곡……."

아주 오래전, 세 사람이 같은 무대에 섰던 곡 Bach: Concerto for Two Pianos C major BWV 1061의 악보였다.

"협연해 줄 연주자들은 내가 알아보고 있어."

"뭐, 그렇다면 결정된 거나 다름없네. 난 좋아."

윤은 흔쾌히 대답했다. 하지만 선은 한동안 아무 말 없이 악보만 바라보고 있었다. 가슴이 아릿해지는 감정이 북받쳐 입을 열 수가 없었다. 정하는 말없이 그녀의 머리를 쓰다듬으며 감정이 가라앉길 기다렸다. 그 모습을 바라보는 윤의 입가에 엷게 미소가 머무른다.

"그러고 보니 그 협주곡이 유일하게 선이가 학교생활했던 흔적이네. 그때부터 다시 시작하는 마음이라 이건가?"

금세 의미를 파악한 듯 내놓은 윤의 말. 다시 등 뒤를 감싸오는 정하의 품을 느끼며 선은 작게 웃음을 터뜨렸다.

"강윤 선배는 되게 예리한 거 같아요."

프로그램에 올릴 곡들을 적당히 뽑은 후, 윤은 아주 급한 걸음으로 집에 돌아갔다. 너희들을 보고 있으려니 자꾸 유민 씨가 눈에 밟혀서 집중이 안 된다는 말과 함께.

태블릿에다 뭔가를 기록하며 진지하게 생각에 잠겨 있던 정하가 그녀를 향해 눈을 돌린다. 조금 못마땅한 기색이 역력하지만, 대답은 쉽게 나왔다.

"있는 그대로 '봐' 주는 놈이거든. 숨길 필요도 없고, 숨길 수도 없는 놈이지."

"그렇구나. 그러고 보면 강윤 선배도 그렇고, 신이 오빠도 그렇고.

잘은 몰라도 준영 선배님도 그렇고 왠지 다들 좋은 친구분들 같아서 부러워요."

"나쁜 놈들은 아니야. 아니…… 모르겠어."

느릿하게 대꾸하던 정하가 잠시 입을 다물었다. 어딘지 복잡해 보이는 눈빛을 대한 선이 의아한 얼굴을 했다.

"난 종종 이상한 게 들릴 때가 있어. 아니, 정확히 말하자면 소리에서 감정을 느껴."

그리고 들려온 말에 선은 고개를 갸웃거렸다.

"준영이는 모든 감정을 행동이랑 입으로 내뱉어. 다른 놈들한테는 개새끼인데 나한테는 가장 좋은 놈이야. 영신이는 좋고 싫음이 아주 분명하지. 아니다 싶으면 친구라도 가차 없어서 종종 싸웠지만. 그리고 윤이는…… 애초에 누구한테도 의미를 안 두고. 그래서 편했어. 나를 특별하게 만들지 않는 놈들이거든."

"……."

"이상해?"

말없이 바라보는 그녀의 앞에서 정하는 약간 불안한 얼굴로 물었다. 선은 고개를 저었다.

"아니, 딱히…… 뭐랄까. 가끔 저도 그래요. 왜, 엄마가 화나셨을 때나, 곤란하시구나 싶으면 금방 눈치채고 막 조심하게 되잖아요. 이상할 건 없다고 생각해요."

선의 대답에 정하는 나직하게 웃음을 터뜨렸다. 어쩌면 이렇게 간단히 이해하고 손쉽게 받아들이는 걸까. 아니, 이런 모습이 진짜 그녀의 본모습이었다.

그녀는 조금의 관심과 친절도 기쁘게 받아들이는 한편, 조금의 악의에도 크게 상처받는 사람이었다. 그토록 섬세하기에 타인을 이해하는 게 빠르다. 그 상처를 드러내면 또 누군가는 그로 인해 상처받으리란 걸 안다.

그래서 바보처럼 묻고 잊고 웃는다. 모두를 안심시키기 위해.

차라리 마음을 열지 않고, 누구에게나 벽을 쳐 버릴지언정.

"그나저나 설명을 들어서 그런지 이제야 좀 이해가 가는 거 같아요. 하여간 선배 친구분들이라 그런지 다들 좀 평범하진 않다고 해야 하나……. 그런데 평소에도 자주 만나시는 거예요? 그리고 보니 선배는 계속 외국에 나가 있지 않았어요?"

"우린 그렇게 유지되는 사이는 아니야. 그중에서 윤이는 좀 더 특별하고. 나랑 같은 세상에서 사는 놈이고 살아 있다는 것만으로 의지가 되는 존재지."

"그렇구나."

작게 탄식을 섞어 내뱉던 선이 신뢰로 가득한 눈빛을 보내며 웃는다.

"왠지 부러워요. 선배한테는 진짜 소중한 친구 같아서."

피식 웃음을 터뜨린 정하가 태블릿 화면으로 눈을 돌렸다. 그녀를 위한 솔로곡을 선정해 볼 참이었다. 그녀의 장점은 작은 덩치와 어울리지 않게 터져 줄 곳에서 폭발해 주는 에너지, 그리고 또렷한 터치와 발랄한 음색이다.

그리고 테크닉적인 자신감에서 비롯하는 경쟁심.

분명 그녀는 고등학교 시절에도 윤에게 경쟁심을 가지고 덤볐었다. 계기만 있다면 언제든 그 자신감은 폭발시킬 수 있을 거다. 윤의 명성에 묻히지 않을 그런 선곡이 필요한데…….

"근데 있잖아요, 선배. 만약에 나랑 강윤 선배랑 물에 빠지면 누굴 먼저 구할 거예요?"

그 순간 멈칫한 정하가 고개를 돌려 그녀를 바라봤다. 장난기 가득한 미소를 지어 보인 선의 눈동자가 호기심으로 반짝였다.

천천히 미소를 떠올린 정하가 물었다.

"둘이 왜 같이 있는데?"

왠지 진심으로 궁금해 보이는 건 기분 탓일까?

13.

건드리면 뭅니다

정하의 집에서 함께 살게 된 지도 어느덧 4개월이 지났다. 그리고 새해가 되었다.

이젠 더 자연스럽게 서로의 옆자리를 차지하고 함께 잠이 든다. 눈을 뜨면 이른 새벽부터 부지런한 정하의 손에 질질 끌려 나가 어느덧 익숙해진 동네를 돈다. 그렇게 기운을 빼고 집으로 돌아오면 또 함께 식사를 한다.

집에서 차려 먹는 밥에 익숙해진 정하는 식사 시간만 되면 먼저 주방에 나와 그녀의 뒤를 졸졸 따라다녔다. 반쯤은 제사보다 젯밥에 관심이 있는 그의 방해 공작에 매번 비명을 질러야 했지만 그게 그다지 싫지는 않다는 게 함정.

"어우! 위험하니까 그만 좀 따라다니라고요! 칼 든 거 안보여요?"

"하루 종일 떨어져 있을 거 생각해 봐. 이럴 때 붙어 다녀야 내가 버틸 수 있어."

이건 또 무슨 논리야.

334

그런데 저렇게 웃으면서 말하는 얼굴을 보자니 화가 수그러들고 할 말이 없어지는 게 탈이다.

내가 발등을 찍었지. 잘생긴 놈들은 이게 문제라니까.

조용히 탄식하며 밥을 먹고 난 후엔 함께 그릇을 치운다. 그리고 정하가 출근 준비를 하는 동안, 그녀는 피아노 앞에 앉곤 했다. 하지만 오늘은 왠지 발걸음이 그가 있는 욕실로 향했다. 문을 열자 거울 앞에 서 있던 정하가 의아한 얼굴로 바라본다.

"나 해 보고 싶은 거 있어서요."

배시시 웃던 선이 쪼르르 들어와 세이빙 폼을 집어 들었다. 그리고 방금 막 세안을 마친 남자의 얼굴과 머리카락에 남은 물기를 바라보며 간절한 눈빛을 했다. 먹이를 앞에 둔 다람쥐 같은 얼굴로.

웃음을 터뜨린 정하가 번쩍 들어 올린 그녀를 세면대에 앉혔다.

"해 봐."

흔쾌히 떨어진 허락에 선은 들뜬 얼굴로 그의 턱에 거품을 발랐다. 그리고 조그만 면도칼이 그녀의 손에 들렸다.

"기, 긴장 푸시고요."

"긴장은 네가 하고 있잖아."

읔.

조그맣게 신음을 넘긴 선이 이윽고 비장한 얼굴로 면도를 시작했다.

사각, 사각.

나직하게 쓸리는 소리와 긴장된 그녀의 호흡이 엇갈린다. 천천히, 조심스럽게 살갗을 스치는 감촉. 진지하게 그의 입가를 바라보는 눈동자가 아주 가깝다. 신중히 손가락을 움직이는 과정이 묘하게 그의 호흡을 거칠게 만든다.

코앞을 맴도는 그녀의 새빨간 입술. 내리깐 그의 시선은 하염없이 그 입술에 고정되어 있었다. 그의 목울대가 천천히 움직였다.

깨끗하게 면도를 마친 그녀는 어느 순간 그의 입술을 톡 건드리며 속삭였다.

"다 됐어요."

"……아침부터 유혹하는 거야?"

"아니요. 그냥 해 보고 싶었다니까요."

어깨를 으쓱하며 매정하게 대꾸하던 그녀가 그의 입가에 남은 거품을 손으로 밀어냈다. 이어 쪽, 하고 입을 맞추고 야릇하게 눈웃음을 친다. 그 순간 정하는 목구멍 깊은 곳에서부터 치미는 신음을 간신히 집어 삼켰다. 순식간에 허리 아래가 뜨거워지고 내뱉는 음성이 탁해졌다.

"나도 하고 싶은 거 있는데."

"안 돼요. 오늘은 나만 할 거야. 선배는 가만있어요."

오늘은 아주 악마가 빙의했나 보다. 키득거리며 눈가를 만지작거리고 코를 누르고 입술을 훑는다. 그러다 거품 맛이 난다며 인상을 쓴다. 그 덕에 이성과 욕망이 그의 머릿속에서 전투를 시작했다. 정하는 저도 모르게 어금니를 악물었다.

"이제 그만하지. 여기서 더 하면 내가 뭘 할지 나도 모르겠으니까."

"헉! 빨리 씻고 나와요."

으르렁거리며 내뱉는 말에 그제야 그녀는 후다닥 그의 앞을 벗어나 욕실을 빠져나갔다. 아침부터 생고문을 당한 기분이라 정하는 한참 동안 찬물로 얼굴을 씻어야 했다. 그리고 나오니 그녀는 이번엔 그의 셔츠와 넥타이를 들고 대기 중이었다.

"오늘 집에 갔다 올게요. 엄마가 김밥 싸 주신댔어요."

그러니 일찍 들어오세요, 하는 말에 정하는 고개를 끄덕였다. 추석을 함께 보내고, 신년 인사를 한 후로 그는 그녀의 집에서 민 사장이 아닌 민 서방으로 불리기 시작했다. 생각만으로도 가슴이 따뜻해지는 그곳에서 그는 자연스럽게 가족이 되어 가고 있었다.

어느새 등 뒤로 달라붙은 그녀가 조그만 발끝을 세워 가며 셔츠를 걸치곤 쪼르르 앞으로 달려와 단추를 잠그기 시작했다. 꼼지락거리며 움직이는 손이 귀엽다. 오늘따라 이상하게 떨어지지 않으려 하는 그녀의 태도. 그 마음이 무엇인지 그는 이미 알고 있었다.

"여기서 멈춰도 상관없어. 난 지금도 네가 넘치고도 남아."

마지막 단추를 잠근 손이 멈칫했다.

"달라질 건 없어. 다 놓아도 상관없고, 지금이 네 전부도 아니고. 무엇이 되건 네 앞에 기회는 얼마든지 있으니까 괜찮아."

"……."

"하지만 네가 그만두지 않겠지."

느릿하게 이어지는 말에 선은 가만히 입술을 깨물었다.

"그래서 네게 포기하라곤 안 해."

그는 정확하게 그녀가 원하는 말을 내놓았다. 투정을 부리는 것도 무서워 겁먹던 그녀의 마음을 꿰뚫고서.

대체 어떻게 이 사람이 내게 온 걸까.

뜨거워지는 눈가에 힘을 준 선이 작게 물었다.

"선배한테 바이올린은 어떤 의미였어요?"

언제나 궁금했었다. 바닥을 기며 힘들어하면서도 끝내 미련을 버리지 못해 질척거리는 자신의 음악. 그것과는 다른 그의 음악이.

"위안."

그는 주저 없이 답을 내놓았다.

"그래서 지금은 굳이 없어도 괜찮아."

네가 있으니까.

오직 그녀만이 삶의 전부라는 남자의 말에 숨이 막힐 지경이다. 저도 모르게 그의 셔츠를 움켜쥐던 선이 말을 꺼냈다.

"난 선배처럼 그렇게 생각하진 못할 거예요."

"알아."

"선배랑 피아노 중에 고르라고 하면 고민할지도 몰라요."

"괜찮아. 난 그런 네가 좋은 거니까."

그의 대답은 아무 고민도 망설임도 없었다. 어쩌면 이렇게 하나밖에 몰라.

"근데 나 지금 선배 때문에 피아노가 밉다고요! 선배가 피아노, 피아노 할 때마다 질투 나서 미칠 거 같아!"

화를 내듯 높아진 목소리에 그의 눈이 놀란 듯 휘둥그레졌다.

"피아노 따위 실컷 가지고 놀고 버려 줄 거야. 이딴 미워 죽겠는 피아노 따위, 내가 알아서 해결할 테니까."

위축되고 물러서고 싶지 않다는 바람. 이것은 자꾸 나약해지려 하는 자신을 채찍질하는 말이기도 했다. 그의 목에 넥타이를 두르며 당기자 정하는 얼결에 몸을 숙였다. 가까워진 그의 얼굴을 보며 선은 최대한 환하게 웃었다.

"선배는 나만 봐요."

그의 표정이 천천히 바뀌었다. 부드럽게 풀어진 웃음에 가슴이 아려온다.

이래서야. 이래서 잘생긴 놈이 다 잘못한 거라고.

"나만 사랑하라고요."

가벼운 충동을 따라 선은 그 입술에 가만히 입을 가져다 댔다.

그 가벼운 입맞춤은 결국 정하의 출근을 두 시간이나 늦춰 버렸다.

[미안. 너무 괴롭혀 놨더니 깨우기가 좀 그래서.]

"알긴 아시네요. 진짜 너무해. 게다가 흔적 남기지 말랬잖아요. 거울 보고 얼마나 놀랐는지 알아요?"

[무슨 흔적?]

"자꾸 시치미 뗄 거예요?"

수화기 너머로 나른한 웃음소리가 이어지자 선은 보이지도 않는 상대를 향해 입술을 삐죽였다. 까무룩 잠이 들었다가 힘겹게 눈을 떴을 때는 이미 정하가 출근한 후였다. 그것도 모자라 젖가슴과 쇄골에 뚜렷하게 찍힌 붉은 자국을 발견했을 때는 기가 막혀 웃어 버렸다. 팔뚝과 어깨, 손목에는 선명하게 잇자국까지.

"이제 겨울이라고 아주 맘 놓았다 이거죠?"

[하하…….]

걸핏하면 목덜미에 흔적을 남겨 놓는 바람에 화를 낸 후로 한동안 조심하는 거 같더니 소매가 길어지고 옷깃을 여미는 계절이 오자 또 거침없이 본색을 드러낸다. 당황하는 모습을 보는 게 재미있어서 더 이러는 거 같기도 하고…….

"하여간 무슨 남자가 정말. 덕분에 당분간 운동 못 나가니까 그런 줄 알아요."

[괜찮아. 집에서 하면 되니까. 열심히 도와줄게.]

"선배!"

339

버럭 소리를 지른 선이 잽싸게 주변으로 눈을 돌렸다. 오늘은 오케스트라와의 협주곡 연습이 있는 날. 연주홀을 쩌렁쩌렁하게 울린 그녀의 목소리에 저만치 모인 연주자들의 시선이 한 번에 그녀를 향했다. 어색하게 웃어 준 선이 고개를 꾸벅꾸벅 숙이고는 황급히 목소리를 낮췄다.

"선배 때문에 진짜 내가 못 살아. 끊을 거예요."

[응, 사랑해.]

"으, 아잇! 그게 아니라…… 갑자기 무슨……!"

[사랑한다고.]

"……."

할 말을 잃은 선이 절로 치켜 올라가는 입술을 깨물었다. 정말 요물이 따로 없어. 갑자기 이러면 화를 내려다가도 힘들어지잖아. 조금 멋쩍어진 얼굴로 빨개진 뺨을 긁적이던 선이 속으로 중얼거렸다.

어우, 이 남자. 왜 이렇게 닭살이 됐어.

그러곤 말했다.

"일찍 들어오세요."

[응.]

"무리하지 말고, 점심 꼭 챙겨 드시고…… 무슨 일 있으면 꼭 전화하고요."

[응. 너도 연습 잘 하고. 윤이랑 너무 오래 이야기하지 말고.]

못 말린다, 정말.

결국 그녀의 입술에서도 나직한 웃음이 새어 나왔다.

"알았어요. 사랑해요, 선배."

좀 더 자연스럽게, 일상처럼 나오는 말. 사랑해.

지금의 우리는 아주 당연히, 일상처럼 그 말을 주고받는다.

언제라도, 어디서도 우린 당연히 함께. 모두에게 벽을 쌓을지언정 너만은 내 울타리 안의 사람이라는 의미. 이 사소한 순간이, 작지 않은 의미의 말 하나가 그 어떤 것보다 행복을 준다는 사실이 새삼 신기하게만 느껴졌다.

기분 좋게 연습을 마친 선은 약속했던 저녁을 위해 개봉동의 집으로 걸음을 옮겼다. 이미 나 여사가 도시락을 준비해 둔 덕분에 시간은 넉넉했다. 예정보다 더 느긋해진 그녀는 집으로 돌아가는 대신 그의 회사로 걸음을 옮겼다.

익숙한 건물의 로비에 들어서면서부터 시작된 왠지 모를 설렘. 갑작스러운 방문에 그는 어떤 얼굴을 할지 궁금했다. 또 주인 만난 강아지처럼 반가워하며 웃을까. 무덤덤하게 왔어? 하고 넘어가 버리는 건 아닐까. 아니면 앞뒤 신경 안 쓰고 짐승처럼 덤벼들어 조 비서님을 난처하게 만드는 상황이 벌어지는 건……

"으헉……! 나 완전 변태 같잖아."

괜스레 얼굴을 붉히며 제 뺨을 툭툭 때리다 7층에 멈춘 엘리베이터에서 성급히 뛰쳐나온 그녀가 두어 걸음 뗐을 때였다.

그녀를 발견한 직원 하나가 후다닥 사무실로 들어가는 모습을 보며 의아한 표정을 지은 것도 잠시, 대표실이 있는 복도의 안쪽에서 비명 같은 여자의 목소리가 새어 나왔다.

"이거 못 놔? 어딜 잡아! 빨리 놔!"

"여기서 이렇게 소란 피우시면 안 됩니다. 자꾸 이러시면 경찰 부르겠습니다."

"불러! 부르라고! 왜 못 불러? 왜? 겁나는 거 있어? 야! 민정하! 너 이리 나와!"

왠지 심장이 쿵 떨어지는 기분에 황급히 복도를 가로지른 그녀가 우뚝 멈춰 섰다. 그가 있을 대표실의 앞에서 운재와 두어 명의 남자 직원까지 매달고서 날뛰는 여자의 모습에 선은 기함하며 입을 벌렸다.

여자는 이 추운 계절에 몸에 딱 달라붙는 원피스와 검은 스타킹에 요란한 코트를 입은 차림이었는데 어찌나 발악을 한 건지 바닥엔 구두와 핸드백이 굴러다니고 스타킹도 반쯤은 찢겨 나간 채였다.

"너 때문에 내가 이 지경이 됐다고, 이 나쁜 새끼야! 네가 감히 나한테 이럴 수 있어? 이 나쁜 새끼!"

왠지 모르게 울컥해서 걸음을 떼려는 순간, 대표실의 문이 열리며 훤칠한 남자가 모습을 드러냈다. 조금 떨어진 곳에서 여자를 굽어보는 남자의 옆모습. 가만히 서 있는 것만으로 고스란히 느껴지는 위압감에 그제야 여자는 입을 다물었다.

남자의 입이 열렸다.

"날 개망신 주고 싶었나 본데, 미안하지만 이런 일쯤은 내게 아무것도 아니야. 물론 밑바닥까지 떨어진 네게도 마찬가지겠지만."

차분히 내뱉는 말뜻에 담긴 조소와 경멸.

"안됐지만 네가 나한테 할 수 있는 일이란 아무것도 없다고. 그러니 얌전히 돌아가. 더 비참하게 끌려 나가고 싶으면 버텨 보든가."

무생물이라도 대하듯 아무런 감흥도 없는 모습이었다. 눈앞에서 그 누군가가 죽어 나간대도 그에겐 한낱 풀 한 포기 뽑힌 것과 다를 바가 없을 것이다. 그런 얼굴로 여자를 바라봤을 것이다.

저도 모르게 흠칫하며 어깨를 움츠린 순간, 여자는 갑자기 태도를 바꿔 정하의 앞에 꿇어앉고는 그의 바지 자락을 붙들며 매달렸다.

"이러지 마세요, 제발. 선배. 선배만 마음 바꿔 주면 나 살 수 있어요. 제발, 나…… 나 좀 살려 줘요. 응? 우리가 아예 모르는 사이도 아니고 같은 학교 선후배잖아. 응? 제발 뭐든 다 할게요. 제발……."

"이봐요!"

"여기서 이러시면 안 됩니다, 아가씨."

"놔! 놓으라고! 니네가 뭔데 잡고 지랄이야! 내가 이렇게 빌고 있는데! 선배! 선배, 제발 나 좀 살려 줘ー"

남자들의 손에 물러난 여자가 다시 발악하듯 소리를 질렀다. 그사이 정하는 여전히 고압적인 태도로 여자를 내려다보다 그녀의 손이 닿았던 자리를 가만히 털어 냈다. 싸늘한 목소리가 이어졌다.

"이러는 거 역효과라는 거만 알아 둬."

"선배……!"

"그 호칭, 기분 나빠지니까 집어치우고."

"하…… 하하…… 뭐, 이런 개새끼……."

"그게 더 낫군. 너랑 잘 어울려."

"뭐, 이딴 새끼가 다 있어! 야!"

"끌어서라도 내보내."

그리고 무심히 고개를 돌린 그는…… 그녀를 발견했다.

"……선아."

동시에 그녀를 바라본 여자가 한쪽 눈썹을 치켜 올렸다.

"최선?"

서늘하게 내뱉는 여자의 말과 함께 그녀도 상대를 알아봤다. 윤재희였다. 휘둥그렇게 뜬 눈과 함께 짙은 붉은색의 입술이 비틀렸다.

"뭐야, 이거 뭐지? 설마…… 둘이 만나고 있던 거야? 하…… 그러니까 지금 저딴 계집애 하나 때문에 날 이렇게 만든 거였다 이거야?"

이런 모습으로 아는 얼굴을 만나게 될 줄이야.

"그 얼굴은 뭐야? 왜? 지금 너 나 비웃어? 비웃고 있지, 지금?"

정말 상상도 하지 못했다. 좋은 사이도 아니었고, 그녀의 고의적인 괴롭힘이 짜증스럽긴 했어도 이런 꼴로 마주치는 건 그녀 역시 바라던 일이 아니었다. 속이 시원하다거나, 후련한 일도 아니었다. 전혀.

"가관이네, 이것들? 아주 대단한 사랑 납셨어. 하, 지금 너희들이 몇 사람이나 죽여 놓은 건 줄 알기나 해? 네까짓 것들이 뭔데!"

도무지 무슨 일이 어떻게 돌아가는지 알 수가 없었다. 하지만 한 가지는 확실했다.

"야, 이 더러운 새끼야. 차라리 난 대놓고 미워하기라도 했지, 알고 보면 네가 더 악질이야, 알아? 말이야 바른 말이지, 그렇게 뒤로 수작 부리면서 몰아붙이는 게 사람이 할 짓이니? 너 때문에 길거리 나앉은 애들이 지금 한둘인 줄 알아?"

그는 거슬리는 상대를 철저히 짓밟아 놨다. 다신 회생하지 못하도록.

"야, 최선. 너 이거 알아? 이 인간 그때 손 다친 것도 아니었어. 너 곤란하게 만들려고 일부러 붕대 감고 다닌 거라고!"

그리고 그녀 자신까지도.

멍한 시선이 정하의 얼굴을 향했다.

미동조차 없이 굳은 얼굴. 아무 감흥도 없는 듯 지독하게 평온한 남자의 얼굴을 발견한 선은 가슴속 뭔가가 무너지는 기분에 전율했다.

그녀는 저 얼굴을 아주 잘 알고 있다. 어떤 거짓조차 말할 수 없는 상황에서, 어떤 것도 숨길 수 없을 때, 그가 자신을 지키기 위해 짓는 최후의 표정이었다.

"네가 고립된 채로 있어야 다루기가 편해지거든. 외로운 애한테 친한 척해 주는 것만큼이나 편한 방법이 어디 있겠어? 그런데 네가 강윤 선배 좋아하는 바람에 닭 쫓던 개 지붕 쳐다보는 꼴 된 거지. 그런데 결국 이렇게 손에 넣었네? 내가 그럼 축하해 줘야 하나?"

큰 소리로 깔깔거리며 웃던 윤재희가 이내 싸늘한 표정으로 정하를 노려봤다.

"잘 가지고 놀다 곱게 버리세요, 선배님. 너무 망가뜨리면 아무한테나 준다고 내놔도 안 먹더라고요. 나처럼. 그러니까 재활용은 되게끔 적당히 하시라고요."

악에 받친 태도로 마지막까지 험한 소리를 내뱉은 재희는 후련한 표정으로 웃더니 휙 하고 몸을 돌렸다.

"이젠 내 발로 꺼져 줄 테니까 나머진 둘이 잘 해결 봐요—"

보란 듯 신발을 집어 든 재희가 피식 웃으며 그녀의 곁을 스쳐 갔다. 아무렇지도 않은 얼굴을 해야 했는데 왠지 온몸이 생각처럼 움직이지 않았다.

무슨 말을 들은 건지. 그 말이 진짜인지. 그는 왜 아무 말도 하지 않고 그런 얼굴로 자신을 바라보고 있는 건지…… 알 수가 없었다.

아니, 알고 있다. 그래. 알고 있었다.

처음부터 그런 사람이었어. 나쁜 사람. 이상한 사람.

아니, 모르겠다.

이 위화감은 대체 뭔지. 알고 있다고 생각했는데, 지금 자신은 아무 것도 몰랐던 것처럼 놀란 얼굴로 그를 바라보고 있다. 머릿속에서 폭탄이라도 터진 것처럼 멍했다.

진지하게 내 눈을 마주 보며 이야기했던 사람은, 모든 걸 이해한다는 눈으로 굽어보며 어깨를 당겨 안아 줬던 사람은 누구였을까. 세상을 다 가진 얼굴로 웃으며 입을 맞추고 '사랑'을 이야기했던 사람은 대체 누구였던 걸까.

말도 안 되는 궤변을 늘어놓고 장난스럽게 웃는 남자. 지나치게 솔직해 도리어 오해를 샀던 남자. 그러면서도 정작 중요한 말은 하지 못해 빙빙 돌리고 눈치껏 반응을 보며 몰래 미소를 지었던 남자.

김밥을 좋아하고 고양이에게 미움이나 받고. 그렇게 미움 받으면서도 기어이 곁에 둬.

지는 것도 싫어, 그냥 당하는 것도 싫어. 혼이 나면서도 기어이 자신의 의견을 관철해내는 남자. 아무리 거부하고 밀어내도, 칼 같은 말을 쏟아내 그의 심장을 찢어 놓아도 어느 순간 곁에 다가와 손을 내미는 남자.

지긋지긋하도록 집요한데 어째선지 그런 집요함조차 가슴이 아팠던 남자.

이런 그를, 누구보다 잘 알고 이해하고 있다 생각했는데…….

이 순간, 머릿속에 차곡차곡 쌓아둔 민정하라는 사람이 형체도 없이 부서져나갔다.

"선아."

몸을 움직일 수도 대답을 할 수도 없어 그저 멍하니 바라봤다. 피가 다 얼어붙어 버린 듯 한기가 느껴지는 몸. 제 얼굴이 어떤 꼴일지는 확인하지 않아도 알 것 같았다.

아마 이 자리에 민정하가 없었더라면, 윤재희와 단둘이었을 때 같은 말을 들었더라면 지금 같은 충격은 아니었을지도 모른다. 뻔한 악의로

똘똘 뭉친 존재의 말은 설령 진실이라 해도 의구심을 품기 마련이니까.

하지만 학창 시절 민정하의 모습에 이상한 점이 많았다는 것도 사실이었다. 그런 이상한 남자여도, 지금껏 그가 보인 간절함과 진심은 거짓이 아닐 거라 믿고 묻어 뒀었다. 언젠가 그것에 대해 다 알게 되더라도 흔들리지 않을 거라 자신했었다.

하지만 머리로 알고 있는 것과 눈과 귀로 확인하는 것의 차이는 뚜렷했다.

윤재희의 말이 이어지는 동안 말없이 자신을 바라보던 남자. 그 무감한 얼굴. 심증은 그것만으로도 충분했다.

"날 고립시키고 싶었던 거예요?"

마주친 검은 눈동자는 미동조차 없었다. 그런 얼굴로 남자는 대답했다.

"응."

그 순간, 조금은 다행이라고 생각한 자신이 우스워 헛웃음이 났다. 이 순간조차 그는 사탕발림을 늘어놓고 속이려 들진 않는다. 아니, 그게 정말 다행인 건가?

"날 좋아했다면서요."

"응."

"그런데 왜 그런 짓을 해요?"

이어지는 질문에도 정하는 담담한 얼굴로 대꾸했다.

"네 곁에 다른 사람이 있는 게 싫었어."

"……."

"네게 닿는 모든 게, 다…… 그냥 싫었어."

차라리 거짓말이라도 하지.

그제야 새삼 정말로 이 남자는 거짓말을 못 한다는 사실을 깨달은
선이 낮게 탄식을 올렸다. 머리가 어지럽고 발밑이 흔들린다.

"선아."

휘청한 순간 그가 급히 손을 뻗었다. 하지만 그녀는 간신히 균형을
잡고 선 채 그의 손을 가로막았다. 적나라한 거부에 멈칫한 그가 조금
당황한 얼굴을 했다. 선은 침착하게 숨을 가라앉혔다.

"그래서, 저 혼자 그렇게 다니니 보기 좋았어요? 친구 하나 없이 혼
자서, 그것도 모자라 이상한 오해나 받고, 단체로 괴롭히는 데 희생당
하면서 하루에도 몇 번씩 학교를 때려치울까 말까. 고민하고 또 고민
하다 후회하는 내가……."

점차 격앙된 말을 쏟아 내던 그녀가 다시금 크게 숨을 들이켰다.

"그래서 만족하셨냐고요."

정하는 말없이 고개를 저었다. 고통스러운 듯 일그러진 눈이 그녀를
향했다. 그런 얼굴로 묘하게 가슴이 아릿해지는 미소를 짓는다. 조심스
럽게 그녀의 손을 양손으로 모아 쥐고 말했다.

"미안해."

고개를 숙인 채 그녀의 손에 입을 맞추며 다시금 미안해, 미안하다
말하는 남자의 목소리가 낮게 잠겨 들었다. 그가 후회하고 있단 사실
은 알고 있었다. 어떻게든 그녀를 무대에 세우기 위해 그가 어떻게 노
력을 해 왔는지도 알고 있었기에 더 미칠 것 같았다.

"재희한테 무슨 짓을 한 거예요?"

"……."

"정말 그것도 나 때문이에요?"

"……."

"대체 몇 명이나 그런 꼴을 만든 거예요? 그런 짓을 하면 내가 기뻐할 줄 알았어요?"

그럼에도 한 번 어그러진 감정이 좀처럼 돌아오지 않는다. 가볍게 지나는 여우비인 줄로만 알았던 것이 천둥번개를 동반한 폭우였다. 그 배신감을 어떻게 감당해야 할지 알 수가 없었다. 저 자신도 알 수 없는 사이, 그에게 휩쓸려 무참히 망가진 채 그 오랜 시간을 방황했다는 게 믿기지가 않았다.

"대체 어떻게……."

목소리가 크게 떨리며 잠겨 들었다. 동시에 뜨겁게 열이 올라 있던 눈가에 물기가 차올랐다. 이어 후두둑 떨어지는 눈물에 그녀 자신이 더 당황하며 고개를 돌려 버렸다. 그의 놀란 얼굴이 그녀의 시야에 잠시 맺히다 사라졌다.

"아무리 생각해도 모르겠어요. 어떻게 나한테……."

잡힌 손을 빼낸 선이 나직하게 중얼거렸다. 그리고 굳은 얼굴로 바라보는 남자를 향해 물었다.

"날 사랑하긴 했어요?"

"사랑해. 사랑하고 있어."

마치 그것밖에 없다는 듯 다급하게 내놓는 대답.

행여 놓칠까 두려운 얼굴로. 버림받기 직전의 아이처럼 내놓는 말.

그 말이 아프다. 세상 누구보다 자신을 행복하게 만들었던 말이 지금은 무엇보다 고통스러웠다. 지금의 행복이 과거의 자신을 짓밟아 대는 것만 같아서. 이런 상황에도 그를 밀어내지 못하고 그의 눈앞에서 머뭇거리며 눈물을 흘리는 자신이 끔찍해서…….

"그만."

"선아."

"조금만…… 조금만. 생각할 시간 좀 줘요."

"잠깐!"

어디로든. 지금은 그가 보이지 않는 곳으로 가고 싶었다. 머리가 어지럽고 속이 뒤집히는 기분에 입을 틀어막고 돌아서려는 순간 남자는 완전히 무너진 얼굴로 그녀를 붙잡았다. 그 얼굴을 보자 이상하게 속에서 뭔가 울컥 터져 나왔다.

"좀 참아 보란 말이에요! 선배만 힘든 거 아니니까!"

저도 모르게 버럭 소리를 질러 버린 순간 놀람으로 물드는 얼굴을 보며 선은 다시금 이를 악물었다. 남자의 손이 힘없이 아래로 떨어졌다. 이 순간 그가 상처를 받았다는 사실을 떠올리자 가슴속이 새까맣게 타드는 것만 같다. 아니, 이 순간에도 그를 걱정하게 되는 자신이 밉다.

대체 어쩌자는 거야.

다시 왈칵 눈물이 쏟아졌다. 꺽꺽거리며 새어 나오는 울음을 애써 삼키던 선은 허탈하게 웃으며 말했다.

"그렇게 멋대로 남의 인생 휘저었으니 이번엔 좀 휘둘려 봐. 이 나쁜 놈아."

그리고 그곳을 뛰쳐나와 버렸다. 완전히 헝클어진 머릿속과 몸을 간신히 가누며 집에 돌아왔다. 왜 다시 오느냐며 놀란 표정을 지어 보이는 나 여사의 눈을 피해 곧장 방으로 들어간 선은 쓰러지듯 침대에 누워 잠을 청했다. 기억과 감정이 마구 뒤엉킨 머릿속은 그야말로 초죽음 상태였다.

다시 눈을 떴을 때는 새벽 4시가 되어 갈 무렵이었다.

고요에 싸인 방 안. 선은 어둠 속에서도 희끄무레하게 비쳐 드는 빛이 만들어 낸 명암을 멍하니 바라보고 있었다.

밝은 빛 하나가 툭, 떠올랐다. 책상 위에서 피어난 빛을 보며 그곳에 휴대폰을 놓아뒀다는 사실을 기억한 선이 부스스 몸을 일으켰다. 메시지가 도착했다는 알림과 함께 간신히 0%에 걸린 배터리 칸이 눈에 들어왔다. 잠깐 망설이다 화면을 눌렀다.

-미안해.

단 한 마디였다. 그러나 몇 번이고 쓰고 지우고 망설이다 보냈을 한마디.

눈앞에 그려지듯 떠오르는 그의 모습에 가슴이 미어졌다.

"나쁜 새끼……."

내가 이렇게나 보고 싶은데 그는 보고 싶단 말조차 쓰지 못했다. 저 자신조차 이 사랑이란 감정에 숨이 막힐 것 같은데 그는 사랑한다는 말도 하지 못했다. 참으란다고 참고 기다리란다고 기다리는 이 남자. 이제나저제나 그녀의 모습만 나타나길 기다리며 출입구를 바라보고 있을 모습이 눈에 선해 눈가가 뜨거워졌다.

†

"히익! 이게 뭐냐? 왜 이래, 여기?"

어둑한 룸에 가장 먼저 얼굴을 들이민 건 준영이었다. 독하기로 이름난 위스키 세 병이 남김없이 비워지고 또 한 병이 막 정하의 앞에서 잔에 따라지고 있었다. 기겁한 준영이 정하의 손을 붙잡았다.

"너 왜 그래? 미쳤어?"

손 하나 대지 않은 안주와 반쯤 얼음이 녹아 가는 통을 확인한 준영이 혀를 내둘렀다. 이렇게까지 술을 마시는 놈은 술장사를 하는 저도 본 적이 없다. 아주 죽으려고 작정을 했지.

더 무서운 건 풀어진 기색조차 없는 정하의 눈이었다. 이상하게 긴장되는 분위기에 목이 탄다. 물컵을 집어 든 순간 정하가 입을 열었다.

"준영아."

낮게 가라앉은 목소리에도 취한 기색이라곤 없다. 술이 세다는 건 알고 있었지만 이 정도일 줄이야.

"윤재희 좀 죽여 줘."

"푸학―"

그러나 이어진 말에 준영은 반쯤 삼킨 물을 도로 뱉어 내고 말았다.

"아니다…… . 그건 선이가 싫어하겠지?"

"하. 뭐, 인마? 취하지도 않은 놈이 술주정이 과한 거 아니냐?"

"너 혹시 약 같은 건 없냐? 아무 생각 못 하게 하는 걸로."

"날 골로 보내 버리려고 작정했지? 적당히 해라."

"…… ."

"하아…… 그래. 너 이러는 이유는 하나밖에 없지. 왜? 선이랑 왜 싸웠는데?"

기막혀하는 준영의 말에 정하는 피식 웃음을 머금었다.

"자고로 부부싸움은 칼로 물 베기라고 했다. 적당히 져 주고 넘어가라, 좀. 우리 부모님 봐서 하는 말이다만, 여자 상대로 기를 쓰고 이겨 봤자 좋을 게…… ."

"생각할 시간을 달래."

"그래. 생각할 시간…… 어?"

가볍게 대꾸하던 준영이 멈칫했다. 바보가 아닌 이상 그 말의 의미가 무엇인지는 알 것이다.

"설마 그 뜻은 아니지?"

다시 웃음을 터뜨린 정하는 남 이야기라도 하듯 덤덤한 말투로 대꾸했다.

"선이가 묻더라. 고등학교 때 따돌림당했던 거, 내가 한 짓이냐고."

"뭐? 갑자기 그건 무슨……."

황당하다는 얼굴로 묻던 준영이 문득 표정을 굳혔다.

"너 진짜 그랬어?"

그런 준영의 반응도 너무나 예상했던 대로라서 웃음이 났다.

그 시절에도 저를 의심한 영신의 말에 전혀 화가 나지 않았었다. 어차피 누구의 눈에 어떻게 보이든 상관없었으니까. 아마 조금이라도 자신을 아는 사람이라면 누구나 그렇게 생각했을 거다. 아니, 저 자신조차 그러고도 남을 존재란 걸 알고 있었다.

"모르겠어."

그럼에도 윤재희에게 그런 말을 듣기 전까진 전혀 의식하지 못했었다.

분명 선이 휘둘렀던 책에 맞았던 날. 잘못 맞은 손가락 두 개가 부어올랐었다. 그러니 다친 건 확실했다. 가볍게 삔 거라 생각하고 그날 밤에 제 손으로 붕대를 감았으니까.

그녀는 그 일련의 행동에 어떤 '의도'가 있었는지를 물었다.

"네가 아니면 아닌 거지. 뭘 그런 걸 가지고 그렇게 심각하게 일을 만들고 그래? 아니라고 했어야지."

그러게.

생각해 보면 준영의 방식이 당연한 것이었는데, 지금의 자신은 그 간단한 방법조차 떠올리지 못했다.

"기가 찬다, 기가 차. 민정하가 이런 멍청이였다니. 애인한테 입 발린 소리 한마디를 못 해서 이 꼴이라고? 미치겠다, 내가."

쓰린 속을 긁어내리는 것 같은 준영의 말을 들으며 힘없이 의자에 기대앉았다. 멋대로 일렁이는 감정들이 번갈아 솟구치는 통에 머릿속이 어지럽다.

왠지 모를 허탈함이 머릿속을 스쳤다. 이어진 갈망과 그리움. 다시 그리움…….

보고 싶다, 그녀가.

"야, 정하. 민정하?"

아주 잠깐, 잠이 들었나 보다. 어깨를 툭툭 건드리는 손길과 함께 영신의 목소리가 들려왔다. 왠지 만사가 귀찮아 그대로 눈을 감아 버렸다.

"자는 거야?"

"잔다고? 와, 오늘 진짜. 민정하가 여러 가지로 사람 놀라게 만든다."

"뭔 소리야. 이게 당연한 거지. 저 정도로 마셔 대면 민정하가 아니고 민정하 조상귀신이라도 실신할 거다."

테이블 가운데에 주루룩 놓여 있는 빈병들을 훑어본 영신은 고개를 절레절레 저었다. 눈에 보이는 술병만 봐도 치사량에 가까운 양이었다. 과일 하나를 들어 우적거리던 준영이 중얼거렸다.

"대체 뭘 어떻게 타고나야 이렇게 술이 세지나."

"술이 센 게 아니라…… 취할 틈이 없는 거다."

"하긴. 나라면 미쳤을 거야. 대악당이 되었든가. 정하나 윤이나 살아 있는 게 용하지."

"전에는 선이가 불쌍했는데 선이 말 한 방에 무너지는 걸 보면 진짜 불쌍한 놈은 여기 있었네, 싶다."

"아아…… 여자가 뭐길래 이 난리야. 벌써 우리 중에 두 놈이나 맛이 갔잖아. 절대 가까이해선 안 되겠구만."

"그런 말은 어젯밤에 품고 잔 여자한테나 해라."

"나 금욕한 지 벌써 1년이다. 조만간 출가할 거야."

"개가 똥을 끊지."

준영의 실없는 소리에 영신이 진지하게 타박했다. 한동안 낄낄거리는 웃음소리가 이어졌다. 그 웃음소리 속에서 조금 무거워진 영신의 목소리가 흘러나왔다.

"선이 오해라도 좀 풀어 줘야 할 거 같지?"

"그냥 둬도 알아서 괜찮아지지 않겠어?"

"또 괜히 참는다고 오해 안 풀고 그냥 묻고 넘어가 버릴까 봐 그래. 일단 오늘 내일은 힘들 테니까 기다려 봐야겠지만."

"그런 거면 굳이 반대할 마음은 없고."

"아무튼 정하가 진짜로 그런 놈이었으면 내가 정하 안 보고 살았을 거다. 이런 건 하늘 아래 부끄럼 없이 사는 내가 보증해 줘야 하는 거라고."

뭐, 의심은 조금 하긴 했다만. 뒤늦게 자신 없이 붙인 말에 준영이 웃음을 터뜨렸다. 때마침 룸의 문이 열리며 들어선 종업원이 대리기

사가 왔음을 알렸다. 집에 가자, 달래듯 중얼거린 영신이 정하의 어깨를 붙들어 일으켰다. 재빨리 영신을 도와 반대쪽으로 끼어든 준영이 높이가 안 맞는다는 말과 함께 키득거리자 신이 나직하게 욕설을 뱉었다.

둔해진 몸이 붕 떠오른다. 그제야 정하는 천천히 눈을 떴다. 자신이 걷고 있다는 사실을 깨달은 것도 조심스럽게 정하를 부축해 일으킨 두 사람에게 이끌려 몇 걸음을 이동한 후였다.

당분간 술은 끊어야겠다는 생각을 했다.

바닥을 짚는 다리에 감각이 없는데, 머리는 말짱하다니.

'그렇게 멋대로 남의 인생 휘저었으니 이번엔 좀 휘둘려 봐. 나쁜 놈아!'

허탈한 감정과 함께 귓가를 맴도는 목소리는 더욱 커져만 갔다.

어떡해야 알아줄까.

이미 너무 참아서, 너무 흔들려서 나조차 나를 모르겠는데.

"얼마나 더…… 기다려야 할까."

들릴 듯 말 듯 낮게 깔린 중얼거림에 영신이 혀를 찼다.

"바보들끼리 참, 자알- 논다."

가벼운 타박에 정하는 그제야 가볍게 웃음 지었다.

14.

이 짐승에게 먹이를 주지 마세요

"대체 이게 어떻게 된 일이라니?"

"어우, 엄마. 몇 번을 물어봐. 우리도 몰라."

나 여사의 말에 듣다 못한 고은이 속엣말을 토해 냈다. 벌써 같은 질문이 여섯 번째다. 두 사람의 화제는 며칠째 방 안에 틀어박혀 나오지 않는 선에게 집중되어 있었다.

"싸울 때도 있지 뭘 그런 걸 가지고 그래?"

"선이 쟤가 그런 일로 틀어박히는 애야?"

"그렇긴 한데……."

"혹시 부담스럽나?"

조심스럽게 끼어든 아름의 말에 고은이 손을 내저었다.

"언니도 참. 부담스러우면 진즉에 끝냈겠지."

"그렇다 해도 너무 잘나긴 했잖아. 외모도 그렇고 배경도 그렇고. 혹시……. 뭐 가지고 놀았다거나 그런 건 아니겠지?"

"왜 쓸데없는 소릴 하고 그래? 이상한 소리 하지도 마!"

357

언제 온 건지 경주가 버럭 소리를 지르는 통에 세 사람은 기겁하며 뒤를 돌아봤다. 놀란 가슴을 쓸어내린 나 여사가 퉁명스레 입을 열었다.

"왜 그렇게 화를 내고 그래요? 우리도 답답하니까 그러는 거지."

"시끄러! 민 서방 그럴 사람 아니야! 우리 선이 피아노 치게 하려고, 무대도 못 서는 애를 잡아다가 어떻게든 올려 보겠다고 고심하는 사람인데 그런 마음을 의심해? 제정신이야?"

그제야 숙연해진 가족들을 보며 경주는 답답한 속을 한숨으로 풀어냈다.

"두 사람 일에 함부로 말하지 말자고. 설령 잘못되어도 그건 어쩔 수 없는 일이야. 자연스러운 일이고. 우리 선이가 지금이라도 남들처럼 연애하고 지지고 볶고 사는 게 중요한 거지."

"아빠 말이 맞아요."

"선아!"

한 목소리로 부르는 말에 선은 미소를 지어 보였다. 이미 외출 준비를 마치고 나온 그녀를 보며 나 여사가 황급히 손을 닦으며 일어섰다.

"어디 갈 거니?"

"돌아가야죠, 이제."

"정말 괜찮지? 선이 너 혹시라도……."

"알았다. 어서 가 봐."

뭔가 말을 꺼내려던 나 여사를 제지한 경주가 손을 흔들었다. 싱긋 웃어 보인 선이 그대로 현관을 향해 걸었다. 대문을 나서고 낯익은 길을 걷기 시작했다.

며칠 동안 생각했다. 아니, 생각하지 않으려 애썼다.

아무리 생각해도 그를 이해할 수 없었다. 한편으론 그가 이해가 되기도 했었다.

화가 나기도 했고, 웃음이 나기도 했다.

그렇게 한 사람에 대해 생각하는 동안 머릿속을 맴도는 생각들은 하나도 정리하지 못한 이삿짐처럼 어수선하게 쌓이기만 했다. 주머니 속 먼지처럼, 거꾸로 털어 낼 수만 있다면.

하지만 이런 순간에도 떠오르는 건 그의 얼굴뿐이었다.

"진짜 지독하다, 선배."

이미 가슴속 깊은 곳까지 박혀 버린 그의 존재가. 그와 함께 있어 행복했다는 사실을 알아 버린 이 마음이 자꾸만 그를 떠올리게 만든다.

어째서 그런 사람을 사랑해 버린 걸까.

멍하니 어딘가를 바라보는 그녀의 입가에 쓸쓸한 미소가 배어들었다.

정하의 집은 그녀가 마지막으로 그 집을 나섰을 때와 크게 다르지 않았다. 하지만 주방에는 지금껏 그녀가 자리를 비웠기에 생겨난 흔적들이 남아 있었다. 반가워 죽겠다는 얼굴로 냐옹거리며 알은척을 해 대는 톰을 껴안고 일주일이 넘게 켜져 있던 밥통의 전원을 내렸다. 이어 오래되어 말라비틀어진 밥을 퍼내고 냉장고를 열어 시들어 빠진 야채들을 꺼내 쓰레기봉투에 눌러 담고 난 선은 한숨을 쉬며 주변을 둘러봤다.

그녀가 돌아오지 않는 일주일 동안 그 역시 이곳에 발을 들이지 않았던 모양이다. 의아함보단 그게 당연하다는 생각이 들었다. 집안 곳곳 남아 있는 그녀의 흔적들이 그를 괴롭혔을 테니까. 그리고 그제야 지난 일주일 동안의 그가 걱정되기 시작했다. 밥은 제대로 먹었는지, 잠은 제대로 잔 건지.

"나 정말 왜 이러냐."

이런 마음마저 가증스러워 고개를 젓고 웃어 버렸다. 남은 청소를 마저 마친 선은 마지막으로 뒤따라 나오려는 톰을 두고 떨어지지 않는 발걸음을 뗐다.

그렇게 나와선 한가로이 길거리를 거닐었다. 그리고 눈에 띄는 아무 카페에나 들어가 커피를 주문했다. 구석진 자리에 기대앉아 바짝 조여들었던 감정을 느슨히 풀어놓자 그제야 제대로 숨을 쉬는 거구나, 하는 생각이 들었다.

멍한 머리로 무슨 생각을 했는지는 모르겠다. 휴대폰을 꺼내 전화를 걸었고 영신의 목소리가 들려왔다.

[언제 연락 오나 했다.]

"뭐가요?"

[있다, 그런 게. 쓸데없이 마음씨 좋은 썸남이 겪게 되는 필수 코스라고나 할까.]

적나라하게 그녀의 의중을 파고드는 지적에 선은 웃을 수밖에 없었다. 그래, 정말 그런 마음으로 전화를 걸어 버린 건지 모른다. 한참을 웃어 버린 후 선은 입을 열었다.

"오빠는 정하 선배랑 언제부터 그렇게 친해진 거예요?"

[그건 왜 묻냐?]

"그냥, 갑자기 궁금해서요. 뭐랄까…… 정하 선배랑 오빠는 많이 다르잖아요."

[그 말은 무지하게 고맙다만, 묻고 싶은 게 있으면 확실하게 물어

야지.]

　"……."

　[이상한 놈은 맞지. 이해할 수 없는 놈도 맞고. 그런데 내가 그놈을 끝까지 친구라고 생각한 건 다른 이유 같은 거 없어. 적어도 내 친구 정하는 쾌락이나 한순간 충동으로 일 저지르는 무책임한 인간은 아니다.]

　영신은 단순히 선악의 개념보다는 제대로 생각을 할 수 있는 사람인지를 더 중요하게 생각한다고 말했다. 적어도 민정하라는 사람은 나름대로의 기준과 정의를 두고 살아온 사람이란 뜻이었다.

　[결정적으로 그놈은 머리가 좋아. 아무나 눈치챌 짓은 안 해. 그러니까 윤재희란 계집애가 알아챌 만큼 허접한 짓은 안 했을 거라고.]

　"하지만…… 선배 때문에 다친 사람들이 있어요. 저 말고도."

　이미 많은 사람들이 그의 손에서 고통받은 후였다. 그는 거침없이 자신이 가진 힘을 이용해 타인을 짓눌러 버렸다. 아무런 죄책감도 없이.

　그래, 문제는 그것이었다.

　그가 그런 사람이라서가 아니라, 그런 사람임에도 사랑한단 이유만으로 받아들이고 싶어진다는 것이.

　그냥 다 놓아 버릴까. 마음이 가는 대로 다시 그의 곁에서, 그의 품에 안기고. 그렇게 모든 걸 덮어 버리고 싶은데, 지난 세월 동안 쌓여 온 설움이 문득문득 치솟는데, 그럼에도 자신은 그를 벗어날 수가 없다는 걸 안다. 그를 괴롭히고 있는 건 자신인데, 그가 안타까워 견딜 수가 없다.

　이렇게 그를 용서해 버리면 이젠 모든 걸 덮어 버리고 잊으려 하겠지.

그리고 그런 자신에게 환멸을 느끼며 괴로워할 거라고.

끝도 없이 반복되는 악몽처럼 꼬리에 꼬리를 물고 이어지는 생각이 다시금 그녀의 신경을 뾰족하게 만들었다.

"안 돼요. 이대로는."

저도 모르게 내뱉어 버린 말이었지만 그것이 정답이었다. 습관처럼 참고 받아들이는 건 더 이상의 발전을 기대할 수 없다. 자신이 참는 것으로 모두가 웃는 건 진정한 행복이 아니란 것도, 무작정 기다리는 것만으로 일이 해결되지 않는다는 것도 이미 넘치도록 겪고 깨닫지 않았던가.

싫은 건 싫다고. 아닌 건 아니라고.

딱 부러지게 잘라 내고 넘어서야 했다. 생각하자. 이젠 스스로 생각하고 연구할 때니까. 가만히 앉아서 주는 대로 받고 응석부릴 때가 아니었다.

[음. 좀 갑작스러울지 모르겠는데, 예전에 네가 말했지? 내 옷 가지고 있다고.]

"아, 네."

[네가 그 일을 어디까지 어떻게 기억하는지는 모르겠다만…… 그거 내 옷 아니야. 네가 기억 못 한 중요한 진실이 있을지도 몰라. 선아. 내가 왜 이런 말 하는지, 지금 말하는 게 무슨 뜻인지 알겠어?]

그 순간 그녀는 뭔가가 머릿속을 스치는 느낌에 흠칫했다.

어떤 가능성이었다. 지금껏 저 자신도 모르는 사이에 아주 당연하게 생각해야 할 일을 지나쳐 버린 듯한 느낌.

'저딴 계집애 하나 때문에 날 이렇게 만든 거야? 지금 너희들이 몇

사람이나 죽여 놓은 건 줄 알기나 해?'

너희들이라는 표현. 어딘지 석연치 않았던 그 말의 의미.

"설마……."

그 셔츠는 문영신의 것이 아니다. 하지만 문영신은 민정하의 아주 가까운 친구다.

아, 이런 바보 같으니.

"오빠! 오늘 만날 수 있어요?"

그 사건에 민정하가 관련이 없다는 게 더 이상하잖아!

보기에도 훈훈한 두 남자의 등장만으로도 조금 서늘한 듯했던 카페의 분위기가 포근해졌다. 선은 주변에서 닥쳐드는 날카로운 시선을 받으며 꿋꿋하게 두 남자를 향해 미소를 보였다. 굳은 각오가 서린 미소였다.

"아직 식사 전이면 밥이라도 먹는 게 낫지 않아?"

"식사하기엔 좀 이르지."

"그런가?"

"죄송해요. 갑자기 불러내서."

"아니, 죄송할 거까진 없고. 섭섭하게 그런 말 하지 마라."

조금 미묘한 표정으로 웃는 윤에게 슬쩍 눈치를 주던 영신이 싱긋 웃었다.

"물어보고 싶은 게 있어서 부른 거예요. 빨리 이야기하고 보내 드릴게요."

곤란함이 묻어나는 윤의 태도에 선은 재빨리 본론부터 꺼내기로 마음먹었다. 그리고 침착하게 이야기를 꺼냈다.

"그 옷 정하 선배 거죠?"

"옷? 무슨 옷?"

의아한 듯 묻는 윤의 말에 영신이 간략하게 설명했다.

"그거. 선이 고등학교 때…… 그 사건."

"아, 그…… 미수사건 때 말하는 건가?"

이런.

천진한 윤의 질문에 영신이 낭패스러운 표정으로 이마를 짚었다. 놀란 얼굴로 눈을 둥그렇게 뜨는 선의 앞에서 윤은 그제야 어리둥절한 얼굴로 아, 하고 입을 벌리더니 멋쩍은 태도로 제 뺨을 쓸며 사과했다.

"미안. 안 좋은 일인데 너무 생각 없이 대답했다."

"아니, 괜찮아요. 사실 저도 그게 궁금해서 이 자리 만든 거니까."

애써 미소를 지어 올린 선이 가볍게 숨을 들이켰다.

"사실 저 그때 무슨 일이 있었는지 잘 기억이 안 나요."

그나마 기억을 짜내 그 첫 단추가 사사건건 대립하던 윤재희가 미술반 건물 쪽에다 제 가방을 던져 놓았다는 걸 알고 찾으러 갔을 때라는 것을 떠올렸을 뿐.

비가 내리는 날이었고 사진 수업을 하는 건물 뒤편의 쓰레기 소각장 앞에 처참하게 젖어 나뒹굴던 가방을 집어 들며 분통을 터뜨렸던 기억도 어렴풋이 남아 있다. 그리고 등 뒤에서 인기척이 느껴져 돌아본 순간, 제 얼굴로 덮쳐 온 두툼한 손바닥의 거친 감촉도.

설명을 듣던 영신이 눈살을 찌푸렸다.

"그래서 묻고 싶은 게 뭐냐?"

"그날 있었던 일 전부 다요. 그리고 선배가 한 복수가 정확히 뭔지도."

딱 잘라 말하는 선의 표정에 은근한 고집이 어렸다.

"알았어. 내가 아는 건 말해 줄게."

"윤아."

"한 가지 말해 두자면, 절대 좋은 이야긴 아니야. 그리고 네가 그 사건을 기억하지 못하는 건 이 일이 그만큼 너한테 좋지 않은 영향을 끼칠 수도 있다는 뜻이야. 무슨 말인지 알겠어?"

만류하는 영신을 제쳐 두고 윤은 신중한 얼굴로 물었다.

"이미 각오했어요."

각오하지 않았다면 애초에 이들을 불러내 물을 생각도 하지 않았을 거다. 다시 고개를 끄덕이는 선의 입매가 더욱 단호해졌다.

"차라리 모르는 게 나을 거라고 후회는 할지도 몰라요. 그래도 난 알고 싶어요. 아니, 알아야 할 거 같아요."

그런 선의 태도에 영신은 더 끼어들지 못하고 한숨을 푹 내쉬었다.

어느덧 주문했던 커피가 세 사람의 앞에 놓였다. 조금 길 수도, 짧을 수도 있는 이야기를 늘어놓는 윤의 목소리가 차분하게 이어졌다.

✝

'정하는?'

'미술반이래!'

순식간에 사라진 정하를 뒤쫓아 복도를 달려온 영신은 때마침 2층에서 내려오던 윤에게 소식을 전했다. 굳이 감정을 읽지 않아도 심상치 않은 영신의 표정만으로도 일이 가볍지 않다는 사실을 깨달은 윤은 재빨리 준영을 찾는다며 다시 2층으로 뛰어 올라갔다. 두 사람이 걱정하는 일은 딱 하나였다.

영신은 비가 쏟아지는 교정을 미친 듯이 달렸다. 미술반 교실이 있는 별관은 음악반이 있는 본관과는 거리가 있었고, 사람들이 자주 찾지 않는 창고와 실습실 등이 모여 있어 다소 외진 편이었다. 우스개로 이런 날 창고 어디에 갇히면 며칠은 갈 거라는 말이 오갈 만큼.

'늦으면 안 돼.'

별관에 도착한 영신은 눈에 보이는 곳부터 샅샅이 주변을 뒤지기 시작했다. 그러나 발견한 건 한창 그림에 열중하거나 뭔가를 만들던 미술반 아이들뿐. 초조하게 걸음을 옮겼을 때였다.

ㅡ아아아악!

찢어지는 남자의 비명에 후다닥 교실을 나선 영신이 때마침 복도로 들어선 윤과 준영을 발견했다.

'뭐야? 지금 이거 무슨 소리야?'

'모르겠어. 위쪽인 거 같아. 아니, 위쪽 맞아.'

소리가 나는 곳을 가리킨 윤이 앞장섰다. 그렇게 도착한 곳은 3층 구석에 위치한 작은 스튜디오였다. 문이 열려 있었다.

'정하야!'

제일 먼저 뛰어든 사람은 윤이었다. 뒤이어 뛰어든 영신은 어떤 상황인지 의식조차 하지 못했다. 아니, 눈으로 보이는 광경에 온몸이 굳어 버렸다. 깨진 조명과 어지럽게 흩어진 종잇조각과 소품들. 어디서 난 건지 알 수 없는 유리 조각들.

그리고 피투성이가 되어 쓰러져 있는 두 녀석과 교실 한쪽에서 뭔가를 끌어안고 있는 정하의 모습.

세 사람은 그 자리에서 멍하니 그 광경을 바라봤다.

'나도…… 더는 못 웃겠어. 이젠 지친다고…….'

'그래. 웃지 마. 더 안 웃어도 돼. 아무 일도 없었던 거야. 그러니까 잊자. 잊어버려. 응?'

다 갈라진 여자의 목소리. 그리고 뭔가를 달래듯 부드럽지만 떨림을 감추지 못한 남자의 목소리가 이어졌다.

그제야 모든 상황을 파악한 세 사람은 절로 새어 나오는 신음을 삼켰다.

반쯤 소매가 떨어져 나가고 멋대로 풀어 헤쳐진 셔츠. 정하가 움직이는 대로 흔들리던 새하얀 손목에 선명하게 새겨진 멍. 그의 품 안에 담긴 채 잔뜩 헝클어진 머리카락. 이미 정신을 잃은 조그만 몸이 점점 가라앉는 걸 애써 추스르며, 껴안으며 정하는 하염없이 중얼거리고 있었다.

'아무것도 기억하지 마. 아무것도. 제발 다 잊어, 제발…….'

그곳에서 세 사람은 같은 생각을 떠올렸다.

다행이다. 이 정도로 끝나서.

"괜찮냐?"

굳어 버린 그녀의 앞에서 영신이 물었다. 선은 고개를 끄덕였다. 그러나 저도 모르게 몸이 떨리는 것만은 막을 수가 없었다. 이까지 딱딱 부딪쳐 가며 떠는 것을 본 윤이 재빨리 카운터로 달려가 핫초코를 하나 주문했다.

그사이 옆으로 다가온 영신이 조심스럽게 그녀의 등을 토닥였다.

"미안. 오늘만 봐줘라. 정하 놈이 없으니 어쩔 수가 없잖아. 절대 말하면 안 돼."

그리고 농담처럼 이어진 말에 선은 나직하게 웃음을 터뜨렸다.

"그래, 차라리 웃어. 다 지난 일이고, 거기서도 널 구한 사람이 있었 잖아. 어렵게 생각하지 마. 그런 남자가 계속 네 곁을 맴돌고 있었다 고. 좀 살벌한 게 탈이지만."

선은 대꾸하는 대신 고개를 끄덕였다. 여전히 떨리는 몸을 가누기도 벅차 어쩔 수 없이 영신의 손길에 기댈 수밖에 없었다.

"정하가 잘했다고는 생각 안 해. 하지만 뭐 때문에 그런 짓까지 벌 인 건지만 생각해 줘. 정하한테는 충분히 그러고도 남을 상황이었으니 까."

어떤 상황이라도 폭력은 정당화될 수 없다. 그런 복수는 누구에게든 상처만 남길 뿐이란 것도 알고 있다. 하지만 그녀는 그런 정하가 전혀 두렵지 않았다. 동시에 영신이 했던 정하에 대한 평가를 완벽히 이해 하고 있었다.

어느덧 자리로 돌아온 윤이 그녀의 앞에 핫초코를 내밀었다. 어느 정도 안정이 되었다고 여긴 건지 영신은 침착하게 말을 이었다.

"정하가 원체 잘났잖아. 그러다 보니 집안에서는 음악 시키긴 아깝 다고 생각한 거지. 아버님 명령으로 바로 유학 가기로 결정이 나서 한 동안 이런저런 준비하느라 학교에 못 나온 거였어. 그날 학교 온 것도 마지막으로 인사나 전하고 정리하러 온 거였거든. 안 왔으면 꼼짝없이 큰일 날 뻔했지."

알고 있었다. 매번 도시락을 싸 오라는 등 귀찮게 굴던 그에게서 연 락이 뚝 끊어졌던 무렵이었다.

"그런 상황에서 일이 터지니까 그 집안에서 당황한 거지. 상해 사건 이잖아. 부랴부랴 덮으면서 정하는 가기로 했던 학교 다 포기하고 반쯤 쫓겨나다시피 하면서 독일로 갔어. 거기서 공부해서 대학까지 간 거고."

말 한 마디 통하지 않는 타지에서 홀로 고군분투했을 그 시절 정하의 모습을 떠올리자 가슴이 미어졌다. 그녀가 크게 좌절을 겪고 방 안에 틀어박혀 있는 동안, 그 역시 힘겨운 하루하루를 보내고 있었던 거다.

"난 차라리 네가 기억 못 한 걸 다행이라고 생각해. 어차피 그놈들은 미성년이라고 크게 처벌도 안 받았을 거니까. 더군다나 넌 여자잖아. 한 번 그런 일에 오르내리면 치명적인 건 사실이니까."

그러고 보니 왜 아무런 소문이 나지 않은 걸까. 묘한 소문이 돌아도 한참은 돌았을 일인데 그녀의 부모님은 물론이고 두 언니들조차 비슷한 소문 하나 알지 못했다. 혹시⋯⋯.

"맞아. 전부 정하가 덮었어. 그리고 철저하게 준비해서 되갚아 준 거야. 준영이랑. 그 덕에 집안에 아주 미운털이 박혀서 한국에도 못 들어온 거고. 지금도 거의 의절하다시피 끝났지, 아마?"

선은 천천히 떨리는 손으로 입을 막았다.

어떻게 그렇게까지 할 수 있었을까. 아무 사이도 아닌 상대를 위해. 그저 가슴에 담아 두고 있다는 이유만으로. 사랑한단 이유만으로.

나라면 그게 가능했을까?

조금의 인연이 닿았다는 이유만으로 그게 가능하다고? 피아노조차 놓지 못했던 자신은 그 반의반의 흉내조차 낼 수 없었다. 하다못해 지금의 마음으로도 그의 애절한 마음을 따라잡을 수 없을 것 같단 생각에 그녀의 가슴이 미어졌다.

'너 진짜 나쁘다.'

영신에 대해 말을 해 줬을 때 지었던 씁쓸한 표정의 의미를 이제야 알다니.

"아…… 난 진짜 바본가 봐요."

허탈하게 웃으며 눈을 감아 버렸다. 모두 있었는데. 이미 그가 내놓은 말과 행동. 그 모든 것에 답이 있었는데.

'난 아주 오래전부터 그랬는데 넌 이제야 그러면 어떡하냐.'

능청스럽게 웃어넘기던 태도. 그녀의 반응을 보다 문득 가늘게 휘어지던 눈매.

위안.

그래서 지금은 굳이 없어도 괜찮아.

네가 있으니까.

가볍게 툭, 지나는 말로 아무렇지 않게 내뱉었던 그 말에 담긴 마음의 크기.

그걸 이제야 알다니.

"무슨 짓을 해 버린 건지 모르겠어요."

그 누구보다 열렬한 감정을 품고 있었던 사람에게.

그 자신에겐 지극히 정당했던 분노로 움직였던 사람에게 난 대체 무슨 말을 해 버린 걸까.

'그렇게 멋대로 남의 인생 휘저었으니 이번엔 좀 휘둘려 봐. 이 나쁜 놈아.'

그 말을 듣게 된 그는 어떤 마음이었을까.

툭, 투둑.

천천히 그녀의 얼굴을 타고 흐른 눈물이 테이블로 떨어졌다. 침묵으로 그녀의 눈물을 지지해 주는 두 사람의 앞에서 그녀는 한참 동안 울었다.

✝

똑똑.

노크 소리와 함께 문이 열렸다. 거울 너머로 문이 열리는 모습을 힐끗 바라본 선이 싱긋 웃었다. 단정하게 슈트를 차려입은 영신이 마주 보며 조금 놀란 표정을 지었다.

"이야, 너도 꾸미니까 꽤 볼만하다?"

"좋다고 따라다닐 땐 언제고."

"그거야 네가 불쌍해서 그랬지."

"됐어요. 차였다고 꿍하기는. 뒤끝 있는 남자 매력 없어요."

"나도 너한테 매력 있고 싶지 않다."

또 뭔가를 떠올렸는지 팔짱을 끼던 영신이 어깨를 흠칫 떨었다. 그 모습에 픽 웃음을 터뜨린 선이 조금 불편한 얼굴로 드레스를 잡아당기 며 돌아앉았다. 이미 마지막 리허설도 끝나고 준비한 의상을 꺼내 입 고 막 화장까지 마친 참이었다. 영신이 혀를 찼다.

"기껏 예쁘장하다 싶었더니 그 포즈는 뭐냐?"

"강윤 선배는요?"

"윤이도 준비는 다 끝난 거 같아. 이제 30분 남았으니까 슬슬 일어 날 준비해. 화장실 갔다 오고 싶으면 갔다 오고."

장난스럽게 내뱉는 말에 슬쩍 눈을 흘겨 보인 선이 조심스럽게 입을 열었다.

"저기 저는 잠시만……."

"일단은 아무 생각 하지 말고 무대만 생각해."

무얼 물을지 알겠다는 말투로 말을 잘라 내는 영신의 태도에 선은 잠시 입을 다문 채 고개를 숙였다.

그렇게 모든 진실을 알고 난 지도 어느덧 열흘이라는 시간이 지나 있었다.

선은 그동안에도 정하를 찾아가지 않았다.

사실은 어떤 얼굴로 그를 봐야 할지 알 수가 없었다.

하루에도 몇 번씩 휴대폰을 붙들고 그의 번호를 누르고 돌아가고 싶다, 말하고 그의 품으로 뛰어드는 상상을 했지만, 그것은 생각으로만 머물렀고 결국 현실로 이뤄 내진 못했다. 그런 상황에서도 콘서트의 준비는 착실히 이뤄졌고, 오늘은 드디어 준비한 것을 모두 보여 줘야 할 날이었다. 휴대폰을 꺼낸 영신이 시간을 확인하며 말했다.

"정하 일이 좀 바빠 보이던데, 혹시 못 오더라도 그러려니 해."

"선배는 올 거예요."

딱 잘라 말하는 선의 얼굴에는 단호함이 깃들었다. 영신에게 하는 말이었지만, 이것은 자기 자신에게 더 용기를 주기 위해 하는 말이기도 했다.

"다른 일이라면 몰라도, 오늘은 꼭 보러 올 거예요."

그리고 한결 단단해진 말과 흔들림 없는 믿음으로 가득한 눈빛에 영신은 저도 모르게 미소를 떠올렸다. 왠지 배도 아프고……

"진짜 아깝네."

"뭐가?"

또 한 명의 목소리가 끼어들었다. 흠칫 돌아보는 영신과 눈을 휘둥그레 뜬 선의 눈앞에 단정히 슈트를 빼입은 남자가 모습을 드러냈다.

"선배……."

저도 모르게 자리에서 일어난 선이 벅차오르는 감정을 억누르며 입술을 깨물었다. 어느새 영신의 옆으로 등장한 남자가 그녀를 향해 싱긋 웃는다. 그리고 한참 동안 두 사람은 서로를 마주 본 채 말이 없었다.

"그래, 잘들 놀아라. 더러워서 내가 나간다."

보다 못한 영신이 투덜거리며 대기실을 나섰다. 쾅 소리와 함께 문이 닫혔다. 잠시 그 광경을 흘깃 바라본 정하가 조금 멋쩍게 미소를 떠올렸다. 가슴속까지 뻐근한 통증이 밀려든다. 우습게도 그 미소 하나에 며칠을 준비했던 모든 말을 잃어버렸다.

멍하니 바라보는 그녀의 눈앞으로 천천히 다가선 그가 어느 순간 멈춰 섰다.

"아쉽네. 내가 제일 먼저 보고 싶었는데."

조금 섭섭한 듯 입가를 비틀며 미소 짓던 그가 힐끗 그녀의 얼굴을 바라봤다. 길게 휘어진 눈가에 가득한 웃음이 그의 기쁜 마음을 전해 주는 것 같아 가슴속이 간질거린다.

그렇게 서로를 바라보다 그는 불쑥, 말을 꺼냈다.

"나 언제까지 기다려야 해?"

어딘지 쑥스러운 얼굴로 묻고는 어린아이처럼 그녀의 얼굴을 바라보며 허락이 떨어지기만을 기다린다.

"지금까지 잘 참았는데. 휘두르는 건 할부로 받아 주면 안 될까? 한 50년짜리 할부, 뭐 이런 거면 착실하게 잘 갚을 수 있는데."

"푸훗……."

기어이 터진 웃음과 함께 왈칵 눈물이 쏟아졌다.

"울면서 웃으면 좀 곤란해지는 거 아니야? 어디가 어떻게 된다던데……."

"시끄러워요!"

버럭 화를 내고 손등으로 눈가를 문질렀다. 아, 망할. 검게 묻어 나온 흔적을 보며 선은 또 울어 버렸다.

"이게 뭐야, 진짜! 선배 때문에 화장 다 지워지잖아! 올 거면 좀 빨리 오지, 시간도 얼마 안 남았는데 할 말도 다 못 하게 왜 이제 나타나서 이 지경을 만들어요, 왜!"

"미안."

"어우 씨, 몰라요!"

몸을 돌린 선이 화장대에 있는 손수건을 집으려 손을 뻗은 순간, 커다란 품이 그녀의 등을 감싸 왔다. 차갑지만 포근한 향이 물씬 풍겨 와 저도 모르게 숨을 멈췄다. 어느새 뺨을 감싼 손이 그녀의 얼굴을 들어 올리고 어깨 뒤에서 덮쳐 온 입술이 그녀의 입술을 살며시 머금었다. 부드럽게 입술을 스친 감촉이 멀어진다.

그렇게 갑작스럽고도 짧은 입맞춤이 끝나고 다시 돌려세워진 몸이 훌쩍 들려 화장대에 앉혀졌다. 곧바로 이어진 입맞춤. 길고도 깊게 파고드는 그의 숨결을 마시며 선은 갈급한 손길로 그의 옷자락을 잡아당겼다.

어떤 말보다 더 확연하게 서로의 마음을 전하는 의식의 시간. 내내 쌓이고 차올랐던 그리움이, 더는 참지 못한 감정이 넘쳐흐르기 시작했다. 한없이 서로를 껴안고 입을 맞추면서도 부족한 표현이 겹쳐진 입술 틈으로 새어 나왔다.

"사랑해요."

다시 입을 맞추고 확인하듯 그의 얼굴을 양손에 담았다. 흘러나온 눈물이 뚝뚝, 그녀의 드레스 자락에 짙은 얼룩을 남겼지만, 괜찮았다. 눈물은 언제건 마르게 되어 있으니까.

그러니 괜찮다. 그녀가 그의 전부이듯, 그녀 역시 그가 전부였으니까.

"사랑해요, 선배."

그녀의 턱을 가볍게 붙든 남자가 조심스럽게 립스틱을 가져다 댔다. 매끄럽게 부푼 입술을 스치고 지나는 립스틱의 흔적이 그녀의 입술에 남은 순간 남자의 목울대가 천천히 움직였다. 선은 위험하게 번뜩이는 남자의 눈을 바라보며 슬쩍 눈썹을 찡그렸다.

"제가 바른다고……."

"쉿, 움직이지 마."

진지한 얼굴로 그녀의 말을 제지한 남자가 약지로 그녀의 입술을 슬쩍 문질렀다. 그러고는 아까보다 좀 더 밀착된 색감이 맘에 드는지 미소를 지었다. 동시에 그녀는 뾰로통하게 입술을 내밀었다.

"입술이 문제가 아니라 눈이 문제라고요."

"괜찮아. 부은 것도 무지 예뻐."

"못살아, 진짜."

어찌나 울었는지 퉁퉁 부어 버린 눈매가 좀 더 가늘어지자 정하는 미소를 띤 얼굴로 가만히 그녀를 내려다봤다. 무어라 설명하기 힘든 감정으로 가득한 눈동자가 천천히 움직인다. 그러곤 툭 내뱉는다.

"예쁘다, 진짜."

"당연하죠. 심지어 저 성격도 무지 좋아요. 애인이 완전 사이코인데

다 받아 줄 생각이거든요."

"평생?"

"아, 음…… 뭐, 생각해 보구요."

"그럼 딱 10년만 받아 줘."

영문을 모를 소리에 선의 눈썹이 조금 치켜 올라갔다. 뜬금없이 무슨 소리인가. 왜 10년? 긴 것도 같고 짧은 것도 같은 미묘한 기간이 아닌가. 묘하게 짓궂은 웃음기로 가득한 눈가를 바라보다 이건 무슨 장난인가, 싶었는데…….

"다음 10년은 내가 어떻게든 네 곁에 있을게."

"……."

"그다음 10년은 내 옆에서 나란히 걸어 줘."

"……."

"또 그다음 10년은 편하게 날 의지하면 돼. 더 길어져도 괜찮아."

천천히 그녀의 눈가에 힘이 풀렸다. 멍한 얼굴로 그 말의 의미를 생각하는 동안 느닷없이 뛰어오르기 시작한 심장의 느낌 탓에 숨을 제대로 쉬는 게 버거워졌다. 흔들림 없이 그녀를 주시하는 눈동자. 하지만 그 안에서 아주 약간의 불안함을 감지한 선이 곧 정신을 차렸다.

그러니까, 그의 말은…….

얼굴을 붉힌 선은 쑥스러운 얼굴로 배시시 미소를 지었다.

"그걸로 안 될 거예요. 선배는 평생 할 일이 있으니까."

그러고는 잽싸게 자리에서 일어나 뭔가 단호하게 결심한 얼굴로 입을 열었다.

"일단, 50년짜리 할부 콜."

"일단?"

"그건 내 학창 시절 날려 버리고 내 속 까맣게 태워 버린 50년짜리 빚이고요. 그리고 다른 남자 만날 기회 날려 버린 50년짜리 추가해서 딱 100년만 버텨 보세요."

"음…… 그건 죽어도 안 될 거 같은데."

"왜요? 안 되도 되게 해야지. 미국엔 징역 200년짜리도 있는데."

"이젠 범죄자 취급이야?"

"이제 아셨어요? 선배같이 위험한 짐승을 어디다 풀어놔요? 겉은 멀쩡해 가지고 사람 속여 먹기 좋아서 더 나빠요. 세상에 민폐니까 내가 희생하는 거예요."

"하핫……."

"웃지 마세요. 내가 아주 앞으로 갑질이 뭔지 보여 줄 테니까."

이어 남자의 옷깃을 잡아당긴 선은 진지한 얼굴로 그의 입가에 쪽, 하고 입을 맞췄다. 그리고 웃음기가 맺힌 눈가를 바라보며 선언했다.

"자, 계약 걸었으니까, 무르기 없기."

그리고 엷게 미소를 지어 올렸다.

"얌전히 기다려요."

이젠 무대에 오를 시간이니까.

대기실을 나선 두 사람은 나란히 손을 잡고 걸었다. 무대가 가까워 올수록 그녀는 침착했다. 조금 더 의연해진 그녀의 몸이 곧게 펴지고 긴장으로 굳어 있던 입매에도 미소가 깃들었다.

"시작합니다―"

스태프의 알림 말을 들으며 선은 가만히 그의 손을 놓았다. 흘깃 그의 얼굴을 바라보고 거침없이 걸음을 옮기는 그녀의 발걸음이 더욱 당당해졌다.

이제부터는 저 자신과의 전쟁이다.

하지만 그녀는 혼자가 아니다. 언제든 돌아갈 곳이 있고, 기다리는 사람이 있다.

그것만으로도 저 빛은 무섭지 않다.

박수와 환호. 조명 아래의 피아노도 아무렇지 않다.

실컷 무대를 즐기고 돌아갈 것이다. 기다리고 있을 남자에게 연주가 어땠는지, 들을 만했는지 꼭 물어보고, 말뿐이었던 쩨쩨한 프러포즈에 양심상 반지는 사 오라며 타박도 해 줄 거다.

그 행복한 순간을 기대하며 미소를 떠올린 그녀는 피아노 앞에 앉았다. 그리고 천천히 건반에 손가락을 올렸다.

앞으로 이어질 새로운 인생을 위해서.

사랑하는 짐승을 위해서.

첫 콘서트 날 이후 벌써 8개월이라는 시간이 흘렀다. 그러나 무대 위, 피아노 앞에 앉아 처음으로 건반에 손을 올렸을 때의 그 감촉은 아직도 그녀의 손끝에 생생하게 남아 있다.

처음이자 마지막이라는 각오로 시작한 무대는 마지막 커튼콜에 응하는 순간까지, 그녀가 가진 모든 것을 보여 주고 막을 내렸다.

그 평가는 예상을 넘어서는 대호평.

마지막 앵콜곡으로 그녀는 최고의 컨디션 속에 준비한 리스트의 파가니니 에튀드 3번, 라 캄파넬라(Liszt Paganini etude No. 3 in G sharp Minot S. 141 La campanella)를 완벽하게 연주해 냈다.

첫 음이 시작하는 순간 튀어나온 감탄사. 기대감 가득한 사람들의 앞에서 종소리처럼 맑은 음색이 퍼져 갔다. 반복되며 발전하는 주제는 점차 고조되어 때려 부술 듯 강렬하게 절정의 순간을 터뜨리고 끝을 맺었다. 동시에 관객석에서 터져 나온 박수와 환호를 들으며 자리를 떴다.

이 순간 몸 안 깊숙이 새겨진 짜릿함은 격렬한 사랑을 나눴을 때와 비슷한 감각이었다.

이어지는 박수갈채와 앙코르 요청에 강윤과 함께 다시 무대로 나올 수밖에 없었다. 마이크를 든 채 감사의 인사를 하는 자리에서 윤은 즉석으로 제안을 던졌다.

"말하자면 기교 대결이죠. 어때요?"

앙코르로 같은 곡을 번갈아 연주하며 서로의 기교를 비교하자는 말에 다시금 기대 가득한 박수가 터져 나왔다.

그렇게 서로를 마주 보고 앉은 두 사람이 연주하기로 한 곡은 발라키레프의 이슬라메이(Balakirev - Islamey An Oriental Fantasy.)

피아니스트가 보일 수 있는 모든 기교를 총동원해 연주해야 하는 난곡 중의 난곡을 선택한 건 그녀였다.

"지금 많이 지치긴 했는데 나눠서 치니까 힘은 덜 들 거 같아서요."

그리고 짐짓 난처한 척 고개를 저어 보이며 미소 짓는 윤을 향해 말했다.

"자신 없으신 건 아니죠?"

귀여운 도발로 분위기를 잡아 놓은 선은 짧게 숨을 돌린 후, 거침없이 연주를 시작했다.

대략적으로 파트를 나눈 두 사람은 세세한 부분에 대해선 서로 눈길을 주고받으며 기가 막힌 호흡으로 곡을 이어 갔다. 이어 마지막 30여 초 구간을 한 치의 오차도 없는 유니온으로 장식하며 깔끔하게 연주를 끝마치고 거센 환호 속에서 유유히 무대를 퇴장했다.

그렇게 마지막의 마지막까지 온 열정을 불태운 무대를 뒤로한 채 대기실로 돌아갔을 때는 이미 정하가 와서 기다리고 있었다. 지칠 대로 지쳐서 돌아온 그녀의 앞에서 정하는 싱긋 웃으며 말했다.

"끝내줬어."

서 있기도 힘든 몸으로 그녀는 웃음을 터뜨렸다.

"당연하죠. 누구 애인인데."

"그러게. 그 대단한 여자의 남자가 누굴까?"

장난스러운 웃음소리. 이어 지그시 시선을 맞추던 그가 그녀의 얼굴을 붙잡으며 짧게 입을 맞췄다. 예쁘게 그려 놓은 듯한 미소가 그녀의 입가에 떠올랐다. 이 순간을 위해 달려왔구나, 생각하니 피곤이 싹 가시는 기분이었다.

그러나 정하는 슬그머니 눈살을 찌푸리며 말했다.

"그런데 눈빛 교환은 10초 이상 하지 말라고 하지 않았던가?"

"어우!"

기어이 가슴팍을 얻어맞은 남자가 많이 아픈 것처럼 몸을 움츠렸다. 엄살하고는!

"이 질투쟁이 초딩남! 감동브레이커! 물어내요, 내 감동!"

더 열심히 타박하며 투닥투닥 때려 대자 재빨리 손목을 붙잡은 그가 웃음을 터뜨렸다.

그리고 다시 원래의 두 사람으로 돌아온 지금이 행복해 죽겠다는 얼굴로,

"피아노고 뭐고…… 그냥 가둬 버릴까."

미친 소리를 한다.

기막혀하며 입을 벌린 순간, 다시 겹쳐진 입술이 이번엔 좀 더 깊게 파고든다. 한껏 기울어진 남자의 힘에 점점 밀리다 단단한 벽에 닿았다. 그러자 더 물러날 곳도 없는 곳에서 남자는 좀 더 몸을 밀착하며

허리를 당겨 안고서 본격적으로 몰아붙였다.

긴 잠수 끝에 숨을 들이켜는 사람처럼 갈급한 키스. 말로 하지 않아도 전해지는 감정에 선은 저도 모르게 달아오른 숨을 내쉬었다. 벽처럼 단단하게 그녀를 지탱하는 몸. 입안에 느껴지는 그의 체향. 숨이 차올라 괴로운데, 정신이 아득해지도록 행복했다.

정말 이래도 되는 건가…… 싶을 만큼.

이 사람과 이렇게 행복해도 괜찮을까, 싶을 만큼.

"집중해."

집요하게 아랫입술을 빨아들이던 그가 나직하게 내뱉었다. 그제야 문득 정신을 차린 선이 흠칫하며 그를 밀쳐냈다.

"자, 잠깐만요, 여기서 이러면……. 파티 가야 하잖아요, 파티!"

언제 이 지경이 된 거야!

어느새 드레스의 지퍼가 열리고 그의 손길에 끌려 내려간 옷자락이 팔꿈치에 걸려 있었다. 그 와중에도 그녀의 입술을 덮으며 허리를 당겨 안은 그가 봉긋한 가슴 위를 덮은 커다란 손에 힘을 줘 움켜쥔다. 순간 짜릿한 통증에 선은 저도 모르게 신음하며 허리를 뒤틀었다. 멈칫한 사이 그의 입술은 그녀의 뺨을 스쳐 목덜미로 파고들었다.

"선배, 선배 여기서는 안 된다고요!"

하얗게 드러난 쇄골과 도톰한 살덩이를 향해 달려드는 남자를 간신히 밀어냈지만, 그의 입술이 닿았던 곳은 이미 붉게 물이 들어 버렸다.

"악! 아파, 그만 좀 해요!"

"미안, 나도 모르게 그만."

너만 보면 정신을 못 차리겠어. 금세 나직하게 잠긴 목소리엔 나른한 열기가 배어 있다. 한시도 떨어지고 싶지 않다는 듯 당겨 안으며 내놓는 말에 그녀는 헛웃음을 지었다. 지친 듯 축 처진 그녀의 눈가에 배인 물기를 가만히 손끝으로 거둬 낸 그가 따라 웃는다.

순 변태 같으니라고. 옷차림을 추스르고 쇄골에 남은 붉은 얼룩을 손끝으로 문지르며 타박하는 말에도, 열기로 가득한 숨을 내뱉으면서도, 남자는 한 점 흐트러짐 없이 단정한 모습으로 미소를 지을 뿐이었다.

그리고 물었다.

"지금 내가 하는 게 사랑 맞지?"

멈칫한 선이 고개를 들어 올렸다. 어떤 감정도 느껴지지 않는 무표정에서 희미하게 미소가 떠오르는 과정을 눈에 담으며 뭉클해지는 감정을 애써 추슬렀다. 이렇게나 애정 어린 눈으로 바라보면서, 불안해 죽겠다는 눈으로 바라보면서 그는 사랑이 뭔지를 묻고 있다.

처음 사랑을 시작한 소년의 얼굴로. 열여덟, 감정에 서투르고 어렸던 그때, 경험하지 못한 감정을 어찌할 줄 몰라 엇나간 표현밖에 할 수 없었던 소년이 어른의 얼굴을 하고서 묻고 있다.

하지만 그녀도 뚜렷한 정답은 알 수 없었다.

그저 이 마음이 사랑이라 인식하기에, 그녀도 이 마음을 사랑이라 생각할 뿐.

"맞아요."

작게 대답한 선이 손을 뻗어 제 앞에 버티고 선 남자의 몸을 끌어안았다. 그의 품에 얼굴을 묻었다. 다시금 그녀의 폐부로 스며드는 그의 체향. 온몸을 덮는 온기에 마음이 평온해진다. 미친 듯 뛰어 대는 심장의 움직임은 별개로.

지쳐 있던 심신을 위안받는 소중한 이 시간. 그는 그것을 줄 수 있는 유일한 남자였다.

"잠깐도 못 참아서 보고 싶고 자꾸 목소리가 들리는 거 같고. 하루 종일 휴대폰만 쳐다보는데 어떻게 해야 할지 몰라서 가슴이 터질 거 같고. 나 없으면 이 사람, 어떡하나. 이 외로운 사람을 누가 감싸 주나. 내가 없으면 이 사람 정말 어떡하나 싶어서 나도 모르게 눈물이 나면……."

이 모든 게 그와 떨어져 있으며 느꼈던 감정들이었다. 고작 며칠을 떠나 있는 동안 무수히 떠올랐던 생각들. 어째서 이 사람이냐고. 왜 하필 이 사람이냐고. 수없이 반복했던 질문에도 결국 답은 하나였다.

"그땐 어쩔 수가 없더라고요."

이미 제 가슴속에서 이 남자를 비워 낼 수는 없었으니 포기하는 수밖에.

"사랑 맞아요."

알 수 없다면 지금부터 알아 가면 된다. 앞으로도 시간은 많으니까.

차라리 함께 행복해지는 방법을 찾자. 그렇게 하나하나, 서로에 대해 더 이해하며, 아주 약간은 내 취향에 맞게 이 짐승을 좀 더 길들이며 살아 보면 좀 더 확실하겠지.

"내 마음도 사랑이고요."

문이 잠겼다.

누가 먼저랄 것도 없이 시작한 애무와 갈급한 몸짓. 거칠게 숨을 내쉬며 말캉한 입술을 머금은 그가 드레스를 거칠게 잡아 내렸다. 하얀 가슴 위로 덮인 그의 커다란 손에 힘이 들어간다. 짜릿한 아픔으로 머릿속까지 아찔해졌다. 좀 더 깊게 입을 맞추고 약간의 틈도 아쉬워 더 세게 서로를 껴안은 채 쿵 소리가 나도록 벽에 부딪쳤다.

"아……!"

"미안."

짧은 사과. 다시 급하게 그녀를 탐하는 입술이 부풀어 오른 가슴에 닿았다.

"불편해서 갈아입었다고 하면 될 거야."

"자, 잠깐 그래도……."

뭐라 하기도 전에 그녀의 드레스가 바닥까지 끌어 내려졌다. 왠지 부욱, 하고 불길한 소리가 들린 것도 같은데 기분 탓인가? 이어 엷은 슬립 아래로 남자의 손이 들어왔다.

"으음……."

작게 신음을 내놓자 이미 젖어 들기 시작한 숲을 헤치고 들어온 손가락이 서서히 좁은 내부로 스며들었다. 약한 흥분으로 움찔거리던 안이 기다렸다는 듯이 바짝 조여 든다. 낮은 탄식과 함께 느릿한 키스가 이어졌다. 능숙하고 부드럽게 예민한 곳을 찾아 헤집고 자극하는 손길에 선은 힘겹게 숨을 이어 갔다.

"저기…… 선배. 지금 나 너무 지쳐서…… 흐음."

"괜찮아. 힘 빼고."

귓불을 빨며 속삭인 남자가 그녀의 허리를 감으며 그녀의 한쪽 다리를 들어 올렸다.

어느새 버클을 풀고 반쯤 내려놓은 속옷 위로 뻣뻣하게 고개를 든 남성이 그녀의 젖은 속옷과 맞닿았다. 이어 벗겨 낼 여유도 없는지 밀어젖힌 속옷 틈으로 단숨에 파고들었다.

"아……."

아찔한 쾌감과 함께 그녀의 옅은 신음이 흩어졌다.

"아프잖아요."

"미안. 너무 오래 참았더니."

"킥……."

허탈하게 내뱉은 키득거림. 맞물린 채 서로를 꼭 껴안은 두 사람의 주변에 나른한 웃음이 퍼져 갔다. 선은 힘없이 그의 등을 때리며 중얼거렸다.

"순 변태. 이런 생각밖에 없죠? 물어봐서 대답만 한 건데……."

"그럴 리가 없어. 해 달라고 한 말 다 들었어."

"거짓말."

"진짜야. 마음의 소리가 들렸거든."

느긋한 대꾸에 이번엔 힘을 줘 철썩, 어깨를 때려 줬지만 사실은 그의 말이 맞는지도 모르겠다. 키득거리며 때렸던 곳을 다시 쓰다듬어 준 선이 작게 중얼거렸다.

"하아…… 누가 올지도 모르는데……."

"그전엔 끝낼게."

동시에 정하가 허리에 힘을 줘 그녀를 밀어 올렸다. 단단한 벽과 남자의 사이에 낀 채로 느껴지는 하체의 압박감에 선은 나직하게 신음을 흘렸다. 둔한 통증과 함께 굵고 단단한 것이 묵직하게 몸 안을 쓸어 올린다.

저도 모르게 두 팔에 힘을 주고 고개를 들자 정하는 기다렸다는 듯이 입을 맞춰 왔다. 조금씩 강도를 더해 가는 정하의 움직임을 따라 그녀의 입술이 점점 더 벌어졌다.

"아…… 으흠."

애써 신음을 삼키는 그녀를 돕는 양 그의 입맞춤이 더 깊어진다. 새어 나오는 숨결마저 다 삼킬 듯 입안을 샅샅이 빨아들이는 격렬한 키스에 미칠 것만 같았다. 누군가 올지도 모르는 곳에서, 흐트러진 옷차림으로 차디찬 벽에 기대선 채 뜨거운 호흡을 엮어 내는 이 상황은 지나치게 자극적이었다.

"아파…… 아!"

잠시 틈을 보인 사이 불만을 내놓자 그는 나직하게 웃으며 움직임을 조금 늦췄다. 짧고 느릿한 진퇴에 맞물린 곳으로부터 기묘한 느낌이 허리를 타고 오른다. 절로 허벅지 사이에 힘이 들어가고 허리가 들린다.

그 순간 정하는 그녀를 꽉 끌어안으며 힘차게 허리를 쳐올렸다. 품에 꼭 안긴 그녀의 입술이 그의 목 언저리에 달라붙었다. 왠지 움찔하는 남자의 몸을 느낀 선이 조심스럽게 혀를 내밀어 그의 살갗을 핥았다. 약간의 땀이 배어 있는 남자의 체취가 진하게 느껴진다. 다시 입술을 옮기고 혀를 내밀어 그의 목을 핥으며 살갗을 빨아들인 순간 그의 몸이 크게 떨렸다.

"으읏……."

거기다 함께 들려온 남자의 나른한 신음이라니.

묘하게 섹시한 음성에 가슴이 다 철렁했다. 그리고 욕심이 났다. 한껏 흔들리는 와중에도 손을 움직인 그녀는 그의 셔츠 단추를 툭, 툭 풀어냈다. 옷 틈으로 쭉 뻗은 쇄골이 드러난다.

다시 손을 뻗어 그의 등을 끌어안고 그의 어깨와 쇄골에 입을 맞췄다. 그의 몸에 매달려 입을 맞출 때마다 움찔거리는 남자가 너무 사랑스럽다.

"훗……."

조금 더 듣고 싶어졌다. 그 목소리가.

"……까분다, 너."

하지만 그는 이 상황이 그다지 마음에 들지 않은 모양이었다. 한껏 탁해진 남자의 음성이 귓가를 스치고 제 몸을 붙든 남자의 손에 힘이 잔뜩 들어갔다. 이내 가슴을 움켜쥐고 젖꼭지를 세게 비트는 손길에 그녀는 저도 모르게 몸을 젖히며 신음했다.

"으아…… 아, 아파……!"

그러나 이미 그녀의 성감대를 모두 파악하고 있는 남자는 손쉽게 그녀를 함락시켰다. 비명을 참으려 애쓰던 그녀가 끝내 쾌감에 몸부림을 칠 때까지 남자는 끝도 없이 몰아치며 자신을 박아 넣었다.

"하윽!"

미치도록 짜릿한 전율이 발끝까지 퍼지며 잦아든다. 기어이 몸을 젖히며 비명을 지른 그녀가 바르르 몸을 떨었다. 땅이 커지는 듯한 감각과 함께 조여드는 그녀의 속살이 강하게 그의 남성을 물었다.

"아…… 선아."

정하는 그런 그녀의 모습을 하염없이 주시하며 몰아붙였다. 그가 주는 감각에 몸부림치고 신음하던 그녀가 더 버티지 못하고 품 안에서 쾌감으로 무너진 표정을 짓는다. 그 짜릿함에 머리끝까지 타들어 가는 불길이 거세게 그의 몸을 잠식한다.

더, 조금만 더.

움찔움찔, 부드럽게 자신을 조여 오는 곳을 몇 번이고 파고들며 나긋한 여자의 몸을 탐식하던 남자가 이내 짧은 신음을 토해 냈다. 절정의 끝에 닿는 순간, 남자는 짐승 같은 탄식과 함께 눈앞이 하얗게 바래질 만큼 강렬한 쾌감의 증거를 그녀의 몸 안에 쏟아 냈다.

그 짜릿함의 끝에서 만난 온기. 그 온기가 사람을 미치게 만든다. 행복해서 미치는 사람이 있다면 바로 이 순간, 저 자신일지도 모른다.

"사랑해."

그녀는 따뜻했다. 따뜻해서 더 행복했다.

"사랑해, 선아."

자잘하게 남은 여운을 가라앉히듯 입을 맞춘 정하가 으스러지듯 그녀를 껴안고 머리를 비벼 댔다. 마음껏 얼굴 여기저기에 입을 맞추고 또 사랑해, 하더니 웃음을 터뜨렸다. 좋아 죽겠다며, 행복해 죽겠다며 남의 마음도 모르고 가슴 떨리게 예쁜 미소를 지어 댔다.

이 초딩 짐승을 어쩌면 좋니.

갈 길이 까마득하다. 그 품에 푹 파묻힌 선은 아직도 제 몸 안에서 움찔거리는 것을 의식하며 한숨을 폭, 내쉬었다. 그러다 픽 웃음을 터뜨리곤 그의 등을 토닥였다.

뭐, 아무렴 어떠랴.

순간이 행복하면 그만인걸.

epilogue 2.

첫사랑

[클래식 라이프에서 찾아낸 또 하나의 보석. 피아니스트 최선.]

[올해 음악계의 핫 이슈 메이킹을 담당한 그녀의 충격적인 데뷔부터 해솔의 파격적인 시도가 만들어 낸 재즈피아니스트 강윤과의 듀오콘서트 이야기를 담았습니다.

두 사람의 특별한 만남부터 현재의 인연까지, 그 모든 것을 파헤치며……. (중략) 열정으로 타올랐던 그 밤의 연주가 아직까지도 귓가에 생생합니다. 또다시 환상적인 호흡을 자랑하는 두 사람의 무대를 기대하며…….]

"으악! 오글거려. 그런 거 좀 보지 말라고!"

"어머, 얘! 무슨 짓이야?"

크악! 비명을 지른 선이 노트북을 덮어 버리자 나 여사는 기겁하며 비명을 지르며 노트북을 당겼다. 행여 흠집 하나라도 났을까, 걱정스러운 얼굴로 꼼꼼하게 노트북을 살핀 나 여사는 이상이 없다는 사실을 확인하자 버럭 화를 냈다.

"그러다 고장이라도 나면 어쩔 거야! 이게 어떤 물건인데!"

언젠가 불쑥 찾아온 정하가 직접 모시고 나가 사 줬다는 최신형 노트북은 현재 나 여사의 보물 제1호이자 인생의 동반자였다. 황급히 티슈를 뽑은 나 여사가 얼룩덜룩 묻은 지문을 닦아 냈다. 그 광경을 보니 기가 찬다.

"어이구, 정말 내가 못살아. 그렇게 좋아?"

"그럼 좋지! 민 서방이 딱 엄마를 위해서 마련해 준 건데. 세상에서 제일 소중하지, 말이라고 해?"

"알았으니까, 앞으로 그런 건 제발 나 없는 데서 좀 보라고."

"어머머? 너 웃긴다, 얘. 여긴 네 집도 아닌데 왜 행패야?"

눈을 흘기며 내놓는 나 여사의 말에 그녀의 입에서 허헛, 하고 공허한 웃음이 새어 나온다. 내가 정말 무슨 영화를 보자고 여기에 온 거야.

"있잖아, 나 요즘 이 집에서 왕따당하는 거 같지 않아?"

"왕따는 무슨 개뿔이 왕따."

아니라면서 왜 내 얼굴을 똑바로 안 보는 건데!

연주회가 끝난 그다음 날. 정하는 꼭두새벽부터 그녀의 집에 찾아왔었다. 그러고는 잠이 덜 깬 부모님의 앞에서 큰절을 올리더니 당당하게 말했다.

'선이랑 결혼하고 싶습니다. 허락해 주십시오.'

마른하늘에 날벼락, 아니 아닌 밤중에 홍두깨도 정도가 있지!

멍한 얼굴로 할 말을 잃은 가족들 사이에서 한참 만에야 경주가 입을 열었다.

'이보게…… 지금 시간이 몇 시인가…….'

'죄송합니다. 하지만 저한테는 지금 무엇보다 급한 일이라 실례를 무릅쓰고 찾아왔습니다. 부디 허락해 주십시오.'

'아니, 이보게…….'

다시 고개를 꾸벅 숙이는 정하의 앞에서 경주는 채 말을 잇지 못하고 황당과 당황이 어우러진 얼굴로 헛기침만 늘어놨었다. 이미 콩깍지가 껴 있던 나 여사와 두 언니들의 응원과 집요한 정하의 재촉에 못 이겨 결국 허락의 말을 내놓았을 때는 오전 6시 40분이 되어 갈 무렵이었다.

"아무튼 넌 이제부터 네 서방한테나 잘해. 그리고 가출해도 이 집에선 안 받아 줄 거니까 싸우지 말고. 네 아빠도 민 서방 고집은 못 당할 거다."

그날 이후 나 여사는 눈에 띄게 그녀를 밀어내려 했다. 어차피 시집가 버릴 거 미리부터 정을 떼 놓겠다는 각오였는데, 그 마음이야 이해하지만 연기가 너무 어색한 탓에 보는 이의 손발이 오그라진다는 게 함정!

피식 웃던 선이 대꾸했다.

"어차피 결혼해도 지금이랑 딱히 달라질 것도 없어. 반찬도 엄마가 해 줘야 해. 선배가 엄마 반찬 아니면 밥을 안 먹는단 말이야. 멸치도 볶아 주고, 물김치도 많이 만들어 줘요."

"공짜로는 안 할 거야."

"으휴, 이 속물. 알았어."

"그보다 신혼여행은 어디로 갈 거야? 뭐 생각해 둔 곳은 있니?"

"글쎄요. 선배도 원체 바쁘고 나도 전국 투어 잡히는 바람에 해외까지 나가긴 좀 힘들 거 같아서 국내로 알아보는 중이에요."

"민 서방은 괜찮대?"

"선배야 뭐, 내가 가자는 데면 다 좋다 그러지."

"얼씨구? 자랑은."

배시시 미소를 올린 선이 은근히 나 여사의 팔짱을 끼며 어깨에 머리를 기댔다. 그런 그녀의 뺨을 살며시 감싸던 나 여사가 한숨을 푹 내쉬었다.

"그나저나 이렇게 아무것도 안 해도 되나 모르겠네. 아무리 그래도 수준 맞추려면 웬만큼은 해야 할 텐데……."

근심 어린 나 여사의 말에 선은 지난 며칠 동안 있었던 일을 떠올리며 표정을 굳혔다.

허락이 떨어지자마자 맹렬하게 일을 추진한 정하에게 휩쓸려 얼결에 그의 본가에 처음 발을 들였고, 그곳에서 그녀는 처음으로 정하의 배경을 알게 되었다. 학창 시절 JS그룹의 아들이라는 소문은 들은 적이 있었지만 그것이 사실일 줄이야. 더 의외였던 건 생각보다 쉽게 그 사실을 납득하는 저 자신의 머릿속이었다.

JS그룹은 오래 전부터 문화 예술 방면으로 투자를 많이 했었고, S예술 고등학교와 S대학의 어린 예술가들을 지원해 왔다. 게다가 정하가 쓰던 바이올린은 JS그룹 소유의 스트라디바리우스. 상식적으로 대학생도 프로도 아닌 고등학생이 그런 특혜를 받기란 쉽지 않은 일. 게다가 그는 JS Communication이라는 회사에서 이사라는 직함으로 일을 해 왔고, 그가 기획하고 진행한 Unlimited와 해솔 역시 JS그룹과 관련이 있는 행사다.

아니라는 게 더 이상하잖아.

더 이상한 건 그의 부모님의 태도였다.

'부담 갖지 마세요. 어차피 결혼이란 것에서 제일 중요한 건 같이 살 당사자들의 생각이니까 주변 사람들의 의사는 별로 중요하지 않다고 생각해요. 우린 부모로서 할 도리만 할 테니 앞으로도 모든 건 전적으로 두 사람이 알아서 결정하고 진행하도록 해요.'

내심 막장드라마의 한 장면을 생각하던 그녀는 쿨하다 못해 을씨년스러운 예비 시어머니의 말을 들으며 혼란스러워졌다. 뭐야, 이렇게 간단하게 끝날 수가 있어?

게다가 어딘지 모르게 홀가분해 보이는 표정은 뭔데!

돌아 나오는 길에 정하는 얼떨떨해하는 그녀에게 태연히 설명했다.

'어차피 아버지 뒤를 이를 사람은 형으로 정해졌고 나는 내놓은 자식이거든. 뜯어 말려도 결혼할 거 굳이 시끄럽게 만들고 싶진 않을 거야.'

그 말에 기뻐해야 할지, 위로해야 할지 감을 잡을 수가 없었다.

그리고 얼마 안 있어 갑작스럽게 추진된 양가의 상견례 자리에서 JS그룹의 회장 일가와 마주 앉게 된 부모님은 영혼이 털려 나간 얼굴로 고개만 끄덕였다. 그렇게 돌아와서는 무슨 말을 들었는지 하나도 기억하지 못했다.

"새삼스럽게 무슨 소리예요? 그 댁에서 번거로운 건 다 생략하자고 했잖아요."

"그 댁이 뭐니? 시댁이라고 해야지. 아무튼 사람 마음이 그게 아니지 어떻게 딸내미 시집보내는데 아무것도 안 해? 나도 양심이 있지."

"내 생각엔 무리 안 하는 게 좋을 거 같은데……. 그러다 우리 집 기둥뿌리 뽑혀, 엄마."

"시끄러, 이것아. 너 같으면 맨손으로 시집오는 애가 예쁘겠니?"

"그건 엄마 같은 속물이나 그렇고."

키득거리며 대꾸해 준 선은 나 여사의 손바닥을 피하며 자리에서 일어섰다.

"왜 벌써 가게?"

"응. 오늘 선배 일찍 들어오기로 했거든."

"그래? 그럼 잠깐 기다려 봐."

후다닥 일어난 나 여사가 주방으로 뛰어 들어갔다. 그리고 뭔가를 바리바리 싸더니 한참 후에야 나타나 그녀에게 내밀었다. 커다란 꾸러미가 둘. 얼결에 받아 든 선이 그 무게에 기함하며 물었다.

"뭐야? 뭔데 이렇게 무거워?"

"불고기 재 놓은 거랑 어제 담근 겉절이. 엄청 맛있게 됐더라. 그리고 이쪽은 도라지 배즙이니까 민 서방 잘 챙겨 먹여."

"어우, 이런 건 나중에 줘도 되잖아―"

"이런 건 막 담갔을 때 먹어야 맛있잖아. 콜 불러 줄 테니까 택시 타고 가. 그리고 배즙은 민 서방 출근 전에 따뜻하게 데워서 먹이면 돼. 꼭 챙겨 먹여."

선은 고개를 절레절레 저으며 현관으로 걸었다. 말끝마다 온통 민 서방, 민 서방…….

"됐어. 콜은 무슨 콜이야. 하여간 아주 시어머니가 따로 없다니까. 나 혹시 어디서 주워 왔어?"

투덜거리며 신발을 신는 동안, 어느새 다가온 나 여사가 헝클어진 딸의 머리카락을 쓸어 주고 가볍게 등을 토닥였다. 어딘지 흐뭇한 미소를 짓던 나 여사는 이어 돌아서는 그녀의 뒤에서 외쳤다.

"토요일 날 저녁에 민 서방 데려와. 같이 밥 먹게. 알았지?"

"알았어요-"

건성으로 대답했지만, 아마 그날이 되면 이른 아침부터 한 시간 간격으로 전화를 걸어 댈 거다. 아마 오지 않고는 못 배기겠지.

가볍게 웃음을 터뜨린 선이 걸음을 떼었다.

✝

"요즘 엄마 너무 얄미워 죽겠다니까요."

"네가 잘 받아 주니까 좋아서 더 그러시는 거겠지."

"그 이해심 나를 위해서 좀 발휘해 주면 안 돼요?"

잔뜩 삐친 듯 비아냥이 섞인 질문에 차를 멈춰 세운 정하가 너털웃음을 지었다. 퇴근 시간에 맞춰 회사 앞까지 찾아와 서성이던 그녀와 함께 간단히 드라이브 겸 데이트를 즐기고 돌아오는 길이었다.

"편 안 들어준다고 지금 삐치는 거야?"

"알면서 뭘 물어요?"

"그냥. 확인하고 싶어서."

어깨를 으쓱해 보인 정하는 자연스럽게 안전벨트를 풀고 차에서 내렸다. 그리고 뾰로통한 얼굴로 버티고 앉은 그녀의 자리로 다가가 문을 열었다.

"안 내릴 거야?"

버티고 선 채 묻자 그녀는 더 삐친 얼굴로 입술을 내밀었다. 그 모습에 웃음이 나는 건 그녀의 마음속에서도 점차 커져 가는 독점욕이 만족스러운 탓이다.

어느 순간부터 봉인이라도 풀린 듯 그녀는 온몸으로 애정을 표현하기 시작했다. 이른 아침, 그녀의 첫 인사는 잠이 덜 깬 얼굴로 꼼지락 거리며 품 안을 파고들다. 함께 식사를 준비하고 나란히 앉아 밥을 먹다가도 생각이 나면 입을 맞추고 머리를 기대며 웃는다.

잠깐만 시간이 나도 어느 틈에 곁으로 다가와 그의 몸을 만지고 그의 품에 파고들어 그제야 나 좀 쉬어요, 하는 얼굴로 눈을 감는다. 깊게 사랑을 나누고, 절정의 끝을 지나 그녀의 몸을 덮고 스러지는 순간이면 어김없이 두 팔을 벌려 그를 꼭 끌어안는다.

사랑해, 하고 말을 한다.

그럴 때마다 정하는 행복해 미칠 것만 같았다. 심장이 터지도록 밀려드는 감정에 질식해 버릴 것만 같았다. 그녀의 숨결에 취해, 온몸으로 그녀의 온기를 빨아들인다. 그것도 모자라 그녀가 남긴 모든 흔적, 세포 하나하나까지 전부 삼켜 버리고 싶어진다.

이렇게 그녀를 보는 것만으로도 폭주하는 생각에 저 자신이 두려워 진다는 걸 알기나 할까. 언제나 그녀의 상태를 먼저 살피고, 그녀가 겁내지 않게끔 극도의 인내심을 발휘해 끓어오르는 욕망을 잠재우는 것도. 매번 밀려드는 네 생각을 막는 것도……

"힘들어 죽겠다, 이 여자야. 그러니까 그만 도발해."

"어우씨! 나 안 내릴 거야!"

이런 제 앞에서 그런 귀여운 투정이나 부리고 있다. 겁도 없이.

반항하는 그녀를 꼭 붙들어 안전벨트를 풀러 낸 정하는 앙탈이나 부려 대는 조그만 몸을 털썩 어깨에 들쳐 메고 걸음을 옮겼다.

"으아! 반칙! 이건 반칙이잖아요!"

"자꾸 그러면 떨어뜨린다."

"어딜 만져요!"

버둥거리는 다리를 모아 잡고 엉덩이를 툭 쳐 준 순간, 선은 기겁하며 펄쩍였다. 그러나 금세 지쳤는지 축 늘어져선 억울해 죽겠다는 말투로 투덜거렸다. 그렇게 반항이 잠잠해질 때까지 그는 꿋꿋하게 걸음을 옮겼다. 엘리베이터에 올라 숫자를 누른 후에야 슬쩍 내려 주자 기다렸다는 듯이 덤벼드는 그녀를 꼭 붙잡아 안았다.

"으씨, 진짜 미워……."

"어쩔 수 없잖아. 나도 살아야지."

"쩨쩨하게, 그런 거 좀 맞는다고 안 죽거든요?"

"네가 모르나 본데, 너 손 무지 매워. 피아노를 때려 부수는 손이라고."

정색하며 하는 말에 그녀는 기막혀하며 헛웃음을 터뜨렸다. 내가 말을 말지, 중얼거리며 눈을 흘겼다. 잠시 후엔 잊고 있었다는 것처럼 그의 허리에 팔을 감는다.

아주 작은 일로 한참을 싸우고, 다시 웃는다. 이런 사소한 순간 하나에도 그녀가 함께인 것이 기적처럼 느껴졌다. 이런 평범한 하루하루가 못 견디게 즐거워서 웃음이 난다.

"엄마가 토요일 날 밥 먹으러 오래요."

"그래? 그럼 금요일 날 저녁에 퇴근하고 바로 집으로 갈래?"

"그래도 돼요?"

"응."

그녀가 환하게 웃는다. 지그시 그 얼굴을 바라보는 사이 띵— 소리와 함께 엘리베이터의 문이 열렸다.

"우오, 우리 톰~ 혼자 잘 놀았어요? 어이구, 그랬어요?"

집에 오자마자 편한 옷으로 갈아입은 그녀는 돼지 한 마리를 껴안고

팔랑팔랑 집 안을 뛰어다니기 시작했다. 어느새 길어져 눈을 가리기 시작한 앞머리를 위로 질끈 묶고서 동그란 눈으로 저를 바라보는데 묘하게 목이 바짝 타든다.

가만히 바라만 보는 동안 뭔가 눈치를 챈 건지 해맑게 웃던 그녀가 동그랗게 입술을 모아 키스를 날려 보내곤 키득거리며 도망쳤다. 그냥 붙잡아 침대 위에 눌러 버릴까, 생각하다 고개를 저었다.

차례로 씻고 저녁 식사를 마친 후에는 느긋하게 두 사람만의 시간이지만, 그녀는 또 톰 녀석과 함께였다. 불만스러운 마음을 숨긴 채 소파에 앉아 태블릿을 꺼내 들자 그녀는 얼마 후, 톰을 안고 쪼르르 다가와 옆자리에 털썩 앉았다.

정하는 그녀의 품에 있는 녀석을 가만히 바라봤다. 잠시간 굳은 얼굴로 눈을 맞추던 톰이 하악! 하고 털을 곤두세우더니 그녀의 팔에서 훌쩍 뛰어내렸다. 흠칫 놀란 선이 눈을 휘둥그렇게 뜨더니 금세 이맛살을 찌푸리며 물었다.

"선배, 또 위협했죠?"

"그럴 리가. 난 그냥 쳐다본 거뿐인데."

"선배가 잘 모르나 본데, 그렇게 쳐다보는 거 자체가 톰한테는 고문이라고요."

고개를 절레절레 저으며 하는 타박을 못 들은 척 눈을 돌린 정하는 슬그머니 손을 뻗어 그녀의 허리를 감아 당겼다. 포근한 감촉에 옆구리에 닿자 기분이 한결 나아진다.

"그런데 톰은 왜 이름이 톰이에요? 고양이치곤 이상한 이름 아니에요?"

그 와중에 또 톰 이야기라니.

슬쩍 눈살을 찌푸린 정하는 무뚝뚝한 표정으로 대꾸했다.

"세상에서 제일 유명한 고양이 이름인데 뭐가?"

"왜 그렇게 되는데요?"

"톰과 제리도 안 봤어?"

"헐, 누가 그런 걸 생각해요? 그리고 고양이는 당연히 나비 아니에요?"

"톰 낳아 준 엄마 이름이 나비야. 나비 기억 안 나?"

"그래요? 왜 난 처음 들어 본 거 같지?"

무심코 물은 말에 선은 고개를 갸웃거렸다. 그러다 뭔가를 생각한 듯 팩 하고 그를 노려봤다.

"잠깐, 선배 지금 누구랑 헷갈렸죠? 다른 여자한테 말해 주고 나한테 말해 준 걸로 생각하는 거 아니에요?"

이건 또 뭔 소리야.

기가 막힌 쪽이 누군데 그녀는 도리어 어이없다는 얼굴로 펄쩍 뛰더니 흥분하며 물었다.

"설마 또 그 첫사랑인지 뭔지 그 여자 이야기예요? 대체 뭐하는 여잔데 매번 이래요? 뭔데, 진짜! 뭐하는 여자예요? 어디서 만났어요? 오늘은 말 좀 해요, 누군지!"

이 바보 같은 여자야.

끝내 아무것도 기억하지 못하고 엉뚱한 소리나 해 대는 그녀의 앞에서 정하는 가만히 한숨을 내쉬었다.

†

그날은 피아노 소리가 들리지 않았었다. 아픈 엄마의 곁을 지키다 바깥으로 나온 소년은 대문 앞에 멍하니 앉아 있었다.

이른 봄. 차가운 공기 속에서도 나른하게 비쳐드는 햇살. 무릎을 세워 안고 몸을 웅크린 소년은 그대로 얼굴을 묻은 채 눈을 감았다.

길을 지나는 발소리. 작게 터져 나오는 웃음소리. 평범하게 오가는 대화.

아무 접점도 없이 스쳐 가는 일상. 그 모든 게 아득하니 멀다.

그 곳에서 발소리 하나가 멈춘다. 토토독, 다가온다.

말이 없다.

이상한 기분이 들어 고개를 들었다. 생각해 보니 눈앞에 쭈그려 앉아 커다란 눈망울을 굴리고 있는 이 아이의 발소리는…….

"너 뭐해?"

언제나 들려왔던 피아노 소리와 똑같았다.

"오늘 소풍날이었는데 언니들만 가고 나만 못 갔어. 새 옷도 샀는데. 이제 머리도 안 아픈데. 엄마가 약 줘서 먹고 잤더니 금방 나았다? 아! 근데 약이 딸기맛이야!"

끝도 없이 재잘재잘 떠드는 말을 멍하니 듣고만 있었다. 오늘은 엄마가 많이 아파 학교를 쉬었다. 아픈 엄마를 보고 있기 싫어 대문간에 앉아 있었는데 어느 순간 제멋대로 손을 잡아끄는 아이를 따라 걷고 있었다.

뭐, 괜찮겠지.

작은 놀이터에 도착해 아이가 시키는 대로 앉았다. 주섬주섬. 조그만 손이 조그만 배낭을 뒤적거린다.

"이제 점심시간이야."

소년은 눈앞에 놓인 네모난 물건을 수상쩍은 눈으로 바라봤다.

"소풍을 왔으면 도시락을 먹어야지!"

소풍이라는 단어도, 도시락이라는 단어도 그저 낯설다. 무슨 말을 하는지 모르겠다. 손을 대려 하지 않는 소년을 보다 못한 아이가 먼저 한 조각을 제 입에 넣고, 또 한 조각을 집어 소년의 입에 억지로 밀어 넣었다.

"맛있지?"

소년의 짙은 눈매가 휘둥그레졌다. 이윽고 몇 번 입안의 것을 오물거리던 소년이 멍한 눈으로 아이를 바라봤다. 의미를 알 수 없는 시선이 한동안 아이의 얼굴에 머무르다 이내 도시락으로 향했다.

"이거 비밀인데 우리 엄마는 김밥 무지 잘 만든다? 그런데 맨날 똑같이 만들어. 미나리 싫은데 또 넣었단 말이야. 샌드위치 먹고 싶다 그랬는데 그건 몸에 안 좋댔어. 유치원에 친구들은 불고기도 싸 오고 문어소세지도 싸 오는데. 과자도 많이 샀는데 가져가지 말라고 찬장에 넣어 버렸어. 내 건데. 아빠가 사 준 건데……."

소년은 열심히 김밥을 입에 넣었다. 다시금 투덜거리던 아이가 힐끗 눈앞의 소년을 바라봤다.

"내 말 듣고 있어? 우리 엄마 진짜 너무한단 말이야!"

"……응, 너무해."

그냥 듣기에도 건성인 대답이지만 그걸로 만족한 아이가 히죽 웃었다. 그리고 선심이라도 쓰듯 말했다.

"나는 맨날 먹는 거니까 너 다 먹어."

소년의 입가엔 설핏 웃음기가 어렸다.

"다 먹었으면 이제 놀자! 그네 탈까?"

당연하다는 듯이 손을 잡은 아이가 또 걸음을 옮긴다. 남은 김밥을 든 채 우물거리며 따르는 소년의 표정이 한결 밝아졌다.

"아무도 없어서 좋다, 그치?"

복숭아처럼 솜털이 보송보송한 피부에 동그랗고 커다란 눈망울을 가진 예쁘장한 아이. 섬유유연제 향이 폴폴 풍기는 분홍빛 점퍼와 천연한 미소가 보는 사람의 기분까지 즐겁게 만드는 아이.

어깨 근처를 찰랑이는 부드러운 머리칼이 그네의 움직임을 따라 휘날렸다. 소년의 시선도 함께 움직였다.

"너 피아노 쳐 봤어? 우리 선생님은 무서운데 피아노 선생님은 하나도 안 무섭거든? 나 잘 친다고 맨날 칭찬해 주고 과자도 준다? 근데 난 피아노 그만 치고 싶어. 맨날 못 놀게 해서 심심하단 말이야. 아, 이것도 비밀이야."

"……."

"그런데 너는 몇 살이야? 우리 학교 다녀? 아, 우리 학교가 어디냐면 저기 뒤에 있는 K초등학교인데……."

그런데 그때, 멍하니 아이를 바라보다 묘한 소리를 들었다. 귀를 쫑긋거리던 소년이 고개를 돌렸다. 뭔가가 있다. 목적지를 향해 걷는 소년의 뒤를 아이가 졸래졸래 따라왔다.

"왜? 어디 가는 거야?"

그러나 소년이 미처 대답하기 전에 아이는 눈을 휘둥그렇게 떴다.

"어? 고양이!"

소리는 놀이터 외곽의 말라붙은 도랑에서 들려왔다. 바짝 다가선 두 아이의 눈앞에 회색과 검은색이 어지럽게 섞인 털 뭉치가 도랑벽에 바짝 붙어 있었다. 다시금 냐앙- 하고 들려오는 울음소리. 틀림없는 고양이었다.

"우와, 고양이- 도망도 안 가네? 배고픈가? 야야, 나비야- 여기
봐."

"……고양이는 불러도 안 와."

"그래? 도망은 안 가잖아."

"……."

"만져도 안 물겠지?"

"……."

"어떡해, 어떡해. 얘 좀 어떻게 해 봐. 데려갈까? 고양이는 뭐 먹나?
생선 뼈 주면 되는 거야? 작은 고양이도? 멸치 줄까? 냉장고에 왕멸치
엄청 많은데. 눈이 막 하얗고 째려봐서 무서워."

재잘거리는 아이를 두고 돌아선 소년이 작은 돌멩이를 집어 들었다.

"응? 그건 뭐하려고?"

말과 동시에 돌멩이가 휙 날아들었다. 아이의 커다란 눈이 더더욱
커졌다.

"뭐 하는 거야! 그거 맞으면 고양이가 죽는다고!"

"죽으라고 하는 건데."

"뭐? 안 돼! 죽이면 안 돼!"

펄쩍 뛰듯이 일어난 아이가 소년의 손에 들린 돌멩이를 뺏어 들었
다. 순순히 돌멩이를 내줬지만 의문이었다.

"왜?"

"돌 던지면 아프잖아! 죽으면 아프다고!"

"어차피 그냥 둬도 죽어 가는데?"

"그래도 안 된단 말이야!"

"엄마가 없으면 새끼 고양이는 죽어. 병원에 데려가야 하는데 난 돈이 없고 우리 엄마는 아파. 데려갈 수가 없잖아."

"내가 데려갈 거야, 데려간다고—"

"너 돈 있어?"

지극히 현실적인 질문에 아이는 고개를 절레절레 저었다.

"그래도 안 돼— 죽이지 마아—"

울며불며 매달리는 아이의 앞에서 소년은 한동안 묵묵히 입을 다물었다. 아이답지 않게 조숙한 소년의 눈빛이 깊게 가라앉았다.

"어차피 오래 못 살 거면 차라리 빨리 죽어 주는 게 나을 때도 있대. 그러니까 내가 죽여 주는 거야."

다시 입을 여는 소년의 목소리가 조금 떨렸다.

"몰라— 그런 거 몰라—! 하지 마! 죽이는 건 나쁜 거야! 나쁜 사람 싫어! 너 미워!"

목 놓아 울며 소리치는 아이의 앞에서 소년은 어떤 말을 더 해야 할지 난감해졌다. 우는 아이를 보고 있으려니 가슴이 아프다. 조심스럽게 아이를 향해 손을 뻗었다가 가만히 미간을 모았다. 왠지 조마조마한 이 느낌. 싫다. 아이가 우는 게 이상하게 싫다.

한참 만에야 소년은 조심스럽게 말을 꺼냈다.

"그럼 김밥…… 또 줄 거야?"

"줄게! 내일도 주고 모레도 줄게!"

소년이 고개를 끄덕이는 것으로 교섭은 순식간에 끝났다.

후다닥 도랑으로 달려간 아이는 분홍빛 점퍼로 엉성하게 고양이를 감싸 들었다. 그러고는 다시 달려와 눈물 콧물이 범벅된 얼굴로 헤벌쭉 웃었다.

"이것 봐! 안 물었어!"

소년은 그만 웃어 버렸다.

그렇게 고양이를 안고 다가온 아이는 다시 소년의 옆에 앉아 종알종알 이야기를 늘어놓았다. 그리고 어느 순간부터 소년도 말을 꺼내 놓기 시작했다.

"사랑이라는 게 뭔지 알아?"

아주 오래전의 일을 소년은 기억하고 있었다. 낯선 남자는 사뭇 다정하게 소년의 머리를 쓰다듬고는 그 앞에서 담배를 피웠다. 그 냄새가 멋지다고 생각했었다. 엄마는 남자를 바라보며 울었고 남자는 엄마에게 사랑한다고 말했다.

남자는 소년을 향해 자신이 아빠라고 했다.

"그 말을 하니까 엄마가 웃었어."

"나 알아. 그건 좋아한다는 것보다 훨씬 더 많이 좋아한다는 거야."

아이는 지저분한 고양이를 품에 꼭 껴안고 웃어 댔다.

"엄마는 정말정말 좋아하는 사람한테는 사랑해, 하고 인사하라고 했거든. 난 아빠도 사랑하고 아름이 언니 고은이 언니도 사랑하고……."

소년은 왠지 조마조마한 심정으로 아이를 바라봤다. 마침 그를 마주 본 아이가 함박웃음을 지었다.

"너도 사랑해!"

심장이 펄쩍 뛰어올랐다.

고양이를 번쩍 치켜든 아이가 말했다.

"우리 나비도 사랑해!"

그 이후에도 아이가 사랑하는 건 하나둘 늘어 갔지만, 이상하게 한 번 뛰어오른 심장은 제 속도로 돌아오질 않았다. 벌떡 일어난 아이가 나비를 붙들고 빙글빙글 돌며 춤을 췄다.

"나비야– 나비야– 이리 날아오너라–"

그 나비가 아닐 텐데.

심지어 아이는 그렇게나 멋지게 피아노를 치는 주제에 음치였다.

가슴 언저리가 간지럽고 저도 의식하지 못한 미소가 떠오른다.

그때 어떤 깨달음이 소년의 머릿속을 스쳐 갔다.

나는 아이를 사랑한다.

아이와 나는 서로 사랑을 한다.

사랑이 뭔지도 모르는 소년은 이 순간, 사랑을 시작했다.

†

"……말도 안 돼."

침대에 걸터앉은 선은 하얀 시트 위에 곱게 펼쳐 놓은 분홍빛 점퍼를 보며 중얼거렸다.

분명 본 기억은 있다. 새 옷을 산 기념으로 찍은 사진 속에서 어린 그녀가 입고 있던 것이었다. 가족 앨범에 꽂혀 있는 걸 몇 번 본 것이 전부였지만, 묘하게 촌스러운 색감의 꽃분홍색의 존재감은 쉽사리 잊힐 만한 것이 아니었다.

"증거가 있는데도 시치미 뗄 거야?"

"아니, 그게 아니라 전혀 기억에 없어서……!"

"집에 놀러오라더니 허락받겠다며 가서 오지도 않고. 하여간 사람 기다리게 만드는 데는 뭐 있지. 덕분에 밤늦도록 기다리다 집에 돌아가서 혼났다고. 책임져."

"전 그런 기억 없다니까요! 그, 그리고 정 억울하면 선배가 우리 집 찾아왔으면 됐잖아요! 집도 알고 있었으면서!"

"나도 그러고 싶었는데……."

시큰둥하게 대꾸하던 정하가 문득 말을 멈추고 제 뺨을 긁적였다. 그 모습에 문득 뭔가를 떠올린 선이 표정을 굳혔다. 그러고 보니 아픈 엄마와 단둘이 살았다고 했다. 아무 때나 돌아다니긴 힘들었던 건지도.

"저기, 그럼 어머님…… 병은 다 나으신 거예요? 지난번엔 건강해 보이시던데……."

"응. 아프진 않을 거야. 돌아가셨으니까."

아무렇지 않게 내놓는 대답.

어떻게 말을 해야 할지 몰라 난처한 표정을 짓는 그녀에게 정하는 부드럽게 웃어 보였다.

"지금 어머니는 본부인이고, 나는 배다른 자식이야."

이상하리만치 쿨했던 그의 어머니의 말이 새삼 머릿속을 맴돈다. 이런 사정이 있으리라곤 꿈에도 생각하지 못했는데.

"미, 미안해요."

간신히 입술을 열어 사과하자 정하는 싱긋 웃더니 그녀의 양팔을 잡아당겼다. 얼결에 손을 뻗은 그녀의 손이 그의 허벅지를 짚었다. 한결 가까워진 그가 은근하게 미소를 떠올렸다.

"그건 별일 아니니까 됐고. 더 중요한 게 더 있을 텐데?"

"아…… 그, 그러니까…… 저기 오해한 것도…… 미안해요."

"말로만 때우게? 나 혼자 죽도록 짝사랑하게 만들어 놓고. 혼자 기억도 못 하고 오해나 하고. 이거 죄질이 아주 무겁지 않아?"

점점 궁지에 몰아넣는 솜씨도 아주 예술이다. 쭈뼛거리며 그의 앞을 벗어나려는데 팔을 잡은 손길에는 더욱 힘이 들어간다. 잔뜩 빨개진 얼굴을 숨기려 애쓰던 선은 결국 포기하고 원망스러운 표정으로 눈을 치켜떴다.

"그러게 누가 혼자 그렇게 짜, 짝사랑하라고 그랬나, 뭐……."

"그래서 죽어도 네 잘못은 없다고?"

"그, 그렇잖아요!"

"이럴 줄 알았으면 질투하는 거 쭉 보고 있을 걸 그랬네. 그게 자긴 줄도 모르고 계속 질투하면서 속 끓이고……."

"어우, 진짜! 그 소리 좀 그만하라고요!"

더 빨개지지도 못할 만큼 빨갛게 달아오른 얼굴로 화를 냈지만 정하는 도리어 훌쩍 그녀를 끌어안고서 웃음을 터뜨렸다. 품 안에서 바르작거리며 반항하던 선은 한참 후에야 작게 한숨을 쉬며 그의 허리를 감싸 안았다.

포근히 감싸 오는 온기. 아주 오래전부터 품어 왔을 그의 마음.

"미안해요. 몰라 줘서."

이 모든 게 새삼 고맙고 안타까운 심정이었다.

"고마워요. 끝까지 기다려 줘서."

조심스럽게 그녀의 뺨을 감싸 올리는 손바닥에서 은근한 열기가 느껴진다. 가만히 눈을 마주친 그가 조금 미묘한 얼굴로 웃었다. 기쁜 것도 같고, 어딘지 쑥스러운 것도 같은 미소였다.

가만히 바라보는 얼굴에 입을 맞춘 선이 마주 웃었다.

내내 그에게서 느껴지던 쓸쓸함. 그리고 이해할 수 없을 만큼 지독했던 그의 집착. 이제야 비로소 그 모든 걸 이해했다. 한 조각 빠져 있던 퍼즐이 이제야 채워지는 기분이었다.

낮 동안 열심히 모아 온 카탈로그들이 침대에 어지럽게 쌓였다. 일이 바쁜 그는 그녀가 내민 자료들을 신중한 얼굴로 살폈다. 그 옆에 엎드린 선은 물끄러미 그의 진지한 얼굴을 감상했다. 애들은 잠을 잘 때가 제일 예쁘다더니 이 남자는 입을 다물고 생각할 때가 제일 멋지다.

이런 남자는 덮쳐 줘야 제맛.

슬쩍 몸을 움직인 그녀가 자연스럽게 그의 배 위에 상체를 엎드렸다.

"엄마는 날이 좀 풀린 다음에 식을 올렸으면 하시던데…… 선배는 어때요?"

"3월도 중순만 넘어가면 따뜻해."

"지금 벌써 2월 마지막 주인데요? 예식장은 그렇게 빨리 예약 안 되잖아요."

"그건 내가 알아서 할 테니까 걱정 말고."

"저도 염치가 있죠! 아무리 예단이랑 혼수 생략이라도 이불 정도는 사 와야 할 거 아니에요?"

"그냥 몸만 오면 된다고 했잖아."

"그것뿐인 줄 아세요? 저 드레스도 아직 못 골랐잖아요. 거기다 예물은 언제 맞출 거예요? 설마 예물까지 생략하자는 건 아니죠? 선배 예물까지 안 해 주면 엄마가 날 잡아먹을지도 모른다고요! 선배 스케줄이랑 제 스케줄도 맞춰야 하고 청첩장은 적어도 한 달 전에는 돌려야 욕을 안 먹는 거예요! 그리고 여행사랑 스튜디오도 알아봐야 하고 또 신혼여행도 아무 때나 갈 수 있는 것도……."

"흠. 꽤 복잡하네."

끝도 없이 이어지는 말에 정하는 심각하게 표정을 굳혔다. 그러고는 마지막으로 검토한 카탈로그를 내려놓으며 팔짱을 꼈다. 그 모습에 선은 헛웃음을 지었다.

"그럼 결혼식이 그렇게 쉬운 일인 줄 알았어요?"

"그러게. 약혼은 그냥 행사장에 서 있기만 하면 됐는데."

"지금 이걸 약혼 따위랑……!"

무심코 말을 받던 선이 멈칫했다.

잠깐, 뭐라고?

"선배, 약혼했었어요?"

"응."

"……."

"파혼은 한국 오기 전에 하고 왔으니까 걱정 마."

하도 어이가 없어 입이 떡 벌어진다.

"지금 그게 문제가 아니잖아!"

─퍽! 퍽퍽!

다시 베개를 집어 든 선이 힘껏 내려치며 소리쳤다.

"아파."

"아프긴 뭐가 아파요! 이 양파 같은 인간아! 어쩌면 이렇게 까도 까도 계속 나와! 빨리 불어요! 또 뭐 있어? 숨겨 놓은 애 같은 거 있으면 빨리 말해요!"

"그런 거 없어. 섹스도 너랑 처음…… 아야."

"이 양파남아! 내가 못살아 진짜!"

실컷 베개로 때려 주려 했는데, 결국 붙잡혔다. 힘껏 반항하려다 이 얄미운 남자의 품에 꼭 안겨 실컷 입술을 빨렸다. 그렇게 기운을 빼놓고는 침대에 쓰러트리고 덮쳐 온다. 포근한 무게감이 온몸을 덮었을 때는 이미 화를 내고 있었다는 사실도 잊어버렸다.

기막히게도 이 모든 게 싫지가 않다.

"내가 어쩌다 이런 남자한테 물렸나 가끔은 막 물어보고 싶고, 막 그래요."

"그러게 동물한테 함부로 먹이 주는 거 아니다."

입술을 쓸며 음험하게 경고하는 꼴이라니.

"참나, 자기가 동물인 줄은 아나 보네."

"음, 방금 그거 어감 좋다."

"뭐가요?"

"방금 말한 거."

"……자기?"

"그거, 다시 말해 봐."

"…….."

"왜 안 해?"

"시, 시끄러워요!"

"정 그러면 다른 소원이라도 하나 들어주든가."

"또 뭔 소리를 하려고 그러는 거예요?"

새빨개진 얼굴로 잔뜩 미심쩍은 시선을 보내자 그는 태연히 대꾸했다.

"체위."

"…….."

"책에서 본 건데 한 번 해 보고 싶어. 오늘 밤에 그거 하게 해 주는 걸로 퉁 치면……."

–퍽!

폭신한 베개가 다시 그의 얼굴을 직격했다.

"이 변태!"

하여간 이 남자는 좋다가도 좋지 않다고!

키득거리는 웃음이 잦아들면 다시 야릇해지는 숨소리. 불이 꺼지고 연인의 밤은 서서히 깊어만 갔다.

만남과 시작.

그 모든 게 어긋나 헛돌던 인연은 이제야 완벽히 맞물려 돌기 시작했다.

완전할 수 없었기에 우리의 시작은 조금 더 특별했고, 서로를 만나 많은 기회를 잃었지만, 끝내 서로를 이해하며 행복을 얻었다.

우리가 함께 있어 달콤한 시간.

언젠가 이 마음이 퇴색되더라도 우리가 이 순간을 기억하는 한 달라질 건 없을 것이다.

부부이자 연인으로. 연인이자 친구로. 영혼의 반쪽이자 함께 인생을 걸어줄 동반자로.

앞으로도 우리에게 붙여질 이름은 얼마든지 있으니까.

커다란 바위산의 깨진 틈은 도전자들을 위한 발판.

그 결여된 부분을 우리는 '너를 위한 자리'라 불렀다.

드디어 다섯 번째 책이 나왔습니다!

이렇게 후기를 쓰는 것도 다섯 번째! (두둥!)

매번 느끼지만 후기를 쓰는 건 아주 어려워요. 왜냐하면 한참 정신이 나가 있을 때 쓰게 되거든요. (나중에 다시 읽게 되면 손발을 펼 수가 없음.)

여러 가지로 아쉬운 것도 많고, 쓰면서도 많이 후회했던 글이 드디어 끝났습니다. 달.낮을 쓰면서 구상했던 기본 스토리에 기둥을 세우고 살을 붙여 가며 여러 우여곡절을 겪었지요. 시리즈물이라는 게 이렇게 어려울 줄이야……

다 끝나가는 지금도 속이 후련하다는 느낌보다는 걱정과 피로감이 앞섭니다. 전작들은 지나친 이입과 주인공들에 대한 집착(?) 때문에 떠나보내는 게 힘들었는데 이 글은 전혀 다른 의미로 힘들다고나 할까……(꼭 속 썩이던 자식 장가보내는 기분…… 정하 때문인가?)

어쨌거나 시리즈물의 두 번째 글까지 끝났습니다. 윤과 정하의 이야기를 끝냈으니 준영과 영신의 이야기가 나와야 하는데…… 나올 수 있을는지……

부디…… 야심차게 시작한 시리즈물의 비참한 말로가 되지 않길 바랄 뿐입니다.(ㅠㅠ)

뭐든 물어보면 척척 나오는 정찬연 작가(하지만 정신이 번쩍 드는 핍박이 서비스), 기막히게 못된 아이디어를 내 주는 류도하 작가(하지만 그대로 다 쓸 순 없었어. 넌 너무 나빠.), 막장 아이디어의 달인 이아현 작가님(네? 저도 만만치 않다구요? 무슨 소리!).

여러분이 없었으면 그나마 이 글 완결도 못 했을 거예요. 사랑합니다.

그리고 이번에 저 때문에 많이 고생하셨을 주종숙 팀장님(흑. 죄송해요. 다음 글은 안 그럴 거예요. 아마도…… 이 말밖에 드릴 말이…….) 예쁜 표지 뽑아 주신 K님(이번엔 조금 까다롭게 굴었죠. 죄송해요ㅠㅠ) 완전 고마워요~

그리고 '그녀의 서재' 소속 작가님들! 게으름 피우지 마세요! (찰싹 찰싹)

마지막으로 이 글을 읽어 주신 독자님들. 모두 감사합니다.

행복한 시간이 되셨길……. :)

이 짐승에게 먹이를 주지 마세요

1판 1쇄 찍음 2014년 10월 13일
1판 1쇄 펴냄 2014년 10월 17일

지은이 | 장민하
펴낸이 | 정 필
펴낸곳 | 도서출판 뿔미디어

편집장 | 이재권
기획 · 편집 | 주종숙

출판등록 | 2002년 9월 11일 (제1081-1-132호)
주소 | 경기도 부천시 원미구 상동로 117번길 49(상동) 503호
전화 | 032)651-6513 / 팩스 032)651-6094
E-mail | scarlets2012@hanmail.net
블로그 | http://blog.naver.com/dahyangs
홈페이지 | http://bbulmedia.com

값 9,000원

ISBN 979-11-315-3656-8 03810